万祎和
他的审计团队

氿　红 / 著

河北大学出版社

万祎和他的审计团队

图书在版编目（CIP）数据

万祎和他的审计团队 / 沩红著. -- 保定 : 河北大学出版社, 2013.6

ISBN 978-7-5666-0407-1

Ⅰ. ①万… Ⅱ. ①沩… Ⅲ. ①长篇小说－中国－当代 Ⅳ. ①I247.5

中国版本图书馆CIP数据核字(2013)第104450号

WANYIHETADESHENJITUANDUI

责任编辑：胡素杰 hj570@126.com

王殊宁 wsn1550@126.com

装帧设计：赵 谦

责任印制：靳云飞

出版：河北大学出版社（保定市五四东路180号）

经销：全国新华书店

印制：河北天普润印刷厂

开本：1 / 16（710mm × 1000mm）

字数：225千字

印张：18

版次：2013年6月第1版

印次：2013年6月第1次印刷

书号：ISBN 978-7-5666-0407-1

定价：29.80元

一

万祎有点烦。不知道为什么，今天一再遇到这种事情。“我们是注册会计师，不是手里拎着尚方宝剑的审计署特派员！”他在心里忿忿地喊道。

一大早，还在义和区的御龙大酒店，刚洗漱，就听有人敲门。他还以为是服务员，开门却见两个中年男人气势汹汹的，但一见到他，转眼就跟四川绝活变脸似的，满脸堆笑，恭恭敬敬地问：“喂，这位同志，请问，你们是北京过来审计的吧？”

“对呀。怎么，你们——”

“噢，是这样的，我们呢，从天津那边过来的，在咱这儿义和区靠南包了一片地搞花木种植，投进了几百万了。可是，正巧赶上修铁路，征地了嘛——补偿款却没给我们一分钱，找谁都不理这个茬。这不，听说上头来人，是审计的，就打听过来，请你们主持个公道！”

“这个啊，这事——”万祎感到为难。

受高铁公司委托，信达国际会计师事务所组织了几支精锐审计团队，从十月开始，先后进驻这条高速铁路沿线，齐头并进全面展开了征地拆迁专项审计。项目经理万祎带领的这个六人审计团队，负责由北向南的300多公里的审计工作。他们的审计目的是对这条高速铁路涉及征地拆迁补偿费用的档案、财务资料实施详细审计程序，出具审计报告。也就是说，根据国土资源部门预审批复的修建这条高速铁路所需土地数量，确认征用这些土地以及补偿这些土地之上的房屋建筑、农作物等等公私财产究竟花费了多少钱，并对花费的真实性、准确性及完整性作出审计结论。至于其中的某些补偿款是否张冠李戴、是否拖欠，由于审计目的的限制，特别是实际当中有关所有权和使用权权证管理的法规执行力等尚有诸多需要健全的方面，见骥一毛，他们的确无力作出精确判断。

“怎么，你、你们，北京来的，不会也做甩手掌柜，不给我们老百姓做主啊?!”那位看出来万祎眼神里的无奈，惴惴地问。

“这种事，我们，真的没有权力管。”万祎甩了甩拿着牙刷的手，表示爱莫能助。

“你们，北京来的，都没权，那，谁还有权啊?”

“北京来的，那来头可不一样啊——我们是会计师事务所的，中介服务机构；不是吃财政铁杆庄稼的审计署，更不是中纪委的。您呢，得搞明白啊!”

“那，这，就没地方说理啦——我说，这位同志，那就请你跟上头领导反映一下，总可以吧?”

“也不好说，真的。我们审计，说出每一句话，都得有依据。随便反映，砸我饭碗是小事，影响了我们行业形象是大事!”

“嘿，瞧你这位同志，怎么求你们北京来的办个事，就这么艰难呢!”

“你，怎么说话呢?”为首的那个推一把同伴，一扭脸，笑容满面，从大衣口袋里拽出一个信封递过来，神色有点神秘又有点诚惶诚恐，“一点小意思，同志，小兄弟，就拜托你给上头反映反映，啊!”

“不，不，不行，真的不行!”万祎就跟见了令人心惊胆战的毒蛇似的，抬起手掌推辞，身不由己朝客房里退了两步。

可是，那两位就跟着撵进来了。

“我说，万经理，让他们去趟审计署那个特派办反映一下，也许顶点用。”从盥洗间传来粗嗓子，那是造价工程师晋振辉的声音。

“哦，也是。”万祎正愁没招打发走两位，晋振辉一提醒，想起来国家审计署也正在跟踪审计这条铁路的资金使用情况，于是镇静神态，摆摆手，建议道：“你们，去审计署那个特派办反映一下情况，他们有权，也许能给你们主持公道。”

“是吗？那敢情好！——我们，到哪儿去找那个什么特派办？”

“这个，我也不清楚——要不，你们上网查查……”

终于送走了两位。长舒口气，转回身，眼里又映现出来他们鞠躬作揖的千恩万谢的样子，却让万祎心里油然而生酸楚。嗨，真的不是存心为难他们。作为注册会计师，不管你审计技术多么精湛，每一份事先签订的“审计约定书”所明确的审计目的就像是一潭死水，泥泞着你的手脚，你至多不过是一条红鲤，鳍很短，掀不起浪来。所以，没有法律的授权，也就无法延伸实施审计程序，因此得不到法律认可的充分证据，面对很多欺公罔法的问题，你也只能狠命一闭眼，咔嚓一声切断那犀利而睿智的职业怀疑眼光，保持沉默。

六个人，六个行李箱，三个装着审计底稿的当地政府招待酒的纸箱子，挤挤挨挨塞进这辆别克商务车里，就跟北京三环奔跑的那辆沙丁鱼罐头的300路公共汽车一样。本来，义和区拆迁办的张主任要让自己的那辆丰田越野车也过来一道送的，但万祎知道他下午还得赶到高铁指挥部开会，就说：“得了，省点汽油，低碳生活吧，挤挤，反正也不远。”

随着轻微的颠簸，彼此拥挤着的骨骼硬杵杵的感觉渐渐柔和了许多。身宽体胖的晋振辉挤在后排的角落里，瘦骨嶙峋的杜中秋紧挨着他，挺拔帅气的孟寐求见缝插针，但是自己的髋骨没一点弹性实在塞不进车厢和杜中秋屁股之间的空隙，只好侧着身子，右手拽紧了车厢上面的拉手，左手扶着顶着膝盖的一个行李箱。还是两位美女舒坦，乐欢和苏慕喆坐在前排的座位上，不过腿脚窝憋着，有点酸，因为两个行李箱挤在她们跟前。最舒服的算是坐在副驾的万祎，可是乐欢和苏慕喆把电脑包扔给了他——抱着三个电脑包，那是一种什么滋味？万祎寻思着，呵，就当是搂着高菲菲吧。美颠儿了！于是，心里就滋蔓出一片接一片的春绿，赏心悦目怡然自得。然而，前方，就要到达的目的地，却恰恰是他与高菲菲的爱情“滑铁卢”。

还是前天晚上，快零点了，部门主任刘允虎突然从北京打来电话。那个时候，他还在事务所的办公室里加班审阅各团队报上来的工作周报，然后在其基础上编撰一份简明扼要的呈给高铁公司的《审计周报》。

“万祎，你们工作周报上讲的，明天义和区的外勤就可以结束，是吧？”他的商量语气绝不是真想跟你商量，那就是不容置喙的命令：“那就辛苦一趟去晓虹区吧，好吗？你们这个组去晓虹区，就这么着了，啊！”

“啊，不抽我们去做年报审计啦？”

“不抽了，任务紧呢。高铁公司明年三月份要开股东会，要求咱们交一份简要的审计报告初稿——他奶奶的，这不是催命吗！晓虹区那边工作量太大，几十个亿，李岚她们忙不过来，你们去，加快点速度，辛苦辛苦，就当是雪中送炭吧。”

听着刘主任絮叨，万祎的脑袋都快耷拉到裤裆里了。从南城区往南推进，仅仅眼前义和区所在的这座城市，五个县市，三十多个乡镇，一百三十公里，马不停蹄，紧赶慢赶的，总算告一段落了，正想歇口气儿呢。可是，没等放屁的工夫，新任务就撂在眼皮子底下了。他能说什么呢？违抗，他不敢；牢骚，他不忍。因为刘主任是直接受董事长指令具体负责全路段审计工作的，而且他自己肩上的重担是需要拿他们这些项目经理的捆在一起来称量的。

说实在的，不去做年度会计报表审计也不是什么坏事。有人说注册会计师是财务民工，干的骡马活，主要就是指一年一度的年报审计。那时候，每一个审计团队的工作拿“疲于奔命”、“废寝忘食”、“昏天黑地”等等形容词来评介，最为贴切。万祎有点怨恼的是，自己的这个审计团队，自从去年 11 月份出征，南城区、义和区一路踉踉跄跄地颠儿过来，磕绊甭说了，那真叫开了眼界了！老百姓也好，征地拆迁办公室、村民委员会也好，特别是拆迁公司，手里耍弄的征地拆迁十八般兵器，那手段那伎俩，那潇洒那娴熟，真的是稀奇古怪变幻莫测，扎扎实实让他们这些揣着个注册会计师造价工程师本本就以为可以走遍天下的乳臭未干的八零后们领悟到了啥叫“自愧不如”、啥叫“五体投地”。与此同时，也切切实实深入到了骨髓里认清了“英雄史观”是多么荒唐。的确，真正的智慧和力量蕴藏在广大人民群众当中——这才是放之四海而皆准的绝对真理。至于说这种力量究竟是“正能量”，还是“负能量”，那得取决于领导得好不好，这就是所谓古今中外历史当中时势造就的英雄或者枭雄们的高屋建瓴运筹帷幄。

不过，几经转战，特别是那些县乡里的“酒精”沙场的昏天黑地，真的令他疲惫不堪，也确实需要歇口气养精蓄锐了。可是，现在，怎么办呢？眺望近在咫尺的晓虹区，不过是司机师傅踩几下油门的工夫，都没眯一小会儿，就到了。

到了就到了吧。可是，偏偏又有一拨人认准了万祎他们几个怀揣注册会计师本本的，就是抬着龙头铡的开封府的“包青天”。

当他们拉着行李箱鱼贯走进酒店时，就注意到了那边挨着咖啡吧台吵吵嚷嚷的一群人。乐欢眼尖，认出了那位正指手画脚有点激动的李岚，她是沿线另一个团队的项目经理。

甩下箱子，她跑过去了。

不一会儿，李岚快步走过来，后面紧跟着那群人。万祎站在那儿，反应有点迟钝，他在思忖，他们究竟是干什么的，正在走向自己的高挑干练的美女，她是谁？他没跟李岚一起做过项目，没见过面，只是在事务所的即时通讯系统上见过她的照片。

“万祎，万经理吧？”

“哦，李岚，李经理！”

“在收费站，你打过来电话，我就赶过来给你们订好房间……”

“辛苦你了，谢谢啊！”

“说什么‘谢谢’啊！——可是，你们”，她转脸瞧瞧跟上来的那几个人，压低嗓音，“你们在义和区捅着马蜂窝了吧？”

没等万祎捋清思绪，那几个人里头有人说话了。“嘿，小万，万经理，可把你盼来了!”

“哦,你是——”万祎想起来,这个干巴瘦,穿着件褪色工装的高个子,是他们审计义和区拆迁时候见过一面的被拆迁户。姓什么叫什么,一时想不起来了。

“我叫李铭,就是住在义和区运南街的那个被拆迁户。”那人一见到万祎,刚刚还乌云弥漫的天空立即豁然开朗了,眉宇间不再丛生愁苦,说起话来也爽朗了。“这几个,都是邻居,都被那个王八蛋李志鹄折腾得无家可归了!”

“是啊,我们的房子,他李志鹄凭什么替我们做主拆了啊?”

“万经理,上回李大哥找你们反映情况,你说得有法律依据,这不,物权法——”其中一个从半新半旧的皮革包里拿出一本小册子,郑重地翻开折页的地方,一字一板地念道:“第六十四条,私人对其合法的收入、房屋、生活用品、生产工具、原材料等不动产和动产享有所有权;第六十六条,私人的合法财产受法律保护,禁止任何单位和个人侵占、哄抢、破坏;还有……”

“就是啊,他李志鹄不跟我们商量就拆我们私人所有的房子,因为他是局长,当官的,就不算犯法?——这世道,整天搞普法,嚷嚷法治,这,他妈的王法都成擦屁股纸了,还法治个屌啊!”

他们七嘴八舌,闹嚷得乱糟糟。酒店的保安过来见他们几个跟下岗职工差不多,没一个蓝狐裘皮鄂尔多斯软黄金的,有点鄙视,口气带点生硬,让他们“要吵就出去吵”。这倒是捅了马蜂窝,窝憋心里的忿恨一时间找到了发泄的对象,他们群情激奋,直冲着保安提高了嗓门吵闹起来。

万祎急忙拽李铭走开几步,压低声音说:“李师傅,我说的法律依据,并不是说‘有法可依’,重要的,是你们得拿出来证明李志鹄勾结开发商的证据。这才能立案,追究他的法律责任——我知道,一提房地产开发引起的拆迁纠纷,地方上的法院就跟老鼠见了猫似的,设置种种障碍推三推四,就是不受理……”

“是啊，是啊！万经理，你是明白人！市里省里都找过了，北京甘家口的那个管房子的那个衙门，我们也去了，就是不顶用啊——万经理啊，你们怎么着也是来审计这条高铁拆迁的，对吧？不能不管啊，为民做主，你们得管！——到时候，我们敲锣打鼓给你们送锦旗！”

“嗨，您就甭提送锦旗啦！李师傅，跟你再解释一下，我们是接受高铁公司委托来审计，不是审计署叫我们来的，更不是中纪委。很多事儿呢，我们只能‘到此为止’。”

“什么！万经理，这话怎么说的，什么叫‘到此为止’？”李铭的心里腾地窜起了一股怒火，有点遏制不住。心里想，我们老百姓房子被拆了，没地方说理。一两年了，就这么有病乱投医，一天天看着奄奄一息的没个日头盼望，这猛然间冒出几个北京来的专门审计高铁拆迁的，那不就跟抓住了救命草把你们当成包治百病的大气功师了嘛。怎么，你们也要泥鳅甩尾巴一溜了之啊。我们大老远的跟屁虫似的撵上来，揣着满腔火热，你们，就是这寒冬腊月，一下子就给浇成冰坨子啦？不成，天王老子也不成！

听见这边吼起来，李铭的几个邻居呼啦围拢过来，吵翻了天。人越聚越多。有个保安例行公事，慌慌张张地拨打 110 报警。

“闪开，闪开！”不多一会儿，两个腰里挂着闪亮手铐和硬梆梆警棍的警察挤进人群，板着面孔打量了一下面红耳赤的李铭，横眉瞪目地责问：“你，干什么的？在这，扰乱公共秩序，吵什么吵？”

“哦，警察同志，事情是这样的……”李岚是本地人，见李铭、万祎几个被突如其来的警察骇得手足无措的样子，她努力镇静一下，上前操着纯正的当地口音解释。

望着李铭他们迈着疲惫的沉重的脚步走出酒店，在灿烂的阳光下越走越远。万祎回头朝李岚苦笑一下，摇摇头，说：“出师未捷差点死！”但是，一瞬间，在他的心里又翻滚着百感交集的情愫，使他不由得把刚才的情景与早晨御龙大酒店的一幕交织起来，在眼前悬挂起一幅布满凄苦与颓唐面容的图画。哦，被毁了种植园的，被拆了房子的——突然，他想起来什么，大喊一声“李师傅”，拔脚追了出去。

二

把行李箱搁到客房，都没喘一口气，李岚就带着他们来到晓虹区高铁拆迁办公室，跟余边疆主任介绍认识后，她就赶回溪青区，那边的工作也紧锣密鼓地敲着呢。

万祎他们负责的晓虹区，涉及近 4000 家被拆迁户，补偿资金近 26 亿元人民币。

“这个区，补偿资金为什么这么大呢？”

根据审计策划书预先确定的步骤，大伙按部就班地工作起来。借阅的档案堆积如山，与他们敲击键盘的身影交织在一起，看过去，在窗外照射进来的阳光掩映下，犹如渔舟唱晚的千岛湖中星罗棋布的葱绿小丘。

万祎习惯首先从总体上把审计对象的几个关键数据勾稽联系起来通盘考虑一下，然后有的放矢确定审计重点，这样工作起来可收事半功倍之效。他注意到，晓虹区的拆迁补偿资金远大于其他城区，于是他的职业怀疑态度怂恿他在脑子里写下一连串的问号。

随着工作的不断推进，已经悄悄沉淀的问题开始层出不穷地浮出水面。

这天早晨，他刚打开电脑，事务所即时通讯系统 RTX 就发出讯号，有留言。他下意识地端正身子，坐稳，点击打开——是李岚凌晨发过来的，她说：

“万经理，请注意一下，那个长虹路地铁站的市政工程拆迁范围很大，而且跟晓虹区高铁拆迁范围相邻近，存在搅合在一起的可能。”

默念了两遍，倏地，眼前一亮，印在那本由陈董事长领衔，刘允虎主任带着他们这几个参加了镇江、南京前期审计试点的骨干，齐心协力编纂的《征地拆迁审计实务手册》里的那句话，正在双眸上熠熠闪亮——高铁沿线存在与其他地方工程交叉的情况，按规定征地拆迁费用应在工程间进行分摊，但多数情况下都将征地拆迁费用全部计入高铁项目。

万祎心里清楚，由于他们审计确认的征地拆迁费用将作为地方政府投入高铁公司的股份，所以，各地方政府主观上都有着一种多计或高估股份的内在动因。这对于地方来说，若能将本属于地方承担的市政工程投资计入高铁股份，这不但套取了上级(省、直辖市)政府的投资，而且使当地政府建设成本下降，由此积蓄了当地政府长期的更高的管理效益。然而，这样一来，因为涉及金额巨大，必然对其他地方政府形成不公平，最终使高铁股份的资本金溅上了虚假的斑斑锈迹。一旦东窗事发被揭露出来，信达国际的执业水平必将遭受质疑，甚至整个注册会计师业的信誉都会因此遭受贬损。所以，刘允虎在培训时说到这里，就好像是三月不闻肉味的孔子，瞪着双红眼珠子，死盯手中刚撕开的一只酥软喷香的德州扒鸡那样咬牙切齿：“甭犯傻，这绝不是什么会计差错，是明目张胆的舞弊！砍，砍，给我全他妈砍喽！”

砍，可没那么轻而易举。动辄几千万几个亿的人民币，甭说一张张数了，就是称重，也得用检查超载运煤货车的地秤约斤两，眼睁睁瞅着灿烂金河滚滚而来，即使黄粱美梦，搁在谁身上他也要磨尖了浑身骨头顽抗到底。更何况，他们审计团队面对的往往是权倾一方一言九鼎的地方政府，其中的艰难可想而知。

昨天傍晚，披着一袭橙红色的夕阳，李岚回了趟家。

元月的气温还在下降，已经降到零下10几度了，寒流来自西伯利亚。

路过晓虹区区政府门口，李岚注意到有很多人聚集在那里，在渐渐暗淡的天色中骚动着坚守着。其中有很多年迈的老人，长时间的站立对于他们来说简直就是刑罚。有些站不住了，就在冰凉的水泥地上怀揣着不熄灭的希望之火，席地而坐。

有位老人颤巍巍地踩在一个凳子上缓慢地挥动着手臂，嘶哑着嗓子，要求人们保持安静，保持秩序，理性等待与政府谈判的那一刻。李岚听得出来，他们是为了拆迁的事在找政府讨说法。出于目前工作的敏感和好奇，她停住脚步，仰视着老人，心想，瞧，他的声音并不宏亮，但代表群众的心声；他的形象也不高大，但为了自己和大伙的利益，敢于挺身而出，因此他的周身都笼罩在一种美好希望的曙光里，光明而温暖。人们在为老人鼓掌，她却由于近一段以来目睹了形形色色的与拆迁有关的龌龊和阴暗，也传染了一些隐晦，似乎自己也因此低矮了许多，内心油然而生一丝惭愧。

“师傅，这是为哪儿的拆迁啊？”她问身边的一个中年男子。

“长虹路地铁站拆迁——他们太黑了，有人算了，照咱们晓虹区的地价，市里给了 40 多亿，可是，他们才给拆迁户多少？20 亿！”那人激愤地说。

旁边有人插进一句，相当威胁：“请拆迁办、开发商不要太猛了，吃得太多、太猛会消化不良的！出来混的，迟早是要还的？该给我们多少，自己算吧。”

“也不知道玩什么猫腻，一会说是修高铁，一会说修地铁站；反正就是拿国家重点工程来压你，老百姓就得当哑巴当傻子，乖乖滚蛋。”

“修高铁？”

李岚敏锐地嗅出点儿异样，还想问个究竟，那人丢下一句“哼哼，那些无良开发商和贪官污吏迟早受到人民的唾弃和法律的严惩！”就侧着身子朝那边热闹的人群挤过去。

那边的人群里有个瘦小的三十多岁的男人，指手画脚，口若悬河地讲着：

“现在这些贪官污吏，还恬不知耻地挂着‘人民政府’的牌子，还不如袁世凯那会儿呢！乡亲们有所不知吧，闹八国联军那会儿，也搞过拆迁。那是一百多年前的事儿啦，占了离咱这儿不远的天津，八国联军成立了临时军政府，叫‘天津都统衙门’。有一次，英国占领军司令坎贝尔将军想在城内东南军械所附近开辟一个靶场。都统衙门却说：‘如不付给房主赔偿费，本委员会无法让居住在那一带的居民搬迁’。想象不到吧，就是这个洋衙门，对敢于反抗他们侵略的中国人一概杀无赦，而且都是用西方人最残忍的斩首处决。你们想想啊，乡亲们呢，一个英军司令愣是弄不出一块当靶场的地方。还有一次，在天津火车站，联军士兵阻挠老百姓翻建房屋，咱中国老百姓就向都统衙门投诉了，衙门立即责成秘书长进行处理。您瞧瞧，在外国军队血腥占领的天津，老百姓为了房屋翻建还真敢投诉占领军，杀人不眨眼的占领军当局还认真受理了。这，是不是有点超出我们对于这段历史的想象？”

“是哦，我在网上撩过一眼，人家八国联军都比现在的这些嗜血如命的开发商有人情味啊！”有人附和道。

“是嘛，是嘛。”那瘦小子一听有人附和自己，眉飞色舞，提高嗓音叫着：“1902 年，八国联军结束占领，把政权移交给咱大清朝廷之前，都统衙门提出了一堆清朝政府必须接受的条件，第一条就是要求中国当局在接管天津时发布一项告谕，都统衙门颁布的各项法令，就跟咱大清朝廷颁布的法令一样有效。您瞧怎么着，直隶总督袁世凯代表清政府收回天津主权时，点头哈腰，哪有胆子拒绝啊！所以呢，天津那些被八国联军拆迁了的老百姓，他们的新房产的合法性没人敢说三道四。”

“你说的这些，可能是事实，但，我很怀疑你的动机。”一位带眼睛的大学生模样的男青年轻蔑地斜睨着瘦小子，漫不经心的口吻却蕴藏着思辨的力量。他接着说：“美国历史学家路易斯伯恩斯坦写了一本书，叫《沦陷之后：外国占领下的天津，1900－1902》，他认为，都统衙门在西方和中国关系史中作用重大，一方面，它改变了天津的城市外观；它还向中国政府示范了'现代管理方式是如何令城市成为赚钱机器';另一方面,这是由西方军队占领并建立临时政府治理中国城市的罕见例子。都统衙门的一些作为,的确给后世带来一种矛盾心态和困惑,就跟天津人当年遭受民族心理上的侮辱目睹拆毁城墙一样:这固然是军事上的报复,因为攻占天津城墙让洋人流了很多血。但也的确在客观上促进了天津的开发。上世纪九十年代,我们收回香港和澳门主权的过程中,多少又体味了这种掺杂苦辣的酸楚。"

李岚也跟过来,翘着耳朵听着。这段以来,由于工作的需要,也出于对家乡的一种眷恋,她收集了许多有关周边发展过程中征地拆迁方面的原始资料。对于那个瘦小子叙述的历史她并不陌生,而且一眼识破了他企图挑拨离间蛊惑人心,唯恐天下不乱的无耻行径。此时,她挤上跟前,双臂抱在胸前,微微歪着脑袋,不无嘲讽地问:"喂,你卖弄这些从《China and the Allies》上抄来的陈糠烂谷,是蛊惑人心呢,还是嫌自己的舌头长的没地方搁呢?"

"你,你,你什么意思?"瘦小子胆怯了,不由自主地向后退去。

"就算你说的都是事实,又怎么样?"李岚不慌不忙,接着说:"《China and the Allies》不过是侵略者写的一本为自己脸上贴金的书,它的可信度有多高?我们且不去探究。你怎么不提都统衙门拒绝支付每亩 75 两白银的征用费补偿?你当然知道,是一个美国外交官,兼任都统衙门汉文秘书的丁家立否决了这项补偿方案。所以你有意回避,怕戳破了你心目中主子的假面具。对吧?他,可是大名鼎鼎,当过李鸿章的家庭英文教师,是天津大学的第一任校长,门生桃李遍及清末民初中国政坛,他一直自诩、也一直被我们津津乐道为'中国人民的朋友'。——可是,你忘了,八国联军支付给拆迁户的每一分钱都是从中国抢劫的,难道我们还要对强盗感恩戴德吗?"

"是啊,就比方我强奸了你妈,然后再扔给你妈一盒毓婷,你就特别感激我——感激我没给你家舔张吃饭的嘴增加经济负担,没增加一个跟你争遗产的弟妹?!”有人义愤填膺地喊道。

“我们相信政府,它会为群众谋福祉的,现在国家繁荣了、昌盛了,国力强大了,我们最底层的老百姓就是想分享一点点成果;就好比,妈有钱了,我们这些孩子现在有困难了,伸手想要点盖房子的钱,该不过分吧?——我们就是这么想的,一点都不复杂。你他妈的扯什么八国联军的蛋!”

“得、得,算我没说,行了吧?”那瘦小子摇尾乞怜的奴才相,缩紧身子钻出人群,遛之前还不忘抛出一句狠话:“等着吧,爱国贼穷光蛋,people`s police,给你们‘躲猫猫’!”

心被那句“修高铁”悬着,李岚没有尽情享受家庭的温馨时光,又打开了电脑,调出“各省市征地拆迁清理资料(电子版)”,找出有关晓虹区的资料,全神贯注思考着。

作为土生土长的本地人,李岚对这一带的城市布局面貌不说了如指掌,但也能做到老马识途了。她再调出卫星地图,按图索骥,一幢幢,一栋栋,一条条地比照。最后,她认为有足够的理由支持自己的怀疑:晓虹区把部分长虹路地铁站的拆迁算进了高铁拆迁。

她将留有自己清晰思路的分析过程的电子表及其原始资料新建了一个文件夹,备份保存。但她没有发给万祎,只给他留了一句话做提示,适可而止。这倒不是因为目前自己的判断还是以主观为主色调,没有几缕客观的色彩,那阳光、花朵、绿叶,在夜色里还很朦胧。她想的是,虽然自己的级别比万祎高,但作为独立展开工作的审计团队,他们之间没有隶属关系,都是直接接受刘允虎主任工作指令。所以,她告诫自己,不要撬开一丝一毫的可能居高临下损伤人家自尊心的缝隙。为此,如此重大的问题她也没有急于向刘主任汇报。给予年轻的同事更多自由驰骋的专业空间,给予他们充分的信任——她牢记着,信达国际的人才培养的箴言。

三

李岚的信任无疑是正确的。

哈哈，万祎在心里大笑，真的能抓住这条大鱼，他们，就能在渤海湾里撑帆远航啦！当然，他已不是那种异想天开的乳臭未干的毛头小子，他知道，要让被审计单位低头认可你的审计结论，这么大的金额，不脱层皮，那是痴心妄想。好吧，他轻轻把签字笔往桌子上一丢，看着它滚了两下，蹦进了盛着橙红色砂糖橘和淡黄色香蕉的果盘。他收回眼光，环视一下正在专心致志核对档案数据，紧着敲击键盘输入有关数据的团队成员，再转眼盯住杜中秋和晋振辉，目光在这两位专门配备给他这个团队的造价工程师身上停留片刻，然后吩咐道：

“伙计们，停一下，停一下手里的活。”

“哦，祎哥，怎么，今儿咱们不吃食堂，去吃狗不理嘛？”快人快语的乐欢尖声问。

“呵呵，小心，肉包子打狗有去无回哟！”晋振辉咂巴着嘴，揶揄着。

“‘酒兵昨夜压愁城’，恐怕是军情紧迫吧？”文雅而不失率真的苏慕喆引了一句辛弃疾的诗句，恰切观照了万祎此时此刻的心情。

杜中秋没说话，伸手拿起一只圆鼓鼓的砂糖橘子剥开，一瓣一瓣地往嘴里搁，细细咀嚼。孟寐求勤快，顺着办公桌给大伙的茶杯添满水；他故意让苏慕喆的茶杯溢出了水，惹得她惊叫着赶紧抱过来纸抽，一片一片雪白的纸被铺在桌子上，洇饱了水，由浅变深。大伙哈哈笑着，觉得挺开心。

万祎直截了当：“昨晚，李岚在 RTX 上给我留言，说晓虹区的市政工程拆迁跟咱们高铁的拆迁掺和了，就是那个地铁站。我刚才又琢磨了琢磨，晓虹区的拆迁补偿费用这么高，原因很可能就在这里。咱们得重视，这是个重大特大问题，如果在我们手上抓不住，或者抓不牢，呵呵，咱们几个，虽然没一个是芝麻官，也趁早，回家卖红薯吧。”

“嗨，不是改善伙食啊——我还真有点怀念烤红薯的滋味呢！”乐欢扭扭脖子，抓起一只香蕉，左右看看，塞到身边的苏慕喆手里，然后伸手又掰了一只。

“咱们原先的工作安排，调整一下：晋工，杜工，发挥你们的特长，把图纸整理一下，对照着，先去现场转几圈，回来咱们再看能不能发现破绽；档案这边，小苏，你带着，你们仨，乐欢、孟寐求，注意发现异常情况，总会有蛛丝马迹。天衣无缝？我就不信了，鬼也干不了那么漂亮！”

“放心吧，万经理，俗话说‘三个臭皮匠赛过诸葛亮’，更何况我们三个CPA呢！——是吧，苏姐，还有你，孟夫子，好好跟着姐们干哦。”乐欢手里抓着香蕉皮，窜起来叫嚷。她的性格就像她的名字，乐观、快乐，跟一头解开辔头的马驹子似的撒着欢儿。

“好吧，祎哥，那，我们先研究一下图纸——”

别看杜中秋才二十七八岁，但工作中，已经显出那么点沉稳持重。

四

第二天下午，从拆迁档案传递出来的信息，既令万祎兴奋，又使他坠入了一个时而闪耀炫目光辉，时而暗无天日的深渊。晚上，竟使他辗转反侧夜不能寐。

“万经理，快来啊——”苏慕喆跟乐欢、孟寐求交头接耳了一会，压低了嗓子叫着。

“哦，什么，发现新大陆啦？”万祎预感到有什么关涉那市政工程的重大问题的线索，开始暴露马脚了。

“你瞧，我们发现这个渠府路街区都有这么一张‘补充协议’，其中的补偿项目，跟前面看过的街区不同。刚才小孟开始核对这个街区就注意了。”苏慕喆拿了几张“补偿协议”并排放在桌子上，指点着上面的项目，接着说：“我们从百度地图核实了一下，这个渠府路街区紧挨着长虹路，会不会跟那个地铁站有关系？”

“嘿，瞧啊！”乐欢也发现了令人振奋的线索，她高高举着一份案卷，“又是一对假冒结婚吧，你们瞧，这男的，跟这个美女，怎么看，也没有夫妻相。”

万祎瞥一眼，叮嘱：“乐欢，别先入为主啊；抓住确凿的证据，再做结论不迟。”

“呵呵，等等，我再看看——”乐欢没有抹去脸上的笑容，快速翻阅着档案，一会又在电脑里拉动一排排的数据，她在以联系的思维方法，力求使档案信息与上报的费用清理数据互相印证，终将使自己登上一座高地，实现俯瞰审计对象的最佳视角，从那里观察，即便背阴的旮旯也将一览无遗。“看，这个男人倒是没确定为拆迁安置人口，可是，作为特殊人口，得到了12万元补助，还因此分了户，多给了一套两居室安置房——哇塞，跟谁结婚啊，从天上噼里啪啦一个劲儿掉馅饼，我也愿意！”

“呵呵，还是个‘未婚先孕’！”孟寐求在一旁随手拿起一张证明复印件，念叨一句。

“是嘛？”万祎将信将疑，探过身子伸手捏住那个牛皮档案袋，连同摞在上面的档案资料拽到自己眼前，随手翻翻。突然他的手僵住了，目光也呆滞了，整个人就像是一座石头雕琢的塑像。

怎么了，万祎，万经理，祎哥？几个人都惊异地盯住了他，不敢出声，怕惊吓了他，于是在心里异口同声地问道。

足有四五分钟，万祎才缓过神儿来；却在胸口幽幽地唤着一个人的名字："高菲菲！"

高菲菲是万祎财经大学的同学，比他低一届。两人相识有点喜剧性。

那是一个秋季的傍晚，刚刚跟理工大学的一拨学生踢了场足球，万祎跑到水龙头前冲洗一下，把运动衫搭在肩上光着膀子，吆喝会计系的几个哥们儿去喝冰镇啤酒，消暑解乏。通往北门的林荫道上落满了黄色和黛色的树叶，他们边走边侃；万祎的铁哥们儿李威吹嘘自己在球场上的脚法多么玄幻多么凌厉，那神态和自信，就好像罗纳尔多拿在手里做广告的不是金嗓子喉宝，而是捧着他的那双臭脚。

在他们后面突然窜出来几个骑赛车的，宛如席卷而来的蒙古骑兵，冷不丁地朝着他们的肩膀、背甲、臀部飞起一脚。他们哥几个被这突如其来的袭击搞的晕头转向，站立不稳，纷纷跌倒。毕竟是踢足球的棒小伙，眨眼工夫，一个接一个从地上跳起来，只觉得呼啦一阵风声响过，他们嗷嗷叫着疯狂追上去。

只有万祎不是跳起来的，而是爬起来的。他的腿磕在路边的水泥牙子上，留下一道血印，疼得钻心。刚站一会，腿就发软又要跌倒，赶紧用双手撑住，慢慢坐到路边水泥牙子上。他想在这儿等哥们儿凯旋，说不定还会给自己拎几瓶啤酒回来。

"喂，你们欺负人家了吧？要不，这帮家伙怎么脚下这么狠啊！"

悦耳的声音冲进耳朵，哦，谁呀，训老子?！万祎正气不顺呢，一甩脸，没等看清楚那女孩的模样就狠狠回了一句："你他妈没长眼啊，咱财大的会欺负人吗？"

"呵呵，'咱财大的'，莫非都是诺贝尔和平奖得主！哈哈，看你那残兵败将的样儿，还嘴硬呢！"

女孩没有被他的不礼貌惹得气恼，心想，这小子刚挨了揍，肯定郁闷得要死呢，心里怪堵的，出言不逊，一句半句的，可以理解嘛。

女孩的宽容反而让万祎心里过意不去了。他咧咧嘴，拧着脸皮露出点带有歉意的笑容。眼睛不禁上下打量着这个娉婷玉立的女孩，水洗蓝牛仔套裙，白色T恤，朴素大方；虽不是明星的美人坯子，但也是眉清目秀，相比累遭潜规则的浓桃艳李，她，绝对纯洁如水中莲荷，翠绿翠绿的荷叶，一莛高挑的荷花，盛开着，那花瓣儿，粉红中透着玉白，好美！

"瞪着我干嘛？我可不是凶手！"

"哦，呵呵，那几个小地痞——"

"哇，你的腿磕破了，啊，骨头——骨折没？"

又一阵疼痛钻进了骨头，狠狠齿嚼着神经，万祎不觉冒出满头的大汗。他强忍着，抖了抖另一条腿，然后用两手抱着受伤的腿轻轻挪了挪，以示筋骨连接得好好的，没断。

"没事，一会就好了。没吓着你吧？"

"我的胆子可比米老鼠大多了——你最好去医务室看看，别不当回事。"

女孩蹲下了，仔细瞧了瞧伤口，自己好像就是一位救死扶伤的外科大夫。在她眼里，分明有一股善良本性如清溪一缕潺潺流趟着。蓦地，她蹦起来，"你一定疼得要命吧？等一下"。说着她就朝那边的小商亭跑过去。回来的时候，手里拎着一个袋子，里面还给万祎买了两听冰镇啤酒。"喝吧，酒能镇静，可以缓解疼痛。"

"谢谢你！——你，干什么？别，别碰……"

她又蹲下来，从塑料袋里抓起两个冰棒，又从裙子口袋里拽出一方手帕把冰棒捆好，然后小心翼翼地搭在万祎的受伤的腿上，再端详端详，没见什么差错，就一扭身子，紧挨着万祎坐下，从塑料袋里提溜出一个雪糕，美美地吃起来，就像是刚下手术台的医生享受工作餐。

"这叫冷敷法，疼劲儿好多了吧？坚持一会儿，最疼的时候就过去了。"她咽下一口甜腻腻的雪糕，伸手指指自己的小腿肚子上一个浅浅的疤痕,“初中的时候,我爬楼梯摔了一跤,磕破了。我妈就是这样给我做的外科手术——你看,名师出高徒吧,这么多年了,照葫芦画瓢,都没出医疗事故。嗯,我可能更适合当医生”。

“哈哈哈,你真逗!这不,我就是第一个,第一个被你妙手回春从死亡线上拽回来的重症患者——你这个卖狗皮膏药的已经开张大吉了!”

“嘿,挂号费都免了你的,反倒损开我啦!不知好歹,你小子没良心!”

“岂敢岂敢,哪儿是损你呢——咱们这不是侃着逗开心嘛。”

手机铃声响起,万祎接听,兴奋地大喊:“李威,怎么样,揍残那帮狗杂种啦?”

“倒是揍趴下了。可是,我们也被逮进局子里来了。”

“啊,遇到巡警啦?”

“对。万祎,我们做笔录呢,我问你,摔得怎样,要是严重咱也得写上,得让他们出医疗费……”

“没事,没事,我这儿有个美女医生给我贴膏药呢。”

“好啊,万祎,你小子有本事,瞅着空就泡妞啦——得,没事就行,你自己好自为之吧,甭晕菜哟——我们还得跟警察叔叔矫情会儿呢。挂啦。”

见万祎挂了电话,高菲菲用胳膊肘杵一下,问:“哎,你们怎么得罪人家啦——我记得咱财大没开‘打架斗殴’选修课吧,不会是在搞社会实践的彩排吧?”

“嗨,那几个小痞子——下午我们跟理工大学的打比赛,他们硬要凑数,谁答应啊。”万祎仰起头灌了两口啤酒,嗯,好爽快。“他们是那边技校的,仗着是地头蛇,常来惹事。最后还是逼着人家理工的,让出前锋的位置,上场就斗狠,但还是输了。不服气吧,泄愤,搞突然袭击,这叫什么本事!——你说,你们这儿,怎么养活出来这些个狗杂种?”

“嘿,怎么数叨起我们这里的人来了?再说了,你怎么知道我就是本地人呢?”

“呵呵,不是这儿的人才不撇你们那种腔调呢!”

“这种腔调怎么啦？悦耳动听，这词儿，知道吧，就是夸我们当地的口音呢！”

“哦，是嘛，我真的是孤陋寡闻，那就恭喜恭喜啦！哈哈——悦耳，动听，哈哈，不过，你的嗓子真的不错，怎么不去当快女？”

“去你的，别在这儿逗贫嘴了，我得吃饭去了——喂，你，给我站起来，复诊一下——哦，年轻就是资本啊，伤好得飞快——不像老头老太太，伤筋动骨一百天呐——对了，手术费就免了，可是药费你得给我！”

“药费！啥药费？”

“那些啤酒、冰糕啊；算了，零头给你抹了，给个整儿，20块。”

他们就这么认识了。不过，与其说高菲菲的“救死扶伤”让他念念不忘，倒不如说她那与众不同的斤斤计较给他留下了深刻印象。从那以后，他们虽然在校园里也有会面相聚的时候，但他正跟一个来自山东烟台的同班同学处着朋友，每次见着了，彼此相敬如宾，却似乎总有那么点心照不宣，仿佛在冥冥之中有那么一根细线缝住了两人的心瓣。

万祎毕业以后，到一家房地产评估公司工作，而烟台的那位女友，跟他在这里坚守了不到半年，再也抵挡不住家里的千呼万唤，特别是那份家里托门子给她安排的吃财政饭的工作岗位的诱惑，与他挥泪分手。正当他心灰意冷的时候，在一次拆迁房屋评估现场，高菲菲鬼使神差地出现了。

五

“嘿，这不是万祎嘛，足球健将——干吗，到我们家有何贵干？”

“高菲菲！这，是你家？”

“对呀。是不是觉得进了贫民窟，我家有点寒碜吧，都不敢认老同学啦？”

“说哪儿去了，你！我没忘呢，你还是个医术精湛的江湖郎中呢！”

“啊，哈哈哈，你，你还记得那档子事儿呢——呵呵呵！”

就这样，两人相别七八个月之后，2008年的春天，又一次相逢。

那天，公司的估价工程师郭霖带着万祎他们几个来这片街区做房屋评估的前期准备，这套老式住宅里绳床瓦灶的陈设，似乎给了他某种诠释：原来她家里这么拮据，怪不得那么斤斤计较。就在这么一个未必切合实际的念头一闪，他的心似乎被高菲菲那毫不掩饰的率真紧紧地攫住了，霎时就要把自己跟她融合在了一起，并趁着这春天的明媚，滋生出来一叶翠绿的枝芽来。于是，当天收工的时候，他兴冲冲又转回到她家，来接她一起去晚餐。

“干吗的，你找谁呀？”

在他拐进楼洞的时候，身后传来一声沉闷的嗓音。他停住脚转身，才注意到距离楼洞口七八米的地方有棵繁茂的老槐树，树下摆着一张桌子，几个人围在那儿打麻将。一位五十岁左右的工人师傅模样的正横眉瞪眼地盯着他。万祎也盯住他，觉得在他的眉宇间总有点相识的感觉。

“我，我找高菲菲，她，不就住这儿嘛。”

“找她！——你，你是哪儿的，干吗的？”那人嚯地站起来，警惕地追问。

“好像是评估公司的，上午我见过他。”旁边有人轻声说。

“对，对，我是评估公司的——”

高菲菲闻声小跑着奔出来，解释道：“爸，他是我同学，叫万祎，在评估公司上班——正管咱们这片，今天碰到一块了。”

原来这是她老爸啊！万祎不禁又仔细瞧了几眼。古铜色的宽脸盘，浓眉大眼，胡茬子裹着两腮，就像是两张煎焦了的馅饼，泛着黑亮，蹦着油星;硬朗的身板,穿一身褪了色的工装,倒是有几分工人老大哥的雄赳赳的威武。

"高师傅,出牌出牌,该你啦……"

"小丫头,早点回家!"听见有人催促,高师傅朝万祎点点头,似乎对他挺放心,便喊了一嗓子,扭回头去全神贯注打他的牌。

俩人吃好了晚饭,走在街上。此时已华灯初上,灯光与落日余晖映照着匆匆行走的人群和牵手慢悠悠踱步的情侣,形成一个独特的都市晚景。而对于万祎和高菲菲来说,他们既不是情侣,也不是匆忙赶路行人。那么,彼此究竟是一种什么关系呢?他们并没有去多想,只觉得今天很美好,不但这春天的气候清爽宜人,更主要的是身边有了一个相识的却又有那么一点陌生的人。

万祎从高家的困境中萌生出一种责无旁贷的气概——我能做什么,为了她,我应该可以助以一臂之力!于是,他就急不可待地希望尽快举起自己的还很柔弱的臂膀。而在高菲菲心里也似乎有些无以名状的感觉,为什么万祎打电话请她一起晚餐,她毫不犹豫地答应了?这,可是自己第一次跟一个男孩单独吃饭啊。虽然两人相识很久,但今天的事情来得如此突然,却又给人久久期待水到渠成的感觉。

就这么在脑子里胡乱地思忖着,边躲闪着疾步的行人,他们俩拐过了一条大街,不约而同穿过斑马线,朝河岸堤坝上的林荫道走去。

前天落了一场春雨,河水显得十分充沛,朝着渤海,不急不缓地流淌。河岸上已经是郁郁葱葱,杨柳的影子倒映在水中,波纹潋滟,晃动着不尽的梦幻。一片接一片的花圃,姹紫嫣红的花朵映现在街面霓虹灯下,浓妆艳抹凝脂丰膏,失掉了自然的妩媚,多了几分招展的妖冶。

不知怎的,两人都不说话。难道是刚才谈及她家里的状况过于直截了当,伤了她的自尊心?万祎在心里揣摩着。

一阵清风吹拂,撩起高菲菲的丝巾飘到了万祎的眼前,他不由得瞥眼看去，闪烁着灯光的水面，亮晶晶，恰好衬托着她的脸，宛如一个女王的浮雕头像；长睫毛似乎在弹奏光线，心灵一曲；小嘴唇紧紧抿着，却闻轻歌盈耳；长发随着歌曲与丝巾旋舞，犹如一台舞剧正在步入高潮。

一瓶啤酒绝不至于晕眩，万祎猛地眨巴一下眼睛，扭头定睛仔细看，哦，穿着朴素、未施粉黛的高菲菲，在这夜晚春风的拂煦里，如此风姿绰约，他不禁在心里打了一个闪念：这个女孩会成为自己的妻子吗？

"菲菲，毕业了，打算干什么？单位有着落了吗？"他终于岔开原来的话题，打破沉闷。

"本来，想考研的——可现在，家里又被拆迁搞得焦头烂额。嗨，等等，明年再说吧。"

"为什么要等呢？拆迁，他们拆他们的，不妨碍你考研吧？"

"怎么不妨碍！我爸妈整天吵吵闹闹，为了怎么才能多拿点拆迁补偿。你说，我能安下心来吗？"

"哦，这倒也是。"

吃饭的时候，他们边吃边聊。他了解到高菲菲父亲原来在一家国有企业铸造车间当工段长。前些年，企业不知道怎么搞的，说倒闭就倒闭了。本来，原厂长有心高薪聘用他到自己开的一家铸造厂主管生产，但他从心里蔑视他们这些监守自盗的鼠辈，一口拒绝了，从此就下了岗。原本不宽裕的家，更是雪上加霜。他也努力尝试过，有心顺着经济大潮扑腾着游向一个藏着金银财宝的小海岛，但他生来不是做买卖的材料，干一样赔一样，怎么也不能把家里赔个精光啊！他只好歇手不干了。有一段时间无所事事，跟朋友们搓搓麻将，一上手，就沾上了赌博。在这方面他倒是开窍手气好，反而能贴补一点家里。但这种营生，你没雄厚财力，押不上搁秤上约的金子，你就发不了财。况且他为人耿直，在圈子里没少惹事，仗着他豪爽义气维护着一帮朋友，没出过溅血腥的凶煞，却总得破费钱财摆平事端。而且还有栽在警察手上的倒霉时候，没收加罚款，损失就更大，三两个月才能缓过劲儿来。这日子，就这么紧紧巴巴地过着，但要想攒下一笔钱来，那实在是太艰难了。

“万祎，我那次给你做手术，收了你 20 块钱的药费，其实，我多收了你 5 块——你还记得吧？”吃饭的时候，她突然冒出这么一句话。

“哦，药费？我记不清了。”万祎闹不清高菲菲这时候提这件事有什么用意，他不想让她难堪。

“装傻！咱们财大没一个长猪脑子的——哎，别怪我小气啊！你不知道，我最不愿意跟爸妈伸手要钱了。他们对我倒不抠门，可是他们兜里确实没多少钱啊！你知道吗，我妈身体不好，在一家街道小集体工厂上班，工资低还经常拖欠——”说着，高菲菲不觉中伸手攥住了万祎的手，诚恳地说：“哎，等我正式参加了工作，嗯，发了第一个月工资呢，得请老爸老妈去餐馆吃顿饭；万祎，等我发了第二个月工资吧，一定请你吃大餐！”

看着高菲菲满脸的真诚，天真无邪，没有一丝的乖戾或戏弄，一刹那的感觉，激动，万祎倏地把手反过来攥紧了高菲菲的手，另一只也加了上去。他们就这么默默地注视着。激动的心潮逐渐翻滚，心扉，就像古代攻城时候被巨木撞击的城门，一次又一次，轰然打开！

“我爸说了——”这时候，高菲菲一扭身靠在了河岸的护栏，发自内心的欢喜绽开在脸颊，美丽而神气。

“说什么？干吗说半句话呀！”万祎停住脚，转身对着她，心里又一次翻滚起一股情愫，她，会不会就是我一生的那一半？

“我爸说了，如果这次拆迁能多拿点，就供我一直上学，读博士！哈哈！”

“多拿点？怎么多拿，拆迁补偿不都得按规矩吗？”

“你呀，装傻还是真傻帽啊？——拆迁这里头，猫腻多的海了去啦！”

“哦，这，我倒是听说过——但你们家，就那么两间老式房子，再怎么着，也拿不到几十万啊，扣了安置房款，落不下多少，最后能剩下一两万装修费就不错了。”

“好多拆迁政策，好像故意留着个缝隙，一般人看不出来，单等着胆儿大的有势力的，削尖了脑袋钻呢。”

“那也有限吧——不过，至少是改善了居住条件，我想，这也是拆迁最吸引老百姓的地方，你们也沾了拆迁的光了，哈哈。”

“看来你还真不明白。我嘛，也是这一段听爸妈唠叨耳根子磨茧子，了解一丁点儿——哎，对了，你们给我家房子估价的时候，可着劲儿往高里估，听见没？”

“哈哈哈，你以为评估公司是我开的啊。再说了，房屋估价，有国家的规则，哪像你想象的那样，想怎么估就怎么估啊，那不乱了套？逗吧，你就！”

“嘿，你还装起大尾巴鹰来了——跟你说，我爸跟拆迁公司有默契，你就看好吧。”

“有默契？对了，你说你爸赌博，就在那儿，家门口？”

“哪儿啊，他们有专门的棋牌室，没内奸，警察都找不见的——现在，两眼不得死盯着拆迁嘛，所以这段不经常过去了，就在家门口消磨消磨时间。”

“噢，是这样。”万祎应一声，心里其实还有许多的不明白。

六

“小丫头，盯紧了他啊！”高山宇得知女儿的同学参与这片拆迁房屋的估价，喜不自禁，似乎手上就要掂起更厚更重的一叠一叠的人民币，数都数不过来。从女儿上次跟那小伙子吃过饭之后，他一见到女儿，总要叮嘱一声：“让他给咱们往高了评估哟，记住喽，别脸皮薄。这钱呢，就是从天上往地下掉，你也得可劲儿往怀里划拉呀，不是嘛。”

他极有心计，早就托朋友打听清楚了，这段时间，那个嬉皮笑脸总往他们这堆儿被拆迁户里头挤蹭的，叫什么丁立靖的小王八羔子，可是有来头的，听说他哥就在拆迁公司里当头呢。他是来卧底的，肯定是。嗯，他们呢，没一个是省油的灯，吃荤不吃素。你奶奶的，不都是盯着拆迁补偿款嘛，兴你们大把大把地往怀里搂着抱着，不嫌累赘，就不许咱老百姓吃一个夹俩？

拿定了主意，他想，你小子不就是想利用老子在地面上的人际活络嘛，好，咱们得把话撂在实地，你们吃肉，老子喝汤，总行吧。那也比赌场里干净多了，也来得快多了，这一数票子，都是成捆成捆的，几十万上百万。您瞧，多邪乎！他因此不由自主美好地畅想，从此改善了住房，装修嘛，别太费心思，差不离就行了，不用追求那金碧辉煌。到时候，说什么也得带着老伴儿去香港东南亚的溜达一圈，不就是旅游嘛，也时尚一把。嗯，最主要的还是咱家那个掌上明珠宝贝女儿，跟着咱们俩没出息的爹妈，没享过多少福，小时候连那肯德基都没吃上几口；那回在劝业场吧，那个芭比娃娃，她特别喜欢，可是标价200块，咱没舍得给她买，她哭得跟个泪人似的——嗨，想一想，真有点对不住她！嗯，这回，得让她把那硕士博士的统统念下来，咱们这几辈子，几十号人口，还没出落个这么有出息的孩子呢！他甚至自己悄悄跑了几趟望胜街口的那家奥迪4S店，琢磨着给女儿买辆四个轮子的小汽车，就把车子停在那座高耸入云装饰着耀眼的玻璃幕墙的高级写字楼前面，让咱们宝贝女儿风风光光趾高气扬地走进去，做那个白领、什么金领的。

就这么着，紧挨着这栋就要拆迁的楼洞口不远处的老槐树下，支起这张麻将桌，巩固地占据在了那里，成了他们的根据地。

“胡了！”高山宇今天心情特别好，手气也跟着上扬。这不，刚才抓进九筒，他琢磨，这九筒是生张，六筒的危险倒少，已能解除幺、九熟于中心张子的死限制，于是随机应变，果断改换打六筒。果然出奇制胜。

“高大哥，你好厉害！我这，紧接风、箭之后，还在打幺、九闲张呢。”丁立靖张大了嘴巴，盯着高山宇的古铜色的大脸，好像从上面可以破解令他羡慕的牌技密码。

“你呀，小丁”，高山宇也不客气，好为人师地指点着，“打这种新潮麻将，你得舍牌精明，不点炮，既使别人和了88分值的大四喜、大三元，而你也只丢了8分。所以只要舍得精，不点炮或少点炮，再和上几把高番牌，你准能稳操胜券。”

“稳操胜券，哈哈哈，没错，稳操胜券！”丁立靖笑了，有点歇斯底里。

他也不过三十岁刚冒头，原来在一家规模挺大的私企做营销，又累钱又少，甩手不干了，央求在拆迁公司当总经理的大哥给安排个悠闲点的活。正好赶上高铁拆迁，这边拆迁工作量大又比较棘手，他大哥就安排他过来锻炼一下。论相貌，丁立靖也算是个五官端正的英俊小伙，再加上挺拔的身段，西装革履一打扮，怎么看，也是个高档写字楼里的白领。就因为上了那所坑人骗人的学校，整天跟一帮吃饱了混天黑的混世魔王摽着，没学了一点好，脑子里转悠的都是美味佳肴灯红酒绿，就从不想想如何用自己的双手去创作财富，然后再去享有人生的一切美好。不过，在拆迁这儿，对于好吃懒做惯了的他来说，却一反常态，办公桌上那一厚摞拆迁政策的资料倒是没有被蒙上一层灰尘，难道是他踏实下心来认真学习了？——他那心思不早就不往正道上搁了，而是专找歪门邪道，使出浑身的劲儿钻营嘛？

“我说，小丁，我们这帮老哥们，拜托你的事，可得往心里头搁啊！”趁着洗牌的空儿，高山宇不忘千叮咛万嘱咐。

“信不过我是吧？那，咱们散伙！”丁立靖人小脾气大，把跟前的牌哗啦一推，站起来就要走。

嘿，这小兔崽子！心粗胆大的高山宇遇见财神爷撂挑子的窘迫，也只能在心里骂一句，顾不上辈分面子的道理，赶紧过去抓住他的胳膊往回拽，嘴里好言好语地说：“小丁呀，哦，丁经理，咱们哪是信不过呢，不就是平头老百姓没出息，老婆嘴唠叨个没完嘛。来来，坐下坐下——喂，老张，去，给醉仙楼挂个电话定个雅间，今儿咱得跟小丁经理喝个痛快！”

一丝稳操胜券的微笑洋溢在丁立靖的脸皮上，他不动声色地重新坐下。

这些被拆迁户心里的小算盘，哼，满心装着的就是多多益善的拆迁补偿款，这个脉，咱掐得准呢！丁立靖虽然不学无术，但脑瓜极精明，每一想起自己的这种八两拨千钧的功夫就禁不住傲然一挺脖颈，那边有人就递过来一根烟，咔嚓给点着火。深深一吸，慢慢吐絮，腾云驾雾一般，呵呵，感觉不错，你，就是那个活神仙哦！

酒楼里的推杯换盏，猜拳行令，好不热闹。

这时候，已经是整个身子完完全全地腾云驾雾，丁立靖舌头抻长了，眼光离乱了，脑袋膨胀了；但他装腔作势努力镇静，不能在这帮子穷鬼面前跌份儿！但是，酒精在他大脑细胞里发动一次又一次的袭击，令他负隅顽抗的精神再也筑不起一道防线。此刻，只有诱使他们欲望的眼神放射光芒，反守为攻，才能最有效地掩饰自己在酒精面前不堪一击的狼狈。

“听着，老哥们儿！”

“啥，又有喜讯啦！”一看这个拆迁公司神通广大的二老爷一本正经地样子，包括高山宇在内的几个被拆迁户立即正襟危坐，洗耳恭听。

“昨、昨天，高铁拆迁指挥部又开会了，纪要还没发下来，我透露一点给各位老哥——听着，别、别他妈给老子捅出去啊！”

“放心吧，丁、丁经理，往心窝里掖着呢，谁也偷不走。”

“是、是这么回事，咱这片街区拆迁难度太大，指挥部要搞点小恩小惠的刁买人心——听好了，赶紧着，去找门子开大病证明，一个人补贴三万块！”

听着，老哥几个一头雾水，瞪着眼睛发会儿愣，忙问：“啥叫大病啊？”

“哎哟，一帮子木头橛子，怪不得还囚在破房子里下蛆呢——大病都不知道啊，去瞧瞧‘基本医疗保险’，那上面怎么规定的……”

“那具体是哪些病呢，我可是高血压糖尿病……”

“什么癌症、白血病，嗯，什么心脏搭桥、开颅手术，还有精神病……”

“这，这不是咒自己和全家早点死吗？”

“嘿，你还卖乖了不是！”一着急，酒劲醒了一半，丁立靖抬手指戳着比自己长一辈儿的拆迁户训斥：“你没听说‘咒一咒十年寿’嘛？看着办吧，反正是一人三万，你们，爱要不要！”

“这……”

面对金灿灿的财富诱惑，有谁不争先恐后抡起铁镐拆掉道德城墙的一角，钻出去缴械投降？信不信由你，没谁！

“咱们说好了，每个人得给我一万——我都给你们报上去，户口簿上的，有一个算一个。”

“嘿，我家户口上六口人呢，你，你小子不费劲就捞六万啊！”老张喝得昏头搭脑，一时气急，竟戳起了丁立靖的脊梁骨。

“怎么着，觉得不上算是吧！那你就一个也别报，我还省心了呢。”

见丁立靖一拍桌子就要蹦起来，高山宇赶紧拽住他，端起茶杯送上去让他消气；再朝老张一瞪眼，压低了嗓子说：“老张，咱也一大把年纪了，这话说的，怎么就跟往人家热心肠里灌凉水呢！人家丁经理还不是看着咱们哥几个没个发财的本事，守着几间破房子受苦受累，菩萨慈悲，才给咱们这么卖力受累地张罗！老张啊，你也扪着良心算算吧，你一下子多拿了多少，六口人，一个人落两万，二六一十二，12万呢！这，就靠你那点工资收入，熬到你骨头朽烂喽，能攒下？！”

“还是我高大哥英明！”丁立靖抬手一划拉，有些无可奈何，“你们几个，让我怎么说呢！”

“从今往后，咱们老哥几个，听清楚了，再也不许惹丁经理不高兴！”高山宇心里想，伺候好了这个丁财神，谁也说不准从他这儿还能倒腾出来多少五花八门的拆迁补偿款呢。他慷慨地拎起酒瓶子，斟满酒杯，大喊：“来，咱们再敬丁经理一杯！”

"哈哈哈，高大哥的话咱爱听！其实，我丁立靖不过尽一点犬马之劳，承蒙各位抬举；说句大实话，我就靠着各位发财呢！啊，哈哈哈！来，来，恭喜发财，干！"

又一轮酒仗开战，一阵阵吆三喝五的粗重嗓音，在这家酒楼的一个雅间里回荡着。

"南南、西西，88条，3、4筒，1、2、3、4、5万。"

他们都醉了，半梦半醒之间，晃晃悠悠跌倒在了一条又一条通向天边的金光闪闪的潺潺小溪旁。他们竭尽全力争先恐后爬过去，一头扎进水里去，脑壳碰在了岩石上，磕破了，血流了出来，他们全然不顾，以万死不辞的大无畏气概，大张着嘴，屏住呼吸，让溪水更加汹涌地灌进嘴里、鼻孔里，冲进肠胃；他们坚信，此刻积蓄在肚子里的每一口水，清晨醒来之后，凝固了，都是24K的黄金。

七

高山宇心里有些惴惴，但他的脚步已经迈向了蒙西郎街1387号。

耳边又响起丁立靖的嘱咐——高大哥，我就信得过你！有件事，得劳驾你辛苦一趟。嘛要紧事儿，需要咱老高走一趟？我呢，是拆迁公司的，这种事儿出头露面的，不太合适，还不到万不得已的时候。是这样，那家住着个老家伙，死活不肯搬家，我们跟他儿子把条件讲得清清楚楚，双方都点过头了，钱也付了一半了。你看，这不是给咱眼里揉沙子嘛！可是，咱也得"以人文本"嘛，再做做工作。高大哥，你在这地面上说话硬气，你就去一趟吧。不过呀，你没必要跟那老混蛋苦口婆心，话带到了就行啦，如果还僵着，我们公司的损招多着呢，啊，到时候就不麻烦你了。放心，就让你走一遭。去的时候，你最好戴上这副墨镜，如果谈得顺利，再摘下来——哈哈哈，您呢，高大哥，戴上墨镜，身后再站上俩保镖，整个就是一个黑老大！

哦，黑老大，小王八羔子，你把老子说成了什么东西啦！

对着窗户上的玻璃端详，戴着墨镜的自己的确有十分的凶猛和威武。嗯，黑老大，就算是吧，又能怎么样？心里不停地想着，脚已经走进了这个古老的洋式民居。他奇怪，为什么很多的住户都紧闭着门窗，给人一片死气沉沉的感觉。

他认出来，这一片住宅的产权还是属于区里的房管所，执行政府的低廉房租。几年前，不知道委托给了哪家国有企业代管着物业；但租住的居民都是那些无力购买最廉价房屋的城市贫困户，他们的经济状况甚至不如自己，自己的那两间破房，至少已经拿到了房产证了。毫无疑问，居住在这里的，是这座日新月异不断膨胀的大都市里一群特殊的市民。

终于找到了这间房子，他敲门，里面传来轻微的咳嗽声，但很久也没人来开门。他便试探着推一推门。门虚掩着，吱扭扭地敞开了。屋里很黑，高山宇站在门口眯缝着眼睛适应了会儿，才看见屋里一角的床上躺着一位鸠形鹄面的老人，脏兮兮的薄被盖着身子，那病入膏肓的样子好像马上就要咽气；两只深陷眼窝的眸子反照着门外的光线，是这间屋子里唯一闪亮的，他正慌张地盯住来人。

"大伯，就您一个人在家?"他觉得老人比自己辈分大，就微微弓着腰走进去，恭敬地问道。他没法表演成一个"黑老大"，因为在他的血管里流动着劳动者的血。

"我那儿子啊，没啥本事，只能干苦力，没黑没夜的——你是……"老人翻身坐了起来，倒是还有一些气力。

"是这样，大伯"，他在心里叮嘱自己不要多说废话，直截了当："咱这房子，不是答应人家腾清嘛?"

“哦，又是一个来做说客的。”

“倒不是说客，我就是巴望着，今天能从您这儿听句明白话儿……”

“困难呢，大兄弟！新去的地儿，房子好是好，可房租贵几倍，住不起哟！”

“不是给了一笔钱嘛，计算着，交30年房租也花不完啊。”

“说是30年，这物价一再涨，那边的房子政府没管控着，谁心里有准星呀！”

“房子比这里强多了吧，享享福去吧，大伯！”

“嗨，享福谁不乐意呢！可是，日子总得靠自己过啊，这以后……”

“以后？原来是这样。”拿眼扫视屋里，面徒四壁，真的是一贫如洗啊，也的确感到老人的难处。此时，他已经摘下了墨镜拿在手里，对视着老人的眼睛，问：“那，您的要求是……”

“哟，大兄弟，怎么是你呀！”老人突然像触了电，浑身一抖，一把撩起被子，双脚急着找鞋子；看着高山宇一脸的迷茫，他忙解释：“两年多了吧，我那不肖的儿子，多亏了你——”

“啊，大伯，是您呢！”高山宇脑子里的记忆细胞也跳跃起来——那是两年前，在一个赌场外头，老人的儿子因欠赌资，被一伙人打得奄奄一息，是自己把他送到了医院，救人一命。当时他也没留名，跟匆匆赶来的老人交代后就悄悄走了。过后，老人和儿子在广播电台和电视上登广告找救命恩人，而他，除了跟几个老哥们儿念叨过，就一直保持着沉默。

目睹老人的家境，想一想自己在拆迁当中的所作所为，他心里情不自禁生出一股无以名状的愧疚。他承受不起老人的千恩万谢，急忙起身，大步迈出这间令他感到窒息的房子；但还没走下楼梯，他又转回去。老人此时正怔怔地站在床前，双腿微微颤抖，手足无措。

“恩人呢！”老人见他折回来，十分惊喜，叫一声，双膝一软竟然给他跪下了。

“给，大伯，自己好好保重！”

他手忙脚乱地从兜里掏出一叠钞票，一万块。立即转身离开，不想再说一句话。他不能接受“恩人”的称呼！

那钱，是丁立靖塞给他的，说是请老家伙的儿子吃顿饭或做做桑拿什么的，算是经费吧，花不了就归他自己。此时，他感觉，把钱直接放在老人的手心里最保险。因为他猜测得八九不离十，给老人搬迁的那笔钱很可能被他儿子拿去赌博了。赚了，倒也好办，要是赔了呢，难道爷俩从此无家可归露宿街头！

“不行，得跟小丁讲明白，另一半钱，必须存进老人的账户，不能再让他儿子拿到手！”

走在春光明媚的大街上，他却感觉自己身上有一股凛冽的风在呼啸，他浑身不住地战栗——丁立靖这等挨风缉缝的本领，令他隐约看见了在他背后矗立着的那个巨大身影，那个身影具有如此强大的力量——它已经可以像山洪一样从山巅飞泻而下，冲击压迫着钢筋水泥的堤坝发生涫涌、裂痕；大地，似乎都在咔咔作响；那水，已经无孔不入。

耳边，又响起丁立靖的嗓音——高大哥，听说家里有个待字闺中的女儿哟！告诉你，赶紧着，要是有了钟意郎君，就快办理结婚登记；要是没有啊，我这儿给你撮合个假姑爷——听着，现在，派出所办户口冻结了，即使不算拆迁人口，跟分户多给安置房不搭界，但可以作为特殊人口，有一个脑袋，就补贴12万，要不要？要，那就赶紧着啊！什么，时间，当然有时间限制啦，不过，最要紧是那个结婚证，有了，其他的，好通融好通融。还有，如果你老哥，认准了钱是最要紧的东西，没有根深蒂固的老封建，对未婚先孕没什么忌讳，就去给女儿搞个怀孕证明，哈哈哈，那个没影的外孙子可以让你多分房子，又捞10平米的补助哟，要不要……

高山宇脑子有点乱，眼前晃动着印在纸张上密密麻麻的拆迁补偿协议，他分辨不清究竟哪一项补偿属于他，属于他们夫妻，还有他们的女儿。耳边却回荡着一阵高过一阵的叫喊，那是丁立靖越来越令他胆战心惊的嗓音。

“当然啦，咱们二一添作五，噢，亏不了你，高大哥！”

八

“万祎……”

高菲菲真的不知道怎么才能张开口，跟他说“咱们登记结婚吧”。虽然，经过这段以来的频繁接触，两人关系急速发展，爱的萌芽已经伴随着春天枝头的葱郁翩翩起舞，已然在彼此的心田里绽苞吐绿。她甚至不止一次地在心里盘问自己：我，真的愿意嫁给他，做他万祎的妻子吗？每次，她都会羞红了脸，毫不犹豫地回答自己：愿意！可是，彼此还是一如既往的那样心照不宣，这，怎么让一个女孩主动说出口呢？真的是为难了她！为这，她跟老爸吵过多次了，然而，老爸的道理也是千真万确，那是不可能带有一星半点虚情假意的啊！

人这一辈子能赶上几次拆迁呢？你现在不去争取，一大堆好处，就跟杜十娘的百宝箱沉入江底，真正是“过了村没了店”，到时候后悔莫及呀！

几次，她鼓足了勇气，但还是在关键时刻踌躇起来。前天，丁立靖又跟她老爸说了，再不去办，申请截止了他可没辙。她因此又遭老爸一顿吼。今天，她孤注一掷，不再彷徨。这样也好，可以检验一下他对自己的真实态度，彼此要么一心一意不再旁骛，踏实走向红艳艳的地毯，要么分道扬镳谁也不要耽误谁。经过两个夜晚的思索，她鼓足了勇气跟万祎和盘托出。

“万祎”，一扭身倚靠在铸铁的灯柱，含情脉脉地注视着，轻声细语地问：“万祎，你说实话，你说，咱们俩有可能成为一家人、一家人，就是、就是结婚吗?”

“什么,菲菲,你今儿没发烧吧?”

“我没发烧——万祎,我跟你正经说呢!”

“哦,菲菲,你,你不觉得太快太突然了吗?”

“这,太快,太突然——”高菲菲摆脱了开始的羞涩和惶恐,却被问得哑口无言。确确实实啊,这才相处了多长时间,就谈婚论嫁。

两人默默地朝前走。街旁低矮的老式房屋,给他们内心一种重压感。屋顶上青灰色的瓦片,在阳光的照耀下蒸腾起一缕缕的春息,飘摇散漫,似梦若画;屋檐下烟熏火燎的油亮或者黑黢,春燕溜溜,岁月萧萧。在二层楼顶自家搭建的阁楼,在与近处粗壮的树木和远处的高楼大厦的对比中,好似摇摇欲坠的破败茅屋,就要在一阵大风之后,飞身而起,告别这个与之天壤之别的皇皇都市,去亲近大自然的青青原野。

一群人挤在前面吵吵闹闹。他们无心看热闹,想绕过去,但听到有人在忿恨地说:“太不像话了,老人这么大岁数了,还要撵人家走!”

“喂,这位师傅,我们不是被撵走了,这房子要拆迁了,不走也得走了。”

听到“拆迁”两个字,两人就有点条件反射,挤进去要看个究竟。

一位老人坐在一个凳子上,歪斜着身子扑在房子的墙上,似乎在哭泣,嘴里断断续续地嘀咕着:“50 年啊,我在这儿住了 50 年了啊! 舍不得你,这房子虽然老了破了,但也为我遮风挡雨了 50 年啊! 你呀,就是我的老伴儿啊!”

让人听着心里就不禁酸楚,人群里的一些女士已经在抹泪了。

“这栋房子不是房管所出租的嘛,你们干吗走啊? 要拆迁,也得管你们;不然的话,得把补偿款的大头给你们,你们可以去买安置房。”有一位对拆迁政策颇有研究的人说道。

“先生,我也看过有关政策,但人家说这房子不用货币补偿的办法,国有资产还要增值保值呢;也没说不管我们,我们有新住房,比这房子好多呢。”

“噢，如果这样，倒也不错。”那人解除了疑问，这里的悲呛氛围使他心情沉重，便转身挤出人群走了。

“爸，咱们走吧，别让人家误会咱们，再招惹麻烦了！”那个年轻的男子用力拽老人的胳膊，嘴里劝着。

这位老人就是那天高天宇来看望过的老住户，嗜赌如命的儿子，是那天在晓虹区区政府门口因不切实际大谈八国联军在天津的拆迁，被李岚驳斥的瘦小子。由于自己的不务正业，加之自家因拆迁被撵出居住几十年的老宅子积蓄心底的怨怒，促使他萌生对社会的不满与偏执。但是，他再也不敢软磨硬抗拖着不搬走了，前几天的刀架脖子的命悬一线，吓破了他的胆子。

“小子，怎么着，脑袋搬家，还是赶紧滚蛋？”

那是个雨夜，漆黑一片，当时他跌跌撞撞回到住处的那幢旧式洋楼跟前，突然被两个汉子架住胳膊不由分说给扔进停在路边的一辆面包车。汽车开出没多远，有个粗嗓门恐吓道。他看不清对方的脸，只觉得脖子上凉飕飕的，身不由己地浑身一颤，倏地，一丝疼痛洞穿骨骼，他本能地尖叫，迅速被一只大手捂住了嘴。锋利的刀刃抹破了他脖颈的皮肤，分明感觉到，血，渐渐浸出来，淌下来了。

他妈的，八国联军！开始，他还在眼里闪烁着日落西山的那一抹挣扎的深橘色红光，拼命扭动着膀子，祈盼有那么一种力挽狂澜的力量拯救自己于万劫不复的苦难之中。但是，即便盛夏烈日，他也难以照亮自己因昼夜赌博的体力透支的黑暗，不久，他就像是霜打的茄子一样，蔫软了。

高天宇给他老爸撂下的那一万块钱，还是被他诳了去拿到赌场一扫而光。为了逼迫拆迁公司尽快支付剩余的一半拆迁补偿，他瞒着老父亲，千方百计拖着，就是不肯痛痛快快地搬走。这下，把丁立靖逼到了死角，他终于忍无可忍，采取了非常手段。

“嘭”地一声，瘦小子的脑袋就跟炸了一样，天旋地转，他下意识地想抓住一个东西,稳定自己的身体不致跌倒,这才觉得双臂被死死地拧着。

见这小子不服软,为首的那个不耐烦了,抡起拳头朝他脸杵了一下。

“小子,咋着,脑袋搬家不过碗大的疤,挺硬气是吧——老子挖个坑,活埋了你个狗日的!——你他妈痛快点,搬,还是不搬?”

随着渐渐散去的人群,万祎和高菲菲继续往前漫无目的地溜达。

“你说,菲菲,这拆迁,对老百姓,到底是好呢,还是不好?”万祎回头又望一眼那父子俩,儿子招手拦出租车,老人还在那儿摩挲着老房子的墙,上上下下打量着这栋老式住宅楼。

“当然好啦,我敢肯定。可是,这些年被媒体曝光了其中许多阴暗面,给大众造成一种拆迁黑暗的错觉。嗯,就是这样。你说呢。”

“确实是这样。呵呵,就比如咱们俩吧,婚姻大事,本应该正常发展自然而然,瓜熟蒂落;可是,就因为遭遇了拆迁,有些个事就没那么亮堂了。你说,我猜的对不对?”

“嘿,你拐弯抹角的讽刺我是吧?呵呵呵,就是,又怎么啦?”

万祎停住脚,伸手拉起高菲菲的手,用力捏一捏,腻滑柔软的感觉,他盯住她那双黑亮亮的眼睛,郑重地说:“说实话,我想过,自己愿意不愿意娶你高菲菲为妻,每次都是肯定的回答……”

“那不得了,那还顾忌那么多形式干嘛?”高菲菲抿着嘴,扬起粉扑扑的脸,骄傲地一摇脑袋,抽出一支手拽紧了万祎夹克衫的袖子晃一晃。

“可是,我真的没有一点心理准备,而且也没跟我父母说呢。”

“哎,万祎,怪我没跟你说明白,这拆迁呢,对咱们老百姓来说,就是好——你看,如果我们现在登记结婚了,你呢,就能作为特殊人口对待,能拿12万补贴。你知道吗,12万,我硕博连读的全部花销都用不了呢!这让我爸妈省多大心少受多少累呀!”

“特殊人口,补贴12万?”

“是啊。如果我爸再跟那个拆迁公司的争取争取,也许能把你计算进我们家的拆迁人口。好处可能更多——反正，在我家拆迁这事上，要想得到再多的优惠，还真的是‘缺了你这个鸡蛋做不了槽子糕了’。”

“我？我跟你家拆迁怎么、怎么一下子摽得这么紧啦？”

“哈哈哈，后悔啦，中了美人计了吧！”

“不，不，菲菲，你听我说，我怎么越来越糊涂呢——你这么一说，拆迁里头还真的有好多猫腻；可是我们评估的时候，怎么就没听说呢？”

“你傻啊，也不动动脑筋，谁胆大包天去捅破这层窗户纸晒太阳啊，找死啊——这不是，我跟你悄悄说嘛。那也是因为我老爸跟那个拆迁公司的混熟了，称兄道弟的，人家给出的主意嘛。你呀，脑子真够木的！”

“怎么，我觉得这一辈子的婚姻大事，怎么，就搞得不那么光明正大了呢……”

“喂，万祎，别瞎扯啊！我家不会为难你！其实搞个假结婚证也照样拿12万，只是得分给人家三分之一——那才是鬼鬼祟祟，一点也不光明正大呢！”

“假结婚证！结婚也搞成假的——新娘是假的，还是新郎是假的？”

万祎有点无奈，也有点灰心丧气，心想，人为财死鸟为食亡，为了多算计点拆迁补偿闹得头昏脑胀，都病了。

瞥眼看见街边一家西饼屋橱窗里的蛋糕，插着价签，几十元几百元不等，他忽感心中一丝悲切油然而生；再看看高菲菲，她正赌气涨红着脸，不拿正眼瞅他。他有些尴尬，拽一下她的手，指着那个橱窗说：“菲菲，你看，如果我们现在就去办结婚登记，我会觉得我们的婚姻就像是这些蛋糕，明码标价，12万，被拆迁给出卖了！”

不愉快的事情接踵而至，最终，他与高菲菲的爱情遭遇了“滑铁卢”——

“小伙子，你就是菲菲的同学吧，咱爷俩见过面。”高山宇始终盯着这几个评估公司的跟拆迁公司的一道给他们家丈量房屋面积，登记房屋附属物。眼看这队人马就要撤了，他们却没有给自己在楼洞上方悬空临时搭建的一个小阁楼丈量，于是急赤白脸地凑上来，但一见万祎站在那儿，马上换了笑脸。

“您，您是高菲菲的父亲，对，咱们见过，上次我来找她。”

“既然都知道这层关系，就多关照吧——那个小阁楼，为什么不给量啊？”

“噢，大叔，是这样。我们评估的基础依据是指挥部给我们的摄像资料，还有我们做评估前期准备时拍的照片。您说的这个阁楼，在我们的照片里不存在。”

“怎么不存在？这不在这里嘛，除非瞎子，谁看不见！”

“我的意思不是说这个阁楼现在不存在，而是说它在我们拍照的时候不存在。”

“什么这时候、那时候，我们老百姓肚子里没那么多墨水——我就问你，现在，这阁楼存在不存在？”

“存在。”

“那不得了。那，你给量不量？”

“不给量。”

“嘿，我还不信邪了！都承认了这阁楼确实存在，你，凭什么不给量？”

万祎无可奈何地摇摇头，他想帮高菲菲，但他不想让他们爱毛反裘影响了评估。他转身回去从一个文件袋里抽出一叠纸，翻了翻，找出几张捏在手里，扬了扬，走回来，底气十足地说：“就凭这，大叔，您看这政策上写得清清楚楚——拆迁公告之后新建建筑一概不予补偿。还有，您看这阁楼，多危险呢！违章建筑可也不在补偿范围之内啊。”

“你凭什么就一口咬定这阁楼是拆迁公告以后建的呢？”

“凭照片啊，您看这照片上的日期，是不是都超过拆迁公告很长时间啦？”

看来这么胡搅蛮缠一时搞不定，高山宇一把抓住万祎的胳膊拽到一边，轻声说："小子，你跟我姑娘谈对象，对吧？脑筋就不能转转弯，先给量了，下来的事咱再说！"

"大叔，不是我不给您面子，这么多人瞅着呢。这个量了，再有，我们量不量，评不评——下来的活就没法干了！"

"嗨，你说，我家闺女，怎么就碰上你这么一个木头脑袋呢！"

高山宇怒气顶上来，却又不好撕破脸皮暴跳如雷，就用力一搡，万祎冷不丁朝后趔趄了几步，差点跌倒。他心中的火气也禁不住腾地窜上了咽喉。

"哎，你们，你们怎么啦，还动手呢？"正在僵持着，高菲菲从学校赶回来了，一见老爸推搡着万祎，万祎的脸都气得发青，赶紧过去挡在两人中间。

"菲菲，你回来了！"万祎一见高菲菲，像是抓住了一根救命稻草。这段现场工作，他算是领教了拆迁户为了多拿些补偿款施展出来的千奇百怪的不择手段，有的漏洞百出，有的滴水不漏，他们哥几个的脑袋都大了，就跟吹气球似的。这时他指一指那个阁楼，话里带着一丝嘲讽，问："菲菲，你瞧瞧，你家这是养鸡呢还是放鸽子啊？"

万祎这句并无歹意的话可是惹恼了高山宇。在他那里，你可以不尊重他，甚至捶他几拳，他都不动气。可是，谁要是胆敢欺负她女儿，他就会像一头老虎那样扑上去咬住你的脖颈，用尖锐的牙齿撕碎了你。这时，他听着话音，他往歪里一琢磨，擀拳拢袖地就要打上来。"小王八羔子，你这是骂谁呢！老子今天非卸了你！"

"干嘛啊，爸！他没骂人……"高菲菲迎着老爸的拳头过去，拦住他。"得了，就为了一个破阁楼，值得上那么大火嘛？"等老爸的怒气消停些了，她又上前一把拽住万祎朝远处走几步，轻声地但带有几分威严，问："万祎，我再问你一遍，结婚登记的事你答应不答应？"

真是火上浇油啊！这个高菲菲，被这拆迁补偿款闪耀出来的灿烂金光，晃了眼睛，昏了头脑，在这么个剑拔弩张的时候竟然要求万祎作出这么一个决断,不啻让他忍辱偷生。

脑子正炽热着,思维的经络紊乱,万祎把手里的纸揉成了一团,猛地朝地上一掷,故意扯开了嗓门,好让高菲菲老爸听清楚。他嚷道:"别说咱俩的关系还没到谈婚论嫁的份上,就是到了,我也不会为了12万,被拆迁出卖!"

九

眼睁睁看着高菲菲一家的拆迁档案,他想哭,也想笑,万祎一时悲喜交集。

哈哈哈,结婚证复印件!这个其貌不扬的男人,是谁?他,居然跟如花似玉的高菲菲结了婚!?

嗯,这是什么?怀孕证明!出生证明!这,这,难道,结婚、怀孕、生孩子,速度赛过了这条高速铁路?!

嘿,阁楼补偿,3000元!瞧吧,煞有其事的丈量图、签字齐全的审批表——

万祎难以想象自己因为跟高菲菲父女争吵,被郭霖一通训斥,赌气辞职后,这里的拆迁所发生的曲曲折折。当时,他一心想离开这个地方,立即离开,再也不回来!这就是他当时唯一的心理写照。

辞职后,他直奔北京,冀希在这块最为广阔,同时也是竞争最为激烈的人生竞技场上,为自己拼搏出来一片碧海蓝天。他发愤努力,两年就拿下了CPA执业资格,然后又几经跳槽,总算在信达国际安顿下来,这里的一切别开生面,她的"敬业、诚信、平和、包容,工作并快乐着"的企业文化更令他从内心里产生一种登上灿烂彼岸豁然开朗的感觉。今年秋天，信达国际在筹划安排这条高速铁路征地拆迁专项审计时，刘允虎主任听说他有一段房屋拆迁评估的实际工作经历，想办法把他从审计一部挖了过来，编入了自己麾下的这支专门为高铁拆迁项目组建的审计劲旅。

各审计团队从北京总所及省市分所陆续出发，奔赴高铁沿线各外勤工作地点。万祎带领他的团队首战南城区，临行前他还跟刘主任强调："领导，咱可说好了，打死我也不去晓虹区，你可千万别安排我去啊！"没成想，阴差阳错，这晓虹区20多亿的活儿就像一个"非他不嫁"的痴心女，不早不晚不偏不倚，就专门给万祎和他的审计团队留着呢。

杜中秋、晋振辉哥俩回来了，这大冷的天儿，进了屋还从脑袋顶冒着热气，奔波在坑坑洼洼的工地，让他们燃烧了许多身上的脂肪或者蛋白质。看到他们兴高采烈的样儿，一定是大功告成了吧，苏慕喆他们仨也受到了鼓舞，喜形于色，但扭头瞧见万祎面对一堆档案愣痴痴的呆样儿，都没吭气儿。

他们似乎感觉到了异样，也就不急于汇报。坐下喝口水啃个红富士苹果。

啃嚼甜脆苹果的咯吱咯吱的声音吵醒了万祎的梦，他缓缓抬起头，目不转睛盯着他俩，脑子里闪电般映现出来中学课本上《诗经》里的诗句"硕鼠硕鼠，无食我麦！三岁贯汝，莫我肯德。逝将去汝，适彼乐国……"

"两只硕鼠，偷吃，还搞得惊天动地的，就不怕让猫逮着，——怎么样，苹果甜，还是心里甜啊？"万祎回到了现实当中，从他的脸上已看不出一丝内心的风萍浪迹。

"祎哥，你念叨什么呢，老鼠老猫的——也甭犟，这儿，晓虹区，没一只猫了——满天下的猫都被米老鼠给'和谐'了，都在迪士尼嘉年华乐不思蜀呢！"晋振辉呼哧呼哧再啃一口，拿着果核转着圈瞧瞧，确定没地方可以下口了，一甩手丢向门口的垃圾筒，却扔在了一堆档案上。

“看你看你，什么眼神啊，没准就别瞎扔！”苏慕喆拽了两张餐巾纸起身过去，捏起果核丢进筒里，又擦拭那个档案袋上的果汁痕迹。

“万经理，当然是心里甜喽！”杜中秋晃了晃自己干瘦的身体，气宇轩昂，“这一两天，我跟晋工卯足了劲走访工地，现场跑了三圈，又横的竖的溜达了三趟，仔细瞧了……”

“瞧了108遍，够了吧！——中秋大哥，你在大姑娘脑袋顶上逮虱子呢？”乐欢沉不住气了。

杜中秋没搭茬，继续说自己的；“仔细瞧了公示牌上的地铁站施工图，应该确定——”

“确定什么？”就凭万祎的聪明伶俐，当然可以判断其“确定”的是什么，但他还是满心欢喜地等待着从杜中秋嘴里说出来。

“看你看你，怎么把吃下来的果核扔在果盘里啦，哎呦喂！”返回身还没坐下，苏慕喆被杜中秋惹恼了，一惊一乍地叫嚷起来。

“得了得了，咱们不光是入职的时候，以后每年也体检，没谁有艾滋病什么的可以传染，别小题大做！”万祎不耐烦了。团队的其他成员因为不对审计项目整体的工作质量负责，于是有意无意地怠惰了那双从整体上审视工作对象的眼光，所以他们的手掌不能像万祎那样掂出杜中秋的“确定”是多么的沉甸甸，乃至对于他们团队的最终工作成果以及对于他们每一个的荣辱是多么至关重要。

“得了？哪儿有那么轻松！——还‘中秋’呢，就你这么个德行，‘飞镜又重磨’，到了月球上，还不让嫦娥把你绑在桂树上打个皮开肉绽！”

苏慕喆也许有点洁癖，看不惯别人哪怕一点点随便。这倒好，只要是他们这个团队的工作场所，肯定保持得干干净净整整齐齐，没个脏乱差的时候。她怒气冲冲对着杜中秋说的这么一句一竿子打不着的胡话，把满屋子的人给逗得前仰后合。

“哈哈哈，啊，呵呵呵，苏姐，你说，你说，我要是到了月球，能不能捞碗桂花酒喝啊？”乐欢笑得捂着肚子，上气不接下气地调侃。

"你小丫头凑什么热闹！噢，赶紧着去给吴刚当二奶呀，你？"

万祎看场面有点失控，心里发急，提高了嗓门："行啦，别胡扯了！快说，确定什么？"

"啪啪"，晋振辉两只熊爪一样的大手拍在办公桌面上，好似滚雷一样，屋里立即鸦雀无声。他扫视一下各位的脸，那一个个聆听教诲的恭敬样子他很受用，便捏腔拿调一字一板地说："晓虹区那个地铁站的市政工程，有关的拆迁费用嘛，可以初步确定，嗯，混入了高铁拆迁项目！"

接到审计组"审计事项取证表"，上面白纸黑字写得清清楚楚，嗯，这有关市政工程的拆迁费用混入了高铁项目，让给予解释并提供相关资料。涉及十多个亿资金，这可不是他高铁拆迁办主任余边疆能做主的，他急忙跟领导汇报后，立即赶到审计组，想着先听听他们的意见，摸摸底，再做定夺。

"万经理，这段工作很辛苦啊！我们照顾不周照顾不周，请谅解啊！"一扭脸，他冲着管协调的那个叫柳西明的小伙子训斥："喂，小柳，水果盘子怎么空啦，我跟你们交代过多少次啦，啊？一定要让审计组的老师们吃好，休息好；工作这么紧张，容易上火，啊……"

"余主任，您怎么亲自来了。我们柳哥照顾得可是无微不至呢，整天忙前忙后，要不，我们干得没这么顺利。真的，感谢咱们晓虹区拆迁办的大力支持！"万祎赶紧打圆场，老生常谈。其实，这个柳西明经常给审计组设置障碍，但他心里清楚，这是秉承上级的旨意，绝非他个人的肆意妄为。

"小万呢，哦，万经理，你们发给我们的那份审计取证表，我们看了，也汇报了，领导非常重视，这就让我过来，先听听审计组各位老师的意见，也把情况摸摸清楚。"

"是这样，我们对于审计过程中发现的疑难之处，以取证表方式向咱们拆迁办提出；我们要求回复也以书面方式。今天，您余主任既然亲自过来，也好，我们当面先简单交流一下。"

"那好,那好。我认真拜读了你们审计组的取证表,仔细对照了设计图纸,总觉得那个地铁站,不可能混进高铁,十多个亿呀,怎么可能!——地图,你们应该看到了吧。"

"不瞒您说,余主任,为核实高铁与市政工程的拆迁范围,我们向拆迁办出具过专门的取证表,提请提供高铁新站的规划设计红线图、拆迁测绘图或勘测定界报告等。但是,到了今天,要的地图资料还没影儿呢!"

"是嘛,有这种事!"余主任抬头找了找,没见小柳,便咳一下嗓子佯装镇静,"我回去一定督促,尽快提供尽快提供——可是,既然没见红线图,那么,你们取证表反映的问题只是猜疑,猜测,对吧?万经理,千万别跟我们开玩笑啊,受不了,真的受不了!"

万祎心里清楚,不在这位八面玲珑的余边疆主任的面前搁上铁证如山,他是绝不会嘴软的。他一条腿一蹬,转椅轻盈地转起来,他朝正在商讨问题的两位造价工程师叫一声:"晋工、杜工,你俩过来一下,跟余主任讲讲你们探险经历——"

"嚯,工程师,年轻有为,后生可畏啊!不过,凡是结论都得有充分的,而且还得是必要的依据支撑噢。"余主任嘴里恭维,心里却有点不以为然,不知不觉就把官腔沾在了舌头尖上。

"余主任",看他们俩抱过来一堆图纸和资料,摆弄着捋顺思路,万祎便接住话茬提醒一句:"我们发给拆迁办的是取证表,不是确认表,也就是说,我们还没有下结论。"

"那就好,审计的各位老师下结论,那肯定是慎之又慎。现在,我们还好商量好商量,是吧。"圆滑的余主任察觉出万祎这个难对付的小伙子冲着自己搓火呢,赶忙在嘴头上稍微往后退一步,但不失主动。

杜中秋再扫一眼摆好了顺序的图表资料,时而指点着时而歪着脑袋瞥一眼余主任,从容不迫地讲道:"刚才我们万经理跟您说了,最新的规划设计红线图、拆迁测绘图或勘测定界报告我们还没看到,但我们的工作还得做呀,对吧。虽然一些关键的图纸没在手上,但是,咱们拆迁办发布了

《致被拆迁居民公开信》啊，上面把拆迁范围说的清清楚楚，我们就根据它，对高铁新站四周进行了调查走访、详细勘察。"

"呶，我们根据勘察情况，绘制了一张图。"晋振辉拽出一张 A3 纸打印的图纸，递过去。

"您看，余主任，这张图里，标着绿线的，是咱们晓虹区上报的拆迁面积，红线是我们标出来的，是高铁新站和铺轨实际用地。明显的，高铁建设用地小于上报的拆迁面积。"

"这一大块，是地铁站——还有，这是我们从工地拍的施工示意图，也说明这块居民区的拆迁与高铁无关。"晋振辉说着，拿起一张照片，在他们眼前晃一晃。

"这个，你们是不是有点主观了？"余主任并不信服他们条理清晰的解释，认为自己的反驳必将十分有力，"看得出来，你们画这张图，确实下了功夫。两位年轻工程师挺有水平！但是，书本知识到了现实当中，毕竟不能靠主观臆测吧。什么绿线红线，这，是你们脑子里的先入为主的观念，你们到现场走几趟，难道比设计院的航拍照片还准确？"说着，他哗啦一声抽出一张那种特有的蓝色晒图纸，"看这张，也很清楚嘛，上面标明的拆迁范围，瞧，不正好就是你们绿线的范围嘛？"

余主任的强词夺理，还自作聪明语带讽刺，令万祎心感愠怒。不过，他还是面带微笑地说："余主任，您拿的这张图是一张废纸，怪我们没及时还回去，还在这儿滥竽充数！"

"什么，小万，你说什么，废纸！这也是我们提供给你们的啊，怎么会是废纸？"

"对，是废纸！"万祎胸有成竹，"我们已经了解了，确定是废纸！"

晋振辉接上去说："负责咱们晓虹区高铁新站设计的，是那家专门做铁路工程的勘察设计院，没错吧。可是，设计院出了三版设计图纸，这张是旧图，第一版，还有新图！"

"什么新图旧图的，我还真有点闹不明白了。你们，是不是有点武断，或者是拍脑袋想当然啊，这扣着设计院大印章的设计图纸还会这一版那一版？年轻人，不会是从网上下载的游戏多了，有点迷糊了吧！”

“余主任，您别急，咱们拆迁办虽然没提供新的设计图，但是呢，我们还是可以从另外的资料中作出判断，不但有二版设计图，还有三版——您看，2008 年 9 月，根据铁计函[2008]1054 号文件，第一版设计图作废。设计院于 2008 年 11 月向高铁指挥部和咱们市里铁路投资公司提供了第二版工程用地红线图，作为实施征地拆迁工作的依据。”

见万祎急切地在那堆资料里找支持的依据，晋振辉早就严阵以待了，迅速拿起一份文件，向余主任跟前再凑紧点，毕竟年轻气盛，语气带有一丝挑衅：“这份文件可不是咱们拆迁办提供的，是直接从高铁公司拿到的。您瞧，工字[2009]122 号《关于完善征地拆迁清点核量资料手续及开展费用清理（验工计价）工作的通知》，上头清楚写着，2009 年 9 月设计院提供了第三版也就是最终版的工程用地红线图。怎么着，您不会说从没见过这份文件吧？”

“呵，你们，你们是 CPA，还是 CPI 啊，怎么都跟福尔摩斯大侦探似的！”余主任一时感觉理屈词穷，打着哈哈，掩饰自己的尴尬。

“第一版是设计草图，这红线范围远大于最终优化确定的第三版设计图的用地范围。”杜中秋乘胜追击，不给已经脑门冒汗的余主任绞尽脑汁负隅顽抗的空隙，“晓虹区以旧图，也就是以第一版为依据上报了高铁拆迁费用，导致其拆迁范围远大于高铁新站施工及用地需要。红线外的拆迁土地全部被市政工程占用，主要就是这个地铁站，还有复兴路高架桥一部分”。

当下，余主任心里可能已乱了分寸吧，万祎思忖。他觉得至少在今天这个回合中已稳操胜券，他想着再给以拊背一击，令其落荒而逃，那样必然可使自己的审计团队置身于一个居高临下的有利地位，增强以后与之唇枪舌剑的锐气。于是，他不慌不忙地说：“余主任，这样吧，您看行不行，如果您认为我们关于市政工程拆迁混进高铁的审计意见不符实际，那么就请以书面形式正式答复，请同时附上第二版和第三版设计图。我们呢，在没收到正式回复意见之前，暂时不下结论，只作为重大问题写进工作周报。但这样一来，有关问题有可能报告给高铁建设总指挥部。”

余边疆主任闻听一怔，身子也不禁一抖，但马上极有城府地面露安之若素的神情，时间稍一凝滞，他一惊一乍地抬手拍下自己油亮亮的脑门，喊道：“哎呦，你瞧瞧，我这记性，光扯工作的事了，差点忘了件大事——这不，我们主管拆迁的王副区长从党校学习回来了，嘱咐了我多次，一定要亲自过来陪审计组的各位老师坐一坐！”

十

“万经理，说拆迁呢，我们拆迁公司开着推土机，那是真拆；那些趴在桌子上耍笔杆子写拆迁政策的书呆子，那是假拆。我们跟他们不是一个娘养的。可是，我们呢，就像进了风箱的老鼠两头受气，拆迁户骂我们是土匪国民党，领导们骂我们是混蛋败家子；拆迁费用跟火箭似的往天上一个劲儿窜，还有风言风语的，说拆迁费掖进了我们的口袋存进了瑞士银行——呸，对这，千万不能认真！要较真，气死你再活过来，折腾七八回，你也找不着北。一笑了之罢了……拆迁计划一恍惚，速度慢了，那催命的文件就跟鞭子似的劈头盖脸抽下来……拆嘛，尘土飞扬乱七八糟，问题就好像拆下来的破砖头烂檩条子，堆积如山。你们来审计，那真是太好了，还有劳各位多多指教，让我们长长见识，也把我们的苦衷向上头反映反映——嗨，怪我贪了几杯舌头长了，话就多——来，万经理，我再敬你一杯！”

津奇拆迁公司的总经理丁立飒被叫来陪酒，亲眼见识万祎和他的审计团队，就这么几个乳臭未干韶颜稚齿的姑娘小伙，也就没往眼里搁。心想，你们认得几个阿拉伯数字，没错；那七拐八拐的花花肠子，也认得？老子的公司完完全全按照拆迁政策，你们能审出个屁吗啊！虽然越俎代庖替拆迁指挥部做了不少天打五雷轰的缺德事儿，但那不都是为了限期完成拆迁任务吗。拆迁为吗？不就是为了咱晓虹区城市建设跨越式大发展嘛。发展又为吗？归根结底，不就是为了咱晓虹区广大市民的福祉嘛。这么思虑着，心里就觉得特别的坦坦荡荡，所以丝毫没有如坐针毡的感觉，竟然还借酒撒风当着区领导的面儿发几句牢骚。

余主任领教过，实在地讲，他是肃然起敬的。心里说，这几个 CPA，可不是酸文假醋，那简直就是斩蛇逐鹿的豪杰。必须严加防守，不可轻举妄动！正是酒酣耳热，“来，来，满上满上，我今天也借花献佛敬各位老师一杯，往日里有照顾不周的地方，请多多担待!”说着，他先一仰脖子干掉了。放下酒杯一扫眼，嘿，他们几个怎么没喝就撂下酒杯啦？

“余主任，真的不行了，今天喝的不少了。”万祎瞟见余主任的疑惑神色，马上解释。

“随意随意。”王区长摆一摆手，高嗓门，“这酒，没了不行，没气氛；喝多了呢，颠三倒四的，伤身，话说出来没了分寸，出丑不算，闹不好还捅娄子”。

“万经理”，柳西明站起来怯怯地环视一眼领导，腼腆的样子，双手托着酒杯，“我也敬审计的各位老师，我工作做得不好，让老师们受苦啦。这么着，我先自罚一杯!”

“你看你，柳哥，说哪儿去了，我们应该敬你才对!”万祎也匆忙站起来，端起酒杯二话没说就干掉了。这个柳西明虽然也有怠惰的时候，但总的来讲他的配合工作还是尽心尽责的，整天跟着跑前跑后协调各个与拆迁相关的部门，周末他们加班，他也得过来盯着，够辛苦的。

酒过三巡，气氛还不错。估摸着各位脑袋还清醒，但也被酒精肆意得发麻发飘,感觉恰到好处。筵席的主题便开始饱蘸浓墨地写出来。

“万经理呀,我听余主任讲,高铁的拆迁跟我们晓虹区的市政工程搅合到一起啦,有这么回事?”王区长轻描淡写地问道。

万祎保持着警惕,他知道今天是鸿门宴,门外可没站着那位目眦尽裂生啖彘肩的樊哙,自己得挺住喽。

“王区长,不是高铁拆迁搅合进了晓虹区市政工程的拆迁,而是晓虹区市政工程的拆迁搅合进了高铁拆迁。”

“哈哈,万经理,你,真的喝多了,绕口令呢——高铁拆迁和市政拆迁,不管谁跟谁搅合,不都是一回事儿嘛?”丁立飒一咧嘴,面带嘲讽地叫道。

“不一样!”乐欢快人快语才不让他证龟成鳖还得意洋洋,接住话音争辩:“就跟一个人,脑袋朝上和脚丫子朝上,人没变,感觉能一样?”

“是啊。好比坐标轴,高铁在右侧,市政在左侧,方向不同,结果决然不同。”杜中秋也不会让祎哥只手单拳,帮一句腔。

王区长皱了皱眉,他没闲工夫在这儿打拉锯战。他微微一笑,扫视一下这位姓万的经理带领着的青春蓬勃的团队,扭转头,直截了当,对紧挨着自己坐的万祎郑重其辞:“万经理,晓虹区呢,没有特别的区位优势和产业强项,它的发展落后于其他城区,区里的领导肩上的压力很大,可是又有实现跨越式发展的雄心壮志。但区财政呢,又拿不出那么多资金搞市政设施投资,力殚财竭,矛盾啊,怎么解决?这不是嘛,高铁新站项目落户在晓虹区,千载难逢啊——小万呀,还有你们几位小青年,可能被那个公司股份的观念束缚住了,什么都要分出个你的我的,叫什么股权明晰。其实呀,高铁的新站也好,晓虹区的地铁站也好,用的都是国家的钱,肉烂在一口锅里,最终谁吃肉谁受益?还不是广大群众么,都是‘为人民服务’嘛!何必非要把高铁跟地铁截然分开呢,何况还有一版设计图可以做依据嘛。来,我再敬各位一杯!”

酒精在冲击着万祎的脑筋,他感到眼前有点云山雾绕的朦胧,看不清远远近近的一切;自己涉世未深,还看不透彻也理解不了国家与地方之间复杂而微妙的关系。但是，王区长的话也有道理，高铁也好，地铁也好，建设的成果，没虚的，实实在在的东西摆在那儿，不都是为了广大人民的福祉吗？

“你啊，小万，还有你们几个小青年，听我们区长大人求爷爷告奶奶的，心里挺美，很有成就感，是吧！”丁立飒自斟自饮了几杯，头晕目眩。这段时间也够他闹心上火的，丁立靖参与的那片街区的拆迁户很不稳定，听说那个钉子户高山宇因为一笔新生儿补偿费，跟他兄弟打得不可开交；特别是那家蒙西郎街老租赁户的小子，突如其来地杀了个回马枪，自己正为此事头疼呢。在这儿，听到王区长和颜悦色地实话实说，话里话外哭天抹泪，一股义愤顶上头来，晃晃悠悠站起来，忘了自己吃几碗干饭了，指戳着王区长大声嚷：“王区长，区长大人，咱们何必低三下四求人呢？”

被人一揶揄，倒是清醒了万祎的几分醉意。他摇晃一下脑袋，瞥一瞥在座的各位官员，哪个不是仪表堂堂踌躇满志的，提溜出来哪一个不是横着走路的螃蟹？就凭身处这地球动物界食物链最末端的蹦跶不了几下的虾米，就能胳膊拧大腿？CPA是什么，不过是社会中介机构的普通一员罢了，不但随时面临辞退的危险，就是自己，由于干的不开心跟哪位上司不对付了，也得趁早辞职。这种朝不保夕的营生，怎么可以跟他们这些吃财政铁杆庄稼的同日而语呢。得谦虚，千万不要盛气凌人呢！想着，万祎脸上浮现一丝惭愧，但他又不愿就这么少言寡语一枪不发，好像倒是自己的团队理屈词穷。低头拉一拉颈椎，一丝酸劲儿，忽地灵机一动，他瞟一眼王区长，心里嘀咕：何不来个借题发挥，把丁立飒这个自不量力的家伙画个满脸黑！

万祎装出醉得深沉，前言不搭后语的，支支吾吾：“丁、丁总，你说什么、什么爷爷奶奶，三个四个的，噢，你是说爷爷奶奶祖孙三代四代挤、挤在一间房子里住吧？那确实是太、太困难了。”他一扭头，对着王区长抻长了舌头结结巴巴地说：“说到居住困难户，我们这儿还真有个要紧事得跟领导汇报、汇报……”

“哦，什么事?”王区长有点紧张，酒后吐真言，这小伙子又要吐出什么对区里拆迁工作不利的“真言”呢?

“是这样，王区长，咱们晓虹区 2006 年下发过一个拆迁文件，有一条专门针对居住困难的，规定居住面积平均不足 10 平米给予补助。对这，老百姓捞好处，我们当然不会质疑；可是呢，我们对照市里最新‘拆迁条例’，涉及 10 平米补助的规定好像跟条例有点抵触。”

机灵鬼似的乐欢听出了万祎话中有话，明白是冲着丁立飒这个牛气冲天的总经理去的。近一段，他们对拆迁公司故意阻挠刁难审计工作早就气不顺了，就尖着嗓音叫道：“可是，拆迁公司还在执行 10 平米补助，有的街区几乎家家补助。我们管他们要核实资料，你凭什么给补助，你调查了吗——有的户籍人口，明明是拆迁公告以后转入的——可是，人家拆迁公司那架子大得很；比恐龙还恐龙呢！核实资料，现在还没影儿呢。”

“有的拆迁户啊，就那么十几平米的房子，拆迁人口却有七八个，甚至九个，十多个，我真的难以想象，他们怎么住?”沉默寡言的孟寐求也笑眯眯地说开了：“说得损点啊，就当说个笑话，除非这间房子像那个停尸间，把每个人搁在大冰柜的抽屉里，摞着……”

“小孟，困难户究竟怎么住，在这儿，咱们不讨论。”万祎不想伤害了不过是千方百计想多拿点拆迁补偿但心地善良的被拆迁户，急忙阻止了孟寐求进一步的描述。因为他知道，这里面的猫腻多半与那些负责拆迁的公职或承担相关公务的人员有关，补偿款未必如数落实到了被拆迁户手里。

“按照咱们区拆迁地段的房屋评估补偿价，每平米一万多，这么一来，每户就能拿到二三十万，甚至上百万。”乐欢接上话茬继续说。

苏慕喆对万祎的用意也心领神会，慢慢悠悠地也递上话：“结果，仅仅这 10 平米补助一项，就支付了一个多亿！‘一觞为饮千岁，江海吸流霞’——王区长，照这样继续拆下去，在咱们晓虹区再修十个高铁新站，把市政工程都混进去，要想实现跨越式发展，咱区财政啊，照样入不敷出捉襟见肘。您信不信?”

“有这种事儿,丁总?”王区长扭脸盯着丁立飒,看得他脸色发青又变白。他这程咬金式的一板斧头砍下来,搅合了自己摆的这桌酒宴的气氛不算,就要砸了他的锅,原本,他希望能借酒麻痹一下这几个年轻人,市政与高铁之间拆迁费搅合在一起,能放一马就放一马;因为在他观念中,市政和高铁工程,就是个国家的大兜与地方小兜的区别,没什么大不了的,谁也没把钱掖进自己腰包里。这比那些在中央部委之间穿梭般活动跑项目的,干净得多也正派得多。可是话说到了关键,这个不知天高地厚的丁立飒疯疯癫癫地杀了出来。

“王区长,人均不足10平米居住面积的拆迁困难户,给补助,是区里拆迁文件明文规定的,拆迁公司只是执行。当然啦,执行中也许有点偏差,免不了,免不了!那些钉子户,关系户……”丁立飒赶紧闭上自己的嘴,伸手拿起餐巾,擦着额头,眼睛翻着,分明在搜肠刮肚找下台阶的堂皇说辞。

对于这个津奇拆迁公司的总经理,王区长是有些看法的。他调来晓虹区分管城建工作的时间还不长,可以说还没有站稳脚跟。而这个飞扬跋扈的丁立飒仗着有那么点拉帮结派的所谓背景,还在隔着门缝注视着自己。几个月下来,他总算闹明白了,所谓的拆迁公司,其实就是挂羊头卖狗肉的城建局的第三产业。里面利益瓜葛千丝万缕,物腐虫生,谁也说不清道不明。今天被逼迫到了这么个犄角,都怪丁立飒的狂妄多嘴,但是,让自己怎么样呢,当着审计人员的面,总不能数落他一通吧。思前想后,他也只得借着酒劲儿假痴不癫,扯起官腔转移一下视线,夹杂点指桑骂槐敲山震虎。

“你们说,这拆迁,仅仅是拆房子吗?闹不好啊,还会拆了党群关系的根基,也能拆掉党风廉政的防护堤,最终拆掉群众对党和政府的信任!这绝不是耸人听闻,从全国范围来看,拆迁,是恶性事件的多发地,更是维稳的重中之重。根本的原因,是因为拆迁已经成为滋生腐败的重灾区！——就说这10平米补助吧，初衷是多么美好啊，就是要对那些居住特别困难的拆迁户，援溺振渴；可是，如果你没有核实，皂丝麻线，惠民政策就可能变成择肥而噬的野狼！群众会怎么看？刚才那位小苏姑娘引了两句辛弃疾的词，不错，接下去的是，'闻道清都帝所，要挽银河仙浪，西北洗胡沙'。现在啊，三令五申不顶用，这'胡沙'恶浪滚滚，你不'洗'，就没得干净！"

"王区长，啊，还有万经理，我们，我，我这就回去马上安排连夜整理。噢，明天，最晚后天，一定，啊，保证，把有关的核实资料，交、交到审计组的各位老师手里。"不知道是酒精的作用还是感觉到了王区长话中的绵里藏针咄咄逼人，丁立飒一改往日的趾高气扬，点头哈腰信誓旦旦。

"那当然好啦，还有，我们想请拆迁公司的那位项目经理，叫那个丁立靖的也来趟——对了，他是您丁总的兄弟，是吧？"孟寐求一听丁总的话，满心欢喜，这样他们的工作就可以顺水行舟，那是多么令人愉快的事啊。

"对，我们是兄弟、是兄弟。怎么……"丁立飒惊得面容霎地像岩石一般僵硬紧锁起来。

"还是那10平米的补贴，我看到一份他起草的申请，说有个拆迁户因为分家，三代人十几口人一均分，几乎平均居住面积为零，按照政策每人得补将近10平米，最后补了一百多万。这，不明摆着是在欺诈国家嘛——我们得当面跟他了解一下具体操作当中的情况。"

"噢，既然说到这儿了，"万祎很诚恳地说："王区长、余主任、丁总，各位领导都在，我们确实需要跟拆迁公司的项目经理丁立靖当面了解一些情况，不光是10平米补贴的事。这样吧，今天就算是跟各位领导请示一下，我们会按照审计程序正式向拆迁办发出约请函，到时候，请尽快安排吧。"

王区长似乎还沉浸在自己统揽全局的思绪当中，对于耳边唧唧喳喳的细枝末节没心思去过脑子，他狠狠瞪了丁立飒一眼，继续说："这次去党校学习，组织去了趟西柏坡，受益匪浅呢。当年总书记上任伊始就顶风冒雪赶到西柏坡,重温毛主席提出的‘两个务必’,之后又进一步重申‘权为民所用,情为民所系,利为民所谋’执政为民的理念。如果我们不能把握住这个一切工作的‘为民’出发点,那么,拆迁拆迁,拆的就不止是房子,迁的也不止是地方,还会拆了民心,迁了方向!”

十一

今年冬天的雪来得很晚。

就要到 2011 年元旦了,从车窗看出去,终于看到了纷纷扬扬的雪花,雪花蹒跚的脚步,即使在广阔的天空背景下好像裹足不前,在这一马平川的华北大地,也已经被妆点得宛如就要步入红地毯身着一袭洁白婚纱的美艳新娘。

坐在车里,空调呼呼地吹着,万祎感到有点燥热。他想趁着在路上的时间捋一捋思路,但一时甩不开昨晚的情景。当时,他们几个喝得有点大,颠三倒四地回到酒店,一头跌倒在床上,喘着粗气迷迷糊糊地昏睡。不知过了多久,突然有人敲门,晋振辉跳起来去开门,却见丁立飒皮笑肉不笑地站在门口。他还以为丁总言必信行必果连夜行动,退思补过给送核实的资料来了。可是他定睛一看,在他身后,一个服务生正吃力地扭动着满满一行李车花花绿绿的礼盒找准了房门方向就要推进来。

“丁总,您这是……”

“哦,你,你是那个小晋工程师吧。这不就要过元旦了嘛——哎,万经理他人呢,在嘛,不会是醉得不省人事了吧?哈哈哈!”

“祎哥,你快起来呀,丁总,丁总他……”

一群羊正在穿越公路，慢慢腾腾。司机一个急刹车，万祎身子朝前猛地一倾，截断了他的思绪。天空的雪花，还在不紧不慢地飘落，拥挤在公路上的羊群，也好似一堆一堆滚动着的雪，羊毛上沾染的斑斑黄渍，就像是一片片从秋天开始飘零的树叶。但你不觉得这些生灵有什么肮脏，也许，这与它们在这个世界上存在的时间或长或短，对于人类来说，它们仅仅贡献了营养，并没有从人类这里攫取一根稻草相关吧。假如这些羊，它们的胃口可以消化黄金，我们对它们的看法，会不会改变？

天上飘舞的雪花是白的，晶莹剔透，不带一星尘滓。然而，一旦落在地上，特别是落在有人类足迹的地方，比如说，这条公路，倘若温度还不足以冻死苍蝇，那么就会瞬间变成黑色，与两旁的被棉絮裹紧的大地形成黑白分明迥隔霄壤的两个世界。而且，路上的泥泞，是不会给人任何愉快感受的。就是汽车，溅满的泥点，清洗起来，工人们也不免骂骂咧咧的。

最后一只羊终于通过了公路，并在路边回头看了看停在路上的这辆汽车，然后一抬前蹄，跳下了公路。司机踩下油门，汽车继续向前行驶。透过车窗玻璃，万祎再看一眼被路边防护林的树梢不断撕裂的弥漫雪花的风景，眨一眨眼睛，收回目光，定定神，脑海里浮现的另一幅图画，似乎就已经让他眺望到了南城区汲水店子村高铁沿线那一片宛若皇宫一般的碧瓦飞甍的宅院。

昨晚酒阑灯炧，他突然接到南城区泰营乡乡政府土地科科长李济士的电话。他说乡长想着宴请审计组的同志们，另外也想针对审计组留下的取证表和确认表上面提到的有关高铁征地拆迁的问题，跟审计组面对面交换一下意见。万祎对推杯换盏的酒宴已如临大敌，但对李科长主动提出沟通则喜出望外。因为南城区是他们第一个进点实施审计的，也许是因为最靠北边距离皇城根更近些吧，千百年的熏染，多少有了点皇宫王府的脾气，竟然对审计组的质询置若罔闻，迟迟不予回复，这很让他感到头疼。

事不宜迟，趁热打铁。他第二天就带领团队回马枪直奔过来，希望摘取第一个红艳艳的审计果实。可是，即将面对的会是一种什么样的情景，他真的难以预料。因为这个南城区不但涉及拆迁还涉及征地，那些被征地拆迁农民的精明聪慧是他们这些 CPA 顶着大天当脑壳也想象不到的；11 月初在这边实施拆迁审计时跟他们打交道，当时甚至感觉有点力不从心。

还有，让万祎啼笑皆非的是，前年春天，就在晓虹区，他与高菲菲因为高家想多拿拆迁补偿催他们婚姻登记，就为这，俩人闹掰了，一气之下他跑到北京来。而今年的深秋，在这南城区的拆迁审计，却也遭遇了一次拆迁户的婚姻闹剧。不过，这次是离婚，不是结婚。更令他百感交集喜出望外的是，即将在这里与高菲菲的久别重逢。

真情滋润的萌芽，一旦吐绿是永不枯萎的。一时激愤而起的火气消停后，高菲菲并没有因为万祎的不辞而别就把他视为陌路。四季轮回，随着时间的推移，她内心的思念反而越来越强烈。她渐渐萌生了一种冲动，去，去北京找他！于是，她辞掉了刚刚开始的工作，那年冬天她也来到了北京。

在北京，闭上眼睛满街随便一划拉，会计师就能挤爆千百个集装箱。所以对于一个会计系刚毕业不久没有实务经验的高菲菲来说，找一份稍微满意的工作是如此艰难。这是她始料不及的。本来，她对工作和薪酬并不抱太大的奢望，只要能让自己在这举世瞩目的伟大首都不致夜宿街头食不果腹，就行；只要给她一年半载的时间，能与日夜思念的万祎碰上面，也就满意了。

这天正当她垂头丧气地从海淀区人才市场慢腾腾朝中关村方向走呢，路边上咔嚓停下一辆轿车，吓了她一跳。待她慌里慌张看过去，只见一个穿着笔挺西装的小伙子正从车窗探出脑袋来打量她，她觉得好像从哪儿见过。他搭在窗帮上捋起袖口露出胳膊上鼓着结实的肌肉，有股子蛮劲；粗重的眉毛，豹眼圆睁，阔鼻方脸，面皮上闪着光亮；他，虽然说不上帅气，但能让人感觉到一种男人特有的威武，而且也不乏潇洒倜傥。他是谁？

“美女，你叫高菲菲，应聘会计岗位，对吧？”他伸手梳一梳油亮的黑发，问道。

“对呀！你怎么知道？”高菲菲十分惊奇，情不自禁瞥一眼这辆白色的锃光瓦亮的轿车，车头有个蓝白相间的圆圈“BMW”，哦，宝马！她心里又一惊，遇见大款了，还是官二代富二代啊？她一时的感觉，不知道是窃喜，还是有点惶恐。

“瞧，这是你的应聘简历。”他从车头遮光板上抽出一张纸。

“哎，你”，高菲菲一时也没多想，走前几步就要夺过自己的简历，叫着：“你为什么撕了我的简历，快还给我！”

“还给你，你不想找工作了？”

“想啊！——怎么，你能给我介绍？”

“上车吧——快点啊！嗨，美女，告诉你吧，我这儿，投怀送抱的漂亮妞多得是，我玩不过来，没空对你心怀鬼胎，放心吧！喂，上车啊！”

“哦”，她似懂非懂，但还是鼓足勇气拉开后排的门钻进车去。

路程并不远，就在中关村这边的一座漂亮的大厦。他带着她乘电梯上去，然后走过铺着软绵绵地毯的过道，拐进一个装潢得颇气派的公司。高菲菲留心扫一眼前台的幕墙，噢，那里镶嵌着不锈钢雕制的公司铭牌：北京远景盛达软件科技有限公司。

来到宽敞的办公室，那人请她坐下，还给她倒了杯水，令她心里生出一股暖意。

“我叫王宝鑫，是这家公司分管市场营销的副总，你以后就叫我‘王总’吧。现在公司正在给一家重要客户开发一套 MIS 软件，涉及到财务模块，开发团队正需要你这样的人才。”他抓起座机打电话叫人事主管过来一趟，等待的时候，跟她闲聊几句。

高菲菲眼里不停地冒着金星，她不知道眼前的一切是否的的确确是真实的。她小心翼翼地问道:“我,我没有多少实践经验,你为什么会看中我呢?”

“我一眼就注意上你了,你知道我为什么会不经过任何考核就录用你吗?”

“为什么？我,我怎么会知道!”

“因为你的单纯,或者说纯洁。哦,对,就是这样,我一眼就看出来,你跟我见过的绝大多数刚毕业的女生迥然不同。”

“哦,为什么,王总,你的眼睛这么厉害!”

“呵呵,被女人坑蒙拐骗的次数多了,就会培养出一点悟性的,那眼睛就会目光如炬入木三分！你呀,美女,连一场轰轰烈烈的恋爱都没谈过吧。”

“这,你,王总你怎么也能看出来,你们不是软件开发吗,难道还研究心理学?”

“哈哈哈,你不要紧张。你这样单纯的女孩才可能踏实工作。那些在情场上如鱼得水的美女们,是绝不肯埋头苦干的。不管她们本科研究生学的是什么专业,导师是谁,一迈进这个乌七八糟的社会,最娴熟的专业技术却是做一个蹩脚厨师,而且就会做一道菜,就是她自己的肉。”说着话,有人敲门进来,他向人事主管嘱咐几句,然后对她和蔼地说:“去办理入职手续吧。欢迎你加入本公司,祝你工作愉快!”

见王总伸过手来,高菲菲稍迟疑,也礼貌地伸出手,他迅速握住并用力捏了一下,但不疼。她羞涩地低下头,很不自然地说了一声“谢谢”,急忙转身走出去,差点儿跟一位抱着一叠文件美若天仙的女员工撞了个满怀,她的眼神特别犀利,紧盯了高菲菲一眼,就仿佛从她眼眶里射出无数的钢针,倏地穿透了她的皮肤深入到肉与骨骼,隐隐约约有一种疼痛感。

就这样,高菲菲在这家位于北京中关村的软件科技公司开始了崭新的工作与生活。

十二

在这家软件公司入职不到一周的时间,发生了一件令她大开眼界又哭笑不得的事情,同时也使她与王宝鑫增添了一点牵连。原来,他家也赶上了高铁拆迁。

王宝鑫老家就在南城区的汲水店子村。那天高菲菲跟几个公司的女孩一起午餐后说说笑笑往回走,几乎同时她们的手机短信铃声响起,一看是行政部群发的信息:

各位同事:下午有个紧急活动,除非手头工作不能停下来的,请积极参加,一点半在楼下集合。任务完成后,王总请大家喝酒!

兴师动众的,究竟发生什么事情了啊?姊妹几个大眼瞪小眼的,不约而同地在心里问道。

下午两点,公司的两辆商务车,还有四五辆小轿车挤得满满的,准时出发,转向中关村大街朝南飞驰而去。出了城,拐上了京开高速公路,风驰电掣继续朝南边开过去。

开进了乡间小道,路况越来越差,坑坑洼洼颠簸得厉害,有的人就要把苦胆吐出来了。还好,目的地很快就到了。人们似乎就要散了架,晃晃悠悠下了车。眼前,开阔的原野一望无际。庄稼地里残留的雪掩映着几近干枯的绿色麦苗。如果在往年,按照自然的规律,待到春暖花开,一片接一片翠绿海浪翻滚,长势喜人的庄稼,就会给勤劳耕耘这片沃土的农民又一个五谷丰登的喜庆年景。

“兄弟姐妹们”，王总瞟一眼远处一拨接一拨的老乡匆匆忙忙劳作的身影，嗤之以鼻地一笑。他走到大伙跟前，大声交代：“实话实说啊，也没必要瞒着大伙。这片地，就是我们家的承包地。多少亩？我还真说不清楚，反正还有我那几分地呢——管它个球呢。这不，修高铁嘛，就要被征用了。听说就这几天，上头要来做什么清点核量，还有评估公司的。今天有劳各位，帮我在这片地里头，给我插满了树桩子。”他指了指那边几大堆露着新茬的各种果木树桩树杈子，已经有几个庄稼汉在那儿热火朝天地干着，把树杆锯成一截一截的。

人们七手八脚地开始干起来。旁边也有人指点，早有人预先谋划好了的。

“王总，不是修高铁吗？插树桩子干吗，咱们中国的高铁要走梅花桩练少林功夫啊！”有人调侃着。

“你小子，不好好干活，小心老子劁了你！——这都二十一世纪啦，你也甭做美梦，想着伺候北京紫禁城里的老佛爷给她端夜壶喽！”

人们听了哄堂大笑起来。就这么着，在冬日温暖阳光下，一大帮子姑娘小伙就在嘻嘻哈哈中嗵嗵梆梆地往还没冻结实的土地里插进或细或粗的树桩树枝。王宝鑫来回溜达监督着，突然吼起来：“操，你小子就知道图省劲儿，细树枝子好插是吧——等你小子娶了老婆，你就明白粗的顶大用啦——听着啊，劳驾各位，尽量挑粗的用啊，甭图省劲儿——补偿标准写得清楚，这树啊，不论高矮，就按胸围算钱，一棵，粗的细的，上下差几十块呢！”

大伙闻声都忍不住冲着他哈哈大笑起来。王宝鑫没明白过来，冲着一个戴着眼镜的瘦个子小伙子喊：

“嘿，你小子坏笑个啥呢，噢，你的意思是，去量你野蛮女友的胸围爆乳啊……”

大伙又一阵大笑。

“啊，哈哈哈！”他纳过闷来，赶紧更正：“说错了说错了，是胸径，树的胸径，不是胸围。”

踩着那边依然青绿的麦苗地，走过来几个人。王宝鑫一见，急忙迎了上去。

“你小子行啊，找了这么一大帮子帅哥靓妹折腾啊！”其中一个羡慕地瞧着正忙乎着的公司员工，朝他喊了一嗓子。

“利国大哥，哎，麻主任，咱也是被逼得，谁知道这么急魔燎火的——怎么搞的，也不给个准备时间啊？”

“人家傻啊，给你时间！要是有时间，咱大老乡们还不跑到缅甸抱回几块石头埋起来，把咱们麦子地硬说成 24K 的翡翠矿山?！——铁道部还不改名叫赔光部啊！哪儿还有闲钱建设什么高速铁路啊！”

“你个兔崽子，当了个鸡巴村主任，也拿自个的穷乡亲开涮！你他娘的三斤半的鸭子二斤八两的嘴，多嘴多舌。”

从他们身后传来了一声宽厚响亮的嗓音，回头一看，呵，一位膀大腰圆的看着就像个财大气粗的富翁，胳膊里夹着个很大的黑皮包，正横眉竖眼的瞪着他们。麻主任立即满脸堆笑转身过去，伸出双手捧着那人粗黑的大手，喊道：“哎呦，新国大叔啊，哪阵风也把您刮回来啦？”

“你个兔崽子，良心给狗叼啦，给全村的父老乡亲搞突然袭击！怎么着，今年是不是想评泰营乡的先进人物啊？你言语一声嘛，我给你打个招呼，管保比你这么瞎折腾自己的乡亲顶用！”来人撇一撇嘴，鄙视地瞪他一眼，仰起头来笑眯眯看着忙着插树桩的人们。回头对王宝鑫说：“人多力量大，这到什么时候都是真理！”

“是啊。爸，您不是说高铁只占地 18 米宽嘛。您让把咱家的地里都插满喽，费那些老劲儿干吗？”

“你呀，至今不开窍，还舔着脸说搞市场营销呢！”

“不是恭维咱新国大叔，您呢，就是想得全面看得遥远！要不咱能在皇城根下面耕出一畦菜地来？——跟你说宝鑫兄弟，修高铁占地，划在红线以里只有18米,没错。可是你没寻思,铁建公司施工不得修路嘛,还有制梁厂搅拌站,都得临时占地啊,要不,怎么施工啊?这就肯定不止18米了嘛,是吧。”麻主任赶紧接上话茬,从口袋里摸出香烟,递给王家父子,咔嚓打着火机,窜出火苗,凑上去点着火献着殷勤。可是,他心里也泛滥着苦水,却找不到地方疏导,闷在心窝里正难受。这不是嘛,一头是抬头不见低头见的乡里乡亲,你得罪得起谁呀?另一头呢,乡里区里市里又是开会又是红头文件,三令五申决不允许突击抢栽抢种!让他这个村主任怎么办?现在,他就眼睁睁看着这么肆无忌惮地抢栽抢种,也只能装聋作哑睁眼瞎。但他还是瞅着空拽过王宝鑫,喁喁央求道:“宝鑫兄弟,你在京城里做大买卖,也是见过大世面的,也不靠这点补偿奔那个小康,啊。可怜可怜老哥吧,当这么个破村长忒难!差不多就得了,咱见好就收啊,见好就收!嘿,你看你看,那半亩地都插成小日本的榻榻米了,你赶紧过去让他们拔几棵拔几棵……”

“宝鑫,你要干吗去?”他爸叫住他,指一指前后左右的麦子地,慷慨地说:“咱人手多,用不完的树桩树枝子,也帮帮那些家里缺人手的乡亲们,插上几棵。——哎,那块是谁家的地,怎么没一个人影呢?噢,老袁家,这老哥忒苦,老伴瘫在炕上,一个人苦撑着日子,老大在东北吃军粮呢,才混上个连长吧;老小子袁二给我开过车,现在去南方淘金,据说金子没淘上一两,累成皮包骨了——小的时候,我还吃过他娘给擀得面片汤呢。宝鑫呀,去,给他家也插得跟咱家一样密实!”

冬天黑得早。天色麻黑的时候,这边干得也差不多了,一大片高低错落的果树林子,用一句通常形容城市建设日新月异的成就,那就是,宛如鳞次栉比的楼群如雨后春笋一般拔地而起。

王宝鑫心里想着他爸临走时撂下的话,“宝鑫,想着回家看看,你娘盯着那个旧宅院子装修呢。我就不回去了,直接往北京奔了,啊。”

“高菲菲,你过来。”他朝那边黑魆魆的一片人影叫着。虽然打着车灯,但他分辨不出谁是谁。

高菲菲躲闪着密密麻麻的插在地里的树桩子跑过来，几次差点被绊倒，她跑到跟前，喘口气，抬手拢一拢头发，不小心让手上的泥土蹭在红润润的脸颊上。她问："王总，叫我有啥事儿？"

"哈哈哈"，王宝鑫禁不住笑起来，转身朝自己的那辆宝马走过去，边说："走，跟我回趟家。"等汽车启动朝前窜出去，他指一指放在车窗前的纸抽，扭动上方的小镜子，甩脸看了看纯洁稚气的高菲菲，被浑身热气蒸得润红光洁的脸蛋就像是一块没有一斑瑕疵的美玉，而那几抹泥土的灰黄，恰恰验证了她未被尘世沾染。也许，这个样子更像是我们农村里出落的闺女呢。不过，他还是说道："擦擦你的花瓜脸吧，呵呵呵。"

啊，咯咯咯！高菲菲在小镜子里照出自己的摸样，也忍不住笑出了声。

今夜的汲水店子村灯火通明照如白昼，与那边插树桩的庄稼地对应着，南北走向的一大溜的老乡宅院，都在热火朝天急如星火地进行装修工程的施工。这辆宝马车躲闪着一辆接一辆运送装修材料的卡车拖拉机呼啸而过，缓缓驶向一个很大的院落，然后刹住车。到了。

刚迈进院子，王宝鑫又转身回来，站在门口仔细观察几个工人师傅干活，他们站在脚手架上手脚麻利地给院墙贴大理石装饰砖。他发现，师傅们不是像通常那样吊紧了钢丝抹上水泥粘贴大理石，而是往墙上打眼，直接就把经过特殊加工的大理石挂在了墙上，不做任何防护处理。看着看着，火气腾地窜起来，他猛地大叫一声："你们糊弄鬼子呢，全给我停工，停工！"抬起脚，他狠狠踹着墙面，刚刚贴上去的大理石稀里哗啦吊在墙上晃晃悠悠愣没掉下来。他的嗓门越来越大，吼叫着："这他妈的是人干的活吗？你们，哪来的施工队，谁介绍来的？都给我滚蛋！"

他母亲闻声赶紧跑出来，见是儿子回来了，又看看那些挂在墙上晃悠的大理石，拽着儿子的胳膊就往院子走，回头嘱咐："甭听我小子的，你们，赶紧着，天亮之前一定要完工！完不了工，甭怪我们大老乡翻脸不认人，蹦子儿不给！"

“放心吧，嫂子，我新国大哥介绍来的施工队，论手艺，师傅们个顶个没的挑剔！”一个四十多岁像个包工头的跑过来，拍着胸脯保证。

“甭跟我来这套，什么新国大哥大姐的，瞎扯淡。再惹老娘不高兴，立马叫你们滚蛋！”

“哎呦，大嫂子，咱再不敢吭气儿，还不成！闷头干活、闷头干活——快点呀，弟兄们，加把劲儿啊！”

挣脱老娘硬掐着的手，王宝鑫没好气儿地质问：“妈，这么糊弄咱们，您还让他们干！您，傻不傻啊？”

“瞧咱儿子，在北京城里混了几年，就敢说老娘傻啦，真是学了你爹长出息啦！”

“哎哟，妈呀，您就别扯我爸啦——这装修，这么搞不行啊，妈！”

“怎么不行，我看你啊，才傻呢！”

“我傻？妈呀，您忘了，您儿子可是中国硅谷中关村的软件公司的副总经理呢！”

“呵呵，小子，你还在妈面前摆什么谱啊——告诉你，这装修不过是糊弄一下评估公司，等他们来了拍几张照片，丈量一下，前脚走后脚就跟着拆了。你看这些大理石琉璃瓦的，真的一次就给拆了砸碎了，多可惜啊！人家施工队翻来覆去地使呢——你懂什么，这么装修，连工带料，一平米才 20 块，拆迁补偿可是一平米 80 块哟。——谁傻呀，小子！”

“我操，这年头，还有专门干这种装修的，利益链产业化了，也他妈的流水作业啦！”

“行啦，甭说没用的屁话！哎，那姑娘是谁呀，你小子是不是喜新厌旧又换啦？”他母亲瞥见姗姗走进院子的高菲菲，面生，也没顾得仔细瞅，就伸手拧住儿子的耳朵，咧着嘴，教训道：“你爹挣的那点钱，全让你糟蹋给了狐狸精啦！”

“妈呀！”王宝鑫忍不住疼，挡开老娘的手，捂着耳朵嘘着，“新招的一个学会计的大学生，根本没您想的那些个乱七八糟的事儿。”

高菲菲经过家里的拆迁，很容易理解眼前所目睹的装修门道，情不自禁地揄扬道："都说咱们中国农民脑子好使呢，这不，百闻不如一见嘛——要是早知道这招，我爸肯定又能多拿几万的拆迁补偿呢！"

"菲菲，你说什么？你家，也拆迁啦？"王宝鑫扭头看着她，一脸的疑惑。

"是啊，王总，我们家春天搞的拆迁。可惜，没想到搞装修！"

"哈哈，我们这儿啊，你不知道的歪门邪道多着呢！"

"呵呵，哪儿的都一样，涉及自己切身的利益，都鬼精鬼精的——哦，王总，这是您母亲吧——您好，大娘！"

"好好，这闺女生得水灵灵的，以后常来家坐啊！"

高菲菲的落落大方给了王宝鑫母亲韩菊金相当好的印象。特别是待她仔细一端详，发现这姑娘纯洁美丽，跟见过的儿子那些走马灯似的女朋友不一样。不过，眼下她正被那个能说会道八面玲珑，而且美艳赛貂蝉的雨燕勾着魂儿呢。她怕这个风流儿子做出让雨燕伤心的事，于是，临儿子走，她再三叮嘱：

"宝鑫呀，你也老大不小的啦，那个雨燕呢，真像个下凡的仙女呢。你小子艳福不浅！赶紧把婚事办了吧，啊！"

十三

雨燕是公司行政部的文员，也就是高菲菲那天差一点撞了个满怀的女孩。她人长得的确漂亮标致，这也是她之所以能够遏制住王宝鑫高频率换女朋友的关键所在。在雨燕这里，他确实收敛了，绝对收敛了，刹住车了。而且,他从心里的确考虑过跟雨燕结婚,以后绝不心猿意马,好好跟她过日子,生儿育女,白头偕老。

对于高菲菲,他也并非绝无私心杂念。不过,他是把她当作一件可望不可即的纯洁无暇的艺术品,放在那儿,赏心悦目。他坚信她的纯洁,无需用谎称给女员工做体检的方式,来验证她的处女身。她肯定是!他因此特别的看重她,尊重她,除了第一天他们握手,他用力捏了一下她的手,以后他不再碰她一根毫毛。他就是要这样保持着她的绝对纯洁,为了自己过去的放浪形骸风流倜傥,他要在自己面前摆放一块绝无瑕疵的大璞玉珏,养生养性,也滋润滋润乌烟瘴气之中逃不掉的市侩与冥顽共瓢而枯的心田。于是,就在高菲菲入职后的短短几个月,凡是敢于跟她眉来眼去的,他都会二话不说立即通知人力资源部炒鱿鱼。他企图把高菲菲冷藏冷冻起来。

可是,来年春天发生的近乎水净鹅飞的变故,又使他对高菲菲渐渐萌生非分之想,而这非分之想之中,却裹杂着恋母的情结,使他只要一面对高菲菲,就会有一种手足无措之感。

那天傍晚时分,高菲菲突然被王总的电话惊骇了,因为电话里他的话语之中居然夹杂着啜泣。男儿有泪不轻弹,王总他怎么啦?她立即拦了一辆出租车赶到他所说的北四环的景泰豪邸花园。推开车门,她顺着横在道旁的那辆宝马车,寻找见了坐在单元门前台阶上酩酊躺卧的王宝鑫。

"王总,您这是,怎么啦?"高菲菲慢慢地走过去,轻声问道。

"哦,菲菲,你来啦。坐吧。来,坐这儿。"

高菲菲小心翼翼地在他身旁坐下来,扭脸看着他煞白的脸色,心里有一股莫名的惶恐。

"王总,这是怎么啦?这是哪儿啊,为什么您在这儿坐着?"

"这是我的家啊!"

"那,您为什么不回家,坐在外面干吗呢?"

"我的家,被欺骗给拆了,没家了!——春天来了,燕子飞了……"

燕子飞了，拆了，什么意思？高菲菲想起来王总跟雨燕早已同居，会不会跟雨燕有关系？她试探着问：“王总，您一定是喝多了吧，什么燕子飞呀，春天来的……”

“菲菲”，王宝鑫突然一扭身伸手抓住了高菲菲的胳膊，问：“还记得语文课本里高尔基的《海燕》吗？”

“记得，记得。但，只记得题目，里面怎么写的，忘得差不多了啊……”高菲菲惊慌得六神无主，用力想甩掉王总的手掌，却无济于事。

“那是勇猛的海燕，在闪电中间，在怒吼的海的头上，得意洋洋地飞掠着；这胜利的预言家叫了：‘让暴风雨来得厉害些吧！’”王宝鑫松开了手，站立了起来，手舞足蹈，“菲菲，你听着，高尔基笔下的海燕多么美丽啊——它飞舞着，像仙魔似的——高傲的，深黑色的，暴风雨的仙魔——它在笑，又在嚎叫……”

“王总，您的记忆力真好！”

“可是我输了，燕子飞了——我的家，被欺骗给拆了！”王宝鑫痛苦地弯下了腰，又猛地一挺直，彪圆着眼睛直冲着高菲菲吼道：“我给你100万，菲菲，你，去给我追杀雨燕！”

“什么，您说什么，王总？”高菲菲赶紧过去搀住就要跌倒的王宝鑫，扶他重新坐下。“雨燕怎么啦，是不是你们闹别扭啦，干吗说这种绝情的话！”

“她欺骗了我——这套房子，我花了400万给她买的，她却600万给卖了，自己呢，飞啦——是因为春天来了，大雁南飞——菲菲，你说，燕子还会飞回来吗？”

“王总，您别急，也许雨燕有什么事儿，没来得及跟您打招呼……”

“算了，你不用安慰我了。”王宝鑫那颗冰冷的心似乎渐渐解冻，理智沿着脊髓回到自己的头颅。他哭丧着脸说：“我查了，她在公司的档案资料全都是假的，伪造的。肯定，她在这个人间地狱已经蒸发了，再也看不到她——她的美貌说不定也是手术刀雕刻出来的。哈哈，也许，在地球的某个角落,她,又在扮演仙魔,高傲地叫着,又有多少腰缠万贯的浪荡公子因为她神魂颠倒呢!哈哈哈!”他歇斯底里地大笑。

“哦,怎么,这么复杂啊!这是为什么呢,为什么?”

“哈哈哈!”王宝鑫自嘲地解释道:“这就跟你见到的,我家拆迁装修的流水作业一样,她,雨燕,背后也有一个‘包工头’,她,就是一块返来复去使用的大理石,她们也在流水作业。嗨,她一走,拆掉了我心中一座爱情的神圣殿堂!——这江河日下的世道!”

春天的夜晚还有些凉意。那夜,他们竟然互相依偎着坚持到了凌晨。

看着倚靠在自己身上酣然入睡的王宝鑫,高菲菲不知如何是好,只得这样硬挺着,自己脑瓜里头的瞌睡虫也一阵阵袭来,她却不敢放任它们蹦跳起来,只能压制着它们。直到再也忍不住,她猛地一晃身子差点栽下台阶。王宝鑫一下子睁开了眼睛,然而睡眼朦胧的他没看清楚高菲菲的俊秀脸庞,却仿佛看见了母亲慈祥的容貌,他咧咧嘴笑了,顺势躺倒在高菲菲的怀里,又呼呼地睡着了。

经过短暂的惊慌失措之后,高菲菲纯洁善良的心镇定着,使她坦然面对眼前的一切,她没有退缩,更没有伪装,也就没有打断王宝鑫的梦。

曙色熹微的时候,王宝鑫终于醒来。当他看到昏昏欲睡的高菲菲,稍稍迟疑之后,他蓦地跳了起来,慌不择路地奔向自己的宝马,拉开车门发动,嘭地一声关上门,狠力踩下油门,车子飞一样驶出去。但不久,这辆宝马发动机引擎的声音又传来,随着尖厉的刹车声响,王宝鑫从车上跳下来,再也不犹豫,过来弯腰一把抱起高菲菲,她在恍惚中无力地挣扎了两下,就被他放到了汽车的后座上。

迎着越来越明亮的曙光,王宝鑫漫无目的地驾驶着汽车。熟悉而陌生的城市景物在车窗外一闪而过,眼前的一切,像画卷,像幻觉,像梦想,更像春夏秋冬的风风雨雨。

突然,他想对高菲菲说句话,说出来的却是他自己都意想不到的,似乎就是冥冥之中的一个天意的传达:“菲菲,等我家的拆迁补偿款到了手,我也给你买一辆宝马。你，喜欢什么颜色？”

半睡半醒的高菲菲也没多想，自己不曾有过拥有一辆自己喜欢的汽车的梦想，即使老爸曾经半开玩笑地跟她说过要给她买辆车。所以，当真的拥有的时候，也并没觉得有什么惊喜或惊奇；她也丝毫没有觉得有什么不妥，也就根本没有去想买一辆宝马车，需要支付多少人民币。而这些人民币，她累死累活工作一辈子能否挣得到。

于是，她脱口而出：“红色。”

十四

审计团队乘坐的商务车缓缓驶入泰营乡乡政府办公大院。

北楼前面的广场上停着许多小车，一辆停在前排的红色宝马 3 系时尚型轿车鹤立鸡群，格外夺人眼目。好漂亮的车啊！他们几个羡慕地咂着舌头，不约而同地在心里叫了一声。

李济士科长早已恭候多时，见他们从车上下来，忙不迭上去握着万祎的手，亲切地说：“小万呀，万经理，可把你们盼来啦！”

“李科长，您好啊！昨晚您电话上说这次咱们面对面沟通一下，是吧？”万祎直截了当地问。他牢记着此次回来的使命，排斥其他与之无关的枝节。

“没问题，说好了的，万经理，你就放心吧！”李科长微肿着的眼泡，就像两颗醉枣贴在眼眶下面，似醒非醒的倦意神态，让你很难捉摸他的内心。

管他呢，我又不是他的心理医生，他爱怎么想就怎么想。不过，在我这儿,既然因为高铁拆迁审计互相认识了,那么就与人为善,我们以工作为出发点或纽带,以完成工作为唯一目的,别的,少掺合少啰嗦。

心里想着,他就迫不及待地问:“人都到了吧,在哪儿,咱们开始吧!”

“嗨,万经理,不瞒你说,我们乡长正被一个拆迁户缠着动不了窝呢。大伙兄弟们先歇口气儿,啊。”李科长显得无可奈何的样子。

“李科长,针对我们留下的取证表确认表上反映的问题进行沟通,不必劳驾领导了。如果有关人员都到了,咱们就开始吧。”

“那哪儿成呢,领导嘱咐啦,得跟审计组的老师们见见面,坐一坐——工作嘛,时间有的是嘛。万经理,你说呢。”

得,中套了吧?万祎心里暗暗叫苦。但也只能这样客随主便,见机行事了。

“那好吧,我们到前面转转。李科长,您看乡长能抽出时间了,赶紧叫我们一声啊。”

乡政府这个大院,他们给起了个名字,叫“大宅基地”。因为在审计的时候,他们注意到,有关农村宅基地的政策是非常严格的。因高铁拆迁的农户,每家批给新的宅基地,必须严格限制在 200 平米以内。而这个大院子,足有上百亩吧。而且,你一看就知道,院子绝不是乡政府的资产,而是租赁的。整个院子修得雕梁画柱水榭亭台,就跟红楼梦里的大观园似的,哪个乡政府胆大包天敢这么大兴土木?他们当时就议论,这肯定是哪个富豪在这投资兴建的餐饮娱乐一条龙服务企业,不知道什么原因没搞起来。乡政府收不回土地成本,拆了吧,账没法平;又怕撂荒了太惹眼,哪天被媒体曝光违规占用耕地,那才是令人惊恐万状的,虽说人头掉不了,可是大大小小的乌纱帽就跟秋天的落叶,得掉满地。所以,只得瞒天过海自己就把自己当成了贾宝玉林黛玉,悄悄搬进来住了。

里面有三个院落,他们当时在这儿审计,工作地点就在西边的那个院子里。再靠南边,是一个很大的花园,亭台楼阁,溪水潺潺。还有一个不大的湖,里面养着很多水禽,鸭鹅鸳鸯,居然还有两三只黑天鹅。当时,每天午餐后，在深秋金色的阳光照耀下，徜徉其中，花草绿树，木桥小溪，隐约传来的鸭鹅的歌唱，倒也别有几分情致和惬意。

有一天，也是午餐后，他们几个，有的在花园里溜达，有的在湖边观赏在水面荡漾的水禽。万祎和苏慕喆两人并肩走上了那座涂了黄漆的木桥，油漆已经斑驳，但造型雅致，桥头还有一棵婆娑的海棠树，的确是个畅想或畅谈美好的去处。他们就坐在桥栏上闲聊。不远处，孟寐求蹲在鹅卵石甬道上，望着前面的一个干枯的养鱼池，沉思着，又好像在谛听着。

“小苏，我猜你是杭州人，对吗？”万祎问。

“哦，你凭什么猜的？”

“燎沉香，消溽暑。鸟雀呼晴，侵晓窥檐语。叶上初阳乾宿雨，水面清圆，一一风荷举。”

“故乡遥，何日去？家住吴门，久作长安旅。五月渔郎相忆否。小楫轻舟，梦入芙蓉浦。——呵呵，你也喜欢这首周邦彦的词？”

“比较喜欢吧。所以，我就猜，你的名字‘苏慕喆’，正是这首词的词牌‘苏幕遮’的谐音。周邦彦可是钱塘人，你们是同乡，没错吧？”

“没错。我爸在大学里讲古典文学，非常推崇周邦彦，也十分认同尊称周邦彦为婉约词的‘正宗’。所以，给我起名的时候，直接就用这首词的词牌，其实我不喜欢——你说，那‘幕遮’，遮着些什么啊？多暧昧呀！呵呵。所以办身份证，我自己擅自做主给改了，不过还得给我老爸一点面子呀——对，是谐音，让你给破解了。呵呵，你对诗词的造诣蛮深哦！”

“谈不上什么造诣，挺喜欢吧。这个周邦彦宋徽宗时做过大晟乐府提举官，这官儿有多大？搞不清，总比芝麻官大吧。但他青史留名还是靠他‘词家之冠’‘词中老杜’的美名。真不错，你的名字，很好听，个性、不俗！”

“其实我更喜欢辛弃疾的豪放词，不大喜欢软绵绵的婉约派。你听，这首《破阵子》：醉里挑灯看剑，梦回吹角连营。八百里分麾下炙，五十弦翻塞外声。沙场秋点兵。——你瞧，这多带劲儿！”

“马作的卢飞快，弓如霹雳弦惊。了却君王天下事，赢得生前身后名。——确实,确实很带劲儿!”

眼前这个戴着眼镜的文弱恬静的西湖美女,心地却如此坚强。万祎惊讶了。

正午的秋阳映照着,苏慕喆白皙的瓜子脸显得十分明亮,红唇紧抿,若一勾明月,鼻梁高挺,犹如一笔鹅毛;浓密飘逸的黑发,披撒满肩若一地乌金闪耀。修长的身材,紫色长裙盖过脚髁,乳白色紧身夹克凸显曲线,一个妙龄女孩那么一种犹如冲霄直上的吸引,宛如一道闪电,无法躲避也无法遏制。

与高菲菲的感觉并无根本的区别。随着时间的推移,他万祎同样也在心底不断洗印着一帧接一帧的照片,冷敷的冰糕、多收的五块钱、领工资后的请客……这些照片连接起来翻来覆去地放映,就是自己和高菲菲以往岁月的一切美好。这些美好,有的时候,不由得自己的主观意愿,就那么排山倒海地袭来,多少次,在梦中因此惊醒。

来到北京以后,他曾悄悄回过两次晓虹区。一次远远地眺望,他没有鼓足勇气走向那栋摆着个麻将桌子的即将拆掉的二层楼房。再一次去时,那里已经被拆得一片狼藉了。母校,他不愿再去,因为那里留下过与烟台女孩生离死别的一刻,痛苦回忆不堪回首。对于烟台的女友,他不是没感情,而是人家回到家乡后不到半年,就跟一个吃财政饭的公务员结了婚,彻底斩断了他的念想。

而高菲菲神赐一般步入其情感生活,给予他感情的滋润与慰藉,异乎寻常,在他的心里留下的感觉更深更久更热烈更容易旧病复发。每当悠闲一些的时候,他就从心底滋蔓出一股苦涩的后悔之泉——嗨,当时,为什么那么冲动,甚至把电话号码一气之下也给换掉了,惹急了高菲菲吧,报复,她的电话 QQ 等等,凡是原来彼此曾经使用的联系方式一下子消失了。不然的话,两个人不至于这样苦苦期待。

审计团队里青春蓬勃的氛围自然也会滋生开来爱情的枝蔓,开放出艳丽的花朵。就从刘允虎主任亲自带队去镇江,为全面铺开高铁拆迁审计搞试点做预审的时候，万祎就敏感地察觉到了苏慕喆时常瞥来的眼光，其中有一丝期盼，也有一丝疑问，更多的是对他的那么一种特殊的无以言表的关怀和问候。他的身心一直被高菲菲捆绑着，一直没有给予她任何的反馈。但从秋天开始，他直接带领这支团队，与她更加频繁密切的接触，已经不由自主地撬动他内心深处的那颗拧紧了的螺丝，就要释放出来深藏太久的情感的醇香。

然而，就在那只无形的扳手就要用力拧动的一刻，仿佛就是命运的安排，与 2008 年春天高菲菲步入他的情感生活一样，此时此刻，高菲菲又一次神赐一般回眸一笑，转身款款走了过来。

李科长在大声呼喊他们。

“太抱歉了，今天我们乡长被那个拆迁户死缠烂打的，心情实在不好。中午就不陪了，咱们在食堂凑合吃点。晚上，乡长特意安排在城里订了酒店，再给各位接风。”

去食堂，得穿过那个停车场。就在他们绕着一辆辆汽车，脚下踩着柔软的茅草往那边走呢。忽然听见一阵叫喊，“你们这些吃人饭不拉人屎的东西，我跟我们家老王假离婚，就是你们教唆的。现在闹腾到这份上，你们甭想推得一干二净，得给我个说法！”

假离婚？万祎觉得新奇，就往那边凑过去。那个叫喊的是个中年妇女，身宽体胖，一身价值不菲的服饰掩盖不住言行举止的鲁莽与土气。旁边有几个干部模样的，在好言好语地劝和、解释。

到了跟前，眼光却又被那辆红色的宝马所吸引。此时，司机座位上已经坐着个时髦女孩，她把胳膊搭在降下了玻璃的窗框，有点不耐烦地四外张望。她的目光与万祎的目光相遇了，一瞬间的急遽撞击，耀眼的火花一闪现，即使在这正午的晴朗里，也能看得真切。

“高——菲菲？”

“万祎！”

十五

"你说,这,是不是一场梦?"

"这是天意! 不然,真的难以置信!"

两个人早已没有了怨艾与恼恨,都迫不及待地希望把积蓄在心底满满的思念一吐为快。

谢天谢地! 上面发来紧急会议通知,是有关高铁按期全线通车要求沿线必须全面全力配合完成各项工作的会。乡领导们带着李科长他们都赶过去参加会,晚上也将连轴转着开。李科长一百个抱歉,万祎对晚宴的撤销一点都没感觉,只是他们没想到审计组第二天真能赶过来,压根没做准备,相关的人员一时半会的也收拢不了,只能空闲一天,明天抓紧吧。就这样,万祎被大伙起着哄给赶出了下榻的酒店,登上高菲菲的那辆漂亮的红色宝马,在大街上转了半天,他们不想在那些霓虹闪烁人声鼎沸的大酒店,最终找了一家温馨的烛光晚餐似的小酒馆。两人相对而坐,在金黄色的灯光撩起的氤氲中仔细端详着近千个日夜思念的彼此。

"菲菲,这真的是天意! 本来,今晚泰营乡的乡长要请客的,临时开会去了。你想呀,怎么就这么寸呢——这不就是特意给你机会嘛?"

"机会,给我机会?"

"哈哈,你说的啊——等你工作了,拿了第一个月工资,得请老爸老妈吃饭;拿了第二月工资嘛,你说过,要请谁吃饭呀? 哈哈哈!"

"呵呵呵,就是请你呀,万祎先生! 多难啊,整整等了两年!"

"嗯,两年光景啊,这么一晃就静悄悄过去了。菲菲,你拿到了不止两三个月的工资了吧,是不是把一辈子的钱都挣足了啊?”

“什么一辈子的钱？你说什么呢?”

“瞧你开着宝马,风光无限的样儿——哎,当富婆啦,还是……”

“富婆,跟我能沾边嘛,这嫁都嫁不出去了！这不,傻了吧唧的一个劲儿地等着嘛?”

“那,哪儿来的宝马,不会是傍上大款了吧?”

“你,万祎你就胡说！你以为我高菲菲是做二奶的坯子吗？去你的!”

高菲菲一撅嘴,哗啦把菜谱连跟前的碟子推到一边;可把万祎吓了一跳,赶紧道歉,甜言蜜语说了一通,总算哄着她露出了笑模样。可是,在他内心,经过了久别重逢的一阵惊喜之后,冷静下来,也的确对高菲菲的现状打起了不安的小鼓。怎么,毕业才两年就开上了宝马？就一个会计系的本科生,靠自己的劳动所得买的,可能吗,这？这么一琢磨,再联系社会上的种种不齿的龌龊,心头浮上一层肮脏的意念,就如臭水沟里漂浮的垃圾。他刚刚还炽热的心一下子就跌进了冰窟窿。

毕竟经历了两年的风风雨雨,高菲菲已经可以读懂男人的心思。她想,如果不把这辆宝马车说清楚,他们俩啊,被折磨的难受劲儿甚至会超过这次邂逅以前的苦思苦想。

她笑了笑,依然那么纯真,但多了一些感悟性情,再也不像 2008 年春天时候的那样的稚嫩和乖张。

“天下事真的就是无巧不成书,不但是咱们俩。”

“哦,你有许多故事吧,可以写书啦?”

“我在北京也碰到了拆迁,跟我家一样,也是为了高铁拆迁。”

“是吗?”每当一提到涉及到当下干着的拆迁的事,他就会感觉有一种冲动迅猛袭来,自己有的时候都感觉应接不暇。“快说说,不会跟谁牵着手,去民政局依据《婚姻法》又登记了一回吧。”

“去你的,不许再提那档子事儿啦,咱可说好啦！——中午咱们碰见的那个,胖老太太,她呀,是我现在公司一个副总的老娘,你猜她去乡政府闹什么？”

“闹什么？”一听高菲菲说到公司的老总，万祎的心就咯噔一下，心想，完了！高菲菲多半是被那个老总给包养啦……他不敢再往下面想。

“嘿嘿嘿，可逗啦！我们那位老总的爸妈呀为了拆迁分户多捞好处，就搞假离婚。”

“假离婚！”万祎耳边又响起中午的时候在乡政府院子里听到的那个妇女的叫喊。怎么又跟拆迁搭上了关系？这，拆迁，犯什么神经了，老百姓就心甘情愿把自己的婚姻大事当儿戏，耍来耍去，折腾来折腾去——晓虹区的假结婚，是自己亲身经历的；现在，南城区又冒出个确凿的假离婚！

“是啊，假离婚。一个家，一分为二，你知道得多拿多少补偿费吗？”

“多少，这南城区的补偿项目我可是清清楚楚。”

“吹牛——你清楚，得了吧！没谁比拆迁户自己更清楚啦。你们啊，虽然也能审出个万八千的芝麻大点儿的问题，可是，大头你们审得出来吗？——还是说假离婚吧，两家了，这南城区的奖励费是两万，还有什么物业补助、取暖补助的，怎么也得多拿它四五万吧；还有呢，多分一块宅基地呢，能卖几十万，现在！——我的妈呀，不算不知道，一算吓一跳！我老爸老妈怎么就没想到这一招呢？亏死了！”

“那么小瞧我们啊，菲菲你呀，那就等着瞧吧——晓虹区，我也正在那边审计呢！”

“啊，你，万祎，你怎么又杀了个回马枪啊——那边的底细你可知道不少啊，你这不成了卧底了吗！忒不地道了吧？——哎，万祎，说是说闹是闹，我老爸老妈的确多拿了点拆迁补偿，那可真是不容易，跟那些个王八蛋相比只是九牛一毛啊！你，万祎，你千万要手下留情啊！”

“呵呵，你怕啥，我们也就‘审出个万八千芝麻大点的问题’，有啥可怕的？”

“得，算我给您万大人认个错，来，敬你一杯！”

俩个人快快乐乐地一碰杯，喝一口清香的红酒，彼此不约而同地定眼瞧瞧对方，然后笑眯眯地夹口菜。

囫囵咽下一块黑椒牛柳，没顾得咂摸滋味，高菲菲又接下去说："咱先说我们公司那个副总爸妈假离婚的事——他老娘做梦也想不到，这个假离婚呀弄假成真啦！"

"怎么啦？——是不是拆迁费分赃不均，复婚出现困难啦？"

"嘿，还真让你给说准了，就是。我们副总他老娘哪里知道呀，他爸，在京城里头养着个二十多岁的二奶呢……"

"啊，二奶！"万祎失声叫喊，心里猛个劲儿哆嗦起来；思忖，自己期待了两年的爱情肯定是竹篮打水一场空，彻底没戏了。不是嘛，什么种什么苗，老子英雄儿好汉，这，可是千百年流传的古训，没错吧。既然他爹外头养着二奶。那，他呢，那个王八蛋副总，长江后浪推前浪，还不包养个三奶四奶啊？这，其中，会不会有……

"哎呀，万祎你干吗总那么紧张，一惊一乍的干吗啊？"

万祎激动起来，沾了点酒，脸也涨红了，眼睛瞪得老大。他一拍桌子，吼道："我紧张，我为什么紧张？难道你不知道！两年了，我苦苦等了你两年，高菲菲，别怪我说话难听——我不是怕你为了那辆破宝马，做了人家的二奶吗！"

"苦苦等了我两年？我呢，我又在等谁，你不知道？"

"你，菲菲，你会在等我吗？"万祎看到高菲菲脸色有点发青，绷着的脸样子怪吓人，心里忽然觉得有点愧疚，是啊，人家不也在等自己嘛，为什么就瞎猜疑呢。听她把话说完嘛。她高菲菲，虽然家里过去不富裕，但不致于拿自己的青春去跟金钱做交易吧？对，她绝不是那种见钱眼开没自尊不自爱的女孩！

"你呀，万祎，我知道，你在乎我，才会这么在意我目前的状况，对吧？"

"对呀！不在乎你，我会等你？如果那样，我才不关心你怎么样呢，别说做二奶，就是被卖了沦落风尘，与我何干！"

"我也告诉你，万祎，不怕你笑话我，我来北京就是为了能找到你！"

“呵呵，菲菲，我也不怕你说我没出息——前年，辞职来北京以后，我又偷偷去过你家两次，远远地看，没敢往近处走。”

“你……”

十六

费了九牛二虎之力，李科长总算招呼来了几个跟高铁拆迁有关的头头脑脑。沟通的地点还是安排在了那间民兵指挥部，就在西头的那个院子里。这几个来审计的，他们在那儿工作了大半个月呢，挺辛苦的，大清早的从城里乘城郊公共汽车赶过来，晚上搭乡政府的通勤大轿车。有时候加班，就得打黑出租车，在这黑灯瞎火的郊野，风吹雪打，等很长时间。还真的想不明白，这些个年轻人从哪儿来的冲天干劲儿？

这次征地拆迁的审计也让他李科长感到心焦，没想到被人家审计的这帮看着不谙世事的小伙子小丫头看出了那么多破绽，这要硬是写在了审计报告里头交上去，人家高铁公司不认你的账，算不进股份，这笔几个亿的征地拆迁补偿资金，可都发到拆迁户的手里了，上哪儿再敛回来啊！那可就是一颗拉了弦的手榴弹啊！别说咱泰营乡没法平账，就是它南城区也得成了糖挑子上的猴拉稀。这叫什么，这就是俗话说的“偷鸡不成蚀把米”噢！

万祎安排几位分别按照青苗、地上物、房屋拆迁等不同的补偿项目跟有关人员做初步沟通、核实。自己则捡了几个重点问题，特别是涉及问题成堆的那个汲水店子村的，他就拽过来村主任麻利国。这位粗壮身材的麻主任客客气气，跟那次一起去看现场时候冲着人家铁建公司的工人暴跳如雷的样子判若两人。

还是秋天，刚来泰营乡做拆迁审计的时候，作为实施审计的必要程序，他请李科长安排车和人去看看征地现场。李科长就叫来了麻主任，他喊上杜中秋挤上麻主任他们的那辆安着警灯的桑塔纳轿车，顺着这段高架在空中的高铁轨道一路朝南开。

沿着高铁两侧，还残留着或成片或零零碎碎的未被占用的林地。他们停车，下来拍照。

“麻主任，咱们村是苗圃专业村吗？怎么这苗圃里，还有这么多的老树桩子啊？果园也实行‘老中青三结合’啊？”万祎问旁边紧跟着自己的村主任。

“啥苗圃啊！咱村有点梨树园子，但咱不做苗圃。噢，你说这林子粗粗细细的，咋回事是吧？——这个嘛，啊，不是讲究科学种田嘛，就算是、就算是合理间作吧，能防病虫害。”

“这么密植，又不是苗圃——是不是抢栽抢种的啊？”

“哈哈哈，火眼金星火眼金星——咱们国家突飞猛进地发展，咱祖上积德，给我们撂在这风水宝地上了，从北京往南四通八达的高速公路高速铁路、还有这个那个的开发区，都得经过咱这一亩三分地。不瞒你老弟，咱这儿，这年头难找勤快人喽——谁还受那掉颗汗珠子摔八瓣的苦累啊，都等着征地拆迁捞金子呢。”

“呵呵，要是韩非子活着，他会怎么写这篇二十一世纪的《守株待兔》啊。”

“啥兔啊狗的，老百姓就认个死理，过了这村儿没这店儿——西边那头，裕隆镇，听说要修飞机场了，设计图都打给发改委了。老乡们急得跟猴似的借高利贷盖别墅呢，那势头真猛，赴汤蹈火的拼命劲啊——那帮傻逼，要是机场修不成，爬梯摘月亮，你就瞧一个个往下摔吧——还不上借款可没后悔药吃喽，不定有多少人跳楼喝农药呢！”

“啊，自杀，至于嘛！就为了多拿一点拆迁补偿……”

“至于嘛？多拿一点？那可不是‘一点’，是‘一堆！’真的是‘人为财死，鸟为食亡’啊，一丁点都没错——要是最后等不来拆迁，他拿狗屁还债啊，还不死，等着人家来大卸八块啊——你以为谁家里都养着个喜儿给黄世仁当小三抵债啊！”

“哦，这拆迁里头，还有这么多……”万祎听得耳朵都直了，似懂非懂，似真似假。

杜中秋走过来，拍得差不多了。他没好气地抱怨道：“祎哥，那些树都是死的，像是硬插的，不像是栽种的，这么密，凑数吧。”

“小兄弟，可不能乱说。老百姓这日子过够紧巴的，凑点数就凑点，能抹胡过去就抹胡过去吧，啊！”麻主任赶紧接上一句，不软不硬的。

他们一行人上车，继续朝南边开过去。

前面集聚着一大堆人，司机狠狠按着喇叭，那些人无动于衷；他又打开了警笛，尖厉的叫声撕破了天空，震骇了人们，人群才渐渐让开了一条通道。车子慢腾腾开过去。

“停车！”麻主任突然嚷了一嗓子，不待车停稳当，开门就冲了出去。他直奔西头的那群人，那里竖立着架子，好像是在作业。“你们干什么呢，你们是哪儿的？”他凶狠地盯着那群人。没人搭茬。

穿着件旧警服的司机看见麻主任辞严理正教训那帮工人，眼瞅着，其中好像还有一个半个的不服气，他叫一声“妈了个逼”，猛地转身从后窗架子上拽出一副手铐，也气势汹汹地下车跑过去，准备大打出手。

麻主任在那里指手画脚地训斥一番，人们都住了手，也没人反驳。他觉得没趣，上前抬脚踹倒了一道刚垒好的矮墙，吼着：“滚，都给我滚，在老子的地里头打井，也没事先吭个气儿——找死啊，你们！滚！”

他俩在工人们毫无表情的凝视中回到车里，骂骂咧咧嘟哝着。

车继续往前开。过了会儿，麻主任余怒未消，喘着粗气给万祎解释：“铁建公司的，要建高铁维修用的塔梯，不打招呼就要打井取水，好像这儿是他们家门口，他姥姥，反了！”

就那次，万祎算是真正领教了什么是“地头蛇”。现在，这个“地头蛇”就在跟前，而且从表面上看，攀亲托熟，特别的温良恭俭让。

“麻主任，咱们村拆迁户不到 100 户，补偿的装修费一项就有将近 3000 万，究竟有没有恶意装修的？根据咱市里的有关政策，恶意装修是不给补偿的。”

“万经理，啥叫‘恶意装修’，你能给个明白的说法不？”

“这——”万祎一时语塞，忙不迭拽来一本政策汇编，翻了翻，心里暗暗叫苦：我操！那些定政策的书呆子，也不把话说圆喽，反倒让我们做瘪子。

“万经理，这拆迁吧，你们大概是第一回经这种事儿吧，少见多怪。我们经得多了，拆迁拆迁，三九天开桃花的事儿，瞧得就是稀奇古怪。”

“麻主任，我这有份咱们南城区 2009 年国民经济和社会发展统计公报数据，咱们这儿农民平均纯收入 1.0179 万元。而咱们村拆迁户装修补偿，根据我们的统计，大理石地面、护墙，琉璃瓦，铝塑板顶棚，暖气等几项，平均每户 22.6 万元。如果我们按每家户籍人口四人计算，也就是说，咱们村的拆迁户将近六年的时间，全部辟谷不吃不喝，把收入全都搞了装修了。麻主任，这，可能吗？”

“嗨，万经理，哪儿能这么算呢，咱们村的人均收入可不止一万多！”

“可是我们从乡政府的公告栏看了，咱们村在南城区里头还不算是经济发达的呢，那平均纯收入，没准，咱还不够呢。”乐欢凑过来，给了麻主任一棒槌，打得他有点发愣。没等他醒过闷来，她手里捏着的几张统计表，犹如飞锏一般又甩了出来，这下麻主任脑袋上不知不觉浸出了汗滴。“还有呢，这次修高铁，征了咱们汲水店子村的耕地，统共才 39.06 亩。可是，您瞧瞧，咱们村的地上物，不算那些菜地，就这些个桃树、梨树、枣树、银杏、桧柏、雪松等树木，按照‘国家绿化造林育苗适宜栽植密度表’测算，得用 546.61 亩，超出征地面积 14 倍。补偿了一千多万呢——这哪儿是种树呀，是不是给地球铺实木地板啊！咱汲水店子村的绿化真做到极致了，赶紧让国际绿色组织把总部迁到咱村里来得了!”

乐欢言犹未尽,万祎给她递个眼色制止住,意思是别这么愣头青似地挖苦人家啊,一旦沟通堵塞咱也憋屈。话音断续的空儿,那边也有人叫乐欢,要跟她核对青苗数量,萝卜、茄子、花生……

麻主任长出口气,不由自主地抬手抹一抹额头的汗,惨淡一笑,忙又正襟危坐,试探地问:“万经理,咱们还是接着说装修的事儿?”

“说吧,咱们还没弄清楚呢。”说着话他环视一下屋内。

“万经理,那个评估公司的,刚打电话来了,堵车,快到了。”李科长赶紧解释。

“咱们村嘛,商业比较发达。”麻主任恢复了镇定自若,见万祎转回过头来,很自信地说道:“你看,咱村的拆迁户们,大大小小,都是做买卖的。所以,你们用南城区的平均收入来怀疑咱们村装修合理性,难服人嘛。万经理,这可不是屎壳郎变知了,一步登天!”

“呵,麻主任,你提起了商业发达,我也正要说这事儿呢。为此,我们还专门写了一份取证表呢,你没见?”

“没大注意,忘了瞜上一眼了。真的是水银泻地无孔不入啊——什么意思,商业发达,难道也不入各位的法眼啦?”

“是这样,我们在核对档案的时候,注意到这么一个现象,就是咱村拆迁户的个体营业执照的办理日期比较集中,都是在征地拆迁公告发布前后一年左右……”

“哎,万经理啊,你对这起照的时间,还别起疑心,那是咱村积极响应区委、区政府号召,大力发展商品经济的重大步骤,要的就是步调一致产生轰动效应嘛——不瞒你兄弟,我们几个村干部正在琢磨制定个五年规划,也打造个小香港哩!嘿,你笑啥?咱这可是碾砣砸碾盘,实打实,不带谎!”

万祎脸上露着微笑,心里鄙视他的自作聪明。不给点确凿的依据,看来他胡搅蛮缠的腿脚功夫是不会停止蹬踹的。

"你看,麻主任,咱村这些纳税缴款书,怎么都是一千零几块,连一家1100块的都没有——拆迁政策明文规定,个体户要拿到停业、搬迁等项补偿,就必须年纳税1000块以上。这缴纳税金,是不是也积极响应区委、区政府号召步调一致为了产生轰动效应啊?"

"怎么怎么,你们,万经理,非要把咱汲水店子村当成了铁匠炉里的料,不是打就是敲啊?"麻主任有点理屈词穷,嗓门提高了,晃着脑袋,忍气吞声地强抑着,平日里的蛮狠在心里狼一般嚎叫着,还想困兽犹斗。

"不是针对咱汲水店子村。在我们眼里,凡是被审计对象都是铁匠炉里的料,必须打也必须敲。不然,审计就没必要存在!三分颜色开不了染坊。我们既然来了,肯定就有胜任能力,也肯定不是没骨头的伞撑不开!"

万祎一席话,简短扼要,语气里带着义正辞严。屋里有几个磨尖了嗓子正跟苏慕喆乐欢她们狡辩的,也都听着呢,一下就哑口无言了。那个麻主任也无精打采地耷拉下脑袋。

屋里一阵寂静。李科长打破尴尬,赶紧招呼,"瞧,光顾说话了,喝茶喝茶。"

说了半天,还真觉得口干舌燥,万祎端起茶杯喝口水,也松弛一下紧绷着的脑筋。他故意显得有点漫不经心的样子,冲着给自己添水的李科长问:"李科长,咱们泰营乡征地的价格,每亩50万元,政府批文到底有没有啊?"

"批文?上次不是说清了嘛?市领导有批示啊。"李济士浑身不由自主地抖了一下,秋天的时候,为这件事没少费口舌,可是这个姓万的经理,还有他那几个小青年就认死理。这可是大头,不能有一丁点的闪失啊!他在心里不住地叮嘱自己。

"没说清吧。提供的那份市建委上报补偿标准的申请,只有个市政府'公文批办单',没正式的批准文件,不符合《土地管理法》要求的'经省、自治区、直辖市人民政府批准'的规定——李科长,还是跟区里头要一要,不然咱泰营乡征地230多亩,补偿了将近1.2个亿,我们没法确认啊。"

“好，好，我再要一要找一找——”李科长没咒念了。对这几个小青年，你虽然也可以软磨硬抗，但你决不能说这没有那没有，那可不是果断，那是找死。人家就会立即把那些“没有”涉及的补偿款剔除出去，那才叫“果断”。

“还有啊，李科长，咱们泰营乡的拆迁户，怎么都没提供宅基地的权证呢？”

“哦，这个啊。万经理，正要跟你商量呢。你们只确认文件规定的新批宅基地标准，200平米；可是拆了的老宅子，一般都是三四百平米，有些个大家主，五六百平米都有呢。就这一项，区位补偿每家差十好几万，整个乡下来可就是几千万，你们不认，那不是要我命呢！”李科长搓手跺脚的，一副万般无奈的窘迫样子。

“提供一下权证，看一眼就得。我们取证表上写得很清楚吧。”

“嗨，要是有，不早就提供啦！什么权证，压根就没发过嘛，你硬张着手跟老乡们要，还不吃笤帚疙瘩啊？”

呵呵，万祎对于这种脸不改色心不跳的说谎技能，哭笑不得。自干审计以来领教得多了，习以为常，适应了，他也就不把它跟一个人的品质必然联系起来。你就只管有条不紊地按照自己的规程操作就是了。只要证据确凿且充分，最终，该嘴软的终归嘴软，该签字的也终会拿起笔来。甭为了“终”字之前的磕磕绊绊着急上火，记住喽！这，就是行事技巧，或者更时尚地讲，这是一门工作艺术。

“小苏，你把那份文件的照片找出来，给李科长看看。时间久了，备不准就会忘事儿。搁谁身上，也一样。”

他说的那份文件，还是秋天，在一次午餐后随意浏览乡政府公示栏的时候偶然看到的。那是一张已经被阳光晒成泛着微黄颜色的区政府通告，他让苏慕喆拿数码相机拍了下来。文件的全称是《南城区人民政府关于开展农村土地确权登记颁证试点工作的通告》。

正在这时候，门被哐当撞开了，一股冷风吹进来，屋里的人们不约而同把眼光投向来人。

十七

来的人叫雷辉，还有他的助手。他被这所传统式房屋较高的门栏给羁绊了腿脚，差点摔了一跤，所以才有了破门而入的奇袭。他俩是房屋评估公司的，万祎通过李科长向他们发出约请，过来对泰营乡特别是汲水店子村房屋装修的情况做进一步的专业说明，并提供当时评估所依据的盘石桑苞的原始资料。

午餐后，他们一行十几人赶往汲水店子村。

万祎有点较劲儿，趁着午餐后在花园里散步的空当，就跟杜中秋、晋振辉哥俩嘀嘀咕咕了好半天，暗置撒泼放刁之策。他在心里发狠道：我他妈就不信了，戳破不了你们的欺瞒夹帐！他要在现场，眼见为实，现身说法，非得让某些人见了棺材掉了泪！

另外，他也急于找到一个突破口，以瓦解目前李科长他们严防死守的防线，最终崩溃其针对审计组的顽抗部署，令其彻底缴械。这个突破口很庞大很厚重，仅仅泰营乡恶意装修补偿就涉及近 3000 万元。如果能突破了，以点带面扩大战果则必然势如破竹；由于问题存在共性，与此同时必将推动南城区其他乡镇的审计攻势所向披靡。那个时刻，他在畅想，在高铁征地拆迁审计的这座星球上，他们，我——万祎，苏杜乐晋孟，我们这个审计团队，必将尻舆神马，凯歌高奏。

对于装修方面，拆迁户明目张胆肆无忌惮的“恶意”，审计组内部早就议论纷纷，诸如此类的巨额现金支付，必将引发货币发行量不断增长，物价水平也同样不断增长！几位虽不是什么国家或者地方经济管理部门的头头脑脑，但在关乎国家经济生活的命脉大问题上，还是恪守职业道德，没有掉以轻心，更不会用那么一种事不关己高高挂起或各扫门前雪的心态来袖手旁观。这，就是伟大的CPA！也许，他们自己根本没有察觉。所以，在往常的工作中他们总是自视渺小默默无闻，偶尔有些张狂，那也只与个性相关，而非职业使然。

出发以前，万袆和杜中秋、晋振辉两位造价工程师已经与雷辉做了初步沟通，虽没卯足劲儿去盘根究底，但也仔细看了他们随身带来的资料。单从照片资料看，拆迁以前的汲水店子村的确是一派金碧辉煌，大理石琉璃瓦，被灿烂阳光照耀得分外光彩夺目。其富丽堂皇的程度，甚至令元明清历代皇帝居住的北京紫禁城都相形见绌。因为紫禁城的地面，象征着中华帝国最高权威的那座巍峨雄伟的金銮殿前面铺的也不过是黄泥烧制的大青砖，而咱们这个就要打造成"小香港"的汲水店子村的那些拆迁户，屋里屋外墁的，乃至土坯院墙内外贴的，可都是一水儿的大理石啊！

有的时候，审计组的哥们姐们也会在工作之余伸伸懒腰打个哈欠，奋臂高呼：亲爱的拆迁，您呢，何时来到我的家门口！来吧，我日日夜夜地想念着你啊！啊，拆迁，让我一夜摆脱蜗居，黎明前暴富，直奔共产主义小康生活的拆迁！来呀，拆吧，拆吧！

鱼贯开行的汽车在沿着高铁路线的施工临时道朝南行驶，高高架起的路基，敦实有力椭圆形的桥墩箱梁壮观有力，给人一种凌云的气势，同时激发人们产生那风驰电掣一般速度的遐想。这条举世瞩目的高速铁路，就要在不远的将来正式通车，那将是中国人的一个美好梦想的实现。我国以自己的技术力量建成的第一条铁路，是当年在詹天佑主持下，用了四年时间于1909年建成的京张铁路，全长201公里，并发明了人字轨道。当年詹天佑曾为建设这条铁路给自己的美国老师诺索朴夫人写过一信，信中说："如果京张工程失败的话，不但是我的不幸，中国工程师的不幸，同时带给中国很大损失。在我接受这一任务前后，许多外国人露骨地宣称中国工程师不能担当京张线的石方和山洞的艰巨工程。”

汽车在一片残留着被拆房屋的碎瓦颓垣旁停下来。麻主任走过来说:“万经理,就这,拆了这老大一片房子,你看,高铁穿村而过”。

在铁路线两侧没有被拆迁的农户,其宅院都是北方特有的平房,平顶,那是为了晾晒庄稼的方便,因为在北方不像南方那么多的雨水,没有几户人家把房子盖成坡顶。如果说没有坡顶的房屋也铺了金光灿灿的琉璃瓦,那必定是子虚乌有的谎言。

被拆了的房屋的木料早已被人捡去作柴禾烧水做饭了,而拆了的房屋的砖瓦还残留着一些,那一堆堆瓦砾在寒风中时时吹起一股股烟尘。杜中秋、晋振辉已经跑过去仔细观察,他们没有发现装修大量使用大理石和琉璃瓦的蛛丝马迹,再与旁边农舍的状况相对照,这就更坚定了他们对拆迁户的“恶意装修”抱以强烈的怀疑态度。

“李科长、麻主任,咱们汲水店子村这次赶上高铁征地拆迁够亏的,是吧?”万祎语气平和,好似闲谈,松弛他们紧绷着的心弦。

“亏?不亏,肯定不亏啊!乡亲们对政府给的补偿,不管是征地的,还是拆迁的,都比较满意,咱村没发生一起,因为对征地拆迁不满去上访告状的。”

“你看,”万祎抬手指一指铁路两侧的房屋,“咱村不是要打造‘小香港’嘛,可是高铁却偏偏就把咱们的富丽堂皇的商业街给拆掉了,剩下的都是些红砖平房。这肯定亏了嘛!”

“这个,这个”,麻主任听出屏风上贴门神画中有画,稍一犹豫,还想腻歪:“这么说,还真的有点亏,这高铁,一说就是国家重点工程,屁股底下坐橛子根子硬嘛,辗住了咱村脖子上那条金项链,谁也没脾气啊。哈哈!”

晋振辉走过来,手里攥着半块砖头,瓮声瓮气地叫道:“你们看,这是房子的面砖,哪儿有大理石的影儿啊,连水泥都没抹一下呢,怎么贴大理石?”

雷辉在一旁静静听着,当时评估公司也是萝卜快了不洗泥,匆匆忙忙在现场走了一趟，例行公事拍了一些照片，细里头的文章他们或许也被蒙在鼓里呢。他个子不高，方脸型面皮绷紧，鼻梁上夹着副眼睛，但你可以透过镜片看到他的炯炯目光，是一个精明强干的小伙子。那个作为助手的姑娘怀里紧抱着一厚叠资料，迎着寒风也有一种梅花傲雪的姿态。

“晋工，这边的情况呢，是这样，带着大理石、琉璃瓦的砖块被人捡走了。我亲眼遇见过有人捡——爱美之心人皆有之嘛，新的买不起，捡点旧的，也想把家妆饰一下。”

“哦，跟扫雷器吸铁似的，捡得也忒干净了吧。”

听雷辉无力的解释，本不想给同行过分难堪，小晋嘟哝一句不再往下说。他恪守着信达国际尊重而绝不贬低同行的原则。记得自己还在会计视野网站一篇关于事务所合并的文章后跟帖评论：相互贬低、互相压价，这除了让这个行业更加不受尊重以外再也没有其他了。信达国际，以及其他国内大所，都是业内中流砥柱，唯发展道路不同，海纳百川有容乃大，信达国际领导讲过不贬低同行的原则，应当成为业内共同原则。

可是雷辉却顶起了牛，在他看来，这是自觉维护公司信誉的正常举动。他急冲冲走到一堆瓦砾弯腰捡回来一小块石头，举在手里，理直气壮地问：“这，是不是大理石？”

万祎没料到雷辉是杆枪筒子还开了火。也好，算一个虚拟的靶子，借题发挥，先按住他的脑袋呛口水，再来指桑骂槐，瓢泼大雨伺候着李科长、麻主任，等到淋成落汤鸡了，一个激灵，他们也许会清醒些，更切近实际地估计形势，摒弃诡计与挣扎。

于是，他从小晋手上的档案袋里找出一户人家的拆迁资料，在手里抖一抖盯着雷辉问：“这家，户主王新国，宅基地面积 346 平米，建筑面积 308.63平米。可是，你们评估，却把大理石地面、铝塑天花板、暖气等，一股脑都给认定了 308.63 平米。雷工，你跟我们晋工和杜工都是造价工程专业的，建筑面积与使用面积的区别不致于混淆吧。这装修，总不能硬把大理石往墙缝里塞吧？”

“这”，雷辉接过那几张资料，清点核量表、评估报告。翻来翻去看着，面对如此低级的专业性错误，他一时瞠目结舌。

“还有，这家不到40平米的院落，却墁了100平米的大理石，还栽有105棵树。我想请问雷工，还有李科长、麻主任，咱们当时清点核量以及做评估前期工作是谁带着搞的，这四方签字是怎么签的？莫非，汲水店子的这个院子，就是哈利波特消失的密室，魔法无边！”

那个姑娘禁不住笑出了声。但村里乡里跟着来的几位都很严肃，他们感觉今天是唯一的真正冬天的日子，凛冽刺骨。雷辉再也不吭气了，老老实实当听众，只盼今天的太阳早点落山，哪怕多一些寒冷。

“雷工，你看村里的这些房子，都是典型的平房。”杜中秋心平气和地说道，他要营造出有的放矢的氛围。“拆了的这片房子，从你们拍的照片分析，应该是悬山式屋顶，对吧。”

雷辉一阵紧张，但听杜工讲起房屋结构的专业性问题，倒也驾轻就熟：“对，是悬山式，我国传统民居的屋顶一般分为硬山式和悬山式。硬山式屋顶，宋代的《营造法式》没有记载，应该是在宋代以后出现的。这种屋顶双坡，两侧山墙与屋顶齐平，或略高，广泛使用于民居，但级别较低，所以都用青瓦，并且是板瓦，不能使用筒瓦，更不能使用琉璃瓦。”

“拆了的房子屋顶用了琉璃瓦，所以我们就可以判断，它的屋顶应该是悬山式，不可能是硬山式。”

“没错。”雷辉重新找回了自信，侃侃而谈：“悬山式屋顶，一条正脊四条垂脊，伸出山墙之外，由下面伸出的桁，就是檩条托着。前后有出檐，两侧山墙也有出檐，悬山也叫‘挑山’。古代房屋坡度大、出檐深远是因为房屋是木质结构，为防潮设计，将雨水引向很远的地方，也是为了房屋采光的需要。但在现代，大屋顶造价高没实际效用。所以当年梁思成先生宫殿式大屋顶遭到批判，原因就是违反了经济原则，也无法在结构上和现代建筑相适应。”

杜中秋手里拿着一张自己绘制的图式，标注被拆房屋的结构。他走近李科长、麻主任，比划着，雷辉凑过来。“你们看，中国古代木建筑的特色就在于其屋顶的柔美曲线，以及和屋身所形成的层次感。尤其是宋代建筑，不但如唐代建筑一般出檐深远，而且具有反宇的特征，屋檐上翘，形成柔美的曲线。世界上具有坡面的屋顶很多，而只有中国的屋顶是柔美的曲线，其他国家的屋顶坡面都是直线。”

“咱中国古建筑的屋顶都有屋脊，等级较高的建筑，屋脊上装饰有鸱尾或者鸱吻，没有屋脊的房屋是卷棚式，屋面前坡与脊部呈弧形滚向后坡，颇具一种曲线所独有的阴柔之美。中国人崇尚‘和而不同’，就建筑个体来说，屋顶、屋身和台基虽然形成有机整体，但也相互独立，形成一种层次感和韵律感，有一种音乐式的动态美。而西方建筑的立面则体现了‘绝对同一’，往往是一面墙而已，比如北京宣武门那座教堂的正面，体现的是一种油画式的静态美。”

“的确，咱中国式屋顶一般出檐深远，比如唐代建筑山西五台县佛光寺出檐就达四米，这就与屋身形成层次感，有一种韵律之美。当然这也有它的实际效用，刚才雷工讲到了，就是为了引出雨水，防潮。”

“我国古代的建筑师在屋顶上可是没少花心思，美和实用结合圆满，都说那就是一个敞开的‘人’字。因为屋顶之下遮风挡雨的是万灵之长的‘人’，两翼下垂的实际和感觉重量必须考虑周到，因为那种过于实沉的观感会人感到压抑，所以，必须要从外形上有所导引和缓冲，于是，就在‘人’字收尾的笔端，稍微一翘，檐角顿生飘然的欲望，这个美丽的屋顶自然而然与山墙发生了视觉和实用上的联系，一种翼飞的动静产生出来，一座本来沉重冷漠的建筑，立即给人亲切和灵动之感。”

雷辉眉飞色舞地高谈阔论，他和在场的听众在全然不知中被万祎“诱敌深入”，而且埋伏在他们身旁的狙击手，现在已经扣紧了扳机。

“咱们别扯太远啦，还是说咱汲水店子村拆的这片房子吧。”晋振辉开口了，有着他特有的浑厚刚强的嗓音，铁中铮铮。他有力地挥动一下臂膀，“雷工你看，也请李科长、麻主任瞧仔细，杜工绘制的这张图，说明，屋顶的坡度与出檐之间存在矛盾——出檐多了，坡度小；坡度大了，出檐少……”

“这没什么，盖房子的把式懂规矩，都不会去破坏那个‘人’字，只不过在‘一翘’上下点功夫，那也不过在30度角和45度角之间找一个平衡点，获得一个能使建筑师爽心悦目的美学标范而已。”雷辉还在那儿推舟于陆。

“咱还是说王新国这家。308.63平米的建筑，却有501.22平米的琉璃瓦屋顶，屋顶面积大出建筑面积近200平米，坡度超过了60度——瞧吧，你们的评估报告。雷工，你说，这屋顶还是‘人’字吗？这美和实用结合的还能圆满吗？——当然美，当然圆满，还是西洋景儿哩！在场的各位，谁去过巴黎？——李科长、麻主任，在您这儿，高铁拆的可不是汲水店子的中国民居，而是拆了一片法国的埃菲尔铁塔！一大片呢，埃菲尔铁塔，那是多么宏伟而壮观！”

任何事情就怕“认真”二字。一开始的时候，万祎他们并没有一下子就意识到这难以置信的装修里面竟然包裹着如此欺公罔法的造假。认真分析透彻了，对手的负隅顽抗更加激发了他们的昂扬斗志，于是就大踏步乘胜追击，去彻底揭开这片鸟革翚飞的皇宫面纱。

夕阳火红，拥抱着刚强有力的青灰色高速铁路的高架桥梁与桥墩，一瞬间的感觉，宛如许许多多敷上淡淡胭脂的丰腴女子，手牵着手，由北向南，按捺不住的欢乐激情，欲与湛蓝天空之上的片片云朵并驾齐驱，预备追赶那，行驶在这条高速铁路上的每一趟风驰电掣的列车，那就是男子汉，真正的男子汉！

紧张的空气似乎已经传出轻轻的爆裂声响。时间似乎颠倒，此时此刻的落日余晖，仿佛就是朝阳来临前的旖旎曙光。

万祎打破了沉寂。他引述的箴言有点佶屈聱牙，令人一时难以理解，但寓意深刻，或可引导人们去开动脑筋思考。只见他一扫若有所思的神色，扬起被夕阳映照成古铜色的脸，遥望横亘天际的紫色云霓，展露必胜的笑容。他说：

“记得上大学时候，老师曾经引用了《坛经》里的几句话，‘佛法在世间，不离世间觉，离世觅菩提，恰如求兔角’……离开日常生活的正常规律，去追求被贪欲熏烤焦炙的肥羊，虽然也香，但最终营养不了身体，反而会吸收太多的苯并芘。”

十八

早晨七点多了，万祎还在沉睡。一阵悦耳的铃声惊醒了他。

我操，坏了！他来不及洗漱，拿毛巾混乱抹一把脸，手忙脚乱地穿上衣服，跟晋振辉打个招呼，直奔电梯。

那辆红色宝马已经停在酒店的前廊。见他慌不择路的样子，高菲菲按着喇叭召唤他。

“哦，菲菲，抱歉！没耽误事儿吧？”

轻踩油门，稍稍给点油，汽车平稳地朝前开去。

“没晚——看你，风风火火跟没头的苍蝇似的。大清早的，干吗呢，搞得这么慌张？”

“嗨，你打电话的时候，我还在做梦呢！——昨晚让刘乡长他们一阵疯狂围剿，给干倒啦！”说着，他自嘲地一笑，长长舒了口气，好像这样就可以清新肺腑，让脑子清醒一些。

“哎呦，今早还那么酒气冲天呢，熏死人啦！”高菲菲下意识地抬手捏住鼻子，又挪开手去打开车窗透气。

泰营乡乡长刘若步以及李科长的“坐一坐”绝不是枭风卖雨，心诚着呢。刚来的那天，的确是因为紧急会议给耽搁了。昨晚，乡政府的各部门，只要跟高铁征地拆迁有一点牵扯的，兴师动众齐上阵，飞觞走斝，拿着牛栏山二锅头给万祎他们来了一场疾风暴雨，把他们浇灌得一个个东倒西歪，孟寐求和杜中秋吐了个一塌糊涂；苏慕喆和乐欢也被泰营乡两个左萦右拂的女干部给伺候得晕头转向，红彤彤的脸蛋就像是齐白石大师画在宣纸上的大寿桃。

回到酒店，一头扎到席梦思上，万祎浑身上下唯一的感觉，就是天旋地转。片刻，俩人鼾声大作，一觉蹽到了大天亮。若不是高菲菲的电话，他和小晋还要继续梦游一阵呢。

昨天傍晚，看看天色已晚，准备回走了。却不见了麻主任和跟着他的那几个村干部。哈哈哈，他们几个心里直乐，看把人家“地头蛇”吓得，草尖上飞云掣电，溜了。这下，李科长为难了，他那辆破桑塔纳，就是把后备箱也利用上，也塞不进去这七八个大活人呢。

活人哪能让尿憋死呢。李科长歉意地朝万祎几个咧嘴笑笑，招呼一声：“走，咱们去那边看看拆迁户的新居吧。”他心里想，在那儿，兴许能找辆奔驰出租车呢。

新民居是区里专门聘请了专业建筑师给设计的，虽然有几种图纸由拆迁户任意选择，但样式大同小异，因为老百姓还是喜欢扎堆，开始，我看你你看我，等到有一家带头选中了一种楼房样式，别人家，呼啦一下，二话没说，就跟上趟了！所以新房子盖起来，老远望过去，就跟城里的商品房居民区一个样，整整齐齐，横平竖直。

来到打头的一家，大红漆的门看着就特别的喜庆。院子几乎没有了，连一棵树的落脚地都没有了。都被房子占了。迎面的玻璃幕墙，从地皮一直戳到了三层楼的顶子上，量你也想象不到这是农民的极具现代风格的民居。这里的新民居的的确确在其屋檐和门檐下，砌着一溜琉璃瓦样式的装饰瓷砖，墙围也贴着深赭色的瓷砖。

真漂亮！万祎他们在心里由衷地赞叹。但是，在落日余晖的闪亮当中，红云与紫霞插天共舞，把村落洒遍了旖旎和祥和。四外眺望，也许会引起你万千思绪。不远处没有遭遇这次高铁拆迁的人家，那些破旧低矮、没一点敞亮与现代气息的平房，相比之下，这崭新的新式民居，没有了院子，没有猪圈，没有了几棵枣树和葡萄藤蔓的荫凉，家里的狗呢，也再没有了撒欢的家园。这些，对于因拆迁而住进了新式楼房，告别世世代代生活方式的农民来说，究竟是获得，还是失去呢？

这家的乡亲热情地跟李科长打着招呼，请大伙进屋喝茶。李科长摆了摆手，直奔前边停着的一辆曜岩黑色的奔驰轿车。

"袁二子，抓紧呢，送几个领导去赶刘乡长的酒席！"他朝那所房子大喊。

闻声奔出来一个蛮精神的小伙子，一见李科长，忙不迭一哈腰，叫一声："李科长，您怎么有空闲啦，来咱这穷乡僻壤视察！"

"你甭耍贫嘴，我哪来大面儿来视察，这不陪几位北京来的领导过来看看嘛。"

"啊，北京来的！"袁二子有点懵，眼睛直勾勾盯着几个人，脸无表情。痴呆了一秒，寻思，北京来的，住中南海还是紫禁城呢？他不傻，眼光一踅摸，没见前呼后拥的排场，连麻村长都没影呢。他立即就不以为然地大声说："李科长，您蒙谁呀！想用车，是吧。还真没空，晚上我有约会呢，咱泡了个城里妞！"

"嘿，袁二，你小子昏头了是吧！要不是王老板你新国叔给你家罩着，你们家能盖得起这房子，你小子还不得在广东那边当孙子受苦受累搭上小命啊！看你小子有钱烧包，买辆德国佬原装的奔驰跑出租……"

"我乐意，李科长，您呢，管得也忒宽了吧！"

这小子浑横起来六亲不认，李科长不招惹他。但他怕赶晚了区长大人的宴席，挨剋。就从兜里掏出二十块钱，往他手里一塞，叫道："行行，你小子甭掉歪——赶紧，送几个领导回乡政府！来回用不了半个钟点，耽误不了你的好事。走！"

哈哈，王老板你新国叔，高菲菲的那个副总的老爸！今天高菲菲来专程接他，就是去南城区法院，他老爸老娘因拆迁搞假离婚招惹出来的官司，今天开庭，他们去旁听。

昨晚，万祎还清醒呢，但舌头已经抻长了，接到高菲菲的电话，叫他明天陪她去法院旁听。他一听就急了，嚷嚷："人家老爸老娘因为拆迁闹得不亦乐乎，说白了就是为了那几个钱，一家人，争得你死我活，有意思吗？你算哪棵葱哪瓣蒜啊，也去瞎鸡巴掺和！"

"嗨，万祎，你小子没良心！不是你叮嘱我，打听一下他老爸的那家电器公司的事儿吗？开庭的时候，通过法庭的发言、辩论，你也许能听出个丁一卯二呢。你傻啦？"

他俩已经坐在民事审判一庭的旁听席上。

按照法定的程序，这桩民事诉讼案件的法庭审理在有条不紊地进行。书记员对准备开庭的诸事项按照法规履行完毕，审判长宣布开庭，即进入法庭调查阶段。原告韩菊金和被告王新国彼此怒目而视但又心存某些怯意，都是以一种很低的声音简单陈述，而同为被告的被原告蔑称为"二奶"的娉婷玉立的郁钰站在那儿，相形之下，韩菊金的确十分的老丑，看过去好似一幅静物油画，在一个秤砣旁边，随意抛下一支刚刚绽蕾的月季花。这也就不难理解，为什么她表现得十分猖狂，扯着嗓子撒泼叫骂，以致超过了法庭的忍受程度，被审判长严厉制止。直接请原告诉讼代理人宣读他的诉讼代理词。

坐在代理人席位上张连杰律师站了起来，一表人才的他，从容不迫地展开自己的代理词文卷，礼貌地朝审判长和审判员欠一欠身，然后即以宏亮的声音宣读——

审判长、审判员：

根据《中华人民共和国民事诉讼法》第五十八条和《中华人民共

和国律师法》第二十五条之规定，天律律师事务所接受本案原告韩菊金女士的委托，指派我担任其诉讼代理人，参加今日的法庭审理，开庭前我认真查阅了本案的卷宗材料，并进行了必要的调查，现提出以下代理意见：

一、本案原告诉讼请求：事实清楚，证据充分，应依法支持。

1. 原告韩菊金自从与被告王新国结婚以来，一直美满生活，育有一双儿女。他们的夫妻合法财产应该由双方共同拥有，他人不得非法侵害。

2. 被告王新国与被告郁钰非法同居以后，逐步放弃履行婚姻关系的义务，使原告陷入极其痛苦的生活境地，在万不得已情况下才与被告办理离婚手续，但这并不是她的初衷，完全是被告两人狼狈为奸逼迫的。被告理应补偿原告相应的精神损失。

3. 根据《中华人民共和国婚姻法》被告王新国任董事长的兴盛电器有限公司拆迁补偿款项，不应因为原告与被告离婚而否定夫妻共有的性质。原告提出的该公司获得的1200余万拆迁补偿，应该根据被告在兴盛电器有限公司的股权享有50%的补偿款。

……

在双方辩论时，一股浓烈的火药气味弥漫在法庭上空。万祎在想，为什么，这究竟是为了什么，老夫老妻的为了一个闯入他们生活的女人，因为利欲熏心的一时轻率，为了多拿拆迁补偿款，随意的一次离婚手续，本想钱拿到手再复婚，觉得那就比上趟厕所都简单的不能再简单的事。谁成想，半路杀出个程咬金，这个，被原配说成是该千刀万剐的无耻狐狸精！就是她，竟然以死相逼，阻止了复婚。进而即将被她抢夺走一大笔财富，所以彼此就不共戴天，就必须搞得鱼死网破。

可笑的，但也是极其重要的证人出场了。原来就是那个开奔驰出租车的袁二袁仁升。他毫无严肃神态的吊儿郎当的样子，一进入法庭就引起一阵唏嘘。但是，对于法官的质询，他能朗朗回答，对答如流，毕竟见识过南方的锦绣繁华与光怪陆离，毫不怯场。

审判长问："证人袁仁升，你能为被告提供证词，证明那家电器公司属于被告个人财产，与原告无关吗？"

袁仁升答："我能证明，我是2007年春天到广东打工的。在这以前，我就在新国叔的那家电器公司上班。因为电器公司往北京搬迁了，我想试试运气，就奔广东发财去了。"

"那你以什么证明电器公司与原告无关，纯粹是被告的个人资产呢？"

"那家电器公司当时是借钱建的，没用家里的一分钱。不是法律上有规定，没用家庭财产的，就不能算夫妻共同财产吗？"

"那你是怎么知道，当时开办电器公司的时候没动用家庭财产呢？"

"我是司机啊，是我拉着新国叔到他那几个铁哥儿们那儿拿的钱，亲眼见的。不信？你们可以查账啊，要不，把我新国叔的那几个哥们儿都喊来，一对照，实不实，嘛清！"

气得眼斜嘴歪脸发青的韩菊金再也忍无可忍，大喊："袁二，你个王八羔子，良心被狗叼啦！你新国叔做主给你家栽了树出钱装修，没错，这让你家捞了一大笔拆迁补偿。可是你小子也不打听打听，那树可是你宝鑫兄弟熬着夜给栽的，你家那几间破土坯房子，可是我一宿没合眼，给盯着装修成金銮殿的——你小子拿着狗屎当麻花香臭不分，还替狐狸精说话，你就等着天打五雷轰吧！"

法庭上一片唏嘘，审判长发出警告，制止了原告带有不良内容的发言。

袁二这时候有点挺不住了，显露出几分战战兢兢，嘀咕着："哎呦，法官大老爷您可得给我做主啊，我可不是替狐狸精说话，我是实话实说，就想给我新国叔打抱不平，谁对他不好我就跟谁玩命——可是、可是，您说，我新国叔跟狐狸精睡了，会不会也变成老狐狸啊？那可砸锅了，他一准跟狐狸精合伙，也会把咱押到这法庭上来，青面獠牙的，冲着我吼，借钱还钱杀人偿命，那些个树和装修的钱，赶快还给我啊，快！——得，咱那辆奔驰卖废铁吧。到那时候，谁给我作证啊？”

袁二这没头没脑的话虽然话语很轻，但被面前的麦克风扩大了，人们也听能隐隐约约听出个意思，旁听席上有人忍不住笑出了声。

可在万祎这里，他神情严肃，陷入了沉思。法庭上愈演愈烈的辩论大战，在他耳边渐渐地只听到一片嗡嗡声。

这家兴盛电器有限公司是泰营乡最大的一家因高铁建设征地搬迁的企业，支付补偿款1200多万元。由于补偿金额巨大，一开始就被列入审计的重点关注对象。秋天那会儿，他们出具的取证表是当做了一种司空见惯的“搭便车”现象。而此刻，不虚此行的旁听，沿波讨源地一思索，的确让自己瞬间看到了一个突然爆裂的破绽，像天窗一样打开，没有沉重压抑的天花板遮挡，使自己直接看到了空明澄碧的蓝天。

他几乎就可以做出明确判断：这家兴盛电器有限公司在拆迁当中，为了多拿补偿款，肆意舞弊的问题，比先前预料的严重得多！

十九

傍晚了，屋里的光线愈来愈黑。万祎却不让开灯，他希望在天大黑之前，杜中秋和晋振辉那俩哥们儿能平平安安地得胜回朝。

他想攀藤揽葛，所以让他们再跑一趟兴盛电器有限公司的拆迁现场。根据袁二在法庭上歪打正着的证据，说明在高铁拆迁之前，该公司实际上已经搬迁，拆迁地址上只有荒废了的耷尽杯干的旧厂房，根本就谈不上正常生产，就是一个空壳。而该公司最终却以满负荷生产的经营状况攫取了高额的房屋、停业、搬迁和设备损失补偿。

令人心焦的时间滴滴答答蜗牛一般爬着。

为了平复怦怦急跳的心，万祎点击一个文件夹，打开《高铁房屋拆迁补偿统计明细表(非住宅)》，找到兴盛电器有限公司的资料——建筑面积将近1700平米；房屋重置成新补偿942万元；停产停业一次性综合补助256万元；装修、设备及附属补偿费41万元；搬家补助13万元；合计1250多万元。

在秋天的一份审计工作周报上，他曾写到：

我们在对南城区拆迁非住宅——兴盛电器有限公司拆迁档案进行检查时注意到：《定界报告》图示，高铁工程仅占用该公司西北墙角；本次费用清理上报该公司拆迁生产车间一幢，传达室一间，围墙若干，拆迁面积合计1691.5平方米，支付补偿款1252.88万元。

审计人员在“四电”施工单位带领下，对兴盛电器有限公司拆迁现场进行了查看；之后，结合铭正房地产土地评估有限公司出具的《房地产估价报告》所附图片，审计人员对该公司进行了第二次现场勘察。经调查核实，兴盛电器有限公司所谓已经拆迁的“生产车间”、“传达室”等建筑物，除了部分“院墙”、“大门”破损外均完好无损。经测量，高速铁路主线距该公司最近外墙角约4米之遥。

根据高铁公司《关于进一步做好红线外征地拆迁范围的函》的相关规定，兴盛电器有限公司整体位于高铁规划红线外，也不属于环评敏感点，原则上不应整体拆迁。

如此明目张胆肆无忌惮地骗取拆迁补偿，为什么就能在众目睽睽之下运作成功？1250余万人民币的巨额拆迁补偿款最终塞进了哪些人的腰包，仅仅就是那个王新国还有他的那个狐狸精吗？!

难熬的时间。他有点心乱如麻，随手拽拉着电子表格，漫无目的地看着，心里情不自禁发出冷嘲热讽，也不知道是对这些拆迁户还是对自己——哦，瞧这家个体工商户，营业执照的经营范围是家畜饲养，也用大理石装修了3076平米。呵呵，盛世中国呀，真的不差钱了，鸡鸭狗兔也住进宫殿了。这家海月商贸公司，设备补偿包括变压器两台，电缆1000米，一家商贸企业，又没有工业性生产加工业务，你干吗搞三项电呀，变压器两台，你要干吗，也两班倒啊？嘿，也用大理石装修了29657.34平米——难道，全世界的大理石都让中国的这个名不见经传的小小泰营乡给开采霸占了？……

此时在他心中涌动着激愤的苦涩浪潮，已经不能用什么不可思议啼笑皆非来形容。显而易见，由于巨大利益的驱动，面对层出不穷防不胜防的漏洞，相关政策的制定也不免百密一疏，加之拆迁实施者与被拆迁者之间极易形成休戚相关的恶性利益链条，特别是在拆迁补偿资金来源于上级财政或国家重点项目拨款的情况下，当地政府主观上也会萌生利用拆迁"造福百姓"实现居民收入跨越式发展的鸿鹄之志——这，也算是立竿见影的政绩啊！于是官民狼狈为奸，仓廪硕鼠也绝不甘寂寞，必然染指垂涎。由此而来，在征地拆迁过程中出现人为舞弊现象必然泛滥成灾。经历了如此拆迁的人们，勤劳致富观念必成粪土，绞尽脑汁骗取高额补偿奔向小康的人性堕落扭曲成了金光大道。

绝不是耸人听闻！在他们今后人生的词典上，无论任何版本，甚至是商务印书馆的最新版《新华字典》，捧在他们手上，翻开每一页，只有两个字：一个是"钱"，一个是"骗"！

万祎沉浸在一种愤怒的情愫中，突然，莫名其妙地生出一些颓唐甚至悲哀。

"祎哥，万经理，杜中秋和晋振辉俩哥们儿，出去大半天了，怎么还没回来，天都黑了啊！"

乐欢的问话惊醒了万祎，他下意识地站了起来。

"是啊，天都大黑了，不会是打不到黑车，靠两脚，'风波平步。看红旗惊飞，跳鱼直上，蹙踏浪花舞’。”苏慕喆也嘟囔着。

“拆迁的地儿，都是尘土飞扬，哪儿来的‘浪花舞’哟！那哥俩，在施工工地上风餐露宿习惯了，需要酒顶着劲儿，所以干工程的都有点酒鬼的基因。你们说，他俩，说不定在哪个小酒馆喝得不省人事了——这黑灯瞎火的大野地，别是没打着黑车却进了孙二娘的黑店，把他俩剁成肉馅做了包子吧！”孟寐求本意是开个玩笑，活跃一下紧张的气氛。可是说完，他的嘴却合不上了，头发似乎都被惊骇得奓立了起来。

不行，不能总这么傻等！他俩的电话总是关机，原来以为是因地处农村信号故障，但不能总这样吧。事不宜迟，他拨通了李科长的电话：“李科长，打扰你了，不好意思啊。我们那两个工程师出去看现场，现在还没回来，咱们泰营乡的治安没问题吧？”

“没问题，治安先进乡镇呢。他们去哪儿啦，我找人问问。”

万祎委实不愿透露去向，但现在顾不了那么多了，保证那俩哥们儿的安全最最重要！

“去汲水店子村的那家兴盛电器有限公司了，李科长，你赶紧给找人问问吧！”

“那儿啊！还去那儿干吗？好吧，我这就找人问问，但不能找麻利国，他知道了非疯了不可——请等一下，万经理。”

也就是五六分钟，他们几个度日如年。李科长推门进来了，脸色严峻，显得有些紧张。

“万经理，这样，坐我的车，咱们先去把两位工程师接回来……”

“没出什么事吧，李科长？”

见李科长的神色，万祎心里没底，本想拽着孟寐求一道去，但又不放心小苏和乐欢，而乐欢跃跃欲试也要跟着，被他狠狠一瞪眼给吓呆了。他嘱咐他们守在屋里别出去。放心吧，一见到他俩，马上就打电话过来。

二十

黑车，他们打到了。

上午万祎就给他俩交代好了。于是午饭后，杜中秋和晋振辉俩哥们儿就匆匆出发了。走出乡政府的大院，往西走一截路就到了通南北的大道。正巧，前面不远处的路口停着辆车，像是等着拉人的。走近一看，嘿，就是那辆曜岩黑色的奔驰。

“上哪儿?”袁二见有生意，非常高兴，他没认出他俩，赶紧殷勤地拉开车门。

“就去你们村的那家兴盛电器有限公司，认得吧?”

“公司早就搬走了，你们去干吗？谈生意，还是想租那儿的房子开厂子啊?”

“甭问了，你就照直开你的车，走吧!”他俩上了车，催促着。

袁二晃了晃脑袋也就不再深问，管你去干吗，别少给老子车钱就行。这辆德国原装的奔驰轿车在他的手上就跟一台大马力的拖拉机，油门踩到了底，在乡间小路颠簸飞驰。真有一种疯狂的感觉，两位工程师觉得挺过瘾。所以，不到半小时到了以后，他们请袁二等一下，他们还要坐他的奔驰飞奔回去。

这里离村子还有一段，高铁的高架桥擦着厂区的边缘过去。现在，厂区已被一人高的茅草围裹着，一片片飞芦一般的草尖，就在冬日的阳光下闪闪发光，犹如金箔镶嵌的一般，即使一派荒芜，只要你有一双欣赏美好的眼睛，也一定美不胜收。有荒草陪伴，那些孤零零的房屋也就不觉寒冷与孤独了。

他们沿着断断续续的水泥路朝厂房走，睁大眼睛寻找着一切有关的蛛丝马迹。

“嘿，杜兄，你看——”

在厂房的一个套间办公室里，他们发现了贴在墙上的一张搬迁计划表，由于这间屋子门窗紧闭，这张纸才能完好地得以保存至今。表上的时间，明确记载着这家公司于 2007 年搬离了此地。

“快拍下来!”晋振辉兴奋地招呼一声，就从背包里掏出数码相机，咔嚓拍了好几张。然后又小心翼翼地揭下来，折叠好放进了包里。

他们走出厂房，来到那一溜办公平房，在一个门口，他们又有惊喜的发现。那油漆斑驳的木制门上用红色的油漆歪歪扭扭写着几行字，意思是告诉前来洽谈生意的客户，本公司已经搬迁，请到北京的新地址接洽。他们也把这行字连着大门拍了下来。

“哈哈，这下他们就没法掩盖了。空壳一个，还是按正常生产给的补偿，太黑了！第一次来，还真没注意这些玩意。”

“谁也没想到他们这么胆大包天啊，先入为主，就觉得是‘搭便车’——不该整体拆迁，却趁着高铁征地全给拆了——这跟犯罪有什么两样?”

“就是，这厂子的老板，够得上诈骗犯了吧——记得补偿了 1200 多万呢，最少也得判他个十年八年的吧!”

“真是的。照拆迁管理条例的说法，这够得上‘情节严重，构成犯罪’了，肯定要依法追究刑事责任了。”

“呵呵，看那个叫什么王新国的大老板，还有那个麻主任怎么狡辩吧。早知如此何必当初哦!”

他们拍照的举动引起了袁二的警惕，他也慢悠悠地凑了过来。但他俩不了解袁二与这家公司老板王新国的关系，所以说起话来也没顾忌，被袁二听在了耳朵里，记在心里。表面看他，人有点浑，但又够不上浑横不说理的地痞，倒是个知恩图报的仗义汉子，他在法庭上说过“谁对他不好我就跟谁玩命”，那可不是耍嘴皮子，他真的是说到做到。

当这辆奔驰再一次飞也似的开起来，猛然在一个岔路口朝北拐过去。他俩才感觉出来一点异样。赶紧问：“师傅，你这是朝哪儿开啊，好像不是刚才走过的路啊。”

“甭急，咱们抄个近道，你们在那儿穷磨叽，耽误我时间了，晚上我还得到城里泡妞呢。”

他们瞧瞧袁二的脸色，虽然有点严肃，但也没有劫匪的杀气。那就走吧。可是这近道，怎么越来越荒凉啊，路况也越来越差，这，这到了哪儿啦！等他们有点不知所措地被吆喝着下了车，心跳加速，他们才意识到一场劫难已近在咫尺。但究竟是因为什么招惹这位开奔驰的小伙子心生歹意，他们还不清楚。

“你俩，把手机给我——惹我动了火，就挖个坑，把你们埋在这儿沤肥！信不信?”

这处废弃的窑厂，荒草茂盛，在草丛里藏身，根本察觉不到。他们不敢造次，只得交出了手机。四外一望，风吹草动的间隙，他们看见那边还有一辆车。听到这边汽车刹车的声音，从那辆车上下来三个男人，走过来，前面的膀大腰圆的汉子粗鲁地大叫着：“妈了个逼的，袁二，这段，听说你小子在城里泡妞泡出脓水来了，也没空陪兄弟们闹口小酒喝啦。今儿，咋啦？招呼哥们儿来，你妈的有啥要紧的事啊?”

等他们走到跟前，袁二指着杜中秋和晋振辉说：“这俩，也不知道从哪儿来的蟊贼，要算计我新国叔，多歹毒！你们哥几个，今儿练练手吧，下手黑点，先给他们来点皮肉伺候，差不离了我再过堂审问。”

“就这俩，一通拳脚下来，还审个屌啊，还不见了阎王！你呀，袁二，你他妈要当阎王爷啊!”

“嘿，让你们下手黑，也不是就让你打出活人脑子啊！有那么点，什么老虎凳辣椒水的滋味，就行啦。赶紧着，我他妈也有要紧事儿呢。”

“操，你小子泡妞还泡出吸白粉的瘾头了。一晚上不干还没精打采啦！”

“甭废话啦，动手吧，大哥！给，晚上哥几个先喝壶老酒暖暖身子，下来，兄弟请各位到城里找靓妹搓澡去。”说着，袁二从口袋里掏出几张百元钞票甩给那个为首的大汉。

“看你贫了吧唧的，开着德国佬的奔驰，你妈的就给这点小钱，得，懒得跟你掰扯道理，最后算账咱得按规矩来啊——兄弟们，我一个，你俩一个，上手招呼！”

见三个地痞流氓气势汹汹撵上来。杜中秋和晋振辉总算明白了，今儿凶多吉少，得舍得拿血去解答这道工程造价专业书籍上从没读到过的练习题。

晋振辉耸一耸圆滚的膀子，揎拳拢袖摆出要拼命的架势。其实他们那身板，由于平日总是面对电脑，没个空闲时间锻炼，事务所里除了那二三十个常在运动场上龙腾虎跃的足球队队员，大部分小伙子的肌肉都不够瓷实了。甭说打架斗殴玩命的事儿，就是挤北京的公交地铁他们都有点力不从心。而他晋振辉的一身肥肉就更别指望兵不厌诈吹嘘成铜墙铁壁，人家一眼就看穿了，比平日练拳脚的沙袋还暄乎呢。

还是杜中秋急中生智，挟带着恰当的火气大喊一声：“你们想干什么！那个开奔驰的，你叫袁二吧，你睁开狗眼好好看看，我们是谁？”

“是谁？管你是不是天皇老子！大哥，下手啊！吃一顿饱揍，满地找牙，看他还嘴硬！”

“姓袁的，那天李科长带着我们可到过你家。你没忘吧，李科长跟你介绍说，我们可是北京来的领导……”

“什么，北京来的领导！”那个为首的大汉分明是被镇唬住了，停下脚步，转身瞄着袁二，“咋回事？北京来的，还是领导——袁二，到底是什么货色，咱价码得往上加两成啊！”

袁二梗着脖子凑近了左看右看，脑子里记忆的细胞终于活跃起来，心里头不禁打起了小鼓，可又不甘心就此罢休。“那你们到底想干什么，我新国叔怎么招惹你们啦，你们非要冲他放暗箭？”

杜中秋随机应变，既不能惹恼了他们孤注一掷，也不能示弱助长他们的嚣张气焰。于是，他故弄玄虚地说：“我们是北京的上级单位派来查高铁拆迁的，你新国叔的公司不就是因为修这条高铁拆迁的吗？过来看看，这是我们必须做的。李科长有点事没跟着来，待会儿，也就要赶过来呢。”

“可是，我新国叔的厂子早就搬走啦，你们，干吗要跟他过不去呀！”这小子一根筋，还在为他新国叔澄清事实呢，却不知道自己的辩护适得其反。

“不是跟谁过不去，我们这也是例行公事。”

“例行公事，你们又不是公安，你们的公事跟犯罪判刑的有关系吗？我新国叔规规矩矩办厂子，挣点钱不容易！那点钱，让他家那个混账小子宝鑫也糟得差不多了，大丫头为个钱跟自己的爹成了仇家。他自个没享什么福，你瞧见过没有，我菊金婶子那水桶的寒碜样儿，还是个母老虎，别看我新国叔面子上风风光光，心里头老苦呢！他呀，也就是玩几个娘儿们解解闷，要不他心里头憋屈的苦水往哪儿折腾啊！可是，你们非扯什么诈骗，犯法什么的，这不是冤枉好人吗？——就这，我不干！”

袁二越说越激动，狠劲甩着胳膊，虎视眈眈。杜中秋此时倒是放下心来了，他觉得袁二虽然是非观念淡薄，但人本质上不坏，只要对他晓之以理他应该不致铤而走险。只要能拿住了他，也就捆在了那三个如狼似虎的暴徒的手脚。

“这位姓袁的兄弟，你可能误会了。我们刚才念叨什么犯罪啊什么的，跟你新国叔也许没多大关系——你不是说这家公司早就搬走了吗？”

“是啊。厂子早搬到北京那边，那边风水好，兴旺着呢！自从搬走以后，我新国叔回家的趟数就少啦。”

“你这么一说，我们更清楚了。这家公司的拆迁里头呢，我们查到一些问题。”杜中秋有意停顿一下，让袁二脑筋转开了，诱使他对来自北京的他俩从心理上产生一种依赖和指望。如此，你就可以驯服他，就跟一条驯服的军犬一样，喝令一声，他就会迅速驾驶那辆奔驰送他俩回去，好叫今天的这出惊心动魄的戏剧缓缓落幕。“刚才，我们俩啊，在那厂区不是拍了点照片嘛，那些照片能帮你新国叔洗清……”

“这么说，你们来这儿，不是算计我新国叔的？那照片，哦，你不说我真没搁心里头——怎么，有那么大的作用，那，你们得把照片给我！”

坏菜了！杜中秋暗暗叫苦，没想到自己会弄巧成拙。如果硬是不给他，可能引起他猜疑，那就不好收拾了。他只好见机行事，给晋振辉使个眼色，说：“这样吧，照片你看看，但不能给你。给了你，我们没法向领导汇报，也就不好给你新国叔洗清……”

“在哪儿呢？我先瞅一眼，下来再说。几张照片，你说得也忒邪乎了吧！”

“在我包里呢，过来吧，咱们到车里看——你叫他们几个甭靠前啊，我怕抢！”晋振辉似乎读懂了杜中秋的眼色，他拽一把袁二的衣袖往奔驰车那边走，并冲杜中秋比划一下，小声说：“杜兄，瞧你站的地儿，正挡着道，往里靠靠……”

袁二没多想，跟横着膀子挡在小道中间的那三个叮嘱一句，紧跟晋振辉往奔驰车走过去。就要到车跟前了，晋振辉回头瞧一眼，心里乐了，杜兄把道让了出来。也就在他的眼光与杜中秋的眼光倏地交错一闪，杜中秋突然间察觉到了他内心一把锐利的剑柄就要出鞘，太冒险了！但是，已经来不及阻止，只见晋振辉猛地拉开汽车后门，抬起熊爪一般的大手拎住袁二的脖领子，一下子就把他扔了进去，迅速碰上再打开前门，一屁股坐进去，脚踩油门，轰轰地发动汽车。他大吼一声：“别动！你敢乱动，咱们就摔进窑坑一块完蛋！”说着狠踩油门，奔驰的发动机一阵轰鸣，直冲着那三个正慌得六神无主的家伙撞了过去，吓得他们抱头鼠窜。

“咔嚓”，奔驰停在了杜中秋身边，他全身的力气已经运足，就跟点了火药捻的二踢脚似的，拉开车门嘭地一下窜进去，重重撞在袁二的身上，差点没把他惊吓得休克。奔驰立即又飞起来。可是，前面的路恰恰被他们仨的那辆越野车给挡住了，而且，谁也没想到，那车里还隐藏着一个人呢，那个人也发动了汽车巧妙地闪开，然后突然一个撞击，奔驰车被挤在狭窄且陡峭的土埂一侧，任凭怎么踩油门，一股黑烟卷过，窝在那儿，纹丝不动了。

惊魂未定的三个跑过来，对着奔驰一阵拳打脚踢泄愤。然后，他们到车上取来了大砍刀，对着奔驰车的玻璃嘁哩喀喳一通乱砸，然而，这辆德国佬的奔驰车，真结实，愣是安然无恙。

车里头，袁二清醒了，不甘束手被擒，还想顽抗，杜中秋跟他扭打成一团，渐渐体力不支。晋振辉又摆弄半天，这辆奔驰只会打着滑扬起灰尘，却再也不动窝。无可奈何，稍一冷静，他才注意后面的噼里啪啦的打斗，呲牙咧嘴的一回头，见袁二按住了杜中秋的脑袋正抡着拳头捣蒜泥似的猛打呢，一阵汹涌的怒潮在胸中呼啸，他恶狠狠的回手攥住袁二的长头发，撞在座椅后背上，一下、两下、三下，袁二有点晕，脖子不挺着了，杜中秋也缓过气儿来，扑上去掐住袁二的后脖颈，顺势把他的脑袋按倒在离合箱上。“对，就这么压着！你妈的不老实，我一拳叫你见阎王！”晋振辉极具威胁的话令袁二不再折腾，趴在那儿呼呼地直喘粗气。

天已经擦黑了。任凭外面怎么叫喊，车里头不搭茬，他们一时也徒唤奈何。双方暂时偃旗息鼓，就这么僵持着。却看哪一方的灵机一动早一刻到来，抢占先机。

“哎，我们的手机呢?”晋振辉忽然想起这须臾不离的通讯工具。

“啊，对啊！手机，快说，在哪儿呢?”杜中秋也几乎要跳起来，现在只有取得外援才能突出重围啊。

“在哪儿，在哪儿?”杜中秋松开了手，袁二哆里哆嗦在身上瞎抓挠，却什么也没摸到，“怎么回事，我都塞兜里啦！”

“别他妈甩掉在地上啦！”晋振辉有点后悔刚才扔进袁二时的动作太猛了，你要是温柔点儿呢。嗨，这光景，哪有后悔药哟！

“你的呢?”杜中秋伸手在袁二身上一通乱摸,除了皮带扣,没一样硬棒的东西。这个软蛋,还你妈泡妞呢！得胜的喜悦,也令他思绪深处的尘灰稍微扬起,似乎只有这样才能把一个男人的本色像紫红紫红的晚霞那样壮丽浩渺天空。

“都丢了！这王八蛋的,也他妈找不见了!”

嗨,听天由命吧！他们在心里默默祈祷,等待神兵天降。

天无绝人之路！一阵天籁一般的悦耳铃声响起,一霎那,他们都感到了震天动地!

快,快找,是谁的手机,就在车上！找到了,你的,王八蛋肏的,你的,快接,谁打来的?

“袁二,你在哪儿呢,没进城吧？我问你,有两个北京来的工程师,你见到没有?”是李科长的声音。

“啊,啊,你是,你是……”袁二紧张得不知说何是好。

晋振辉转身一把抢过手机,大喊:“李科长,我们就是那俩工程师,快呀,救命啊！——啊,在哪,喂,你个王八蛋,咱这是在哪儿啊——李科长,在村北的废窑,快点呀！一帮土匪围着呢!”

“啊！坚持坚持,我马上报警,马上就到!”

不一会,铃声又响起来,是人民警察！问清了这边的情况后,警察同志安慰道:别慌,不要惊动他们。你们,首先要保护好自己。我们马上就赶到!

“我们,拖着、拖着他们,一网打尽一网打尽!”晋振辉咬着牙压低了声音说。

此刻的一分一秒,似乎都可以比作一万年的荏苒光阴。漫长的穿越了肺腑的时间的鸣镝,一闪念,射向了茫茫宇宙,永永远远也到达不了一座遨游太空的星球。

忽然,灯光大亮。他们几乎就要呐喊起来,可是刚把嘴张起来,却又感觉一股凛冽的寒风钻入了骨髓。那几个暴徒从后备箱里拽出了绳索,把两辆汽车捆绑在了一起。

在前边一侧，借着越野车的灯光，他们几个手里举着砍刀在那边疯狂地挖掘。显而易见，他们要孤注一掷，企图把奔驰车拖拽过去，然后撞翻进窑坑里。丧心病狂啊！车里有三条人命啊，一旦摔下去，不堪设想！

失魂落魄袁二透过车窗被砸得散漫着裂纹的玻璃，车外的一切，他也看得一清二楚。他总算明白了，这几个跟自己称兄道弟的朋友，原形毕露，他们只认钱，不认人，自己用多少人民币也喂不熟这帮子喝人血的畜生。他们不是人，是豺狼！那还是自己从广东回来不久，开着这辆新买的奔驰车去城里的一个洗浴中心潇洒，差点被几个不法之徒绑架勒索，所幸被他们几个碰上了路见不平拔刀相助，救了。他千恩万谢，从此，跟哥几个摽着在城里纸醉金迷，挥霍了家里不少征地拆迁补偿款。

越野车发动起来了，驱动力强大。

晋振辉一直密切注视着，他没有丝毫的胆怯。他在等时机。你们不是想摔死老子吗，好，老子就等你解开绳索的一瞬间，我开足了马力，全他妈碾死你们这些狗娘养的畜生！

奔驰车已被拖到了那边被挖掘成慢坡的一侧，只要越野车慢慢倒车过来，从另一侧轻轻一顶，这辆奔驰车肯定就会稍微一打颤，在地球引力作用下，朝窑坑滑溜过去，一侧轮胎悬空的转眼之间，一个滚翻轰然栽下。

绳索已经解开了，就在那小子幸灾乐祸地拉着绳索后退的一刻，晋振辉猛然发动汽车，猛踩油门，心想老子先碾死你这个王八蛋！可是，奔驰车只是发出了一阵轰鸣，没动窝。坏菜了！他心里也哆嗦了，他妈的，这帮王八蛋，专业劫匪啊——他们悄无声息地早把奔驰车的排烟管给堵死了。奔驰无法发动，只能坐以待毙！

他们，三个人，已命悬一线！这真的是千钧一发啊！

然而，人的贪欲给了他们赢得生命的时间。

那位被袁二称为大哥的大摇大摆地走过来了，他拿手机敲了敲车玻璃，晃了晃，大喊：

“袁二，赶紧着，叫你家送30万过来，我保证你们谁都不死！”

二十一

出了这么一桩骇人听闻的重大事件，万祎当天夜里就给刘允虎主任发了份电子邮件，一五一十做了汇报，并附上了一份自我检讨，请求给予处分。

第二天，刘主任向高铁全路段各审计团队转发了万祎的报告，并就此传达了董事长的紧急指示：今后查勘征地拆迁现场，必须由当地负责征地拆迁工作人员陪同。尤其到了后期，由于审计结论必然触及到各方利害，甚至涉及贪腐问题，更可能险象环生，也就更需要强化安全防范意识。若遇必须由审计人员单独查勘的特殊情况，须由带队的项目经理向刘允虎主任提交申请，阐明单独查勘对审计结论的重要影响及其原因，并附安全防范预案，经批准后方可实施。

对于万祎的处分请求，刘主任未置一词。不过他还是打来电话，跟他，还有两位英勇无畏的工程师通了半小时电话，他也没有专注于事件，聊了一些其他团队的拆迁轶事。他的用意是打消各位顾虑，不要因此风声鹤唳背上包袱，要轻装上阵，按部就班继续做好各项后续工作。

可是，万祎不能原谅自己的闪失。虽然大家没有半句的抱怨，但他还是觉得应该让大家了解自己当时的想法，这样心里会觉得好受些，否则总有那么一条蛇一样的东西不停地吞噬着自己的心。为此，他找了个机会将自己心里想的倒廪倾囷：“这事怪我想得不够周全。本来嘛，不去查勘现场，这个结论也是板上钉钉的。可是，我为什么昏了头非让你们哥儿俩再辛苦一趟呢？这里面，有咱们注册会计师的苦衷。其实，既然我们抓住了这条线索，兴盛电器有限公司在高铁拆迁之前即已搬迁，那么我们就可以向工商行政机关函证，请求调阅档案；营业地址变更白纸黑字写得清清楚楚，铁证如山的事嘛。可是，我们 CPA 呀，很多时候是不被重视的，没人知道你是干什么的，你凭什么要调阅啊，法律上哪一条给你规定了可以调阅的权力啦，啊？人家《律师法》上写的明明白白连时间都规定死了的，律师们办理案件时也还'蜀道难'呢！何况我们注册会计师呢！延伸审计的相关法律规定的确是迫在眉睫了！我呢，就是想拿到了确证，直接把兴盛公司的 1200 多万的补偿砍了，逼迫他们主动提供工商机构的证明。那肯定是假的，让他们自己露出马脚，这叫打草惊蛇引蛇出洞吧——呵呵，没想到，引出了一帮子豺狼！"

大伙哈哈哈大笑起来。他们真的不怪万祎，一点都不怪。哥儿俩虽然虚惊一场，也没有在内心留下丝毫的懦弱阴影，过后只感觉好玩与刺激，还带有一丝传奇色彩。

可以想象得到，他们哥儿俩凯旋时刻的隆重与狂欢。

当时，袁二降下一个窄缝的窗玻璃，接过那位大哥的手机，给家里打了个电话，没办法不惊吓家里人了，实际上也确实命悬一线啊。他脑瓜贼精呢，故意拖延着时间，谎说跟别人作笔大生意，倒腾赔了。为什么赔了？他解释了半天。听得那位大哥急得抓耳挠腮，吼着你他妈少啰嗦，就是送钱来！哦，现在呢，债主追上门讨债，要是还不上钱就要杀了我。赶紧凑 30 万救我吧！在哪儿，我？凑够钱了，再打电话告诉你们。一定要凑够啊，多跑几家，什么，现在银行都关门了，到城里 ATM 柜员机取去呀！千万别报警呀，一报警，我就没命啦！就再也见不到我了，想好喽啊，这年头，一条贵宾犬还他妈卖五六十万呢，我袁二虽然不是贵宾，那也是"人"不是"狗"啊，命再不值钱，也值那 30 万吧？一定要凑够啊，少了照样没命啊！

人们，不论是车里还是车外的，就这样听着怦怦的心跳煎熬着。

猛然之间，就像是新的星系诞生一般瞬间的爆炸，人民警察收网时刻那照透天空的灯光，四面八方铺天盖地，他们恍然就置身在尼尔·布洛姆坎普的科幻《第九区》！

乐欢就像一只刘悦歌声里的飞蛾，温柔、轻巧、甜美，扑向杜中秋和晋振辉哥儿俩，一下搂住他们俩的脑袋，还在他们的脸颊上亲了一口，闹得杜中秋涨红了脸；晋振辉脸皮厚，噘着嘴闭着眼凑过去也要亲自来一下，乐欢紧着闪了；孟寐求接上去跟他们紧紧拥抱，彼此捶着后背，嗵嗵地响；跟在后面的苏慕喆笑盈盈的也侧着身子给了他俩一个热烈拥抱，但没亲，而是捧着俩人的脸仔细端详，当看到杜中秋跟袁二打斗留下的鼻青脸肿的英雄形象，心疼地唏嘘着，眼泪也扑簌簌落下来。万祎看在眼里，心波微澜，这个喜欢豪放词常吟“白日射金阙，虎豹九关开”的女孩，为何也如此儿女情长？再看，她竟然掏出手帕来，沾着矿泉水给杜中秋柔柔地擦起了脸。小杜傻了，浑然不觉，她就那么擦了一遍又遍。要不是李科长过来催着去喝压惊酒，就得从中秋擦到元旦，他小杜的脸啊，说不准，明儿得去做植皮手术。

本来，南城区泰营乡的初步沟通就要告一段落，巨大的审计成果出乎意料。而晓虹区那边，那个丁立靖也打来几次电话，直嚷嚷：“我说，您呢万经理吧，我听我哥，不，我们丁总交代，您要跟我们了解拆迁的内幕，这儿候着呢，就差肃立默哀啦，紧张的，怎么左等不来右等不来呢！”

临行前的那天，说不清道不明的好事接二连三地出现了，令各位有点应接不暇。

上午，刘若步乡长带领着一群乡干部，陪着派出所的所长和干警来给审计组送锦旗。这，有点颠倒。都是群众给公安局派出所送除暴安良保一方平安的锦旗，怎么今天给几个注册会计师和造价工程师送锦旗呢。原来，那天晚上逮住的四个人，是当地公安机关正在侦查的一股带有黑社会性质的犯罪团伙的主要成员。但是，因为他们行动诡秘，侦查行动进展迟缓，为此都被区公安局点名批评了，如果再逮不住，泰营乡的治安先进乡的光荣称号都要被摘掉了！就在那晚上，一下抓住四个，干警们如获至宝，连夜突击审讯，两天工夫一网打尽了这个跨地区作恶多端的黑恶势力，老百姓拍手称快。干警们一兴奋，就顾不上顺序了，好像是脑袋朝下，倒过来给审计组的老百姓送来了锦旗。乡长、所长，官儿不大，在这儿一亩三分地，那也都是首长啊！怎么能不给面子呢，那就收下吧，皆大欢喜！

“两工程师两全齐美，一黑社会一网打尽。”

红艳艳的锦旗就平铺在桌面上，上面绣着金闪闪的大字，苏慕喆歪着脑袋念叨了好几遍。然后点点头，心悦诚服地说：“嗯，这泰营乡有文化人呢！”

“美什么美呀。你瞧，咱杜兄的脸，青一块紫一块，这也叫美？”乐欢有点不以为然。

“乐欢，你还别说，我这脸胖点了，富态多了吧，这不就是美吗？啊哈哈！”杜中秋自我嘲解道。

“哈哈哈，是，是多了半两肉。不过，如果从咱们的方块字里头找个科学准确的形容词，来夸你那张脸啊，得用‘肿’，而不是‘胖’；再联系咱们特色市场经济的实际，那跟注水猪肉有一拼。哈哈哈……”孟寐求又想起自己那天晚上“孙二娘”黑店的玩笑话，但没敢再演绎。

苏慕喆摇晃一下脑袋，嘟哝着：“你们呀，考了这证那证的一堆，可就是缺少点文化细胞。‘把吴钩看了，栏杆拍遍，无人会’……”

“谁说‘无人会’啊？”万祎也凑过来。他内心有一个纠结，一个矛盾，他感觉到了一个趋势，那么一个倩影正在距离自己渐行渐远。他不知道，应该怎么办，是目送，还是追赶？这时，他盯一眼苏慕喆的脸，又随意地扫视各位，朗朗地说：“杜工和晋工去现场有收获吧，拍了不少作证据的照片，特别是那张搬迁计划表，铁证如山，他们这回没咒念了——这就是一美，没错吧。他们又临危不惧，捎带脚的帮泰营乡端掉了一个黑社会犯罪团伙，这不又是一美嘛？——两全齐美，识数吧，都？不多不少，还有什么疑问！哈哈哈！”

“当然有疑问！还有一美。准确地说，应该是三美。”苏慕喆犟起来，抢白道。

“哦，还有一美，什么？”万祎愣住了。

“那个袁二，改邪归正，不也是一美吗？”苏慕喆振振有词。

万祎不吭气了。又一美，三美，牵强点了吧？他脑袋里打着转。而就在当天，这“三美”就有了天公地道的证明。

身材魁梧的李科长又推门进来了，身后立着一位威武的解放军军官。

“万经理，哎，杜工、晋工，各位老师，”他转身把解放军拉到前面来，“这位呢，是袁二的大哥袁仁贵，袁连长——他听说弟弟惹出了大麻烦，星夜赶了回来。”

“各位审计的老师，我知道我兄弟伤害了你们。我、我特意来给各位老师赔礼赔罪！”说着，袁连长举手敬了个军礼。

万祎经过短暂的恍惚之后，慌忙上前伸手握住袁连长的手，歉意地说：“怎么还劳驾袁连长来赔礼呢！事情都解决了，就别往心里搁了！”

大伙也围拢过来，李科长给袁连长一一介绍，当看到杜中秋脸上的青紫，他脸上浮现极为痛苦的神情。

“我不但要赔礼，还要感谢各位——听刘乡长、李科长他们讲，各位老师不计前嫌网开一面，主动提供证人证言，免于追究我弟弟的刑事责任，给了他一次重新做人的机会。这个大恩大德我们袁家没齿不忘！”

“是啊是啊，袁二这小子，浑是浑了点，但跟那帮黑社会绝对不是一路！”李科长在旁边紧着递上好话：“要不是你们作证，警察一时半会也闹不清楚谁好谁歹，没法区别对待。”

“多亏了你们给作证。眼下，我新国叔正在疏通关系，先给我兄弟办了取保候审再想办法。等他回来了，我得好好教训教训他！”

“袁连长有这么个意思，”李科长笑容可掬，“趁着各位还没离开泰营乡，请各位吃顿饭，压压惊，略表心意。”

“不行不行！”万祎把脑袋摇得跟拨浪鼓似的，“李科长，您这简直是开玩笑！我们，怎么能让解放军同志破费，吃哪门子饭啊！”

袁连长站在那儿显得有些局促不安，但又不知怎么劝说各位答应赴席，以期表达自己的一片心意。

还是李科长油头滑脑，他眨巴着眼睛，耐心劝道：“怎么，还以为解放军手里没几个大子儿？跟你讲，万经理，解放军现在的津贴猛劲儿涨呢，比GDP的速度还要快呢——这样吧，咱不吃什么海鲜鲍翅的，那玩意忒腻，也腥了吧唧的没啥滋味；咱就弄碗农家手擀面，啊，多少是个心意嘛，别冷了袁连长的热心肠。各位老师都是八零后吧，也不该忘了‘军民团结如一人’呀，那可是毛主席他老人家说的啊，哪能有错！哈哈哈，就这么定啦定啦！”

看这架势，要是死乞白赖地推掉，都扫兴，两边的面子也都没地方搁。万祎瞅一眼大伙，也都眼巴巴瞧着自己呢。他只好答应下来，但说了个前提条件，语气不容置喙：“咱可说好了，就在乡里找一家农家乐，不进城。”

二十二

吵吵闹闹炊烟缭绕的农家乐，墙面黑不溜秋，地面瓷砖没了颜色，还有点粘脚。正对着门口的墙上，有个神龛，摆着香炉鲜果，供奉着财神爷；而在吧台的一侧，恭恭敬敬摆放着镶嵌着一幅毛主席画像的玻璃框。

他们找了两张长条餐桌拼起来，十来个人围坐，倒也十分紧凑亲热。

大盆大碗的农家菜端上来，豆腐丝、肉皮冻、柴鸡蛋、酱牛肉、花生米、拍黄瓜，少不了的焖肘子、小鸡炖蘑菇、烩杂鱼……

他们吃得香甜，满嘴流油。袁连长豪爽干练的军人气概逐渐显露出来，他一个人敬每一位三杯，脸不红心不跳，应付自如。李科长的那贴在眼袋上的两瓣醉枣一直掉不下去，一天两顿酒，就跟整天在酒缸里腌酸菜似的，没个消肿时候。他只敬了大伙一杯。这个万经理和他的审计团队就要走了，他却心事重重。另外，看着袁连长那坦克兵迅猛冲杀的凌厉劲儿，他也不敢斗酒。万祎呢，出于礼节，也得一一回敬，这“老村长”牌子的东北大老爷们儿酒，冲，喝下去，一溜烫到肚子里头，痛快。喝吧，喝吧，斗着胆量喝吧，这牌子是老百姓的酒保证没假的。造假专业户们值不得折腾，因为赚不到暴利。这“老村长”，零售一瓶才卖十几块钱。而茅台五粮液，咂摸一口都不止十块吧！

喝着喝着，脑袋就膨胀了，舌头也抻长了。这酒有神奇的功能，让你真沉醉，也让你真清醒，不然俗话怎么讲酒后吐真言呢。

“万经理啊，你们这一拍屁股就走啦。我呢，日子就难过喽！”李科长虽然只敬了一杯酒，但心里堆着茅草，心烦意乱，自斟自饮喝了好几杯，这时瞪着红眼珠，孤苦无奈的样子，“我们这活儿啊，真他妈不是人干的，上头死压，下头死扛，我们呢，受夹板气。”

万祎知道，此次来泰营乡，自己的这个审计团队在几个方面都取得了突破性进展。由于经过审计，对高铁征地拆迁补偿资金的确认与否跟当地政府的利益存在此消彼长的密切关系，所以他们的成果大了，就意味着泰营乡支付的征地拆迁补偿款被计入高铁股份的比例就会下降。如此就必然造成地方政府财政的亏空，怎么弥补？这必将是个令当地头脑们寝食难安的问题。而首当其冲挨板子的，就是受“夹板气”的诸如李科长这些基层落实征地拆迁的干部们。此刻，跟他们实施征地拆迁规划时的威风凛凛被拆迁户们奉为神明，软硬兼施着给塞进蜜罐的日子相比，那可是天壤之别，天壤之别！这心里头，就跟长出了几亩地的黄连一样苦不堪言，那酒精超量的黏稠的血，就要羼着大老爷们的泪花子淌下来啦。

“这次只是初步沟通，很多还没下结论呢。”万祎安慰道：“来，李科长，我这借花献佛，再敬你一杯，感谢你打一开始就对我们工作的大力支持！”

“小兄弟，不瞒你说，你们下次再来会怎么样，我连想都不敢想了——早知现在何必当初呢！哈哈哈，你瞧，我这身子骨自然减肥减的——自打这高铁建设一开工，我这体重直线下滑，掉了30斤肉啊——这要是到农贸市场上，得扛回来个带蹄子的大后礅肘子啊！你说，我这肉丢到哪儿啦？”

“丢哪儿啦？”乐欢还真给问迷糊了，紧张地追问。她想，自己穿戴整齐，加上高跟鞋，还不到100斤呢，这30斤肉，对于自己来说，就等于三分之一没啦，那不成骷髅啦！

“嗨！”李科长叹口气，咂口酒，“那还不是丢在高铁上啦——你们呢，万经理，虽然都是什么CPA的，挺邪乎。但你们肯定想象不到这拆迁呢，这老百姓的事儿，有多难办哟！李白不是有句诗说‘蜀道难，难于上青天’嘛，跟这，我觉得，上下差不了多少！”

为什么，现在，老百姓的事会这么难呢？干革命的峥嵘岁月里，老百姓是冒着掉脑袋的危险保护你们这样的党员干部啊？！一个看似极其简单的问题，不知道在哪位的脑袋里闪烁了一下，就那么一下，倏地熄灭了。

大伙沉默了。一时间大眼瞪小眼的，不知道是吃菜，还是招呼酒。渐渐的，眼前好像放映着一部征地拆迁的纪录片，只见刘区长、李科长、麻主任他们这些基层的干部们，在冰天雪地里，在大雨滂沱中，陪同高铁建设的一拨接一拨的人员实地查勘征地拆迁现场和施工工地，或者挨家挨户地跟老乡们宣传修建高铁对于国家和群众的重要意义，跟这一家那一家为了清点核量表上地上物或房屋的数据产生了分歧，在反复核对、争执争吵着……他们的双眼布满了血丝，脸颊微微浮肿，整个身子的的确确瘦了一圈又一圈。他们为了什么，不也是为了咱们这个曾把火柴叫“洋火”、把煤油叫“洋油”的国家发展的突飞猛进嘛？不也是为了成千上万称其为父母官的一方乡亲的更大福祉嘛？不能否认他们之中也有见钱眼开的贪吏猾胥，不然的话，拆迁户老百姓普遍存在发笔拆迁横财的强烈愿望就找不到沆瀣一气的丘貉。也就无法解释，征地拆迁补偿的过程当中为什么会存在如此巨大的违法违规支付。

然而，一熏一莸，也无法否定芳香的存在。沿途各地方广大基层干部为了高铁建设如期开工、如期建设、如期竣工，付出了巨大努力。请不要忘记，在今后风驰电掣的高速铁路的路基、桥梁、钢轨之上，同样凝结着他们的血与汗！

袁连长眼看着各位闷闷不乐，他当然不愿意自己摆的宴席变成了李科长的诉苦会。连忙招呼道："来呀，吃菜吃菜，喝酒喝酒！"

"哦，"李科长醒悟过来，惭愧地咧咧嘴，也跟着招呼："来来，万经理，对，杜工晋工，来，李大哥再敬你俩一杯，再压一下，压下惊压压惊！"

杜中秋和晋振辉哥儿俩一恍惚，朝李科长充满感谢地一笑，稍稍犹豫，举杯一饮而尽。

话头又转到了袁二这边。袁连长对他们的宽容大量又是一番千恩万谢，说得几位心里怪不好受的。人家也是堂堂的上尉连长，这是干吗啊？总听这感激的话耳朵根不怕磨茧子？咱不扯什么心地善恶的深奥哲理，对于他们来说，那真的不过是碰碰嘴皮的事，何足挂齿呢。

万祎向壮实有力、酒精挥发的速度堪比高铁的晋振辉递个眼色，他心领神会，忽地站起来，伸出一只手挡住袁连长的手，另一只手拎起酒瓶给他斟满酒，然后双手举杯，恳切地说："袁连长，要说你兄弟伤害了我们，我算是直接受害者之一。这儿，我代表我们审计组敬你袁连长一杯酒，酒进肚，所谓的伤害，从此一笔勾销，咱们两下，谁都不再提！"说罢，他一仰脖子，一杯酒直接就倒进了喉咙里。

袁连长先是一愣，之后眼里闪动着感激的神色，也一举杯干掉了。

作为另一个"直接受害者"似乎感到自己若不表个态，欠缺一点，于是，杜中秋也搜肠刮肚地琢磨一番，嗯，他自己思忖，咱这个说法有高度，肯定能赢得满堂彩。由于他面对着袁连长，于是就站起来慢悠悠转过来，拿起小晋面前的酒瓶，也抢着给袁连长斟满一杯，再给自己添满。撂下酒瓶，举起酒杯，在青紫的脸上一堆笑容，宛若灿烂花丛，撇着仍有一丝痛感的嘴，说道："我也代表审计组，敬解放军大哥，你们舍小家为大家，流血流汗，保卫国家，我们向解放军表示最崇高的敬意！"

对，我们向解放军表示最崇高的敬意！杜中秋的话果然赢得了满堂彩，大伙一下都站起来了，手捧酒杯举到了袁连长跟前，他感动得一时不知如何是好，那就用实际行动说话吧，忽地举杯，一仰脖子，一杯酒顺着喉管冲下去，滚烫在心里。

一阵激动的海浪汹涌澎湃之后，他们坐下来，说说笑笑，拿起筷子夹菜。孟寐求扒拉着一块肘子上的肉皮，对一旁的苏慕喆悄悄说："快，快夹过去，美容呢！"

"嘿，孟夫子，给你苏姐开小灶是吧？"乐欢听见了，不由分说迅速伸出筷子，撕下那么一大块肉皮，美滋滋地叼在嘴里，再一歪脑袋，瞥眼看看他俩。一股透彻了心腹的可爱顽皮劲儿就要从她脑门子上窜出来。

"小屁孩！多吃点吧，看你瘦的。不过呢，姐担心呢，你那皮包骨头，别变成猪皮哦！做皮鞋都没人要！"

"哈哈哈！"大家也听见了，不禁笑起来。晋振辉还想着那一吻呢，嚷着："谁说没人要，我要！哈哈哈！"

"喊！"乐欢一撇嘴，一口把肉皮囫囵进肚子，噎住了，翻了翻白眼，苏慕喆赶忙伸出纤细的小手给她顺溜胸口。

晋振辉自告奋勇地逗趣："苏姐，用咱助一臂之力乎？"

"去你的，有点正行吧，你！"

"你呀，"乐欢缓过来，叫道："你就臭美烂酸梨吧！等我那位考古学家回来，看不把你打回白垩纪恐龙时代！"

万袆他们一听又发出一阵欢笑声。乐欢的男朋友在英国留学，据说是在读考古学博士，可以回溯到三叠纪的大冷门啊，她正为他回国后的就业发愁呢。

今天的酒宴气氛热烈，效果不错。袁连长当然是满意的，他想说两句带总结性的话，但寻思着千万不能再提那"伤害"的事儿了，那到底怎么说好呢？

“听李科长说，审计组的各位老师很辛苦啊。来泰营乡审计征地拆迁，常常加班，有时候连星期天也不歇。这也是为了国家奉献青春啊！这样，我再敬各位一杯，略表敬意！”

“您这是说哪儿去了！”万祎不好意思接受袁连长三番五次的敬酒，发自肺腑地说：“如果没有解放军无私无畏的奉献，保卫国家，中国经济建设就不会有这么迅猛地发展，也就不会有大规模的征地拆迁，我们也就不会来审计……”

“对啊，国家没有安宁，经济发展不起来，搭个窝棚避避雨都说成水立方，那成片的楼房大理石装修的大瓦房，谁还舍得拆呀！哪不成精神病了嘛！”乐欢尖尖的嗓音十分悦耳。

“就是嘛，没你们解放军捍卫和平，那就不是‘拆’啦，那是‘炸’，是‘轰’；震耳欲聋的不是推土机、挖掘机、液压锤的‘拆’，而是轰炸机、坦克、大炮的毁灭和屠杀！”杜中秋的确有那么点沉稳持重，醉意没有阻挠他的感慨，他的话颇有深谋远虑，令大伙又一次齐刷刷向袁连长投去敬慕的眼光。

苏慕喆家规及严，平常绝不沾酒。但今天她也破例喝了两杯，酒酣耳热，她吟了半阕辛弃疾的词，意味深长，算是给这次极其尽兴的农家宴画了一个圆满的句号。她白里透红的鹅卵脸蛋宛若一朵映雪绽放的腊梅，借着几分微醉，摇头晃脑地低吟道：

“破青萍，排翠藻，立苍台。窥鱼笑汝痴计，不解举吾杯。废沼荒丘畴昔，明月清风此夜，人世几欢哀？东岸绿荫少，杨柳更须栽。”

与今年秋天开始，一路朝南逐步推进的拆迁专项审计被沿途县乡市区招待的丰盛奢靡相比，今晚的农家乐的家常菜如此简单，可是他们却感觉得如此酣畅、如此舒逸，近乎如梦如幻。这老百姓的酒，不但入口冲，后劲也大。回来之后，酒力在各位的脑壳里温柔地锤击，渐渐地，都翩然于醇香弥漫的梦境，跨凤乘鸾，向着宇宙尽头的一片光明飞翔，越飞越深、越飞越远，最后浑然不觉身处何方——

苏姐，你慢些走，我追不上你！啊，哎呦，你，一头栽下了马背，平常不喝酒，你瞧你瞧，今天你非逞什么能？来吧，我们就一道骑这匹白云一般美丽飘逸的骏马吧。快追，他们飞远了。祎哥，你们等等我们！

你，你别把我驮到了那一片墓地里头去啊。我怕！

你小丫头片子，胡诌什么考古学博士，是去学习八国联军的强盗专业的CEO吧，回来就做专业盗墓的贼吧，犯着为就业发急嘛？傻瓜！来呀，那天，我还没亲着你呢——我是斯皮尔伯格侏罗纪公园里最聪明的霸王龙，哇呀……

八嘎呀噜！谁敢说：房子不让拆？统统拉出去死啦死啦地，噗，闪亮的刺刀，啊！血，血，血流成河！谁在流血？我哪儿也不疼——杀人啦！

轰隆轰隆，一片火海，尖厉的飞机引擎的轰鸣，炸弹，铺天盖地的炸弹就掉在头顶上，轰地爆炸了，自己，我，我是谁？我就站在深不可测的弹坑里，四面八方的推土机，土坷垃、瓦砾。妈呀，还有血肉模糊的尸体！他们要活埋我！不，不！我想活，不想死！翅膀，啊，我的胳膊变成了翅膀，生出了雪白的羽毛。啊，飞翔！快速地，比那在高速铁路上飞驰的长长蜈蚣似的列车还要快一百倍，一千倍，我要逃离这战火纷飞的人间地狱！

哈哈哈，怎么样，钱到手啦，发财啦！但是你得放明白，给你家多算的那笔补偿款，可是有我一半啊。快，乖乖地交出来，不然，我叫黑社会……

喷着唾沫星子数钱，成叠成摞的，过瘾呢！这征地拆迁，不就是给咱猛劲印钞票吗！哈哈哈，一群酒囊饭袋，能审出个屁嘛？你，站起来，姓什么叫什么？你被捕了。什么，逮我，知道我谁吗？去你妈的，你八辈儿祖宗是李刚也不顶屁用！咔嚓，这老粗的手镯，成双成对地白送啊，都不需要我签个收到条就给戴上啦？喂，警察同志，这两个手镯中间怎么还有半截项链啊，这材质是白银的还是黄金的，硬梆梆，咋没点小姐的温柔呢？肯定没一点儿鄂尔多斯软黄金，小气，真小气！穷鬼！——等着法庭审判你吧！

一个幽灵缭绕着，弥漫着，挣扎着，叫嚣着，就在这家酒店的房间里，窗前、床头，随着烟感的微弱闪烁，似乎就照见了幽灵的恐怖与狰狞，慌张与虚弱的面孔——

你们，你们，究竟要看什么？要看你的心，红的还是黑的？

你们，你们，究竟要问什么？要问你的心，热的还是凉的？

你们，你们，究竟要审什么？要审你的心，好的还是坏的？

二十三

“你们，你们，究竟要了解什么？”

丁立靖一见屋里这几个意气风发的姑娘小伙，刚才还不可一世的高傲立即就被锉掉了半截。电话里跟万祎咋咋呼呼，可是跟这位比自己小不了几岁称之为“万经理”的一握手，心就虚得不禁紧缩一下，一刹那，眼里耳朵里，似乎就看到听到了雷阵雨的夜空中耀眼的一道闪电过后，紧接着一声震天动地的霹雳炸响。

“丁经理，抱歉啊，让你等了好几天。”万祎以礼相待。

丁立靖佯装镇静，大大咧咧地问：“等几天，那倒没嘛事，我想知道你们究竟要了解什么？”

“想了解一下基本情况，也就是你们做拆迁工作过程中遇到的事。我们看档案，光靠纸上写的，很多问题搞不清，有些资料也互相矛盾……”

“好吧。”丁立靖似乎吃下一粒定心丸，一屁股坐在万祎对面的椅子上，眨巴着眼睛，胸有成竹地说：“问吧，我是咱这地面上的拆迁万事通！”

“呵呵呵，好一个万事通！”乐欢禁不住笑起来。他们在审核档案的时候对这个大名鼎鼎的"丁立靖"早就如雷贯耳了。他那几个歪七扭八的签字,可真正是一字千金呢!

"那好,首先感谢丁经理对我们工作的支持!"万祎心里清楚,这个丁立靖不是个省油的灯。他得慢慢揣摩透了他的心思,了解了他的脾气秉性,然后才好跟他进行把握主动的正面交锋。初次交流,一般都是从侧面轻轻敲打,切忌直截了当针锋相对,禽困覆车,那样会逼迫他对以后的审计步骤设置许多不必要的障碍,特别是涉及重大利益的情况下。而这个晓虹区,虽然只对两三个街区的拆迁实施审计,就已感到这里的拆迁当中存在问题的严重性绝不亚于刚刚结束初步沟通的南城区泰营乡。所以,万祎还是相当谨慎。"丁经理,今天我们呢,先对我们前期工作遇到的主要问题作一些交流,以我为主,其他同事做做补充,我们把归纳起来的问题跟你做一个初步交流,不是必然要结果,能说到什么程度就先说到什么程度。你看,可以吧?"

"这有啥不可以嘛?说吧……"

"不过,丁经理,作为我们本次审计的必要程序和技术性方法,我们这次交流谈话将被录音,你不会反对吧?"

"录音,你们,不会是在拍《窃听风暴》第二季吧?——干吗这么神乎其神,注册会计师也干起安全局的活啦?好吧,既然是你们的什么程序,来吧!——不做亏心事不怕鬼叫门,怕吗?只管录吧,这可是原创。"

万祎打开电脑上的文件夹。他把苏慕喆汇总过来的有关渠府路街区的问题调出来,按照自己计划妥了的顺序与他交流。

"这样,丁经理,我们呢,把问题分门别类,咱们就来一个个澄清或说明来龙去脉,我们团队的其他同事,也可能会针对某个问题向你提出咨询。"

"可以,问吧,我好多事儿呢,没空在这儿耗工夫。"

"好。我们先从这份'补充协议'开始——"

"补充协议?"丁立靖不觉浑身一抖,他明白,那补充协议上的各个项目大都是他们拆迁公司自定的政策，有的甚至都未经拆迁办批准。自己在其中做的手脚，比蜈蚣腿还多呢。

“根据晓虹区拆迁安置补充办法第九条的规定，符合城镇基本医疗保险办法规定的大重病对象，拆迁办给予每人三万元补助。但需要提供区级以上的医院证明。可是，我们从档案中看到的，几乎都是社区医院的病历。丁经理，你说这究竟是怎么回事呢？”

“这个嘛，在实际操作中的确是放宽要求了。人家有病，又何必非要区级医院的证明呢，社区就不能诊断啦，那还要社区医院干吗，总不能让社区医院关门大吉吧？不关门，那它就可以出病历呀。你说呢，万经理？”

“你的意思，在提供区级医院证明上，咱们拆迁公司在实际工作中，没有严格按照政策执行，是吧？”

“可以这么说，但必须承认，人家的确有病，享受政策没错，只是手续不够完备。”

“好，医院证明的问题就先说到这儿。那么，究竟是哪些大重病可以获得补助呢？我们查了城镇基本医疗保险办法，但是好像有很多并不属于大重病的也得到了补助，比如肺气肿、肾炎、颈椎病啦，甚至崴了脚，都没骨折，就拿来一纸病历，也给补了。这是怎么回事？”

“嗨，这事啊，你们是不知道给拆迁户们做工作多么困难呢！可以说，每家都是钉子户！但是，最后，没几家强拆吧，那都是我们这些具体做事的，给人家磕头磕的！为了这三万，增加一个钉子户，谁愿意？王区长他都不答应，你信不信？”

“这么说，的确有一些人本来不符合政策规定，也给了大重病补贴，就是因为存在成为钉子户的可能，于是，就拿三万块钱给‘买通’了。你看，我这么理解对吧？”

“‘买通’？——这，恐怕不大好听！”

“那怎么理解呢？实际上不止三万，我们注意到，这个街区几乎是‘家家煎药忙，人人病殃殃’，就以每户平均四口人，就是 12 万。这对于普通老百姓来说，可称得上是一笔不小的财富啊。”

“嗨，咱们中国人体质本来就差劲嘛，解放前咱们不是有个绰号，叫‘东亚病夫’嘛。哪能五六十年就根治好了，一转眼变得跟斯巴达角斗士那么健壮啊！你说，万经理，是不是这个理啊？”

“但是，如果有关大重病的规定不执行，不管什么病，而且也没有医院证明，就全部给补贴，那么这项补贴不就变成巧立名目，拿国家财政的资金乱发补贴了嘛！它原来促进拆迁户尽快签署拆迁协议，平稳推动拆迁工作的良好初衷就变质了呀！”

“变什么质啊！”丁立靖搓搓手，“你们呀，没经过拆迁风雨的洗礼，不知道其中的冷暖——你，你管那么多的过程干吗，只要最后的结果好，就万事大吉！”

“结果好，怎么评价结果好？”

“哎呦，我的奶奶哟！怎么评价，这玩意是评价的嘛，一目了然的事嘛——拆迁拆迁，规划图上红线画一圈，一大片，甭管是楼房还是平房，也不管是柴禾茅草搭的还是钢筋水泥浇铸的，嘁哩喀喳，拆了，平了，没一个钉子户戳在哪儿碍眼，就算大功告成。这结果，就是好结果！咱这是拆，要说深圳那边是建设，大领导们不也是登上国贸楼顶的旋转厅眨巴几下眼睛，一看到处高楼大厦，直叫好嘛。你听见领导问过程了吗？这栋楼造价多少，那栋楼摔死过几个民工，哪栋楼是豆腐渣，有没有行贿受贿？人家大领导都没问。我说，你们，你们不就是查账的嘛，管那么多干吗？”

嘿，听说这小子不学无术的，可歪理邪说却不少。万祎心里想着，要想让他服气，能静下心来跟你认真交流，就得拿出来能让他一下子愣住哑口无言的问题。

“丁经理，咱们不扯那么远，还是说这大重病。你看，这家五口，不分男女老少，怎么都得了乳腺癌，补助了15万呢？”

“这，我看看——”他抓过来一叠档案，摆弄了半天，显然在绞尽脑汁。“哎，乳腺嘛，不就是那乳头吗，男女都有啊。女的形容词多，什么爆乳、乳沟、波霸、D罩环，还有什么‘做女人挺好’，等等，反正多了去了；男的嘛，就叫胸肌发达吧，让女人的一个‘大胸’就给比没了。哎，你们这儿有美女，我不好意思脱了衣服让你百闻不如一见，要不然一定给你来个‘事实胜于雄辩’！”

乐欢忍不住笑起来，大家也跟着哄堂大笑。

这小子，也感觉有点理屈词穷，知道自己在胡搅蛮缠了。所以他咧着嘴，似笑非笑，显出一些尴尬，一划拉那叠病历丢回去，一副没精打采的样儿。

“咱们再说说这份出生证明吧。”万祎忍住笑，但多少把握住了丁立靖他们在拆迁当中的一些章法。他拿出一张满纸外国字的文件。

丁立靖一撇嘴，似乎又找回来了自信。心里说，问吧，老子今儿在这里奉陪到底了。

“按照晓虹区的规定，拆迁公告发布时被拆迁人口中的育龄妇女如果已怀孕，胎儿是允许计入被拆迁人口，算一个人头的。但有关补偿款必须在出生后，凭出生证明到拆迁办领取，对吧？”

“没错呀。咱们搞拆迁的哪个也不傻，哪能跟北京城里的骆驼祥子一样，让长着大龅牙的虎妞给蒙了呀。噢，她塞个枕头，就说三四个月啦。拉倒吧，拿不出‘出生证明’，拿钱，没门！”

“根据我们已经审核过了的，凡是怀孕的，后来都领走了婴儿的那份，最多的，那个孩子领走了近三十万。”

“呵，这孩子从幼儿园到上大学，他的教育经费，这一出生就给备齐啦！”杜中秋咂着嘴羡慕地叫着。

“你看，这个孩子，出生证明来自佛得角共和国，证明婴儿于2008年10月2日出生在佛得角共和国圣维森特岛，母亲是中国人，叫高菲菲……”

“啊！”苏慕喆惊叫了一声，其他几位也不约而同朝万祎扭头看过来。虽然他们对此并不是闻所未闻，但现在他们知道高菲菲与万祎的关系，感觉与以前就大不相同。他们也想目睹这位丁经理的狡辩风采。

“嘛？佛得角，圣维森特岛？是不是在香港的哪个旮旯？”

“我们从百度搜了一下有关资料，佛得角共和国是非洲岛国，1495 年沦为葡萄牙殖民地，1975 年摆脱葡萄牙殖民统治宣布独立，1976 年 4 月 25 日与我国建交。”

“噢，还是个共和国啊。哎，对了——”丁立靖如梦方醒的样子，一伸懒腰，叫道：“他们呢，准保是个超生游击队，到那儿生儿子去了，山高皇帝远，咱的计划生育国策管不到人家非洲。我们搞拆迁的，也管不了人家在哪儿生啊，对吧？——哈哈哈，要是照着黄宏宋丹丹演的那个小品，顺着‘吐鲁番’、‘海南岛’叫下去，他们的儿子取啥名？——佛得角、佛得角——哎，就叫‘佛得笑’，真不错！你们看过电视上演的嘛，乾隆问纪晓岚‘佛为何对朕笑？’纪晓岚答‘此乃佛见佛笑。’老乾又问老纪‘怎么佛也冲着你笑啊’，老纪一听皇上说嘛吓得差点尿了裤裆，赶紧张开铁齿铜牙忙解释‘佛笑臣不能成佛’。啊，有意思吧，哈哈哈！”

真能胡诌善辩，也是个铁齿铜牙的主！万祎心里倒也佩服他的挥洒自如，眼前的丁立靖，毕竟与形形色色的拆迁户打交道也能游刃有余啊，的确有两下子。自己若掉以轻心，说不定也会被他忽悠晕了歧路亡羊啊。于是，他敛起笑容，严肃地追问：“但是，他们的妊娠证明是国内开出来的，为什么非要到非洲生呢，跑到那么遥远的地方？”

“遥远？遥远好啊！近了，谁想查了，一踩油门就完事了。遥远了好，谁去呀，飞机票都买不起，对不？哈哈，开开玩笑开开玩笑。”

丁立靖这个在忘乎所以之中，说出的玩笑话里面包含着许多奥秘，万祎没有急于去戳破，还须继续扩大由此打开的天窗，暂时心照不宣罢。

“你看，这户一次性补助 15 万元的情况说明，是你起草的吧。”万祎递过去一份档案。他要给他眼里揉几粒沙子了，收敛一点他的气焰。不然他总是隔着门缝看人，就不会积极配合；当然火候得掌握好，也不能让他过早产生危机感，狗急跳墙，搅合了审计团队的工作正常展开。这晓虹区的攻坚战还没有发动,他不过是搞一次火力侦查。

接过来,丁立靖一目十行地匆匆浏览——

渠府路西街20号201室,产权人魏俊怡、张津华,建筑面积54.01平米,评估单价16372元/平米,拆迁货币安置费、奖励费等补偿费用共计1868824元……我们多次上门做工作,宣传解释有关政策,但该户提出魏俊怡41年参加革命,目前年老多病,长期卧床不起,患有冠心病、装有心脏起搏器、心肌梗塞及帕金森综合症等多种疾病……儿子张津华为照顾母亲无法正常工作,辞去了工作。提出就近再安置一套两室一厅或250万元……拆迁办领导和街道任主任等为此召开协调会,耐心细致做工作,晓之以理动之以情。考虑到该户实际情况,街道任主任与我商量,对该户一次性照顾15万元……

丁立靖抬起头来,眼睛眨巴几下,“对,这份说明是我写的,怎么,有什么疑问?”

“市里的房屋拆迁条例写得够详细了,区里还有更细化的操作文件。咱们中国老百姓绝大多数都不富裕,拆迁户存在的困难多种多样。这就是国情。”万祎见丁立靖对此严重违反拆迁政策的做法仍是一副理所当然的神态,心里顿生恼火,脑子有点热,也就不感觉是在对牛弹琴。他不觉站起来了,居高临下,责问道:“可是,如果就因为困难,把政策束之高阁,拆迁公司未经授权就以政府的名义,没有成文规章,随意地,这户给十几万,那户给几十万,那么,不但拆迁政策形同虚设,拆迁成本居高不下,国家也好,地方也好,重点建设工程的预算再三追加,财政压力重荷难负,最终造成物价飞涨,把危机转嫁给老百姓。老百姓怨声载道,维稳力度不断加大,形成一种恶性循环。而且,这么一来,对于绝大多数没有得到这种特殊照顾的拆迁户,这也是一种极大的不公平,极大的歧视!况且,就这么一份自说自话的说明材料,虽然煞有其事履行了审批签字,也难以支持这笔巨额补偿的真实合法性。”

“而且，这笔所谓的‘一次性照顾’，拆迁户是不是真拿到手了呢？”

苏慕喆负责财务账目这块，几次催促拆迁公司提供详细的补偿款发放的银行信息资料，至今还没提供。她正为此心焦呢。但她随口说出的这句话，却刺痛了丁立靖的神经，激起他一反常态的暴躁。他跳了起来，梗着脖子大喊：

“你们，你们究竟是什么意思，这是在了解情况、是在交流吗？简直就是审问！——你们去，直接去法院告我丁立靖吧，就说那 15 万是我拿了。干吗啦？吃喝嫖赌了！”

二十四

与丁立靖第一次交流就闹得不欢而散，万祎始料不及。但他没有责怪苏慕喆不假思索就说出那么一句话，惹恼了做贼心虚之人。虽然在审计工作当中，特别是外勤现场，需要掌握一些技巧，或者说是处世艺术，但你不能要求每一个团队成员既要达到业务胜任能力，又能在处理与被审计单位的细节方面自始至终保持一种八面玲珑的和谐状态。没有，这世界上，根本就不存在那样的员工。

不过，丁立靖甩门一走了之，也激起了审计团队的义愤。虽说不是决定性的因素，但是人的心呢，这个本来就是肉长的器官，说成“人心是肉长的”，那是自然而然的；但是，这肉长的心呢，也会铁石心肠。——他，丁立靖，算是遭道了！

晋振辉见苏慕喆在那儿独自黯然神伤的样子，怒不可遏，毛茸茸的大手往桌子上用力一拍，吼道："丁立靖，我肏你八辈姥姥！你小子有种，就甭给大爷磕头来——伙计们，他不是口出狂言让咱们去法院告他吗，好，咱们就送他进去！"

其实，在万祎这里，还有成堆的问题要跟丁立靖了解呢。特别是刚刚开始浮出水面的公租房屋的货币补偿及其发生的集中办理租赁凭证的问题。不过，他也在踌躇当中，拿不准究竟是打草惊蛇好呢，还是先尽量掌握了充分证据之后再来一个迅雷不及掩耳。现在，倒是用不着左右为难了，人家蹽了。不过，他也有相当的收获，小试锋芒，他一刀就游刃在了丁立靖以及晓虹区高铁拆迁可能涉及违法违规的筋骨，恰如庄子所言"依乎天理，批大郤导大窾因其固然，枝经肯綮之未尝，而况大軱乎？"

审计工作按部就班地推进，问题同样接二连三地被发现、被关注、被分析、被确定——记住喽，这个世界上，根本就不存在"没了鸡蛋就做不了槽子糕"的那档子事儿！

不能不提防隔墙有耳。他们躲开了平日里工作的那间办公室。

这天夜晚，审计组晚餐后，聚到万祎住的这间客房来，就近一段以来发现的重点问题，开个会，畅所欲言，集思广益，为更好地推进今后的审计工作，夺取更大的审计成果。也就此重温曾经风靡全球的"1＋1＞2"斯蒂芬·罗宾斯团队协作的理念，捎带脚的，也做一做彼得·圣吉的《第五项修炼》。

"看你们这狗窝哟！脏死啦，快，开窗透透气！"苏慕喆一进屋就捏着鼻子，快步走过去抬手拉开玻璃窗。然后竟又回去从自己的房间搬来一把椅子，她嫌这间屋子太脏，没有她屁股大小的地方可以坐下来。

"好啦，苏姐，你把我们都冻感冒了，活都给你一个人干！"乐欢双臂紧抱着，空调的暖风呼呼吹着，也抵挡不住窗外的西北风。

"关吧，关吧。"苏慕喆也感到一股冷飕飕凛冽着身体里的每一块骨头。这审计攻坚的时候，绝不能因为感冒消弱了战斗力啊。

见大伙都坐定了。万祎先讲了讲,也算是开宗明义吧。他说:

"咱们在南城区泰营乡的捷报频传呢! 刘主任说了,上周的审计周报报上去,高铁公司的高层对我们信达国际近来的工作表示满意! 我们得再接再厉呀! 现在呢,这晓虹区的工作也差不多任务过半了吧。存在的问题,多多少少都已经显山显水,深藏不露的,咱们没有审计署的尚方宝剑,我们也没法往深里走了。归结起来,无非是违法违规,我们究竟应该怎么去盘根究底,究竟掌握什么样的尺度,以求取得最好的审计效果,这个呢,需要我们一起来开动脑筋。"

"我怀疑那几家商铺,他们怎么就跟诸葛亮一样,能掐会算;而且档案里头的租赁协议和公房转让合同,都好像出自一个人的笔体,我怀疑,抱有强烈的怀疑!"乐欢抢先说道。

"的确令人怀疑,我对照了评估报告上的附着的商铺图片,根本就不值二三百万啊,开个美发店,五金店……"晋振辉也帮着腔。

"关于这几家商铺,当时乐欢反映给我,我也做了一些分析,并从网络搜集了一些辅助性资料。"苏慕喆不急不躁,打开自己的笔记本电脑,"我琢磨,他们是打着国有企业商业网点改革的幌子,开始由某某承包,要求消化多少个国营职工等等;房租也不过每月几百块。但不到一年时间,某某就会递交购买房产的报告,也都能一帆风顺获得批准,签定一纸'国有房产转让协议',这就成私人的了。资料嘛,一叠,准备的倒是蛮齐全。如果不动脑筋,不做比较,破绽倒也不是显而易见的。"

"对,这事我跟苏姐商量过。他们买的时候,你们猜,一平米才多少钱,打出活人脑子也想不到,你们!"乐欢忿忿然叫道。

"是啊,一平米才四五百块,2001 年到 2002 年期间吧。简直就是白送的! 这里面,是不是隐藏着什么非法的交易,是不是存在贱卖国有资产的黑幕交易?"苏慕喆接上去说。

"可是我们查了当时的房地产交易信息,晓虹区这儿的位置,当时即使是普通的商品房居民小区,低价位的也掉不下每平米 3000 块。而他们的，可是商业门店啊，才卖四五百！”

“这跟光天化日之下的抢劫，有什么区别！”杜中秋正啃着一个苹果，咔嚓嚓，像只老鼠大嚼着。本不想这时候说话，等润好了嗓子，他有一堆话要讲呢，但也忍不住叫嚷起来。

“你们看，这家，渠府路西街甲 6 号，”苏慕喆打开另一页电子表格，报出具体的数据：“54.28 平米的商业用房屋，2001 年以每平米 427.92 元，共计 23,227.72 元的价格，从国有房地产企业环宇集团购得。这次高铁拆迁，补偿款高达 342 万。不到十年，翻了 150 倍，这，不就是一篇真实的二十一世纪中国拆迁的《天方夜谭》嘛！”

“谁能相信，这是真实的？可是，就在晓虹区，它就堂而皇之过五关斩六将，动辄几百万，一路绿灯，就成了——”杜中秋吃完了苹果，下意识地瞥一眼苏慕喆，起身把果核扔进洗漱间的垃圾篓里，并拧开龙头冲了一下手。然后他边往回走，边分析说：“结合泰营乡的实际，我怀疑，不单是我们审计过的地方，而是凡是存在大规模征地拆迁的地方，普遍存在一个寄生在拆迁这个巨大的补偿资金肌体上的吸血牛虻，形成利益链，盘根错节，内外勾结，甚至形成了一个巩固的犯罪团伙。国家财政担负的巨额拆迁补偿资金相当一部分并没有真正发放到被拆迁的老百姓手里，而是被这些犯罪分子暗渡陈仓了。”

“没错，内外勾结。我们就发现有晓虹区房管所的人参与，我们是从户口簿复印件上的工作单位一栏发现的——百密一疏，只要用心，总能揪住。诸葛亮神吧，也有失街亭的败笔。更何况这些利欲熏心之徒，即使聪明过人，也被铜臭熏得自以为神通广大上天入地啦，晕菜！”乐欢撇着嘴，有点得意洋洋。

万祎静静地听着，他也感到这几家商户的超乎寻常，作为注册会计师，始终保持着一种职业怀疑态度，本来就是职业道德规范所要求的。不过，在他眼里，这些相对于自己心目中已经举起了狙击枪瞄准的，仅仅是小巫见大巫罢了。于是他撇开议论的话题，轻声问一句：“小苏，有关集中办理公租房租赁凭证的，我让你们汇总一下。你们汇总以后，做了初步分析了吧，有什么特别关注的地方？”

“是这样，按照这里的《城市房屋拆迁管理规定》，”苏慕喆用手指快速点划着笔记本电脑的触摸键，找到一个文件夹，点击打开，边念边解释：“第三十七条，是专门针对执行政府租金标准的公有出租居住房屋的补偿安置制定的，是这么规定的，被拆迁人如果选择房屋调换的，由被拆迁人安置房屋承租人，租赁关系继续保持，其货币补偿金额的计算公式为：被拆除房屋的房地产市场单价加上价格补贴，再乘上被拆除房屋的建筑面积。也就是说，选择这种补偿方式，租赁公房的承租人，是拿不到补偿款的。”

“对啊，问题就集中到另一种补偿方式——”乐欢插上嘴，快人快语：“如果被拆迁人选择货币补偿的，租赁关系终止，其货币补偿金额的计算公式为：被拆除房屋的房地产市场评估单价乘上被拆除房屋的建筑面积乘上20%。这20%是给国家的。”

“让人有点蹊跷的是，政策为什么在这里设置了一个矛盾？”苏慕喆百思不解地说道：“下来，这条规定又说：房屋承租人选择货币补偿或者价值标准房屋调换的，其货币补偿金额的计算公式为：被拆除房屋的房地产市场单价乘上80%加上价格补贴，再乘上被拆除房屋的建筑面积。就是说，补偿款的80%归了承租人。可是，为什么也赋予了承租人选择补偿方式的权利，这跟房屋的所有人，也就是国家不发生矛盾了吗？”

“是啊！拆迁的时候，到底谁说了算呢？一边是受政府委托的国有企业环宇集团，一边是因困难买不起房子，租赁执行政府廉价租金公房的承租人……”

“咱们先看看仅涉及那个地铁站的拆迁范围，因为这个公房承租一个问题，拆迁补偿就被捅出了一个多么巨大的资金窟窿吧——”苏慕喆又双击一个文件夹打开，把触目惊心的数据抖落出来：“涉及207户被拆迁户，房屋补偿资金近三个亿！”

“他们还巧立名目，有一个补偿项目，叫‘20%返还’，连人家房主的20%也给了承租人。苏姐，这笔就有7400多万，对吧——按照《企业国有资产法》，这可是严重的国有资产流失啊！”乐欢有点愤懑，尖着嗓子喊：“你们说说看，这个房主，就是那个环宇集团，是呆了，还是傻了啊？这可不是‘被神经病’，就是一个彻头彻尾的真正神经病！”

孟寐求若有所思。他这段话少，不苟言笑，也不跟苏慕喆开玩笑了，但工作起来更加勤快，只要苏姐安排的事，他刻不容缓立即落实。这时他语气由缓到急，分析道：“按理说，照企业利益最大化的一般原则，环宇集团本应该毫不犹豫地主动选择‘房屋调换’方式，以期达到国有资产‘保值增值’的目的。可是，事实上，它却在这次拆迁当中，一直袖手旁观，好像它是个局外人。选择什么样的补偿方式，都让承租人越俎代庖啦。更让人理解不了的是，连法律明确规定应该它拿的20%补偿——刚才乐欢你说多少，7400多万——也慷慨奉送了！天文数字的国有资产啊！祎哥，各位，你们不觉得蹊跷，这里头——分明有人在浑水摸鱼，这里面有黑幕，有惊天黑幕！”说着，孟寐求站起来，狠狠甩了一下胳膊。

对于这些，问题汇总到万祎这里，他是有所考虑的。他现在关注与之相关的另一个问题，便问：“小苏，公租房的集中办理租赁凭证，你们统计的差不多了吧？”

“哦，差不多了。现在能确定的，有27户，集中在拆迁公告发布前一年办理的，当时我们就跟你说了，怀疑是人为的操作，就是冲着那80%的补偿去的。”

“他们开始肯定没想到，连20%也能连锅端啦！呵呵，会不会喜出望外，疯了呀！你看咱们国家，真的是不差钱了，动不动就是几千万、几个亿的往外扔啊。可是，为什么还有数都数不过来的‘蜗居’一族？”乐欢嘲讽着，似乎就在眼前一晃，仿佛看见了自己在北京的那间与同学合租的终年见不到阳光的10平米一居室。

“还有个关键问题，就是这27户，到底有多少是把真正的承租人给轰走了的，有多少是子虚乌有的——租赁凭证就那么一张纸，就是环宇集团下属的物业公司出具的，档案里又都是复印件，就是取证，咱们也很难辨别真伪。可拆迁现场，早就夷为平地，也没法核对房屋门牌，向派出所函证吧，百分之百吃闭门羹。”孟寐求无奈地摊开两手，“根据拆迁条例，申请拆迁许可证，需要提交‘拆迁计划与方案’。这个计划和方案，我们索要了几次，拆迁公司软磨硬抗至今也没提供。”

“我从会计视野网站下载了一份资料呢——”苏慕喆突然想起来，赶紧在文件夹里寻找，“哦，是一篇有关拆迁文章的跟帖里引用的一段，我念给你们听：我是一个城市贫民拆迁户，原来租住的老房子拆了，按照政策规定，要是货币补偿，80％的补偿款得给租赁户，这对于我们贫民来说，那可是天文数字。可是他们空口无凭跟我们讲不按货币补偿，是房屋调换，就是不肯拿出跟物业公司签订的补偿协议给我们看……”

杜中秋有点漫不经心的样子，举起手又猛然落下，很自信地说：“这27户要是确定了，那肯定是拔出萝卜带出泥，这晓虹区，有一个专吃拆迁的犯罪团伙！”

“这样的‘团伙’，凡有大规模拆迁的地方，不管城市还是乡村，都有；而且不止一个。真所谓‘天下乌鸦一般黑’啊！”万祎不是在纠正，他是在深入思考。

“这帮兔崽子，吃窝边草啊，死催的啊！”晋振辉狠狠拍一下床铺，嘭地一声。

苏慕喆似乎感觉到了一股灰尘扑面而来，赶忙抬手在面前呼扇，而后长长喘口气，怅然道：“那些人，怎么就不想想呢？‘千年田换八百主，一人口插几张匙？’他们为什么要这么贪婪，这么嚣张？真的是‘人为财死’啊，飞蛾扑火，前仆后继。难道都要死到临头才明白？——我记得在网上看到过，中国社会科学院副院长李慎明讲过重庆的文强锒铛入狱后叹息道：‘日间三餐饭，夜间一张床，这么简单的道理，为什么我现在才明白?!’”

“这个世界，就是个从不明白到明白，又从明白到不明白的世界！”杜中秋绕口令似地说道，但谁也听得出来，他话中有话。

自从去年夏季由刘允虎主任带队进驻镇江外勤现场，正式开始高铁征地拆迁专项审计试点以来，万祎在许多方面的认识有了一个突飞猛进的跨越。最特别的，要算是对于财富赋以人生的意义及价值的深入考量。一个人，短暂的百八十年，钱财，真的是生不带来死不带走啊。可是，就因为人类在与大自然和宇宙关系中，还处于茫然无知和被动的地位，物质的力量无时无刻不在压迫着越来越繁华似锦丰富多彩的世界，同时也挤压着越来越光怪陆离千疮百孔的地球。在某种程度上代表着生命力量与质量盛衰高下的财富，古往今来，异军突起，熠熠生辉，不择手段地被人类追逐与崇拜。于是在拆迁当中，由于其巨大财富的诱惑，有些人，毁形灭性，正如王区长讲的，拆的绝不止是房屋；他们甚至会把自己的坟墓都拆了。最终，其中的一些人，必将死无葬身之地！

过去，审计形形色色企业的财务账目，基本上都有国家的准则规范遵循，感觉并没有这么复杂棘手，人际关系也不外乎跟那么一二十个财务人员打交道。如果从纯粹会计技术角度来衡量，征地拆迁审计的复杂性相对还要简单一些，但是其工作的程序却无章可循，须与之沟通接洽的形形色色的相关人员更是数不胜数；特别是从中折射出来的世态人情如此庞大如此锐利，亦如此渊深与不测。

他们的话激发起了自己的一股正义的冲天豪气就要凌云直上，同时他也感到这次征地拆迁审计绝不仅仅审核补偿款的准确和真实，不曾预料的，还有很多。他甚至就已经感觉到自己肩上的担子忽然沉重了许多。但他还是耸了耸肩膀，似乎在表明自己迎难而上举重若轻的坚定与从容。他平缓了情绪，站起来靠着桌沿，俨然像个哲学家，时而做着有力的手势，侃侃而谈："我读过一本书，叫《博弈圣经》，下面我说的话，很多都来自那本书给我的启发，或者直接就是它的思想。230 年前，亚当·斯密用牛顿的物理学原理作为经济体系，写出了一本影响深远的《国富论》。之后，世界上，对它的研究，连篇累牍汗牛充栋，人们渴望从书中挖掘到金矿。最终发现了一句话'看不见的手'。其实它在《国富论》中只出现过一次。众所周知,一部著作里一个词出现一次,最多只能称其为一个文化信息,这不是经济学思想,更不是理论,亚当·斯密本人也没有定性解释过它的本质特性。不过,'看不见的手'语言流畅,琅琅上口,还有一个'手'以极其形象化的姿态在经济生活的场景与舞台上挥动着,它的确抽象地高度概括了市场运行机制恰是一只'看不见的手',人们对之深信不疑。特别是在我国对计划经济反思的过程中,把它神话了。以致这句话在我国几乎霸占了有关'市场经济'的一切讲坛!

"然而,'看不见的手'并没能表达政府宏观调控手段对市场干预产生的社会效应,没有论述决策者和政府行为,在追逐国家利益的内政外交动机方面,会产生怎样巨大的经济价值,忽视了政府经济行政机关行为的这只代表国家实体战略的'看得见的手',这是亚当·斯密理论的缺失。事实上,当前我国经济生活当中的一些痼疾,与过分放任那只'看不见的手'有关。单一的追求主体效率最大化,有权有钱的人不知道自己与他人在这个地球上荣辱与共的关系,必将藐视人类自原始社会以来的一切行为法则。由此,人的利益透支,权益透支,肆无忌惮,变本加厉,飞蛾扑火前赴后继的贪腐罪恶,一切追求经济最大化的经济衍生物,必将肆无忌惮地践踏道德与诚信;与此同时,一切浪费、污染、物欲横流的一切肮脏被包藏起来,表面给予虚拟的实体繁荣假象。一朝崩溃,造成经济危机,物价飞涨和市场经济大萧条。这,绝不是危言耸听!"

"那么,我们究竟是斩断这只'手'好呢,还是让它透明起来,看得见好呢?"乐欢听得有点晕,迫不及待想知道准确答案。

苏慕喆绝顶聪明,她吟了两句辛弃疾的词作注解:"笑语盈盈暗香去,众里寻他千百度;蓦然回首,那人却在,灯火阑珊处。"

杜中秋器宇轩昂的样子,激动地从床上跳了起来,他对万祎的话给予简洁明了的引申:"乐欢,那只'看不见的手'啊,咱小小 CPA、CCE 可管不了!但是呢,祎哥刚才讲了,还有一只被亚当·斯密忽视了的'代表国家实体战略的手'嘛？我寻思啊，咱万经理，是艺高人胆大，他要咱们这个团队，六个人，十二只手拧成一只力量无比的大手，在这次拆迁审计中，扮演一回这只'战略的手'，去抓住专吃拆迁的犯罪团伙的盗窃之手，把他们绳之以法！”

“说的没错！”万祎内心一股感激的情愫油然而生，他看了看小苏和杜工，他俩可是自己团队的左膀右臂呵。他提高了嗓门问道：“国家新的建设，不可避免要拆掉旧的房屋，拆下来的一砖一瓦，一草一木，都是老百姓个人的财产，受法律保护，必须给予补偿。可是，实际上，很多被那只仅仅强调个人利益的'看不见的手'给偷走了。偷走的砖瓦草木干吗啦？——他们盖起了自己的别墅、自己的宫殿！我们就是要用我们的这只审计的'战略的手'，去把他们的别墅、宫殿拆喽！把他们伪装自己的遮挡着蓝天的罪恶之墙拆喽！还以老百姓晴朗的天空！——伙计们，你们，有没有信心？”

大伙被万祎豪气冲天的问话给问愣了，一时的寂静。但是，激情昂扬的青春，六颗怦怦急跳的心脏，正在，整个房间奏起——几乎就可以听到了，一阕胜利进行曲。

还是晋振辉首先蹦起来，叫道：“拆喽，好啊！看着忒碍眼呢！拆，都他妈给他拆喽！——信心，有啊！信心百倍呢！祎哥，你就一声令下，咱先把丁立靖那个王八蛋的伪装拆喽，送他上法庭吧！”

二十五

一波未平一波又起。

“万经理，你快来看啊！”苏慕喆在叫。

万祎放下手上的活，赶紧过去，心想，又发现什么重大问题啦？可他一扫眼那几张档案的资料，却一下子脑袋膨胀了。“怎么又是高菲菲？”

“是啊，我也纳闷呢。他们家怎么就跟孙猴子似的，拔根毛一吹就能变呀！”乐欢显然已经跟苏姐碰过了，也凑过来。

“不但是她家，你看，他们这一整条街——哈哈哈！”

万祎被苏慕喆的突然大笑搞得莫名其妙，愣愣地盯着她，小心地问：“小苏，你怎么啦，哪儿不舒服吗？”

“哈哈哈，哪儿啊，什么不舒服啊！”苏慕喆用手捂着嘴，强忍住了笑，一只手还扶紧了腰，怕岔了气儿，上气不接下气地说：“我又、我又想起来泰营乡汲水店子村，那个、那个商业一条街，还有那个‘小香港’，啊，哈哈哈！”

“啊，哈哈哈，”乐欢触景生情，也笑起来，“真是太逗了！咱们，是不是给余主任打个电话，就装傻充愣，问问他：余主任啊，咱们晓虹区也订了个五年计划，是吧？嗯，雄心壮志，五年打造一个‘小香港’，是不是时间忒长点啦，咱还是只争朝夕吧！哈哈哈！”

“怎么会呢？我去过高菲菲他们家啊，面徒四壁——哪儿来的个体经营户？没影的事儿！”

大脑中记忆细胞的一种条件反射似的瞬间组织起来的语言，脱口而出之后，万祎却有点后悔莫及。一旦明确了高菲菲家里的个体经营户与事实不符，那么他们家的拆迁补偿款可要照着一半以上缩水啊。那样的话，彼此心里因为上次结婚登记的事垒起来那道隔阂的墙，是不是又要加厚加高了呀，你还拆得动吗?！虽然，在泰营乡的梦一般的邂逅，已经缓解了彼此的隔阂，深埋心底的爱情萌芽春风吹又生，但是，还远远不能说那道墙就已经被拆了，彼此的心灵从此飞跃上了骐骥在毫无遮拦的一马平川纵横驰骋。至少，自己每一次看见那辆红色宝马，心里头还有点疙里疙瘩呢。

与此同时，记忆的细胞也传递给他一个信息，记得有一次高菲菲有意无意地告诉过他，他们家因为在申报房屋使用状况时，就凭着那个跟他老爸搓麻将的高人指点，由居住用房改为非居商业用房，拆迁补偿款就跟过春节放的窜天猴似的，一下子就上了天。为了掩人耳目，他老爸还为此摆了酒席请街坊邻居们，堵堵他们的嘴。没想到弄巧成拙，临街面的老住户们，瞪着血红的眼珠子，要求一视同仁，也都连滚带爬地去办理营业执照。呵呵，那情景，看着心里都闹腾得慌，绝对的，是一出让莎士比亚自惭形秽，怎么抖擞灵感也写不出来的经典喜剧。不过，老街坊们也因此捞了实惠，虽然那位高人都要抽份子，但最终落到拆迁户手里的人民币，确确实实由原来的一张一张数变成了一叠一叠数，那一叠，可就是一万块呢！

当时他正沉浸与心爱的人重逢后的万分喜悦之中，有点懵也有点晕，她说的这些，还真没在意。而此刻，翻滚在脑海的记忆浪花，惊涛拍岸的喧嚣，唤醒了他。

丁立靖一甩门就像头倔驴一尥蹶子颠了，可他心里并不轻松，也不踏实。他看得清楚，就在万祎的手头，放着的那点资料里，就有几个集中办理租赁凭证的拆迁户，还有，那一溜临街的拆迁户，当时他们是怎么由居住房变成了非居住的商业用房，他心里比谁都清楚。因为那些鬼门道，临财苟得，都是他一手策划的。

别看他没好好念书，但脑瓜极其精明，涉及自己利益的事一点就透，悟性极强。他可不像拆迁公司里的那些个混混，就知道跟拆迁户们耍横动粗，最后事办不圆满，大钱没捞不上几个，却落得一大堆骂名，亏死！他丁立靖可不是一般的混混，他是顶尖的，是出类拔萃的。当时他一进拆迁公司，真是废寝忘食，下了一番苦功，钻进了那一摞印着拆迁政策的本本，翻来覆去看了几遍，烂熟于心，学以致用真的是达到了炉火纯青地步了。其实，在现实当中，在学校里品学兼优的学生，等到登上社会大舞台，真能成为叱咤风云的人物并不多；屡见不鲜的，却往往是丁立靖这样的二胡了当的学生，倒是出人头地风光无限。不过，他们走上不归路的几率也相当高，铤而走险，一条道走到黑，甚至死路一条。

现在，他就走在过去那片被拆平了街区一侧，那座现代气派十足的地铁站正在热火朝天地施工。哦，这街面上还残留着原来的沥青、砖瓦。这不就是高大哥他们的那条街嘛。哈哈哈，他突然感觉心里涌上来了一股趵突泉，就那么清凉甘甜，恰如霍去病抱着御酒在荒凉的西北洒出来的酒泉。胜利！他想，刚才自己的拍案惊奇，为什么不是一次胜利呢？给他们一个下马威，就凭他们那几个乳臭未干的小年青，能把老子怎么样？甭说屁嘛审不出来，就是审出来又能怎么样？你们，不就是要饭吃的会计师吗！

飘飘然，正是此时此刻丁立靖的感觉，他似乎又迈起四方步走进那堆拆迁户里头，神气十足地往那儿一坐，一大帮子穷光蛋就得往你跟前凑，丁经理长丁经理短，问候个没完没了。有的甚至自作主张擅权任命了，就直接恭恭敬敬叫起了“小丁总”。哈哈哈，倒是挺顺耳呢。相比来说，跟他们一起心里舒坦多了，不像那些个有攀高接贵门路的，给你撂句话，就跟大清那时候的官吏接旨一样，不管你听得顺耳不顺耳，只有喊一声“吒”，小心翼翼，不敢有丝毫造次。而这里，有堆积如山的奉承！听着，一阵噼里啪啦麻将声，琢磨着拆迁政策里的那一细微的哪怕水都浸不透的缝隙，就能成全他在这里又一次大显身手，硬就能塞进一根爆破筒，炸出一个黑咕隆咚的窟窿。然后嘛，你们，这些拆迁户，不是做梦都想多拿点拆迁补偿款吗？那就请君入瓮吧。甭怕，我没武则天来俊臣那么大的能耐！你们，是我的摇钱树，可不是周兴！我这瓮里，不是灼烤，而是黄金万两。

“高大哥，今晚，我有个事，得跟你老哥说说。”他叼着烟卷，眯缝着眼睛，故意提高了嗓子喊着，

“哦，丁经理，啥事？说嘛，干吗等到夜里头啊，那黑灯瞎火的。”高山宇催着丁立靖边打牌边说，他不愿跟他夜里单独出去。他怕这小子非要去洗浴康乐中心，那些地方，他一进去就感觉散发着妖气，比 67 度的衡水

老白干还呛嗓子。他几次硬犟着不去，闹得两下子老不痛快。

"高大哥，听说咱家的千斤，就要毕业啦？准备上哪儿啊？"

"写毕业论文呢。上哪儿？还没定准呢。要是咱拆迁补偿款下来的及时，我还真想让闺女考考研究生哩。咱上下几辈子，没出落个这么高层次的学问人呢！"

"好啊，这补偿款说下来就下来，只要在'拆迁协议书'上一签字，笔没撂稳当，钱呢，就搁进你兜里啦。"

"瞧你，丁经理，你是官架子，身子沉，说什么话也不怕大风扇了舌头，轻巧着呢。可咱平头百姓，比不得你们吃官粮的，凡事琢磨不透彻，那笔杆子呢，就跟大户人家门前的石狮子，沉重得邪乎，拿在手上坠得慌哟。"

"你们啊，谨小慎微，没个硬气。压得屁放不响了，才敢摆出个拼老命的架势，顶多耍个穷横，几辈子就是受穷的命份。懒得跟你们废话！"

丁立靖心里打着小九九，也鬼精着呢。这段以来，他手里死死攥着高山宇，这个仗义的却有点缺心少肺的下岗职工，不知不觉成了他手里的一张王牌。就像打麻将，想胡了，他就是唯一的听张，不想胡，他就是搅合的熟张。如此，一来靠着高山宇给他顶着风头，压制着这帮拆迁户。他们啊，有时跟绵羊一样乖巧，围着你咩咩叫着心痒难挠；有时却跟非洲狮子一样凶猛，追着你嗷嗷吼着心惊肉跳。二来，他心里深处有一个更绝妙的计谋，他要让大伙误以为他在觊觎高山宇家待字闺中的心肝女儿。这样一来，不论他怎么摆弄高山宇，他们都会信以为真，不跟你耍滑多心。

他故意搞得很神秘，今晚，他就叫上了高山宇，其他人，眼睁睁看着，他拽着老高上了出租车，一溜烟没影儿了。可以肯定，那帮子高山宇的街坊邻居的老哥们，心里头敲着一通什么音调的小鼓，虽然他丁立靖耳朵里听不见，但他可以在心里头写出谱子来。

"高大哥，咱今儿说好，兄弟我买单。"

"那哪成！你丁经理没黑没夜替我们操心，这俩钱，你高大哥掏得起。"

两人找了一家小餐馆，吃羊蝎子，热热呼呼，肉不少挺实惠。

高山宇没多想，以为丁立靖不过是想喝口小酒，叫上他有个说话的人呗。这小子并不小气，大伙出来一醉方休，他也经常抢着付账，没觉得拆迁户们请他喝酒是理所当然的事。

几杯二锅头进肚，两人酒酣耳热，话就多起来。丁立靖好像突然想起来，从包里拽出本小册子，递给高山宇，歪着脑袋躲着大锅里冒出来的热腾腾的蒸汽，眯缝着眼睛问："老哥，知道今天叫你出来有啥事不?"

"啥事?"高山宇接过来小册子。那是本《拆迁政策汇编》，区里给被拆迁户挨家挨户发过，自己也翻过，条条款款乱七八糟，他看不太明白，正愁呢，这个活神仙的丁立靖嗖地一声就飞过来了。他就更不肯让自己只有盯着麻将牌才清亮不浑浊的眼神，在那密密麻麻的条文里头憋屈难受了。现在，一看是这么一本册子，也没多想，甩手扔到餐桌角落，继续啃盘子里的骨头。

丁立靖也不急，夹过来一块冒着热气的羊脊椎骨头，但他不咧着嘴凑上去啃，而是用筷子尖顺着骨头的缝隙，戳下来一块一条炖得酥软喷香的羊肉，然后再用筷子夹着慢慢吃。他用眼睛不时瞟一下高山宇，见他吃得满嘴冒油，鼻子里呼呼出着粗气，心想，你呀，怪不得下岗，也就这点出息，啃块羊骨头，都跟条狗似的，没个吃相；要是给你牵头牛来，还知道从哪儿下嘴不?

"啥事? 丁经理，你倒是说呀!"高山宇用筷子拨拉着盘子里的骨头，见没一渣肉了，就挑出盘子，也不看丁立靖，眼睛又在大铜锅里踅摸。

"不急，等你填饱了肚子，再说不迟。"

"嘿，丁经理，老弟，今天给我演哪出戏呀?"高山宇听出来，丁经理今天还真有事，赶紧挑了块肉多的骨头，搁在盘子里，一甩筷子，瞪着眼睛盯住这个活神仙，催着："说嘛! 说了再吃，啊。"

丁立靖懒洋洋地从桌角捡起小册子，翻了翻，然后再递过去，"高大哥，看看我勾画的这几句话。"

“啥玩意！直说吧！你知道老哥是个粗鲁人，讨厌捧本书假模假样的，特别在这儿大庭广众，相什么蛋啊！呵呵！”说着，他一推丁立靖的手，上手抓起那块骨头就要往嘴里送。

“恭喜你呀，高大哥，你又发财啦！”

“啥！发财？”高山宇的手一抖，那块骨头掉下来，砸在不锈钢的盘子沿上，哐地一声，又一弹，掉向地板，慌得高山宇双手又是抓又是搂，还是啪嗒掉在了地上。他有心抓起来到水龙头冲一冲吃喽，心想这又没地沟油，没细菌；可又怕丁经理为这小瞧自己，只好狠狠瞪了瞪，一甩脚踢飞了这块可恨的骨头，再抬眼，盯着丁立靖，遗憾的神态还挂在脸上。稍一愣，他马上又喜笑颜开，急切地问：“丁经理，你说啥，哪儿又让咱发财啦？”

“这人呢，就是不能有依靠！有了，自己就懒了，什么事都叫别人伺候……”

“哈哈哈，丁经理，好老弟哟！我们呢，粗手大脚，就是干力气活的。有了你这么个靠山，真的是烧了高香啦！不依靠你，我们还指望谁呢，你说，是不是这个理？”

丁立靖显出有点不耐烦，但机灵着呢，对拆迁户凭口说白话，他们才不信你那个理，拿出政府的东西，他们就坚信不疑。他指着勾画的那几行字，念道：“你听好了，咱市里头的拆迁条例白纸黑字写着：拆迁非居住房屋，货币补偿金额应当根据被拆除房屋的房地产市场价确定；拆迁执行政府规定租金标准的公有出租非居住房屋，被拆迁人选择货币补偿的，拆迁人应当将被拆除房屋的房地产市场价的20%补偿给被拆迁人，将被拆除房屋的房地产市场价的80%补偿给房屋承租人，租赁关系终止。还有，因拆迁造成停产、停业的适当补偿。——咱家的房子是自己的，不是租的，对吧？”

“对啊，这，跟我们有啥关系呀！丁经理，瞧你，一惊一乍的。”发财的梦倏地破灭，高山宇感觉十分的丧气，低头搭脑，拿起酒杯，一仰头，直接倒进嘴里，一咕噜吞进肚子里，呛得咳嗽了两下，眼睛都红了。

丁立靖此时倒也不慌不忙，拿起筷子夹了两片鲜藕，细嚼慢咽，眼睛却瞅着高山宇，似笑非笑。“我今天呢，走了一趟咱们那条街，看见有两三家临街的，开着小商店，夫妻店吧，卖点饮料食品方便面的，我看也投资不了万八千的。我脑子呢，就那么灵机一动……”

高山宇粗是粗点，那也是干过工段长的料啊，那脑子真要是转悠起来，不比谁少一圈。丁立靖就这么貌似一句随便的话，竟让他茅塞顿开。他先是一怔，然后抬起双手往桌面猛地一拍，碟子震得“哐当”一声，惊骇得旁边其他食客直瞄着他。他也不管不顾，一下子蹦起来，冲着丁立靖就要大喊，可是没等他口腔里的气流冲出来，鼓胀的肚皮却崩断了腰带，只听一声轻微的“咔嚓”，他的裤子立即滑落下来，如此一惊，加上发财梦的沉浸，他懵了，竟然全身都凝固在了那里，纹丝不动。

丁立靖无奈地摇摇头，过去帮他拽起裤子，摁住他肩膀坐在凳子上，再一瞥掉在地上的两截劣质皮带，默不作声地打开自己的皮包，翻出一个精美的盒子，打开，抽出一条灿灿放光的黑色皮带。

“给，高大哥，赶紧抽上——”

小丁总的话唤醒了他，把他的思绪从那一片刺眼的金色幻境之中拉回来，但他没有伸手去接皮带，而是又蹦起来，不顾裤子再一次脱落，大叫：

“老弟，小丁总——我的活神仙哟，咱家也是临街的房呀！”

二十六

高山宇真的是又发财了，可是烦恼也接踵而至。

万万没想到，首先发难的竟是最铁的老哥儿们老张。第二天，他就找到家里来了，手里还拎着两瓶礼盒包装的五粮液。

“老哥，干吗？你这是唱哪出戏呢？”

“老高，咱们可是守着这房子，住到一块几十年的弟兄啦。”

“扯哪儿啦，老哥，今天你这是咋的啦？”

“咱哥俩，也别拐弯抹角。直说吧，就是为那房子——拜托你兄弟，劳心费力去走动走动小丁总，也把我们家鼓捣成个体经营户。我家也是临街房啊！兄弟，你可不能扔下老哥，就顾自己发财啦！”

高山宇一听嘬了牙花子了。这，这，这，这档子事怎么会搞成这样，难道，昨晚上那桌丰盛的筵席，画蛇添足，反而让自己弄巧成拙了不成？

头天晚上，他喝得醉醺醺回来，还跟老婆为了花费一千多块钱宴请几个街坊邻居吵闹了一通。他脑子还清醒，苦口婆心给老伴解释说：你瞧，咱们现在花一点小钱，如果能让街坊邻居们守口如瓶不去声张投诉，等咱们这所房子高价补偿了，赚，还是亏，你呀，就怕算不清账了喽！他最后还是沉不住气，跟老伴把丁立靖给他出谋划策的勾当和盘托出。他说，你看，咱这房子，如果按照居住的房子补偿，评估价格也就是每平米一万多，可是如果能按非居住的商业房补偿，每平米评估价格就是三万多，还给什么停业、搬迁补偿呢。还有更邪乎的呢，咱们大老粗，要是真能钻到这份上，非得升天了不可呢！什么？你别急，就是那个 10 平米照顾，原来呢，咱俩心里头总感觉凉飕飕的，咱这三口人一平均，超过了 10 平米啦，这条政策跟咱不沾边。可是，如果搞成了非居住房子，咱一家三口，不就名正言顺说，我们平均居住面积是零啊，没地儿睡觉啦。说啥，你说啥？咱也没露宿街头，对呀。这不叫丁经理给费心运作嘛。接着说，说到哪儿啦？噢，10 平米，咱们一家三口，没一寸的地方居住了，对吧。房子干吗啦，老子下岗啦，必须开店养活一家老老少少啊，这叫嘛，就叫“活着”。房子都是营业面积。你们拆，可以，必须，第一，按照非居住商业用房补偿，第二，按照政策给 30 平米照顾，不，不是 30 平米，还有咱们那个没影的外孙子，一共照顾40平米。老伴哟，就是照居住房子的评估价，每平米一万多，得拿多少？你掐算掐算，还数得过来吗？哈哈哈！

老俩口嘀咕到了半夜，高山宇突然想起来，一拍自己的脑瓜子，把嗓子压到了最低，说："还有，丁经理为咱真的是费尽心机啦——他呀，出了个主意，把你老娘也计入咱家的拆迁人口。"

没等高山宇的话音落下，老伴一骨碌从床上爬起来，咔吧开亮了灯，晃得俩人的眼睛眯缝成细细一条线，透过这条线，老伴仔细端详着，她怀疑老头子是不是睡着了正在说梦话，但是他刚才说得头头是道啊。她凑近了问："我妈去年走的，咱俩可都赶回去守灵了，你，没忘了吧？——你不会是在说胡话吧？"

"哈哈哈！"高山宇也坐起身子，点着一颗烟，美滋滋地吸了两口，神秘地说："丁经理说了，只要在拆迁公告发布前一年以内过世的，也可以特殊照顾计入，这是个内部规定。咱妈去年秋天去世的。这才几个月，我还会算差？"

"哦，是这样。"老伴将信将疑，关了灯，回到床上。

"到时候，就硬说是一直跟着咱们过日子，咱们，是一家四口，记牢了，甭说差喽！——这增加一口人，顶大用啦，那10平米，就多拿十几万；咱家就成一家三代人了，分成两户没问题，还能再拿套安置房呢，咱不住，吃租金，咱也能整天鸡鸭鱼肉吃不清哩；要是拿到市场倒卖了，差价也有十几万呢！"

这一夜，两个辛辛苦苦大半辈子的老夫老妻，情不自禁又像新婚夜晚的样子，幸福地搂抱在一起，睡了一个最舒适最安稳的觉，做了一生当中最美好最灿烂的金色梦。

那天晚上，两人吃完羊蝎子，临别的时候，丁立靖嘱咐一句："高大哥，把咱的房子搞成非居住的，说成个体经营户，总是个纸包不住火的事。你看，千万别让左邻右舍给捅出去，那我可就完蛋啦。你琢磨琢磨啊，给他们透点气，该作揖就得作揖，该磕头就得磕头。啊，你先看着办，实在没咒念了,我再替你张罗……”

他回来左思右想的,也没想出个十全十美的好主意。他又实在落不下脸去麻烦人家丁经理,那么一来,让人家数落咱下岗职工真的是江边卖水没人要的了。那就请顿饭吧,他思忖,酒桌上办事最牢靠。有言道:拿人手短,吃人嘴短嘛。

于是,他在醉仙楼订了个大雅间,里头带大彩电、大沙发的,把能请动的街坊邻居都请到了。一开始,大伙也不知道老高这葫芦里到底卖的什么药,一桌子美味佳肴被服务员接二连三地端上来,听老高喊一声“动筷子吧”,就敞开肚皮吃了。等着酒过三巡菜过五味,老高终于吞吞吐吐地道出了原委。老邻居们怔住啦,这是哪一壶啊,水没开你就沏茶。一阵骚动,倒也没有给老高脸色看,毕竟这酒桌的菜肴,在平日里难得有口福吃进肚子里的。面子总不能立马驳了。但就此大伙就闷闷不乐只顾吃了,酒呢,也难再添,老高心里有点慌。直到了散席,总算平平稳稳,没有发生任何吵闹,老邻居们互相搀扶着,都客气地给他打了招呼,各回各家去了。

自从老张找过来以后,左邻右舍就炸了窝。最后还得请人家丁经理来摆平事端。

“高大哥,你去,跟你那些老街坊们说,我丁立靖会为了他们两肋插刀,跟我大哥说去,尽最大努力给大伙争取。但是呢,咱还得讲规矩,他们懂吧?不黑,就比你的再多提一成。现在到哪儿也得拿银子铺路,不然啥事也办不成!去,跟他们说去吧。你瞧他们那熊样,没屁嘛能耐,财迷心窍的劲儿头倒是不输谁呢!”

“九月九鱼封口,立冬莫往塘边走”。拆迁户们感觉能拿到手的几乎也都拿到了。这个时候,拆迁也近乎“立冬”了。但人们与生俱来心中的那个贪婪的魔王,仍会兴风作浪。由此,高山宇便成了丁立靖甩进他自以为水到渠成的一潭金泉里的鱼钩上一条蚯蚓饵料,他正盼着老高的那些眼盯着金钱的就像是遥望星空一样的左邻右舍找上门来磕头求爷爷告奶奶,祈望着那星空之上一片流星雨瓢泼而下,一夜间圆了他们如果没有拆迁永生永世也无法实现的先富梦。只有让他们发自内心感到面对近在咫尺贼亮的金子,就差一个指头的距离,力不从心,愣就是够不着拿不到,他们才会在万般无奈中认识到他丁立靖的那只可以轻轻一蹴的脚,有多么至关重要。这样,他才能拿定他们,也才能让他们心甘情愿地出点血就当鲜果供品,千恩万谢把自己捧进神龛里。

这回雅致了许多,没在闹哄哄的酒桌上吆五喝六。丁立靖认认真真地给高山宇写了一串人名,让他去招呼这几个邻居哥们来商量个事,就在不远处的一家茶艺馆里。

不久前,市报刊登了一篇通讯,介绍受到表彰的与晓虹区一河之隔的临江区有关拆迁的先进经验。之后又被许多媒体转载。临江区的拆迁办一夜之间名闻遐迩。因为眼下的全中国跟着魔似的保证GDP的两位数增长,有些地方就为了凑那个百分之零点几的增长,不惜把刚建好不久的摩天大楼拆掉重建。于是,建了拆、拆了建;再拆再建,再建再拆,循环往复,GDP多次统计,却如水中望月。但作为一个新兴的发展中经济超级大国,整个中国的确就是一个拆迁现场,到处都是建设工地。这拆迁在各地政府部门的重要性与日俱增,故此慕名而来"学习先进经验"的各地负责征地拆迁的人员趋之若鹜。上星期,临江区拆迁办专门做了一期现场经验交流会,他也跟拆迁公司的几个同事去临江区走了一趟。在那,他与一位多年不见的高年级的同学不期而遇。他是从外地匆匆赶来参观学习的。

有句话说,远来的和尚好念经。那天晚上,两人聊了一宿,丁立靖如饥似渴,从这位老同学身上汲取了许多有关拆迁的经验,对于他来说,这可远比临江区的先进经验更具有启发性和创新价值。今天,急不可待的丁立靖,就想立即学以致用,他要首先把高山宇他们的这条街开辟成一片"试验田",虽不指望栽培出袁隆平大师震惊世界的杂交水稻,那也要勘探出来一条至少不低于0.8品位的黄金矿带。

品茗清香的茶水，可没有大碗喝酒的喧闹和痛快。几个老哥儿们拘谨地挤坐在以假乱真的红木椅子上，端着小巧玲珑的瓷花茶盏，一时搞不清这里面绿中透着金黄的液体是酒还是水，是一口干呢还是伸舌头舔。

“各位老哥儿们，今天叫你们来，有个事说说……”

“小丁总，我们几个老哥儿们拜托的事，说准了吧，可真是让你费老心了，我们呢，忘不了你的大恩大德噢！”

“就是，就是！小丁总，咱明儿请你喝酒吧，甭在这瞎耗时间，喝这玩意，哪儿有喝酒痛快呢。”

“行啦，打住！看你们多嘴多舌，跟老娘儿们似的。”高山宇不耐烦地一挥手，很威严，“听丁经理怎么发落，咱就怎么照办。”

“各位的事呢，正紧着忙乎呢。难，确实难——难在咱们的房子实际上都是居住房，要是硬改成非居商业用房，得重新评估不说；照政策，还得有 2001 年 11 月以前办的营业执照，至少也得有个‘非正规就业许可证’。我高大哥还好说点，下岗以后，搞过买卖，挣没挣钱咱甭扯，手上多少有那么个破证，蒙混过关还有个影——别急，我正在想法呢，尽力而为，好处落不下大伙，放心吧！”

“放心，我们放心呢！”高山宇站起来，手抖抖地，心怀崇敬地给丁经理添满茶杯。

“今天呢，招呼大伙来，有个事商量。这个事，又跟大伙的房子，最终能不能按商业用房补偿，存在密切的关系。”

“啊，那你，丁经理，小丁总，快说呀！我们支愣着耳朵根子听着呢……”

“是这么个事，我想呀，各位的房子我租一部分，老张、老许，你们俩家面积大，也紧挨着，我租一半吧；看谁家还能腾出点，凑上它 200 平米左右就行——放心，我租的房子，照商业用房补偿一个子不少，还是归各家。我呢，就说用租的房子开了家咖啡馆。咖啡馆的补偿归我——给大伙办的事，成堆了吧？这年头，哪儿不得孝敬点啊，不然的话，就说说你们每家每户，报了多少捕风捉影的大病？那补助，费了多大劲儿啊，才批下来！”

“小丁总，我们心里敞亮着哩，你只管往下说，解释也不用忒仔细。”老张乖多了，心里也算琢磨透了，自己多拿是硬道理，甭管人家是不是毽上的毛钻在钱眼里。

“我租房子开咖啡馆，没影儿的事，瞒不住各位。所以还拜托各位保密，甭满世界去咬舌头。你们，心里头呢，得撂实着喽，咖啡馆泡了汤，各位照商业用房拿补偿也跟着泡汤——我嘛，靠这咖啡馆，跟拆迁办要点零花钱，房子是你们的，房屋补偿肯定一个子不少攥在各位手心里，我要是跟你们抢，只拿一分钱，那做人也忒不地道了，是吧？呵呵，就是跟拆迁办磨叽点儿停业损失，跟各位比，差老远了，也没太大的奢望。碰碰运气吧。”

“嗨，闹了半天就这事，至于嘛，搞得这么兴师动众！你小丁总撂句话儿，不就得了嘛！”

“那就烦请各位在这租房协议上，签个字、按个手印吧。”

二十七

参加人：拆迁办副主任赖宜青、拆迁公司副总经理庄翔、拆迁公司项目经理丁立靖、街委会主任任智立、衡准律师事务所律师李来晖、房东代表张广吉、店主卫誉

时间：2008年4月14日

地点：街委会办公室

折迁办副主任赖宜青:今天请各位来,就蓝迪咖啡馆折迁补偿问题,最后拿定一个意见。我们特意请来了衡准律师事务所律师李来晖先生,可见我们对本次协调会的重视。

李来晖律师:重要的是,你的标的是什么?有没有个准数?

店主卫誉:要求一次性补偿300万元。标的很明确。

折迁公司项目经理丁立靖:300万,你不觉得自己在要天价吗?你得以理服人,不能想当然。咱们这不是在菜市场上讨价还价。

店主卫誉:我解释得没数次了,评估公司的报告也写得清清楚楚吧?就这刚刚装修的,将近300平米,一水儿的意大利大花白大理石,崭新的,就这一项也得100多万;还有,量身定做的达芬奇家具、软包呢——价值连城呢!

折迁公司项目经理丁立靖:你们软包包的什么玩意?金子,还是南非钻石啊,还狗屁价值连城——中山靖王的金缕玉衣穿在你家咖啡馆身上啦?尽瞎扯淡!

店主卫誉:丁经理,你看,一提这些,你就瞪眼——你琢磨啊,我一个老百姓敢跟政府无理取闹?特别是停业损失,怎么算?最近一期的会计报表也给你们看了,你们知道嘛,我这家咖啡馆一天的流水就好几万块呢,这是高消费,不是北京胡同里吆喝卖的大碗茶——你们算过没有?

折迁公司副总经理庄翔:这样吧,折中一下,150万。

店主卫誉:庄总,您甭开玩笑了,150万,您在打发要饭的吧。

折迁办副主任赖宜青:250万,成交吧!实话跟你讲,这高铁建设是国家排上号的重点工程,谁也挡不住。两下子搞僵了,强折,你肯定拿不到250万。我们两边都让一步,好说好商量,怎么样?

店主卫誉:那好吧。就算是本人对国家重点工程建设的支持吧。亏点就亏点,谁让咱们赶上折迁了呢。早知道,我今年就不做重新装修了,也不会有这么麻烦。

李来晖律师：标的，250 万元，板上钉钉啦。

店主卫誉：就这么定了，250 万。保证不反悔！

房东代表张广吉：我没意见。同意。

拆迁公司副总经理庄翔：你今天就过去签定补偿协议，明天我们就给你打过去 250 万。

拆迁公司项目经理丁立靖：咱们这回可就一口说死啦，三天内给我搬清。不然，咱们可不开会啦，区政府的《强制执行通知书》立马送到你手上，强拆没商量！

万祎抽查了几家经营户的档案，稀奇古怪的问题层出不穷。现在手上的这份《关于蓝迪咖啡馆补偿协调会备忘录》，引起了他极大的关注。他就这么捏在手里，翻来覆去看了几遍，总觉得有点别扭，满腹狐疑，哪儿有说不通顺的地方？但一时又掐不住问题的症结所在。坐在那儿愣着神儿。脑子里翻江倒海——煞有介事的，请来了律师，干吗？请俩公证员，也许还说得过去。那条街，我去过不止一次呀，周边都是低收入阶层的老百姓，距离那条水波荡漾的河流也一竿子打不着，哪有一星半点儿喝咖啡的情调的啊？你以为这就是大上海的新天地呢？一天流水好几万，就拿星巴克的大杯，往高里算，30 块一杯，一万块就得卖 300 多杯，你这 200 多平米的咖啡馆，在这城市偏僻一隅，一天的客流量数以千计？真的令人难以置信！

他又拿起那几张咖啡馆收讫补偿款的收据复印件，仔细查看，模糊的印章看不清收款单位的印鉴字迹。他想，为什么开了好几张呢，这收据不像发票，并没有限制最高额度的要求？是不是，他脑子里忽的一闪，一个词窜了出来，“分赃”。但他立即就把这个词抛弃了——心里告诫自己，切忌先入为主，必须千方百计收集到确凿的且充分的证据，才可以下结论。这是审计的重要原则。

他下意识地朝东边的窗户瞥了一眼，那里只有孟寐求一个人的身影在忙乎呢。哦,小苏和乐欢去拆迁公司了,去紧盯着从服务器上倒财务账,抽查原始凭证去了。她俩,去了有两三天了吧。手里摆弄着这些档案资料,心里有点乱,正想着,门被推开了。

“祎哥,万经理,我们又有重大发现!”是乐欢的的声音,而她,人影还没闪进来呢。

苏慕喆抱着一叠文件,有点气喘吁吁,走到桌前,哐当摔了满桌子,也抑制不住兴奋,叫道:“是啊,万经理,咱们本来呢,就以为跑上高速公路,只管开足马力往前走了,谁想呢,我越来越感觉,咱们是转进了迷宫啦!”

“哦,迷宫,咱们一块跑进去,晕头转向,肯定出不来,最后我得背着你们,练遁地功——多好玩啊!”晋振辉长时间看那一叠一叠密密麻麻的手写体资料,眼睛都模模糊糊了,听见美女回来了,抬头一看两眼直放光,好养眼呢!

他正在审核档案,核对其中房屋类型、换算系数、测绘机构丈量等数据是否准确。而杜中秋又去了拆迁办,跟专家们为了澄清有关市政与高铁工程掺合一起的事情磨嘴皮子去了。

“嘿,你小子想得美,猪八戒背媳妇呢?我们都晕了——正所谓:‘醉舞狂歌欲倒,老子颇堪哀。白发宁有种,一一醒时栽。’”

万祎没有马上对她俩的“重大发现”给予关注。他唯恐自己脑子里的那个撩起“咖啡馆”沉重帷幕的闪念稍纵即逝,忙不迭招呼她们凑过来,跟她们再运筹运筹。

“怎么啦,万经理?”苏慕喆挪身子过来,一眼看见那几张咖啡馆的拆迁补偿档案,有点嘲讽地说:“你是不是怀疑这家咖啡馆啊,我早就写了好几份取证表啦,一个颠倒的‘华胥梦’!”

“是吗?你从哪几个方面提出质疑的?”

“首先,它这个评估报告就有问题,看着挺厚的一本,一大堆套话,外行的,还真被吓唬住。可是,这份报告只有印章,没有估价师的签字。”

“啊,是吗?”万祎赶紧抓起那份塑料护封的报告,翻了翻,“还真是的,根据建住房2003年234号文件规定，这是无效的报告……”

“是啊，这里头鬼名堂多着呢！”乐欢快步从自己的办公桌上找出一张纸，翻身回来，指点着说：“你们看，这个图是让杜兄帮着画的，按照咖啡馆租赁的几家房子，虽然也紧挨着，但总感觉这200多平米是凑的，有的地方隔着人家的卧室——喝咖啡的，哪有穿墙的功夫啊！”

晋振辉也凑过来，提醒道：“这倒没什么，他们可以从室外搭走廊，铺上木板，走在上头，梆梆地响，倒是很有情趣哩。”

“情趣？情趣你个大头哦——你没瞧啊，这都紧贴着人家住户，你以为在荒郊野外，深更半夜的放二踢脚都没人理你？”

“咱们别再这儿瞎争执，我有张取证表专门要求评估公司提供图片资料的，到时候一看就明白了。”苏慕喆打断了乐欢的叫嚷。

“小苏，你认为这家咖啡馆如果存在问题，怎么才能掐住它的‘七寸’？”

“‘七寸’？——这评估报告，应该是个突破口，对吧？”

“不！‘七寸’在这儿！”万祎抽出那几张收据。

“为什么，祎哥，为什么呀？”乐欢抓起一张收据，仔细瞧，急切地问：“这不是尾巴了嘛，‘七寸’不应该在头上嘛？”

“小苏，你们再去拆迁办财务，查一下原始凭证，注意一下拨付的250万，是开了一张支票，还是好几张。”

苏慕喆领悟了，她接着说：“再查清收款方的账号，如果不一致，就可以由此出击，他们必然阵脚大乱。”

“嗯，”乐欢也点着头说到：“就是，搞清收款方账号有点困难。”

“没事，这种拨款一般都是付款方到银行办，不会把支票交给被拆迁人。原始凭证里应该能查到对方账号。”苏慕喆很有信心地说，似乎她已经经历了一阵心惊胆战之后，勇猛地伸出手去掐住了“七寸”。

“还有，既然他们在备忘录里白纸黑字写着‘意大利大理石’、‘财务报表’，你们就直接发取证表，要求提供‘原产地证明’和会计报表。”

“哈哈！”晋振辉在一旁拍着巴掌笑道：“泰营乡把全中国的大理石都用光了，咱这晓虹区，近水楼台先得月，跟那个靠皇城根比较近的南城区比，人家靠海比较近，所以洋玩意漂洋过海忒容易——哎哟，那意大利大理石，几斤几两呀，非常非常的重吧？千万别把那艘泰坦尼克号给压沉喽啊！哈哈哈！”

苏慕喆也跟着调侃：“国际市场大理石价格很快就要飙升喽！嗯，很可能，造成全球经济剧烈动荡，华尔街股票大跌！——说不定呀，山姆大叔又要指控中国垄断国际大理石市场，要求 WTO 设立专家组调查中国这块‘疯狂的石头’呢。呵呵，无稽之谈吧。”

“咖啡馆！”万祎还在沉思，没有兴致参与他们的揶揄；过了会儿，他猛地抬手狠捶了一下桌子，喊一声：“小苏，你给我狠狠掐住它的‘七寸’，我就不信，砸不碎它的蛇头！”

二十八

苏慕喆和乐欢从出租车上下来，嘭地关上车门。俩人牵住手，穿过一片耐寒的依然绿茵茵的草地，再走过一座木制的小桥，桥下人工砌筑的小溪，浅浅的水已冻结成冰凌，晶莹剔透，洁白如玉。

她们按图索骥总算找到了——龙泰豪景花园第 18 栋楼。

今天寒冬的风只是徐徐地掠过树梢，并没有敞开喉咙吼叫，扬起漫天灰尘；艳阳高照，即使季节的旋转使太阳失去了夏日的灼热，但生命的万物依然可以感觉她的温暖。然而，仰面注视着这栋浅绿色落地大玻璃窗漂亮的住宅楼，两位注册会计师，浑身上下却似乎感觉不到一丝的温暖，而是一阵接一阵的寒风凛冽穿透了薄薄的冬装。

万祎终于意识到了苏慕喆她们带来的“重大发现”,也许比这家咖啡馆的意大利大理石更沉重呢。于是,赶紧拽一把乐欢,急忙问:“别贫了,嘿,你们的‘重大发现’呢?快拿出来给我瞧瞧呀!”

“哈哈哈!”乐欢笑了,说的挺幽默:“我还以为祎哥你呀,哈哈,还真让詹姆斯·卡梅隆给冰冻成了杰克,搂着意大利大理石在海底喝咖啡呢——你瞧你,就知道咖啡馆,把我们都晒成咸鱼了!”

“得了,小丫头,还贫!”苏慕喆一拉乐欢的胳膊,拽到身后,自己凑到万祎跟前;一歪身子划拉过来那堆资料,兴奋地报告:“我们发现拆迁办账上竟然有库存房屋19套,价值3000多万!”

“啊!怎么会呢?拆迁安置房,不都是建委的那个拆迁安置用房调剂中心统一分配的吗?拆迁办的账上,怎么可能出现库存商品房?”

“我们也奇怪呢。这不,我们把区建委的安置房调拨单据都复印了,拿过来,准备跟你一起对照一下,碰碰呢。”

“这19套房屋,其中12套,龙泰豪景花园18栋,由拆迁办向虹慧房地产开发经营中心购买,房屋总价是2131.66万,已支付2071.66万,还欠60万。还有呢,零零散散的,槐树东路878号盛宾豪庭两套、翼飞大街88号罗马帝豪两套、南图大道188号凤凰皇宫两套、江临中路266号紫园别墅一套,这7套是从拆迁公司直接转过来的,房屋总价为1200多万,款都付清了。”乐欢拿着一张表格念着。

“赶紧先查一下,看看拆迁户的安置房选购房源,有没有这19套房?”万祎虽然心里急,但脑子不乱。他明白,首先得确认这些房子究竟是不是为了被拆迁户购买的,如果是,那么可能是一个特殊情况,至多不过是一次拆迁办的擅自做主,吃点回扣,把砸在人家手里的房型不好边边角角的烂房子买回来,冒充安置房源糊弄给拆迁户,扔出去万事大吉。如果压根就没有作为安置房源,捂着盖着,向被拆迁户保密。那么,这个问题就严重了,19套商品房,特别是那7套高达1200多万的高档住宅,根本就不可能是为了拆迁户购买的。那么，这7套房，究竟给了哪些人，最终谁住了进去？想着，他不禁打了一个冷战，心抖了一下，闹不好，这个窟窿可以贯穿晓虹区，捅到这座城市漂浮着白云的天空上去呀！

苏慕喆已经从一摞拆迁政策文件堆里找出来那份安置房源名册，她叫一声："乐欢，我念，你核对一下，看提供给拆迁户的安置房源有没有这19套房——听好喽啊：鹏府花园、爱德嘉苑、富江宝邸、东方瑞景、蓝波水湾、宇翔名苑、龙腾盛邸……"

"没有，一个都没有！万经理，怎么办？"随着乐欢一句接一句的"没有"，苏慕喆念到最后一个安置房源小区的名字后，内心的紧张已无法在脸上掩饰，她已绷紧了脸，眼睛也瞪大了，盯着万祎即使有点强作镇定的面孔。她因此佩服自己的这位带队的项目经理。这个男人有处变不惊的魄力，再加锤炼，今后必定是个中国注册会计师界的叱咤风云的人物。有的时候，她也会在心里轻轻地宽慰一句自己：男人就是男人，咱们女人呢，甭跟他们拼狠斗气玩峥嵘！

她也清楚，一旦确定这19套房不是给拆迁户购买的，那么，就基本可以确定：有人以拆迁为幌子，在巧立名目以权谋私。挪用巨额拆迁补偿专项资金为自己，或者为权势者购买房产，那将意味着什么？不言而喻，一个巨大的腐败的贪得无厌的黑洞正被渐渐吹散掩饰着的云层，豁然开朗；即如南极上空的臭氧层被氟利昂侵蚀的空洞，就是在那里，造成人类皮肤癌直线上升的杀人紫外线，越来越多地畅通无阻地闯进了人类的家园！

"甭说了，也不用咱们CPA的职业判断，这19套房子呀，多半是让丁立靖这些个搞拆迁的，自己安置了自己；至于那七套高档的，你们说，是不是孝敬了某某的干爹干娘啦——这年头，也不知道太阳到底从哪边出来了，突然之间，兴开这不伦不类的玩意了！"乐欢不改其快人快语，倒也是一针见血。

"还有呢，刘主任特别叮嘱过，让咱们关注他们有没有挪用拆迁资金的事，除了这笔购房挪用的；还有呢，有一笔1200万给挪用到另一个市政工程上去了，跟高铁不沾边呀。”苏慕喆急急地补充一句，恐怕头昏了忘掉，以后再说，就没有那种一跃冲上对方阵地的胜利感了。

万祎对这笔1200万的挪用没有丝毫的反应。事不宜迟！他在想，现在，晓虹区的拆迁补偿审计快过半了，存在的问题能露出来的马脚也露出来了，特别是丁立靖的甩手一走，也许会增大审计的难度，他们必然加大对审计的防范力度。不能等到他们的“马奇诺”防线筑造完成了，你再去冲锋，不仅会碰得头破血流，还可能掉进可怕的陷阱！立即，对，立即，就组织实施现场走访拆迁户的审计程序，不用跟谁做任何请示，直截了当，我们要去走访被拆迁户，现场查看实际安置状况，去哪儿？凡是安置房源的居民区，都可能去！

他已抓起了办公室里的座机，给拆迁办余主任打电话。

“余主任，我们要对拆迁户进行走访，这是我们审计的一个必要程序，请配合一下。”

“小万呀，噢，万经理，我们需要怎么个配合法呢？”

“我们这儿有介绍信的模板，我用邮件给您发过去吧。请马上安排打印，盖上咱们拆迁办的章——我这就叫小孟过去取。谢谢您啦，余主任！”

贵居民户：

受高铁股份公司的委托，根据《中国注册会计师法》及我市房屋拆迁补偿条列等法规，北京信达国际会计师事务所对本区涉及高铁拆迁补偿事项实施审计。现在，该事务所派出审计人员前去走访被拆迁户，若登门贵府，请对他们的各项审计工作程序给予积极配合。（注：如果问到跟高铁拆迁无关的问题，可拒绝回答，并及时向本拆迁办反映情况。）

此致敬礼！

晓虹区高铁拆迁指挥部办公室（盖章）

“抱歉！你们，是不是找错人家啦？我们家不是高铁拆迁户啊。”

“你看，我们从拆迁办得到的本房产的资料，表明本房产的现在的产权人，应该就是高铁拆迁后安置过来的拆迁户啊。”

“我们的确不是你们要走访的拆迁户。请你们还是到拆迁办再核实一下。真不好意思噢。”这家年轻的男主人客气地说着话，把“介绍信”递回给小苏，欠一下身子慢慢把门掩上了。

应该有12家，也说不定，没准一家就不止两套房呢。她俩已经找了几家了，除了吃闭门羹就是爱答不理的，扫一眼介绍信，说声“你们找错了”，就哐当拉上了又厚又重的防盗门。这家，还算是比较讲礼貌的，跟她们还说了两句话，但还是否认了自己是高铁拆迁户。

怎么办？俩人站在楼洞前的玻璃雨廊下，面面相觑。

二十九

与此同时，孟寐求和晋振辉也搭伴去了鹏府花园。那个小区安置的拆迁户最多，他们去走访。

他们到达那里的时候，看见有很多上了年纪的男男女女晒着太阳，在小区草木稀疏的花园里三五成群地唠嗑、下棋或在简陋的健身器材上伸腿扭腰，锻炼身体。

孟寐求灵机一动，说：“晋哥，咱们跟他们聊聊去，比挨家挨户走访，效率肯定高。”

“嗯，好主意。走……”

他们开始没有递上介绍信，准备闲聊几句再说。可是人家见是两个毛头小子,又是扯拆迁的事儿,似乎都有点警惕,对他们敬而远之。

“大伯,”孟寐求问一个站在棋摊儿旁边刚好一抬头的老师傅,“跟您打听个事。”

“哦,小伙子,嘛事,说!”

“您是高铁拆迁安置过来的吗?搬来多久了?”

“你说这事!干吗?你们是哪儿的,甭在这儿打哈哈,趁早躲远点儿!”老师傅一甩手,继续低头看下象棋。有几个人扭头瞧瞧他俩,觉得不像是拆迁公司雇的混混,也就没搭茬。

孟寐求瞅一眼晋振辉,看来不取得他们的信任,是不可能得到需要的东西的。

于是他们拿出了介绍信,又凑过去,等人家一盘棋杀出个输赢来,满脸堆笑地还是跟那位老师傅搭话:“大伯,我们是来审计高铁拆迁的,过来查看安置房情况,确实一下补偿款是不是如数发到被拆迁户的手上了……”

有人一把抢过去介绍信,匆匆浏览一下,然后又传给其他人,人们不下棋了,都纷纷抬起头来盯着这两个年轻人。

“这介绍信,是真的还是假的?你们哪儿来的?”人们对他俩抱有怀疑。

“噢,也是的,现在假冒伪劣太多。”孟寐求说着,把自己的注册会计师证掏了出来递过去,并进一步打消他们的疑虑:“介绍信的左下方印有拆迁办的电话,你们现在就可以打个电话验证一下。”

听他们这么一说,一帮子老实巴交的老哥儿们,倒是对自己的疑神疑鬼有点过意不去。

“小伙子,不是信不过你们,我们这经常有人过来,冒充这个检查的,那个审计的,其实都是拆迁公司找的小地痞,我们一眼就能瞅出来——”

“他们干吗那样啊?有什么用呀?”

“他们心里头藏着鬼,总怕鬼来叫门。所以整天防备着我们,这也叫严防死守，甭把门口方向通报给了钟馗，那么他们就死定啦——你说说，这么个活法，有嘛意思，就是搂着整座金山，也没一点暖和气儿啊。想不开，就是想不开，这帮子贪官污吏！"

"哦，大叔，您为什么说他们是贪官污吏呢？咱们拆迁户不是也因为拆迁改善了住房条件了嘛，实惠大伙都有份吧？"孟寐求佯装糊涂，想着法儿拧开他们的话匣子。

"改善了住房条件，这不假，原来的房子刮大风，都怕晚上做个梦给吹到太平洋。这点，咱得念国家的好！实惠也不假，但是，我们那份就这么点——"有位看着挺壮实的师傅挤上前，大嗓门，支愣出小手指，比划一下；然后又挑起大拇指举向天，忿忿地说："他们，不是拆迁户，他们那一份，反倒是这个！"

听见这边嚷嚷着，人越聚越多。环视一下人们的脸，似乎都多少有点忿忿不平。

"可是房子质量也存在很多问题呢！"有位细瘦的高个子，垫着脚抻长了脖子叫道："说得天花乱坠，让人一看，好家伙，安置小区就有十几个，随便挑任意选吧。可是，可靠开发商的房子，好房型的，都被他们霸占着，咱老百姓，想住？得送银子！我家还有一套，没住人呢，房子都开裂了，还漏水……"

"那咱们的拆迁补偿款，都到手了吧，跟你们签字的单子上一致吧？"孟寐求觉得让他们这么七嘴八舌瞎嚷嚷，也没个结果，就有针对性地询问。

"这个，他们给现金支票，拿身份证去银行取，我家的倒是到手了。"

"嘿，你还别瞎扯蛋！"还是那个壮实的，"到手不等于都是你的，签拆迁协议的那会儿，你忘了，那个乱套，什么大病，你家几个，报上四个病号吧，给了那个王八蛋几万，四万，一人一万，还没出大格，算你小子有福呢！"

"您说什么，大叔？"晋振辉追上一句问："您刚才说什么一人一万？"

“啊！我说嘛了？”那位壮实的师傅，瞪着眼睛琢磨了一下，“嗨，小伙子，打听那么仔细干吗？我嘛什么都没说，甭问了！”

孟寐求思忖，涉及切身利益的，即使被人无理攫夺一部分，他们也不愿意透露出风声来。毕竟，那是不光彩的，他们内心的善良没有泯灭。不过他兜里的录音笔打开着，他们说的话都录下来了。来之前，他打好了腹稿，便继续问：“刚才那位大伯讲，您家里分了两套安置房。我们看档案，咱们这分户的很多，一家三四套，是不是大伙真要了那么多的房子啊？”

“可别信那些个管拆迁的王八蛋！我们平头百姓，哪儿来闲钱，要那么多房子当棺材呀？”那个瘦高个一本正经扯着嗓门叫道，怕两位听不清似的。

“哦，那么多房子究竟给谁啦？补偿协议上写得清清楚楚，都是咱们拆迁户要的啊！”孟寐求毕竟年轻，猛地来个急拐弯，有点懵，直冲着就追问下去。

“那还用问嘛！”有个中风后遗症有点歪嘴的，紧着喊：“谁签的字就是谁的，你管那么多干吗？”说着，他那眼神有点阴鸷扫视了一圈。

这时候又挤进来两个年轻的，横着膀子，阴阳怪气地叫嚷：“你们扎堆嘀嘀咕咕嘛呢，开老鼠会呢？小心，把你们当传销的罪犯，严厉打击！”

不对劲儿！孟寐求在脑子一个闪念，他清楚记得有几份拆迁办打给建委的报告，说由于房地产价格一路攀升，原来确定的给予拆迁户每平米1000元安置房购置补助，已经远不能满足实际情况。于是，从1500元增到了2000元，最后有的小区甚至涨到了2500元——仅就当前集中审核的地铁站周边的拆迁，初步统计因违规分户多分配安置房就有356套。

“不行！”他拉晋振辉到一边，靠着一个龙爪槐树，低声而急切地说：“晋哥，刚才那位师傅说，拆迁户不可能买那么多安置房，听到了吧，你？”

“听到啦，我也注意到了——这里，肯定有问题！”

“是啊。区里给拆迁户安置房补贴呢！最低也1000块呢！”他想起来，晋振辉没参与安置房这块的审核，跟他说细了也不明白。于是自顾自在心里盘算：这多安置的356套，假如有三分之一是虚假，平均每套100平米，按照最低补贴每平米1000块，也有1000多万啊！还不止这些，政府向房地产商大批购进房源的时候，就给了暗补的，这些安置房如果再进入市场，那么又有一笔巨额差价呀！“好黑啊！”他情不自禁叫出来。

“说嘛呢，你们是干吗的？”那两个年轻的摇晃着膀子走过来。

孟寐求沉浸在抓住一个重大问题，赢得大捷的欣喜欲狂当中，没有理会正在逼近自己的危险。他张望着，在找寻刚才那位瘦高个的大叔，怎么回事，人们渐渐地散去了？这时候，还不是吃饭的钟点儿啊。

“你，你他妈的干吗的？”有个年轻人一把拎住了孟寐求呢子外套的领子，用力一拽，他差点跌倒。

“嘿，你们干吗，欺负人啊！——人家是干审计的，拿着拆迁办的介绍信呢。”那位壮实的大伯快步赶过来，仗义执言。

另一个年轻人却拦住了大伯，拽住他的衣服往远处走两步，悄声说：“老许，您呢，得想明白点，这些干审计的没一个好东西，不是要吃就是要喝；走的时候，你要是没孝敬银子，他绝不会善罢甘休！你可琢磨好喽，随便瞎说，砸了锅，你呢，吞进肚子里的肉，都得吐出来！——老张这老不死的，放狗屁，差点惹出麻烦来！去，让他以后闭上那张臭嘴！”

这边，文静气儿十足的孟寐求读书不少，但读不懂这突如其来的肢体语言，一时吓得六神无主。稍定神，见眼前这个张牙舞爪的东西，以为碰见小区里的野蛮保安，误会了。耳朵里嗡嗡叫着，哦，什么“干审计”的——对，我们是干审计的。他慌里慌张从兜里掏出介绍信，“看，我们真的是干审计的，介绍信……”

“去你妈的介绍信！”那小子不由分说两下就把介绍信撕了个粉碎，一拳打在孟寐求的胸口，吼道：“滚，赶紧给老子滚蛋，不然立马打断你的腿！”

孟寐求被打得往后退了好几步，倚在了那棵龙爪槐树杆上，惊魂不定地问：“为什么打人？你们，为什么打人？”

"老子打的就是你,什么狗屁的'审计'的——打,就是打,没有'为什么'! 你服不服?"

不过,这个蛮横的家伙轻举妄动了,没在意孟寐求身后,有一位接受过公安锦旗的经过生死考验的烈火金刚式的英雄。那就是一头狮子,凶猛无比。只见晋振辉拨开开始的一丝迷雾,就把这个又在举拳打击小孟的家伙当做了一只非洲羚羊,冲过去,没一句废话,两只大手掐住他的脖子,将其扑倒在地,然后抡起拳头,给那小子一阵劈头盖脸的狠揍,立即传来一阵高过一阵宰猪一般的嚎叫。

那个同伙见哥儿们被打,撞开老许的胳膊,猛冲过来,朝着晋振辉后背踹了一脚。被这冷不丁一脚踹的,晋振辉一下扑向前头,被压在身下的那家伙狠狠抱住了腰,两人扭打一处。另一个在旁瞅着下手的机会,准备给晋振辉更为凶狠的一击。

这时候,孟寐求也醒悟过来,亲眼看见那混蛋狠狠踹了晋哥一脚,朝夕相处的哥儿们啊,他心里疼啊! 晋哥是为了救自己陷入狼群的啊。现在,怎么还可以袖手旁观,继续做自己的好好先生? 可是,他的确没打过架,原来的胆子有多大,不知道。但此刻他的胆子陡然膨胀,真有豹子胆那么大——他迈出了猎豹一样的步子,稳健且带杀气。"封眼踹裆封眼踹裆",这是自己的那些初中以后把打架斗殴当做家常便饭的同学,跟背诵乘法口诀一样挂在嘴头的"打架秘诀";而此刻,突然间也在他的心里就跟苏妲吟咏辛弃疾的词一样,朗朗上口。他就像是猎豹在冬天的荒原里飞驰时鼻息中喷出的一股白烟,自己蓦地就成了金庸笔下天龙八部里的扫地僧。他行动了,脚,飞了起来,那小子根本没有反应,被一脚踢在了胯下,只听哎呦一声惨叫,滚倒在地痛苦地翻腾。

之后,他咧着嘴,梗着脖子,又迈向了正跟晋哥纠缠的那小子,听到同伴的惨叫,再一见这位"干审计"的凶神恶煞一般踩着刀尖过来,吓得他魂不附体慌忙松开手,躺在地上不由自主地把双手举过了双肩。晋振辉趁势跳了起来。

“你们俩，快走吧！赶紧！”老许隔着花圃落尽了叶子的藤蔓墙的缝隙大喊，使劲向他们挥手。

正好那边开过来一辆出租车，孟寐求也没多想，也没再看一眼地上的两个失败的对手，拉着晋哥就上了车。

“嗨，要是老高身体硬朗，没躺在床上，他们不敢这么放肆。”有人摇着脑袋无奈地说。

老许见出租车开远了，才放心地扭过头，反驳道：“那可说不准呢！”

“怎么呢？你真不知道，还是老糊涂啦，老高原先多威风，小丁总都叫他‘黑老大’呢。”

“他呀，老高老高，经过了拆迁的风风雨雨，也就跟秋天着了霜打的秧子，拉了架，爬不上高喽！”

“呵呵，老许，我看你呀，还算咱们这帮子老哥儿们里硬气点儿的，今儿怎么也成了烂板子搭桥，难过啦？”

“你知道我过去是干吗的？在国伟化工厂，原先，可风光啦，哪像现在这个熊样，靠国家贷款喘气儿——那会儿，我就在车间摆弄这酸那酸。原来，我总以为最能腐蚀的东西，是把硝酸跟盐酸搅合一块的王水，钢筋棍往里一扔，也剩不下几粒渣子。可是，现在，我总算整明白了，最能腐蚀东西的是‘钱’！——金钱，能把人心给朽没喽！”

三十

几乎与晋振辉和孟寐求“落荒而逃”的同时，苏慕喆和乐欢在龙泰豪景花园，也狭路相逢虚惊一场。

当时她俩踌躇了会儿，不甘心就这样打道回府，于是又去敲了几家的门。终于又有一家开门了，是一位很清纯的女孩，螓首蛾眉的，看了她们的介绍信后，惊讶地注视着面前的两位青春靓丽的陌生人，叫道："你们，你们是 CPA！"当她得到肯定回答后，显得有些局促不安，慌忙作出邀请的手势，请二位进屋坐一坐。乐欢也没客气，抬脚就走了进去；心想，总有一家没把她们当成是窃贼一样防范。

房子很宽敞，只是简单收拾了一下，还没正式装修，家具也没几件，显得空空荡荡。

"这是你们的爱巢，快要结婚了吧？真羡慕你呀！我要是结婚的时候也有这么一套房子，我一定要烧高香了。"乐欢环视着房间，满脸的欣悦。

那个女孩没有回答，冲了两杯热气腾腾的雀巢咖啡，搁在茶几上。她俩有种宾至如归的感觉，异口同声地道了声"谢谢"，赶紧捧起来，暖暖冰凉的手；还烫，抿一小口，涌上心头的感觉，好甜好香好温馨呵！

她俩在想，万祎揪住不放的那家蓝迪咖啡馆，也未必能奉献给顾客这么香甜的咖啡，虽然他们那里据说装潢着意大利的大理石。

女孩在一侧的沙发上坐下来，有点拘谨，似乎被乐欢反客为主的神态给闹糊涂了，不知道这里是不是自己的家。长长的黑发飘到了胸前，柳叶眉弯弯若溪，不很大但十分明亮的眼睛，眼角微微地一挑，似乎就可以把每一个与之对视男人的梦想之船掀翻在大海，更令一切嫉妒的女孩为了上天的造化忿忿不平。典型的瓜子脸型，下巴柔和的尖与两腮大写意的一闪间的弧线结合，更令她具备了一个名副其实的美女一切与生俱来的元素；袅袅婷婷的身材，魔鬼般构造的筋骨，被浅藕荷色宽松式羊绒长裙围裹着，宛如一支出水的芙蓉，正含苞欲放。

"请问，你们是高铁拆迁户吗？"乐欢感到身上暖和起来，有点热了，拉开羽绒服的拉链，随口问了一句。

"我不清楚，这房子，这房子——他没跟说过，等等吧，我一个人也正闷得慌呢。"

“这套三居两厅，至少也得130平米吧？”乐欢随口问，倒也无心。

“谁知道呢，我可没量过——干吗，你们还查多少平米吗？”

“不是查，就是随口问问，你们好幸福啊，有这么一套好房子！哎，多少钱一平米呀，这房子？”

“这我更说不清了，等他回来吧——对了，你们CPA都考过了吧？”

“嗯，考过了。怎么，你也是学会计的？”

“是啊，就要毕业了。我原先也有考CPA的想法呢，可是，就是为了挣那么一点点钱，给人家做家教，哪儿抽得出时间看书啊，考了两次，都挂了，就过了一科非专业的‘经济法’。你们说，我是不是太搞笑了！”

“那有什么，考CPA，有几个没挂过！——哎，你还想考吗？不会放弃了吧，欢迎你加入到CPA团队里来哟！看你，多漂亮啊，你！”

“哦，我，我漂亮吗？我，漂亮脸蛋，在今天，真的能当摇钱树吗？你说——”

她俩闲聊着，苏慕喆捧着咖啡杯慢慢喝着。她也环视了一下房子，采光布局设计得非常合理，屋子里亮堂堂的，似乎根本就不存在哪怕一角的阴暗。日光都能恰到好处地照射进来。既然，女孩说了不清楚情况，也就不急着再问。好不容易被一家请进了屋，她倒是备足了十二分的耐心，或者说是雅兴，要等等女孩所说的“他”回来后，看他怎么应对她们的质询。在她心里，已经毫不犹豫地下定了结论：这房子，根本就不是给高铁拆迁户的安置房！她不是武断。她从出租车一路开行的路线景物就初步断定，如果这里是安置房，就违背了审计拆迁以来的一个铁律，那就是任何地方的政府，都是在相对偏僻的区位为拆迁户购置大批的商品房，也许真的像王区长所说，拆迁的高成本压得各地方政府早就奄奄一息了。从他们办公地到这里仅仅半个多小时，也就是说，这里距离那边正在兴建的功能齐全集中的商业文化繁华区近在咫尺；并且，她注意到了，虽然这里还没有通地铁，但是，不远处的一个尚未启用的地铁站已经鹤立鸡群般竖立在寒冬瑟瑟的树丛中。而且，这段以来，跟两位工程师也学了点房屋结构的知识，而这套房子的设计，绝对有贝尔高瑞尔设计所的水准。如果有人告诉你：拆迁户安置房的图纸是聘请他们，或者是聘请清华设计公司给设计的。谁听了，定准把头摇得跟拨浪鼓似的。

扭转头，隔着咖啡杯里袅袅的烟雾，她看到氤氲里婀娜的女孩，如此窈窕美丽。但你要是仔细端详，却能察觉到在她的眉宇之间，似乎有那么一丝忧郁，隐约聚散。她说什么？“为了挣那么一点点钱”——苏慕喆在脑子忽的一个闪念：难道又一幕类似于泰营乡那个老板的二奶剧情，已经在这里——这套打着为安置拆迁户购买的幌子却被“特权”据为己有的房子里，拉开序幕、一幕、二幕……就要高潮迭起？

心里头胡思乱想，时间过得也快。一阵钥匙扭动锁眼的窸窸窣窣的声响传来。

“哦，他回来了！”女孩一个跳高，从沙发上蹦起来，跑向大门。

门推开了，一个年轻男子走了进来。女孩慌忙蹲下给他换上拖鞋，然后接住他手上的皮包。

“小岳，怎么叫同学来家啦？”

“噢，不是同学。她俩可了不起，都是CPA呢！”

“CPA，嘛玩意？又逗我吧，呵呵，想找揍了吧——”

俩人在陌生人面前毫不躲闪地亲昵着。但当你注意到女孩对那男人那么一种百依百顺的样子，也许你会在心里不解地嘀咕一句：这么漂亮的女孩，不拿着矜持，干吗非要做得像个佣人的样子？这个男的，年纪轻轻，没一点官气，倒是不像这个市长处长、那个书记主任总经理的，背着家里的糟糠之妻在外头金屋藏娇。

女孩又给男的脱掉外套，挂到衣架上去。然后一扭头，说道：“CPA呀，就是注册会计师，专门做审计的，通俗点儿说，就是查账的。”

那男的旁若无人地朝这边走过来，脚步轻松，但此刻突然停住了脚步。脱口问一句：“小岳，你说谁是审计的？”说罢，他就凝神注视着面前已经站起来的这俩位“审计的”，似乎是在努力回忆。

浮在大脑皮层的记忆细胞，立即就给出了解答。苏慕喆和乐欢相视一笑，还是乐欢嘴快，不软不硬地问道："哟，这不是'万事通'丁经理嘛？真是应了那么一句老话，'跑了和尚跑不了庙'哦。"

"你们，是高铁拆迁审计的，对吧？"丁立靖也记起来了，虽然那天他主要是跟万祎说话，但对几个人的相貌还是留下了印象。

"是这样，"苏慕喆大大方方，语气平和地说："我们是在实施走访拆迁户的审计程序，龙泰豪景花园的这十几套房子，是不是拆迁户的安置房？我们过来实地核实一下。"

"真纳闷了，你们，你们怎么审计到了人家里来了！"

"我们给你家里的这位……"苏慕喆瞥一眼女孩，见她满心欢悦的样子，就照直说道："我们给她出示了拆迁办的介绍信，这是我们的一个审计程序，并不是针对你丁经理一个人，请你能够理解，并配合我们的工作！"

"见鬼了！那天不就是你吗，说那笔 15 万是我拿了……"

"丁经理，我当时说的话，也许不够妥当。但绝没有说你拿了 15 万的意思——而且，那天你因此一走了之，也有点说不过去吧？"

"哈哈哈，瞧瞧，小岳，这就是你羡慕的什么 CPA！到哪儿都是一副法官的铁面无私的面孔，就像是在审问罪犯！"

"立靖，你别对人家那么凶嘛。人家好歹也是 CPA 呢！"女孩娇滴滴地展开手臂揽住丁立靖的腰，依偎在肩头。

"去他妈的 CPA！——你们，立即给我滚出去！不然我马上打 110 报警！"丁立靖歇斯底里地挥着手，吼叫着。

"立靖，这是怎么啦？人家有拆迁办的介绍信，是秉公办事啊。"女孩稍一扭身，依着丁立靖的胸口，轻声说："干吗报警呀，拆迁办，不就是你上班的单位吗？"

"还有你，小贱货！"丁立靖用膀子猛地撞开女孩，伸手抓住女孩的肩膀，举手要扇她耳光，但还是犹豫了一下，没有落下巴掌；猛地一搡，女孩向后一个趔趄，尖叫一声跌倒在沙发上，惊慌得手足无措。

在这房子里见到审计的，无疑是火上浇油的事。今天他刚刚被大哥丁立飒狠狠臭骂了一通，甚至几次要举起手来扇他两个耳光，被人给拦住了。昨天，拆迁办的余主任，给丁总打电话，很委婉地提到丁立靖给人家审计的撂黑脸甩门子的事情。眼下，那个万经理和他的团队发过来的审计取证表、确认表越来越多，是不是跟你家这个愣头青兄弟有眼如盲有关啊？哦，丁总，这可不是我的"哥德巴赫猜想"，是王区长事必躬亲，过问起来了，你说，我总不能给你捂着盖着吧，咱哥儿俩，要是那样，就忒不地道了，你说，是不是？这话说得滴水不漏娓娓动听，你的脾气就不知道往哪儿来的，也不知道从哪儿泄。于是一个电话，叫来丁立靖，本想着训一通，知过必改劝他主动去给审计组那几个小青年撂个台阶，喝顿酒，闹个KTV嘛的，缓和一下。可是，自己的这个兄弟，却又是一个恁种倔驴。

"立靖，你还知道自己吃几碗干饭吗？跟人家摔门吼嗓子！"

"哥哟，他们欺人太甚，平白无辜就说我拿了15万！"

"哼，你小子那么点花花肠子还在我这儿摆什么谱？自己好好估摸着，长着几个脑袋吧——趁早去给人家磕头认罪，别等到刀架脖子，后悔莫及啊！兄弟哟！"

"哥，给他们磕头？你也不想想，咱家姓丁的，长着这样的软骨头吗?!"

这小子的骨头是够硬的，胆大包天，说到气头上竟然也给大丁总摔了门，一气之下直奔家来了。他满心巴望着，在这里，有位美若天仙的女孩正在等待着自己，即使《2012》的灾祸真的降临地球，降临晓虹区，但至少，在这个世界上，还有她的温柔足以包裹住自己将死的灵魂，使之得以安慰和超度。可是，阴差阳错的，偏偏就是那几个他大哥劝自己过去给人家磕头的什么CPA，甚至就是那天话里有话说自己贪污了那笔15万元补偿款的小丫头，正在家等着他呢！这到底是怎么啦，难道《2012》里的诺亚方舟已经倾覆在了渤海湾了吗？

"丁经理，我们是在秉公办事，希望你能够配合！"苏慕喆脸色冷峻，咄咄逼人。

“报警？好啊！——”乐欢没有丝毫的怯懦，简直就是针尖对麦芒，掏出了自己的手机举在手里，略带嘲讽的语气，问：“丁经理，打110报警吧，你打，还是我打？”

三十一

派出去的两个走访拆迁户安置房情况的小组，反馈回来的情况令万祎极其震惊。这更加坚定了他对晓虹区高铁拆迁存在严重问题的判断。他认为：这里的问题已经超出了一般意义上的违反政策法规，以审计调整、管理建议等方式给予纠正的审计范畴；而是极有可能形成了一个巨大的骗取拆迁补偿资金的激流旋涡，与之相关，众多违反党纪国法的官员、干部职工，甚至于普普通通的被拆迁户老百姓一股脑儿的，都卷了进来。对此，他在深思，作为CPA，他们是否应该去揭露，去拯救，去呼唤？

通过这近一个月对晓虹区紧锣密鼓的审计，一个接一个浮出水面的违法违规的冰山，或耸立，或漂浮，或隐现，多多少少都在审计组的视线里一展峥嵘。他脑子里，就像是电影胶片摄制的画面，在不停地放映着——

高达10个亿的市政建设项目地铁站人为掺合进了高铁工程项目，企图蒙混过关。这，是审计组的第一个重大战果。但不是最为严重的事件，毕竟钱没有掖进个人的腰包，不过是国家与地方利益的纠缠耍赖。那几家低价受让国有商业房产，拆迁时竟然以高出受让时的近200倍高额补偿的疑惑，损公肥私的马脚被他们CPA的火眼金星瞄准了透视得一清二楚；仅仅涉及这个地铁站拆迁区域多分配的近400套安置房，小孟他们现场查勘的信息可以证实，与拆迁公司狼狈为奸，很可能存在一个专门的倒卖拆迁安置房的团伙；那些打着给拆迁户购买安置房的幌子，19套库存的房产，究竟转售给了谁，或者直接就赠送给了谁……还有，那个环宇集团，究竟葫芦里装的什么药，对于从其账面消失的数亿国有房地产自始至终置若罔闻，特别是与之牵连的27家集中办理公租房租赁凭证的奇怪的、却显而易见的攫取而贪婪伎俩，豢养着又一个寄生在拆迁肌体之上吸血的魔鬼……

他再也沉静不下去，点击电脑桌面打开一个新建Word文件，他要给刘允虎主任郑重其事地写一份报告，建议将上述严重的违法违规事项向有关执法机关反映。他以为，倘若仅仅按照通常的审计规程，不确认相关拆迁补偿资金，最终的结果撑死了不过就是把有关补偿资金从高铁公司的股份中剔除，其他的一切，都可能不了了之。曾经掀起的遮天蔽日的黑色狂澜，将平静得宛若冰凝的湖面，没有一丝涟漪。那只看不见的罪恶的手，必然更加疯狂地巧取豪夺，去弥补越来越大的财政窟窿。在公共管理的层面，在国家法治的层面来审视，拆迁成本的巨大漏洞无法亡羊补牢，拆迁腐败的猖獗态势不能有效遏制，久而久之，共和国大厦的某一处墙角就要被拆得千疮百孔。如此下去，某一地，某一天，不管是经历过或者没有经历过拆迁的共和国公民，就会听到那接连不断的惊天动地的大厦倾覆的崩溃巨响。

《关于晓虹区高铁拆迁补偿资金使用情况严重违反政策法规的专项报告》

他的手指不像往日盲打时的飞速跳跃，好似初学者的生疏和迟疑。他盯着屏幕上的标题，脑子里飞速旋转，构思着报告的章节与表达、措辞。渐渐地，他觉得浑身都燥热起来，不由自主地站起来去拉开了玻璃窗，让外面的冷风吹进来一些。大伙都有点奇怪，盯着他看，他却没有任何感觉。根据天气预报，今天的气温，是零下13度。

苏慕喆的座位紧挨着窗户，被冷风吹得受不了，没吭气就推上了玻璃窗。她想，冻着谁，感冒了，都会削弱了他们这个审计团队的战斗力。正在关键的攻坚时候，必须保证每一个审计人员充沛而旺盛的工作热情和体能。

没等万祎将自己的这份报告析缕分条地描绘出来一个轮廓，信达国际即时通讯RTX发出了讯号。

啊，刘主任！他转发过来一份高铁公司致信达国际会计师事务所的《紧急公函》。

万祎急忙下载，立即打开阅读——

国家审计署派出机构关于高铁建设跟踪审计发现的重大问题，已引起有关领导的极大关注。为此，上级责成本公司积极配合加大审计力度，确保高铁工程达到预期质量和反腐倡廉要求。据此，我们认为，贵事务所卓有成效的审计成果，必将对之具有极其重要的参考价值。根据《中华人民共和国审计法实施条例》第四十四条规定，本公司有'如实反映情况，提供有关资料'之义务。故请贵事务所在近期报送的《征地拆迁审计周报》中，对下列前期已发现或关注的重大问题给予尽可能详细的说明：

一、关于义和区伪造土地权证及勾结不法房地产商违规拆迁……

刘允虎极其重视高铁公司公函提出的要求。他不厌其烦，给这条高铁沿线各个审计团队一个挨一个地打电话叮嘱。打到万祎这儿，他更是一字一板地强调："万祎，义和区是你们审的，那个区财政局的李志鹄局长，可是榜上有名，还挂在第一号了。你要千万小心，不能出一点纰漏啊。有必要的话，再跑一趟。我等你这周的周报，你小子要是写得让我闹心，小心抽你!"

抽？你拿什么抽，鞭子，还是鞋底子？对于刘主任的这句口头禅，呵呵，他一笑了之。

但是，这驴病没走马病又来了。万祎一时感到脑子有点转悠不开，顾此失彼。最后，对于高铁公函直接点名的事项，刘主任又亲自打电话叮嘱了，他也只得夕惕若厉，晓虹区的事情虽然也急需捉鼠拿猫，但先撂一下吧，停止前进，往西拐吧，全力以赴，遥望着义和区那边的嶙峋巉岩，义无反顾地迈起铁脚板去跋涉前进。

在义和区实施高铁征地拆迁的审计，是他们从南城区朝前推进的第二站。

也的确，义和区审计所发现的问题严重程度不亚于其他各地，形容其披荆斩棘绝非夸张。

万祎和他的审计团队到达义和区之后的几天，狂风大作，气温骤降。住宿的宾馆距离拆迁办比较远，拆迁办没给审计组派辆四个轮子的车，倒是派了位两条腿的人。这小伙高个子挺帅气，叫洪炜，是从市政府办公厅借调到高铁拆迁办的，专门来协调审计工作。还是他跟宾馆亮出市府办的名号软硬兼施说好了，每天早晨借用宾馆拉货的那辆金杯面包车送审计组。每天一大早坐在这辆没暖风的车里，那座位冰冷的就跟坐在冰块上一样。闻着一股呛鼻的烂菜生肉气味，他们就那么挤挤挨挨，互相取暖，赶往位于运河开发区的拆迁办。

跳下了车，活动一下冻得有点僵硬的腿脚，乐欢总是叫嚷一句："我的妈，没冻死我，刚有点暖和气儿了，就到了！——咱们几个才建了座人体电厂，转眼就拆了，太浪费能源了，一点都不低碳。"

"等着哪天发明一种人体太阳能板，扣在你背上，回家吃火锅就甭插电了。"洪炜也总喜欢这么逗乐欢。

"去你的吧！洪炜，你是飞机上挂暖壶高水平啊，骂人不带脏字儿，是吧？"

“岂敢岂敢,我骂你什么啦?”

“那太阳能板扣在人的脊梁背上,硬梆梆的,那不成乌龟壳啦!”

哈哈哈,大伙都乐了。不过,人家洪炜还真没那个意思,是乐欢自己发挥想象力罢了。

“洪炜,你小子老实交代,你那套新房,是不是用伪造假证骗来的?”几天下来,彼此混熟了,乐欢也没啥顾忌,心直口快的她就这么审问开了。

来义和区一周后的一天,孟寐求拿着两本土地使用权证在那儿嘀嘀咕咕:“为什么有涂改的痕迹,这证上的‘说明’写得清楚啊,‘本证涂改无效’。”

“怎么啦,小孟?”坐在他对面的苏慕喆抬头问。

小孟若有所思的样子,来回瞧着权证,没回答。坐在一旁的乐欢见孟寐求磨磨唧唧没个痛快的样子,不由分说伸手夺过来,边看边问:“孟夫子,你从哪儿看见梁惠王啦?”

“嘿,乐欢,你个小丫头,我刚有个灵感一闪念呢,得,没啦!”孟寐求不满地嘟哝。

“晕菜!你孟夫子要跟咱苏小姐对情诗啊,还‘灵感’呢?”晋振辉逗一句。

“还真的蹊跷呢,怎么涂改了呢?虽然盖了章,这是哪儿的戳子啊,也看不清。”乐欢说着把权证递给了苏慕喆。

“万经理,你来呀!”苏慕喆叫一声,然后跟乐欢交流道:“你看,这戳子,压死了面积数,没专门设备还看不出到底是多少呢。”

“两个证,核定的拆迁面积,一个是296.42平米,一个是239.83平米。总共536.25平米。支付拆迁补偿211.31万元。”孟寐求闻声拉动电子表,照着表上的数据报出相关信息。

“谁家的老房子有这么大?这又不是泰营乡的宅基地。”乐欢首先就提出了质疑。

万祎过来,把两本权证上下摆开,互相对照着看,涂改的地方都有小戳子盖了章，煞有其事。但正如刚才孟寐求讲的，这已经违背了权证页尾“说明”的特别提示。糊弄粗心大意的人也许可以蒙混过关，今天却遭遇了几个CPA，算这个弄虚作假的产权人倒了八辈子霉。

“这两个证，至少有一个是假的！”审视片刻，万祎拿起其中的一本轻轻一抖，似乎在验证真假纸币，听一听那种脆响，再往下一摔说道，话音不大，但斩钉截铁。

“为什么？”晋振辉也凑过来，伸手摆弄了几下那土地使用权证，以专业眼光，从附图上没看出什么破绽。

“太肆无忌惮了，两个土地使用证用的是重复编号！”万祎气愤地说。

“啊，这是谁啊，胆大包天啊！”乐欢紧着抓起权证，看准了权证顶上一栏，念到：“产权人：李志鹄。”

“啊，李局长！”他们几乎是异口同声地惊喊了一声。

三十二

义和区财政局局长李志鹄的大名，对于万祎和他的审计团队成员来说，真是如雷贯耳。因为，在他们到达义和区的第一天，那桌丰盛的接风晚宴上，滔滔不绝的李局长的确给了他们深刻而美好的印象。尤其是从他讲述的有关征地拆迁的故事当中，你眼前不知不觉就闪现出来了那个干练果敢的李局长，使你不由得就从心底对他产生一种仰慕之情。

作为国家重点工程的这条高速铁路，其建设征用土地是以国土部门的预批文件为法律依据展开的；但到了基层，由于工作方法的粗暴，引起农民的不满，进而误认为高铁征地违反土地管理法规，因此受到一些民众的抵制。

义和区地处城乡结合部，征地拆迁的工作开展起来相对更复杂一些。那时寒冬腊月，铁建公司的推土机、挖掘机，大批机械设备开进施工现场，却没等他们拉开架势大干快上呢，呼啦一下子就被村民给围了个水泄不通。

“乡亲们，这条高速铁路是国家重点工程，修成了利国利民，到时候乡亲们去首都北京，坐上高铁一眨眼工夫就到了。你们说，快不快好不好？所以劝你们呢，不能阻拦我们开工啊！”负责这一标段工程施工的铁建公司的卢胜启经理撕破了嗓子解释。

“少拿国家重点工程吓唬人，你们拿出征地的合法依据来！”

“依据？我们是干活的，依据在上头啊，没依据我们哪敢施工啊——你们看看，我们是国家正规的铁路建设公司，不是小包工头，砸石头子卖沙子挣点小钱。”

“嘿，你还甭在这儿摆谱，砸石头咋啦？看不起爷们，是吧！好，你们工地开工，跟砸石头卖沙子有关的零活都得给我们干！”

“零活？这我得向上头请示。我说，乡亲们散开行不行，我们得划线施工啦，耽误了工期，我们没法交代。”

“甭扯淡！想当年，八国联军打这儿往北京城攻，洋枪洋炮，都没过了咱这道坎。”

“怎么，你们把我们当什么人啦？告诉你，我们是国家的铁路建设公司！你拿我们跟侵略者对比，我们工人不答应！”卢胜启有点动了气，耍无赖也不能这么是非不明黑白不分啊。

“不答应怎么着！敢动手？逮着空去翻翻课本，听听那个英国鬼子，那个海军中将，叫、叫什么西摩尔，管他儿子、孙子的——他说，如果咱中国人手上拿着枪炮，不是大刀长矛，八国联军就会被斩尽杀绝片甲不留！——他说的是廊坊，在咱这儿，窜过来的那一队鬼子，全被大刀砍了脑袋！”

话顶起了牛，也就顾不上性质、色彩，更无一丝温文尔雅。卢胜启身边一位魁梧的工人师傅早就憋不住劲儿了。妈了个巴子的，你他妈也不睁开狗眼看看，胆敢把工人老大哥比作侵略者，你小子长着几颗脑袋。你他妈的也不去翻翻《中华人民共和国宪法》，我们工人，白纸黑字写着，是共和国的领导阶级！心里翻江倒海，一股怒火就腾地窜上来，头脑就熊熊燃烧起来，只听他一声大吼，伸手就拽住那小子，两拳擂过去就打了个满脸花。这下激发起一阵混战，施工队这边虽然人少，但人强马壮，一帮子村民被打得晕头转向，四散奔逃；村民那边也有几个从小习武的，拳脚凌厉，嘁哩喀喳也放倒了好几个，直逼卢胜启而来。

最终，施工队这边寡不敌众，那个魁梧的师傅早就打得两手血肉模糊，也不知道是从村民脸上溅的，还是自己的手皮开肉绽了。他此时大喊一声："兄弟们，操家伙！"

这可不得了！赤手空拳，村民仗着人多占了便宜，可是一旦比起装备来就相形见绌了。立即，推土机轰鸣起来，撬杠、扳手、磅锤、冲击钻等施工设备就被当做了武器，紧紧握在了工人们手里，欲与冲上来的村民殊死拼搏。

村民们被震乎住了，停止了进逼的步子。彼此就这么虎视眈眈地对峙着，互不相让。

"快，送家伙过来，镐头、铁锨、你他妈的啰嗦个啥！——我家还藏着杆鸟枪……"

事态朝着越来越难以控制的严重状况发展，村民也在组织远比祖辈们当年抗击八国联军年代更为先进的武器。不大功夫，一大溜轰隆隆的拖拉机卷着黑烟开过来，村民得到了增援，也纷纷把农用工具攥在手里。几个艺高胆大的年轻村民已经扬起手里的锐器，迈开脚步，朝着施工队越来越缩小的圈子，一步步撵上去。而施工队工人们手里的家伙也挥舞了起来，推土机、铲土机也都升起了钢铁的铲刀，驾驶员手握离合杆就要冲撞过去。

一场流血冲突一触即发！就在这千钧一发时刻，一声大吼如晴天霹雳：

“给我站住，谁也别动！”

力挽狂澜的不是别人，正是李志鹄局长。

当时一看大势不好，这要出人命啊！卢胜启赶紧给上头打电话，一路追着，找到了拆迁办张主任。他正在参加区长的办公会议呢，一报告，赵区长火冒三丈，冲着在场的区财政局局长李志鹄一通劈头盖脸的训斥。搞得他丈二和尚摸不着头脑。琢磨了半天，他才听明白。

“瞧瞧，你们那个刁各庄，真够刁的！”赵区长气不打一处来，自从高铁征地以来，他可天天为此提心吊胆，满以为等着施工队一进场就万事大吉，大功告成。然后赶紧着把补偿款发到老百姓手里，安抚安抚，别看老百姓有时候咋咋呼呼，黑压压一大片，好像黑云压城城欲摧。但是老百姓心地善良，好打发，只要你没太过分的欺诈压迫，他们不会跟你拼。可是没想到，人家铁建公司也是财大气粗牛逼哄哄，连个招呼都没给区里打，就呼啦一下把人马拉上来了。真你妈蠢啊！给我们说一声，你铁老大就成孙子啦？越想越气，可是就是气炸了肺，你也得料理自己一亩三分地的事儿啊。他走到李局长跟前，下死令：“这趟高铁是国家重点工程，要是从你们村闹出血腥事故，你我，咱们在场的扯得上的各位，都得提头到市里伏法！去，你立即去制止那里的械斗！”见李局长二话不说闷头奔出去，再一扭头，看见公安分局局长在那儿愣着，一蹬眼吼道：“你怎么啦，一肚子囊膪就等着溜肥肠呢——十万火急，还不带着你的人马去灭火！”

李志鹄局长就是刁各庄本村人，自打当上了这区里的财神爷，没少给父老乡亲办事实，道路拓宽了，小学建起了新楼，村里的企业接二连三拿到了财政补贴。所以他在村民里威信高，一言九鼎，就那么吼了一嗓子，立马平息了事端。等到警笛呼啸的警车载着全副武装的警察扑过来，这里已经握手言和。

毫无疑问，李局长为避免这场流血冲突功不可没。这次建设高铁征地拆迁也为他李志鹄局长抖擞一下英雄般的姿态，创造了历史性的机会。

当时筵席上，审计团队成员听得心都提到嗓子眼，怦怦急跳，紧张气氛弥漫，大雅间里的各位屏声敛气鸦雀无声。直到他又一次以降低了的嗓音吼道“给我站住，谁都别动！”他们才一个个心花怒放，长长舒口气，以一种敬佩的眼神注视着他。当人的心灵受到这种身临其境的强烈碰撞之后，人是极易产生景仰和崇敬的情愫的。于是，以后在义和区那段审计时光里，每次遇见李局长，万祎和他的团队成员都对之毕恭毕敬。

万祎那天还特意为李局长斟满一杯酒，双手捧着递给他，敬了他一杯酒。

李局长后来还提起了铁建公司的那个卢胜启，赞不绝口，那真是个攻坚实干的猛将。

对此，万祎后来曾经亲自聆听过卢胜启讲述施工的艰辛和劳苦。为了赶工期，寒冬腊月，他们就在桥墩周围生起炉火，用来增加作业区气温，浇铸钢筋水泥桥墩，绝不延误一天一夜。而工地的工人们更是风餐露宿争分夺秒，为了国家重点工程的建设，他们奉献了自己的青春和汗水。可是，相对于征地拆迁户们动辄几十几百万的补偿，他们眺望着在自己双手里建设得越来越繁华的美丽，也越来越奢侈现代化了的城市，他们手上那些虽然不断增加着绝对数的、同时也在不断贬值的收入，又能购买其中的几平米呢？

万祎的脑海里忽然间翻起了一页，一篇描写大桥施工工地的散文，但他忘了是从哪份杂志上读到过的，那篇文章纵情讴歌了工人的伟大，相比那些寄情山水抒发自我寥寂的所谓美文，这样的作品才具有现实的社会和时代价值，也更能激励人们的拼搏精神，去攀登人生的辉煌峰巅。其中就有一段描写施工作业艰辛的文字，他还依稀记得：

钢筋水泥浇铸的巨型桥墩次第矗立于群山之间，攀爬忙碌其上的建筑工人正挥汗焊接，八座高大的拌合站正搅拌混凝土，缓慢行进在陡坡之上的挖掘机正辗转运料，亲眼目睹这远离地面的悬空高架、热火朝天的施工场面，一种撞击心底的感动油然涌上，直搅得心潮澎湃，热血沸腾，深深地折服于这命悬高空、片刻不停的紧张作业之中，不仅为自己曾感叹于工作的辛苦而感到汗颜，这是一种由景而生的触动，这是一种由心而生的敬畏……

施工工地上的工人师傅们，伟大！去年春节，我代表区里去工地慰问，你们瞧我，粗人一个，不是个有泪轻弹的书生吧。那也被他们忘我的劳动感动得流泪了，真的！不骗你们，年轻人！

李局长说得多好啊！一切的美好，就像是从天边飞翔而来，劳动者，伟大的劳动者！那个夜晚，他们几个就是这么晃晃悠悠，嘴里喃喃着“劳动者万岁”，飘舞在天空，踩着云蒸霞蔚回到了宾馆。

可是，为什么会有如此巨大的反差，难道是同名同姓，或者是一切从一开始就搞错了？

说他李局长作假，骗取拆迁补偿，他们真的难以置信。

三十三

接踵而至的问题，摆在面前的事实，却逼迫着审计组成员逐渐改变着对李局长的看法。然而，他们对李局长的态度与其说是一种痛恨，毋宁说是一种痛惜或惋惜。

有人在敲门，挨着门口坐着的晋振辉随口说了声“请进”，继续低着头专心致志核对拆迁档案，在他腿边有一摞齐着桌沿的档案袋。他没工夫关心究竟是谁来这里有何公干。

来人是李铭，那位拆迁户。他今天来拆迁办反映他们家那个居民小区被领导给卖了，也没给居民打个招呼，说卖就卖，说拆就拆了。现在还没个说法，他们哥几个心里不服气，来来回回的上访告状，也无济于事。听人说有几个北京来的在审计高铁拆迁的事儿呢，他瞅着空溜过来，躲开了门卫警惕的眼睛和洪炜的监视，终于迈进了这间他从心里感觉有几分神圣的房子，就像是走进存着玄奘西天取经回来的经卷的大雁塔的感觉。虽然他去过那座塔，自己并不是佛教徒，但也从内心感觉到一种神圣，这源于他发自内心的为其主持公道的强烈诉求。没有神圣感的地方，是不会存在公道和正义的。

只听门被轻轻关上的声音，隔了很久却不见有人说话。乐欢还以为是洪炜又在蹑手蹑脚地过来查看动静，她从电脑屏幕上侧目瞥一眼，想着怎么给他一句甩过去就能扎进脸皮的幽默讽刺，却见是一位穿着工装的师傅，双手垂着，挺直着身子站在那儿，像是个站岗的。“噗嗤”，她笑出了声，心想，一个洪炜的两只眼不够，莫非这又增加了一个岗哨，那也应该站到门外一边去呀。这叫什么架势？

大伙闻声顺着她的眼神转向这位师傅。晋振辉这时才注意站在自己桌前的李铭。“师傅，你是来修电开关的吧——在对面那屋里。”

“修好了。”乐欢提醒道。前天这里，不知道怎么回事，总是掉闸，没电干不了活，他们无奈打道回府。但昨天就修好了，是因为好多房间嫌暖气不够热，又开空调，负载太大烧了保险。

“同志，我打听一下，你们——”李铭局促地搓了搓手，然后又不知道放在哪里合适，便又垂直按在裤线上，神色恭敬并带有几分神秘，问：“你们是北京来的，查高铁拆迁的？”

“哦，是。你是……”万祎也抬起头来，他的座位正面朝着门口。

“是这样，我来反映个问题，有关高铁拆迁的。”

“这位师傅，我们虽然是审计高铁拆迁的，但我们管不了拆迁所涉及的具体问题。您,还是去二楼的拆迁办,找有关工作人员反映,好吧?”他们在这儿经常会遇见反映拆迁这不合理那不合理的群众。但他们的确不是具体经办人,只是审计拆迁的,没权管,没时间耽搁,唠叨半天也没有任何意义。所以万祎直接建议道。

没想到,刚才还恭恭敬敬的李铭突然正颜厉色,向前迈了两步,直冲着万祎,提高了嗓子愤怒地喊道:“你是这儿的领导嘛?你们北京来的,在天安门跟前的,也不为民做主了?”

坐在万祎对面的杜中秋侧过身来,仰着脸耐心对他说:“这位师傅,不是我们不做主。因为本来我们就不是做主的人,只是来审计拆迁补偿……”

“那不得了!”没等杜中秋把话说完,李铭抢白道:“你看你,你看你,还说不做主,你自己就坦白了,是来审计拆迁补偿的啦!这不就是做主的事儿吗?各位小同志,你们就给我们老百姓做做主吧,我们确实走投无路了啊!求求你们啦!——瞧,你们都这么年轻,怕折了你们的寿,要不,我真的有心给你们跪下呀!”

“噢,师傅,您!”万祎浑身微微一颤,身不由己地站了起来。老百姓的“跪”可不是随随便便的,他心里感觉到了一种震撼。他指了指一把空椅子说:“您,请坐吧!”

“我们呀,老百姓命苦!说实在的,对咱老百姓,拆迁不是坏事,可以住上新房子,那多豁亮啊,有暖气通天然气——可是当官的,该给你做主的他不做,不该给你做的,他偏偏给你做主——这,这不逼着两下子往死里掐架嘛,可是我们老百姓的胳膊,哪儿拧得过人家的大腿哟!”

“您说的‘不该做主的’,是指什么呀?”

“嗨,我们原先住的那栋楼啊,挨着区里安置房小区,领导没跟大伙商量,就把地皮卖给开发商,楼就给拆啦!”

“啊,那你们呢?不就无家可归了吗?”乐欢焦急地问。谁都知道,对于中国老百姓来讲,没有什么财产比房子还重要。

“就是呀！我们这不叫天天不应叫地地不灵嘛，苦煞啦！”

“你们为什么不去法院告呢？根据《物权法》，你们的房产应该受到保护的啊。”杜中秋也抱以忿忿不平。

“人家法院一听说是因为拆迁来告状的，就跟见了瘟神似的，躲得远远的，推三推四，就是不受理——我们也找了律师咨询了没数回啦，不顶屁用！”

“师傅，你还是回去找一找律师再咨询一下，把法律条文搞清楚。现在，咱们国家强调‘依法治国’，有了法律的保障，你们应该可以找回公道！”万祎听着，这类事情也是见多不怪了，虽然内心也是想帮上一把，但事务所毕竟只是中介机构，不是政府部门更不是执法机关，对此也是爱莫能助，只能宽慰几句罢了。

听这位像个领头的小伙又在说这种推辞的话，李铭揣在心里的火热真的凉下来了。站在那儿有点呆若木鸡的样子，可是，心头的怒火在不断汹涌。没等他再一次激起火来，一直没有开口的苏慕喆盯着电脑上的资料，不紧不慢地问：“师傅，您贵姓？”

“李，我姓李——”李铭感觉有一股热血湍流在双眸，似乎眼前有一颗太阳在闪耀。

“您叫李铭，对吧？”

“对，我是叫李铭。姑娘，你怎么知道？”

“你们那栋楼，36 户，有 13 户是强拆的；至今你们还没有签拆迁补偿协议……”

“对呀！王八蛋开发商，给你断水断电，挖沟断路，还雇地痞流氓给你砸玻璃，威胁你——最后就剩下我们 13 户坚持着不签。可是，那儿也没法住了啊，自己找地方就合吧。你前脚走，他后脚紧撵着，一晚上的工夫，房子就给拆平了，房子里头没搬利落的家什，也给你丢得一干二净——这不就是解放前打家劫舍的土匪吗？”

“可不就是土匪！比土匪还可恶，他们肯定还打着‘造福人民’的旗号，作恶多端，胸前的光荣花却一个也不能少呢！”乐欢拍案而起。

“这种人就欠狠狠扁他，往死里招呼！”也算“身经百战”的晋振辉，愤怒起来撂句狠话，倒也不是纸上谈兵。

“不是没这心，老百姓的确胆小怕事，但兔子逼急了都咬人呢。从古到今，哪件惊天动地的大事不是我们老百姓干的？他们也贼人心虚哩，有时菜刀都买不到——真想拿菜刀，就跟剁饺子馅一样剁了他们这些王八蛋脔的！”李铭的眼睛分明射出了两道锐利无比的剑锋。

这绝不是和谐社会里应该弥漫着的怨恨和怒吼！

“小苏，李师傅的房子，是不是就是挨着那个咏馨苑，德福地房地产公司开发的？”万祎故意岔开话题。他也想起前几天小苏给他反映的一个情况，幸福小区居委会，本来市里批给居委会 18.39 亩地用于安置房建设，最后却被出售给了房地产商盖了综合商住楼和商品住宅楼，以商品房公开向社会出售。小苏也是在检查该居委会涉及搬迁奖励款的发放财务资料时，无意中看到了该居委会收到了一笔 3000 万的巨款，摘录写着高铁征地款，一查原始凭证，付款单位却是这个德福地房地产公司，因此引起了她的怀疑。她当时没有打草惊蛇，而是耐心等了半天，然后再以核对拆迁名单为借口，从居委会的档案盒里翻出了国土局批复文件和与德福地房地产公司签定的共同开发合同。这就好似万家灯火的山村，有那么一家正发生着一桩龌龊的事情，其窗户纸就恰恰被这样看似轻而易举地一戳给捅破了。

“对，就是那个咏馨苑，18.39 亩国有土地，本来就是批给建安置房的，只用了 119 万的低价就拿下来了。”小苏回答，言犹未尽的样子。

“李师傅，今天呢，您先回去，也接着找找律师，再确实一下从法律渠道解决的办法，拿到确凿的违法拆迁的依据。我们呢，也会关注您反映的问题，尽可能给您帮助！您看，这样，好吗？”万祎还不能打保票，但是，他知道，倘若确实了德福地房地产公司违规占用安置房地块，其中的娄子有多大，他还想象不出来，但可以肯定的是，只要拨出这根萝卜，上面带着的泥嘛，比如违规拆除李师傅他们房子，迅速得以公正解决的可能性就必然增大。

“是啊，李师傅，您就先照着我们万经理说的，先去做吧。”苏慕喆也帮着劝道，信心十足的神态，她心里的判断笃定泰山，那个咏馨苑，又一条大鱼咬上钩了。

“啊，您是万经理，那就太感谢啦！我代表我们一帮子老哥们弟兄，给大伙作揖啦！”说着话，李铭还真的双手紧扣，一扬手一弯腰，千恩万谢地作揖。

审计组的几位年轻人，没见过这阵势，面露窘态。心知自己承受不起，但又没法躲避，就都礼貌地站起来，傻愣愣地看着，不知道如何回礼才好。

正尴尬着，洪炜笑嘻嘻地推门进来，叫大伙去午餐。却一眼看见这个重点防范的被拆迁户对象也在屋里，满脸的激动，显然曾经在这里声泪俱下。他不由分说上去就往外拽，压低声音问：“你怎么进来的，不是说好了别添乱吗？是不是需要找个按摩小姐给你松松骨啊！”

三十四

德福地房地产公司的老板究竟是谁？

老板叫李智冀，是李局长的一个远房本家兄弟。就是那天跟铁建公司的卢胜启经理嚷嚷着，要承包高铁建设零活的那个村民。别看他人长得贼眉鼠眼，个头也没两块豆腐高，但脑袋瓜子灵的就跟抹了黄油的车轴一样，油滑灵活。高铁建设一开工，他果真就把整个义和区沿线的工程零活都给承包下来了。本来他手下就有个小工程队，平常承揽点修修补补的泥瓦活，比从地里头耪食好过些，知足者常乐，倒也没做过到房地产广阔市场上拼搏一下，去赢得叱咤风云的王石第二美名的梦想。不过，这靠着地利人和争出来的高铁零活，日进斗金的神仙日子过上了，商场上肥马轻裘的朋友也与日俱增，鼓动着自己那颗野心不早不晚就膨胀起来。于是，耳朵根子也支愣到了财政局，听着李志鹄局长大哥天天在那儿发号施令，自己也感觉脸面光彩，挺过瘾。

忽的有一天，他沉闷了。自己躲在屋子里头整整两天，不跟家里人说话，就在那儿写写画画的，偶尔跟人打电话，窃窃私语的样子就跟老电影里头演的特务一模一样。家里人还担心他身子招惹上了什么癔症，满世界打听着要请大仙给他叫叫魂呢。

第三天，他出门了，精神抖擞，西装革履；只是那双本来就贼光闪烁的眼睛，更增加了一丝诡谲和凶猛。不过，常人一般不会察觉。真正能读懂他心底那一行歪七扭八的字儿的人，没几个，即使他李局长。而他就是直奔这位远房大哥而来的。

“幸福小区批了点地，盖拆迁安置房。兄弟想承接下来，大哥你得给递个话！”

李智冀跟自己的这位当了财政局局长的大哥说话，从来不拐弯抹角，直来直去，这样反而让李局长满心喜欢。这与他整天跟那些报告、汇报、谈话的饾饤堆砌相比，与满天围着他阿谀奉承的邹忌妻妾般的人们相比，他智冀兄弟的确有那么点卓尔不群。悠闲自在的时候他脑子也过一过家乡里的大事小情。嗯，这个智冀，在村里头的众多亲戚里，论相貌他最差，有多丑，倒也说不上；但论在这个混沌世界里游刃有余，他的弯弯肠子最多，吃亏的事儿掉不到他脑壳上；特别是他对人诚恳，尊老爱贤做得相当到位。自从招呼几个小弟兄闹个施工队，逢年过节总会孝敬自己的老爹老娘，还给小学校的孩子们送节日慰问品。谁也不要用那种小肚鸡肠来怀疑他实施“迂回战术”。当时自己还没费心劳力朝着这财神爷的位置拼命闯呢，哪儿去谈什么时髦的感情投资说法嘛，瞎扯蛋！这个，就是一个人的品行好，对其他本家长辈们据说也没漏下谁家，只不过咱这头更殷勤更扎实罢了。这可是个匪朝伊夕的功夫，其他那些兄弟们，提溜出来哪一个能够跟他比？

显而易见，正是由于李局长对这个本家兄弟的信任，凡事都愿意鼎力相助，也就让他顺顺当当拿到了那块地皮，风雨时若，也就名正言顺地把一片名曰咏馨苑的商品房住宅区鳞次栉比地给戳在了那里。而且仅仅预售款，一下子就收进账来两个多亿的银子。数都数不过来！这下子，他李智冀，不想神气都由不得自己啦。相比干泥瓦匠那会儿，乃至承包了高铁零活的日子，那也是腿肚子上绑大锣，走到哪儿响到哪儿了。

其实，这些不过是表面文章，内里的暗室亏心多着呢。他心里当然清楚，没李局长本家大哥的帮助，自己在这房地产市场上就是剃头的使锥子隔路门道，没个成功。于是，他寻思着怎么报答这位眼下位高权重的本家大哥。

"李局长，大哥，您在幸福小区不也有一套房子吗？也得拆吧，这次？"他没套话，打电话直截了当地问。

"定准拆啊，咱还得带头，赶紧签拆迁协议啊！"

"这样吧，大哥，你整天为咱义和区几十万老百姓数票子，忙得够呛。这点杂碎事儿，您呢，还真的是老虎咬刺猬无从下口呢。哈哈，大哥，把家里的房本给我，兄弟一趟全跑下来，你到时候就签个字吧。"

其实，那个伪造的房屋产权证就是李智冀捣的鬼，也是身边有个赛诸葛的高参给出的馊主意。不过，他李志鹄也不能推个一干二净，毕竟是签了字的。当时虽然自己也犹豫了片刻，但架不住那上百万金钱的诱惑，况且自己一直就信任这个本家兄弟，他能坑害我，能把事儿做不圆满做得砸了锅？就这么面对贪赃枉法的一疏忽、一侥幸、一闪念，就成了活鱼掉进了醋缸里，肉烂骨头软。

从他撂下签字笔的一刹那，从某种意义上说，他李志鹄已经成了名义的局长，一个傀儡。真正坐在那把财政局局长宝座上的，眼睁睁的就是自己的这个本家兄弟李智冀。你对他吼不得、气不得、理不得、认不得——总而言之，自己的仕途也好，家庭也好，这回是灰堆里吹喇叭乌烟瘴气，再也甭想清净了。

“李局，”李智冀不再那么亲热地管他叫“大哥”，而是恭恭敬敬地如此称谓了。“有个麻烦事，还得你出下头。”

“李总，”李志鹄也开始这么称呼自己的这位本家兄弟，彼此之间微妙的关系变化，只有他们俩心知肚明。现在，每一次见到这位脸上添了点肉的兄弟，他都有一种如坐针毡的感觉，但是此时此刻，早已不是自己在铁建公司与村民剑拔弩张那个时候了。他切实体会到了什么叫“一根绳子上的蚂蚱”，或者就直接说“绑架”。但他还得顾着点脸面，在自己布置得奢华的办公室里，还得拿点腔调，这兄弟倒也不给你落脸。他喝口茶，催问：“什么事，说，跟原来一样，甭这么吞吞吐吐嘛。”

“咱们德福地房地产，一炮就得在义和区打响，你说，成不？——李局，甭忘了，这德福地可也有你一份股呢！”

“老弟，你就别给我扯什么股份啦——要说打响，那还用说，有你李总，不就是盖几栋住宅楼嘛，那还有二话！”

“嘿，李局，还真的有‘二话’。”

“怎么说？义和区地面上，现在还有你李总趟不开的路子？”

“我想多盖几栋房子，气势造大一点——把幸福小区西边那个角的那几栋，借着修高铁的名义，一气儿也拆了，咱也盖上几栋高层，那么可就赚大了——可人家不太愿意。”

“哪个单位的住宅楼啊，哪几栋楼？”

“北方锅炉的职工宿舍，一家快倒闭的国营破厂子，就靠你们财政拨救济款维持着呢。”

“噢，这个厂子，跟他们的刘总，我倒是挺熟的。”

“那不得啦，一句话的事儿，赶快办吧。”

“李总，有些事儿可没那么简单，不跟咱村里刨土坷垃手轻手重，不打要紧。一旦牵扯到群众利益，就与你们跟铁建公司干仗一样，难办！”

“嗨，李局，你咋也这么磨磨唧唧啦——现在就打电话，给那个刘总，通个气儿，把话撂得沉实点，下来，我管保把他们收拾利落，没谁再敢活剥兔子扯皮的喽！”

两天后的夜晚，李智冀带着自己的一班骨干与北方锅炉的领导班子，酒足饭饱之后，到豪华的九鼎昊天俱乐部，尽享K歌洗浴按摩等等应有尽有的一条龙一流水平的服务。

一走进金碧辉煌的大厅，造型别致的构件与装饰，立即就给光临的顾客一种莫名的压迫感，促使你身体内的酒精瞬间爆发出来亢奋的激情，迫不及待的就要去抵御并摧毁这种压迫。最终，在床上，与妖冶狐媚的所谓性工作者酣畅淋漓的肉搏，由此发泄出来的一切，似乎注定就是为了此生留下一次证明自己曾经在这个美好世界上活着，而且那种生物繁衍的本能发挥的又是如此空前绝后。

连续作战，这位财政局局长的兄弟李总的豪爽与阔绰，已然让几位为了每个月职工工资疲于奔命，私下里闹顿涮羊肉都有点捉襟见肘的头脑们，为之倾倒也为之震慑了。

好了，日中必慧，脍炙人口的火候，人家李总手里掂着勺子呢。

这顿宴席已明显简单了许多，他妈的芹菜都给端上来了。不过，在酒酣耳热的空当，李总手下的神神秘秘赠送给各位一个装潢精美的DVD光盘。并且特别叮嘱，自个欣赏，千万别拽着老婆或情人一块看哟。

这道硬菜，虽没有一丝一毫特级厨师精湛手艺的色香味俱全，但精彩绝伦又恰如其分，比再上几瓶五粮液二锅头更令人神魂恍惚。不过，李总做事一向追求顾全大局皆大欢喜，谁的脸面都得贴上点金子。他慷慨许诺：“房子嘛，各位领导，每人一套，到时候随便选房型。这都好说，都好说。装修那点小钱，也甭操心……”

面对如此兵临城下的威逼与诱惑形势，谁不诚惶诚恐，谁不缴械投降？满世界找吧，没“谁”！

北方锅炉几个头脑一合计，开个办公会，煞有其事地做出个决议。也是红头文件发下去，与德福地房地产公司合作开发职工宿舍小区。职工们的房子，虽然房改后归自己了，也发了房本。但原来就是北方锅炉的，根子扎在这儿，没人否认，谁不服气，挖出根须咱仔细瞧瞧！

签字仪式搞得很隆重，为的就是广而告之。仪式就在北方锅炉的办公楼前举行。

可是，还就有那么一些不知好歹算计不清的职工，当场质问刘总等，为什么连一句商量的话都没跟大伙说，就这么道不清说不明签字画押出卖了啊？你们，把这块咱厂的地皮低价贱卖了，补偿的条件还不如旁边幸福小区高铁拆迁的，二话不说就要拆我们的房子啊？——你们白日做大梦吧！

嘿，你个胆大包天的李铭，是你个老不死的挑头闹事是吗？保卫科，你们是干什么吃的，还不给我铐起来！听着，李铭，咱也算老哥儿们了，一块进厂，搭着伴儿混了这大几十年，好言好语劝你小子甭犯糊涂，高铁拆迁谁也拦不住，这是国家重点工程！

刘总，你也别跟我胡吹白咧，咱这宿舍区跟高铁拆迁不搭边，糊弄人，你得去找傻子。咱哥俩，谁傻啊。我没你往上爬的猛劲儿，可是，你能说我比你傻！

一片喧闹声越吵越烈。救经引足，难道在这儿要砸锅！

你叫李铭？也是本家嘛，有话好好说嘛！李智冀总经理从正中间的位置上站起来了，神采奕奕，身子骨似乎也丰满了许多。他皮笑肉不笑，和蔼可亲的样子，劝慰道：凡事都要考虑考虑，不能头脑一热随便讲话；更不要为了自己的一点私心杂念，就搅合了全厂人的新房好梦哟！没见热锅上的青豆蹦得多欢呢，最后不也得让人牙嚼碎了嘛——李师傅，咱本家大哥，实话跟你说，这事呢，咱不吹乎国家高铁，什么重点工程，那也是咱义和区挂上号的为民办的十大实事之一嘛。这，就是出了枪膛的子弹，拐不了弯儿了！

李铭！李铭！

万祎似乎是从一场深深的梦里醒过来，晃一晃脑袋，眨巴几下眼睛。

可能又想起来上次，万祎见到高菲菲家的拆迁档案时的痴迷样子，乐欢笑眯眯地逗一句："祎哥，哎，万经理，你咋啦？是不是昨晚上熬夜跟高菲菲裸聊啦，兴奋过度，没睡踏实吧？——喂，晋哥，你给作证，实话实说！"

万祎没理会她。金鼓连天呢，他必须马上落实高铁公司的那桩挂在头一条的大事。

他扭下头，瞅一眼苏慕喆，又转回来冲着杜中秋，说道："小苏、杜兄啊，明天咱们仨，回趟义和区。"

三十五

"哎呦，北京来的活包公，可把你们盼来了啊！"李铭一见审计的那位领头的万经理，还带着俩，亲自登门拜访来了，激动得眼泪就要流淌下来。

移师晓虹区那天，李铭踩着后脚跟撵过来，就给万祎留下了电话，可他一直没打过，唯恐这位申冤无门的李师傅，知道自己的电话，三天两头打电话给你哭诉。这次来之前，万祎跟他俩商量，先不惊动义和区拆迁办，咱们直奔李铭师傅那里，首先针对他们那个职工宿舍区搅合进了高铁拆迁，最终却又是如何以商品房公开出售的再进一步落实情况，把有关的证据做扎实搞透彻，必须要有十成把握才能报给高铁公司，这次，可不比往常啊，那就好比是审计署的尚方宝剑磨砺出鞘啊，必须慎之又慎。

"李师傅，近来还好吧。"万祎进了屋，见到面徒四壁的家里，顿觉一种压抑，就随便先寒暄一句。

"凑合着吧，盼着咱们的问题早点解决呢——上次，你建议我们去找一找审计署的那个特派办，人家听说是你们介绍去的，热情接待我们啦，认真听我们汇报，临走，还留下我们的控告材料了……"

"哦，是吗？"万祎此刻的心情不知道是喜悦还是惆怅，本来，倘若授予CPA延伸审计的职权，这个问题本可以由他们小试锋芒的，现在倒好，杀鸡焉用宰牛刀了！

"李师傅，我们这次来呢，就是要确实一下，您原先的房子拆了以后，新盖的房子是怎么当做商品房出售的。"苏慕喆手里捧着笔记本，拿着一支笔，立即投入紧张的工作。

"这个，咱有，他们逼着咱们签协议，也拿过来了选房的画片。姑娘，你等等……"

"好的，您别急，慢慢找——"苏慕喆扭头跟万祎他俩说："有了德福地房地产公司咏馨苑的公开出售的证据，也就基本可以确定，他们并没有像土地批复规定的，全部作为拆迁安置房安排给拆迁户。对吧？"

"没错。"万祎如释重负地喘口气，又问杜中秋："杜兄，你说，咏馨苑的房型结构，咱们还用去现场拍照片吗？"

"那倒不是必须的，待会李师傅找到了咏馨苑的效果图，也能说明房屋建筑结构，可以跟咱们手上的图纸核对。"

"来了，找到了——看，他们只给我们这四种房型选，不让选其他的，楼层也有限制。"李铭手忙脚乱地翻了几个抽屉，手里捧着几张印刷精美的图片。

"真黑呀！"苏慕喆叫道："批给建安置房的地皮盖了商品房，自己还不掏拆迁补偿资金，都算进了高铁拆迁，两头通吃，这简直就是空手套白狼啊!”

“君莫舞,君不见、玉环飞燕皆尘土。闲愁最苦。休去倚危栏,斜阳正在、烟柳断肠处。”万祎脱口吟了几句辛弃疾的词,自己也说不清为什么,今天会在李铭绳床瓦灶临时居住的家里,却来了雅兴。哈哈哈,他笑起来。也许,在他的视野里,已经可以眺望到了那些违法乱纪者的穷途末路,就在不远的前方。

然而,就在他们想着继续深入收集相关证据的时候,洪炜陪着拆迁办的张主任喜笑颜开地走进来。谁,是谁给他们通风报信了?

“万经理,不够意思,大驾光临,连声招呼怎么都不打呢!”张主任拿着腔调打着哈哈,既不恼也不悦,从他那张略微方形的大脸盘,就像一只放大镜里的话梅,你看不出他心里究竟在想什么,但立即就能感觉到一丝酸酸甜甜。

他可是算得上那种老奸巨猾的,不过他总能让你感觉一种亲切感、归属感,让你自始至终心里头都觉得舒舒服服。当时,来义和区审计,头几天他也来审计组工作的办公室问候一声,就一屁股坐下来,一个话题,一包烟,几杯茶,他能够跟你老牛破车似的从早拉到傍黑,却没一句能回答关涉拆迁正经问题的。乐欢为此还偷偷给他起了个颇恰切也很形象的绰号,叫做“聊话梅(没)”。那两天,只要一听见张主任的大嗓门,没等他臃肿的身子晃进屋来,正一份接一份紧着审核拆迁档案的万祎,浑身立刻就冒出凸凸凹凹的鸡皮疙瘩。

金廊归海鲜大酒楼,388房,名为“苏幕遮”的大雅间。

真是无孔不入、绞尽脑汁啦!几乎是被绑架过来的,身不由己,你又不能为了一顿饭过分执拗,让人家说你心高气硬,以后还怎么做沟通,跟人家怎么要补充资料?那就走吧,只能见机行事了。当万祎迈进雅间之前,瞥一眼门前的铜质铭牌,心里不禁欷歔。

“就是,就是,为你们这位美丽的小苏姑娘特意选的,这雅间,苏幕遮。

听洪炜讲，小苏老师喜欢周邦彦的这首词，咱今天特意在这儿，拿琼浆玉液来重温一下‘小楫轻舟，梦入芙蓉浦’！”

李志鹄陪同主管高铁征地拆迁的区长赵明道早已等候多时，互相介绍认识寒暄两句，宾主落座。李局长满怀豪情地照着墙壁上悬挂的一幅鎏金书法，念了一遍周邦彦的这首《苏幕遮》词，然后扭头向坐在身边的苏慕喆殷勤地解释。

苏慕喆莞尔一笑说：“领导们太客气了，我真的承受不起！”

“还有三位呢，怎么没来？啊，那个说话金铃嗓子的小姑娘……”李局长突然间发现似的，以为张宏乾主任或洪炜疏忽了，没把人员聚齐喽。心里是提心吊胆，别在哪儿猫着打我黑枪哟！

“李局长，这次我们来呢，是临时决定的，只是补充点资料，没都过来，他们仨还在晓虹区。”万祎赶紧解释道。

“好吧。那今天咱们就开始——”李局长瞄一眼赵区长，朗朗说道：“这地主之谊到哪儿都得做得一模一样，各位再次光临义和区，怪我们唐突，事先也没准备，几杯薄酒权作洗尘吧。今天我们赵区长也是百忙之中来慰问大家，来，头一杯，敬审计组各位老师，干啦！”

见李局长已经一仰脖子干掉了，万祎也就不好再说什么，道声“谢谢”也就干了。

赵区长满面红光十分慈祥，说话也温婉气敛，他首先做自我批评：“各位审计的老师，我这官不过芝麻大嘛，谈不上官僚主义；但各位老师前段在义和区工作的时候，听说十分辛苦，也没抽空来看看各位，实在抱歉。来，这杯酒呢，一来表示敬意，欢迎各位再次光临；二来就算是给各位道个歉，原谅我呢，咱们就一口走了吧！”

万祎闻声慌忙起身，摆手叫道：“赵区长，不行不行，您这个‘道歉’，我们不能接受！真的，绝不能接受！”他环视一下在桌的，诚心诚意地说道：“各位领导，我们来审计，已经给各位添了很多麻烦，拆迁办张主任他们非常配合，不然的话，我们的工作没那么顺利；就是我洪炜老兄吧，要说辛苦，他天天跟着我们协调，跑前跑后，我们不休息，他也没个星期日。听说准备结婚装修房子，因为要配合我们工作，一再推迟——这样吧，赵区长，我代表审计组，敬各位领导，感谢对我们工作的大力支持！”

赵区长是个爽快人，不那么咬文嚼字地腻歪，叫声“好”，拿起酒杯跟万祎一碰，就干掉了。上行下效，其他的人也没啥说的，也就都干了。这也不是瞎子吃饺子心里有数，七八杯了还是十几杯了，谁也没掐指头去数。但是瞧瞧脸色，酒量到哪儿了，也能估摸个八九不离十。该脸红的脸也红了，该脸白的也脸白了；脸不改色心不跳的，照样脸有色心在跳，还在推杯换盏，好不热闹。

“据说咱们审计组，各个身怀绝技啊！”赵区长突然冒出这么一句话，大伙怔住了。

杜中秋喝了酒，比平时话多，满脸的疑惑不解，问：“区长大人，啥绝技？他俩是CPA，我是CCE，没错哦。您要是让咱数数檩条，量量房高，没问题。您要是让我飞檐走壁蹿房越脊，那非摔死我不可啊！”

在座的都被逗笑了。李局长喊道：“杜工，我们区长的意思是，你们给我们留下了一堆的审计取证表确认表——没绝技，没手段，哪能看出比我数的票子还多的问题呢？你说，是不是！”

“就是嘛。”赵区长瞧瞧各位，从中华烟盒里抽出一根，洪炜眼尖，赶紧咔嚓按着了打火机，火苗一窜，手捧着躬身递过去，一股青烟缭绕，赵区长语气里半带恳求半带命令，说道：“就说德福地房地产公司开发的那个咏馨苑吧，听说把人家北方锅炉的职工宿舍拆了，也给掖进高铁拆迁里头啦，不像话嘛！你们，张主任，你盯着落实，一定要尊重审计组的意见——不过呢，万经理，那块地皮不管怎么开发，房子也是给老百姓住，能过去就过去，啊！来，万经理，咱们再走一个。”

“是啊，是啊，”李局长赶紧接上话茬：“小苏姑娘，来，我也敬你一杯，哎，你怎么没喝酒呢，不行！洪炜，拿个酒杯过来，给倒上！——居委会的那个账啊，就是个流水账，没企业那么正规，所以，不能偏听偏信。来吧，小苏老师，敬你一杯，还请手下留情哟！”

万祎脑袋开始膨胀了，但还清醒。他明白，他们在枉尺直寻，试图用甩出北方锅炉的拆迁补偿，来换取幸福小区安置用房地皮的商业违规使用蒙混过关。必须立场坚定呀，你，万祎，否则稍微一动摇就可能陷入被动的境地。

苏慕喆口齿伶俐，回道：“李局长，您刚才还在念周邦彦的‘水面清圆，一一风荷举。’，怎么一转眼又要浑水摸鱼、罔水行舟呢？”

李局长刚夹起一筷子蟹黄鱼柳还没搁进嘴里，听到苏慕喆的话，蓦地一怔就呆住了，手里拿着筷子正要往口中送的姿势，夹着的香脆的鱼柳夹杂着几条菜绿面，一点点滑落。

张主任见情景不对劲儿，马上打圆场，紧着说道：“咱这是给审计的老师洗尘呢，对什么诗——世界都像诗里写得那么美好，还修啥高铁，嫦娥早就在月球定居啦。啊，哈哈哈，洪炜啊，再开一瓶酒！”

“哦，小苏姑娘，你的意思是说，我这儿‘水不清’、压根就没有出污泥而不染的‘荷’，是吧！”李局长纳过闷来，但想得多了。自己这段被那个本家兄弟李智冀给拿捏得，浑身骨头疼。这冷不丁被一个小姑娘给轻轻戳了一下脊梁骨，那疼劲儿实在钻心呢。

“李局长，我没那意思！”苏慕喆见李局长脸色胀紫，一改谦恭，拿糖作醋起来，也不愿搞僵了，赶忙解释：“我们审计了那么多地方，也明白，现实当中落实政策法规，搞点擦个边，钻个空的，正所谓‘水至清则无鱼’吧。我们并非……”

“你呀，小苏姑娘，你也甭多说了，你的意思就是我们这儿水浑，事多！”李局长似乎忍受不住疼痛，一反常态反咬一口：“这样吧，如果你没这意思，那就干了这杯酒。”

“李局长，我不喝酒！但不代表我认定了咱们这儿‘水不清’！”苏慕喆并不是不能喝下这杯酒，只是心里不痛快，心想，够给你李大局长面子了，还没当着你顶头上司的面抖落你伪造权证的事儿呢。

没想到顶上牛了，谁都不相让。也不知道今天的酒是不是假冒伪劣，平常喝上一整瓶，他李志鹄也不至于脑袋热到这程度啊！

万祎想着解铃还须系铃人吧，毕竟刚才小苏的那句话说的，的确让人浮想联翩呀。但自己也不想示弱，思忖着敲打敲打李局长，别在赵区长面前丢人现眼，让他知难而退，由此化解目前的尴尬。于是他佯装醉态慢条斯理地说："嗨，李局长，跟她小苏较什么真呢？水清还是不清，不是说的，是看的——其实，就是那个'证'，也谈不上'水不清'，水挺清亮，我们是一眼就盯紧了的，说真的！"

料想不到，今天的李志鹄跟往日严谨潇洒的李局长判若两人。他听这个自己屈尊称之为"万经理"的小鸡巴小子，竟然胆敢对自己敲山震虎，那财政局局长的威风猛地飓风一般呼啸而起。他嚯地站起来，喊道："洪炜，再开两瓶！——小万经理，今天咱得把话讲明白喽，我们义和区要是一片烂泥潭，你从这儿打住，滴酒甭沾；你要是觉得还有点干净的地儿，就给你李大哥面子，咱俩，一人对嘴吹一瓶，老哥我佩服你们审计的各位，谢谢你们啦！"

不仅仅李局长脑袋热，万祎的脑袋更热。本来嘛，酒场上的英雄桂冠也戴不到CPA的头上！再加上，今天这火上浇油的状况，在审计组的眼里他李志鹄已经从一声吼"给我站住，都别动"的英雄蜕变成了李铭血泪控诉的"贪官污吏"。所以，万祎觉得，今天自己与李志鹄的豪饮已经演变成了一场正义与邪恶的短兵相接。狭路相逢勇者胜，他，万祎，这支审计团队的项目经理，必须大义凛然，义无反顾地去吹响这决战冲锋的号角！

"老李，抽什么疯呢，今儿？"显然，赵区长也有点忌惮这个耍起威风来的财神爷，语气诺诺地小声问。

李志鹄早已目中无人，往日里从李智冀那里哑巴吃黄连的苦与怨，在今天的碰撞中突然爆发出来，找到了一个发泄的渲涌。多年仕途磨砺的城府，也已随着心中掏不出来的憋屈分崩离析。现在，他心里只有一个信念，拿酒的力量去镇压去消灭这几个不谙世事胆敢蔑视自己，将自己当做

“穷寇”狠狠追打的小兔崽子。

“拿酒来！”李志鹄大吼。

“洪炜，拿酒来！”万祎大喊。

围坐在这张大餐桌边的人们，就那么惊慌失措地目睹着，屏声敛气。

这“苏幕遮”雅间里，只剩下两种声音在嚣张：一种是酒水灌进嘴里下咽时的轻微的咕噜声，另一种是空气挤进空酒瓶，越来越大，而且带有几分恐怖的嗵嗵声。

几乎是同时，两人喝尽瓶子里的酒液，倒握着酒瓶，上下用力甩一甩控一控，滴酒不剩；两人相视微微一笑，扭身抡起酒瓶狠命摔在铺着地毯的地上，嘭嘭两声，沉闷而惊悚，仿佛就是欢庆胜利的轰隆隆的礼炮。

然而，没过多一会儿，坚挺身子的两人，不约而同想着坐下来，却见身子晃了晃，一下子就瘫软如泥，扑通，两人几乎同时一头栽倒在桌子下面。随之一片惊呼。

“万经理，祎哥，你怎么啦，你睁开眼睛看看呢！”

“李局长，你，你没事吧？”

还是洪炜清醒也冷静，满身抓挠着找手机，声嘶力竭地大喊：

“快、快，叫救护车——打120啊！”

三十六

“你行啊，万祎！救护车的叫声悦耳动听吧。——但我还是劝你，别跟我比酒量，有本事跟我比工作量！”刘允虎瞟一眼站在跟前的万祎笑道。

“哈哈哈，工作量，有简单复杂之分，现在简单的都没法跟你比；酒量嘛，也差远呢，咱不提高档低档啦，反正刘主任比我精彩多啦！”

秋天时，刘主任去督查各审计团队的工作。在另一个市区，架不住拆迁办的盛情款待，他本来不胜酒力，却多贪了几杯，但自己在酒桌上咬着牙努力坚持着，可是回到酒店刚一进屋，再也控制不住，一张嘴就跟喷泉似的，把客房雪白的床罩床单吐了个稀里哗啦五颜六色。当时也打了120叫来了救护车。不过，在行业里拼搏了七八载，善于总结，悟性极好，从业务能力上讲，刘允虎主任即使在信达国际两千多号员工里头那也是顶呱呱出类拔萃的；而且他还是个多面手，他不但是CPA，还有CCE和CPV执业资格。他万袆当然不敢贸然跟他叫板。但他牢记着在会计视野网站读到的那篇关于会计师事务所“接班人”遴选的文章，他从那里了解到目前信达国际合伙人基本上是近10多年中一步步成长起来的——于是，他轻轻哼一声，在心里默默撂一句狠话：“咱等着，总有一天我超过你，我还要做行业领军人才，朝合伙人努力呢！——总有一天，您站着，我坐着——您得给我汇报工作！”

“我没空跟你逗贫，你小子擅离职守，溜回来找我，到底有什么事？有话快说有屁快放！”

“主任，你也来这套，明知故问是吧？——我那份反映晓虹区严重违反政策法规的专项报告……”

从义和区回晓虹区都一周了，刘主任始终对这份报告未置可否。几次，他在RTX上问他，他总是推三推四，以后再说。眼看都要过春节了，万袆心里有点焦灼不安，别闷声不响就给扔进了垃圾桶啊！不行，得当面跟刘主任去慷慨陈词，先说通了他再说。午餐后趴在桌子上稍微歇了歇，他再也等不及。见刘主任在网上呢，忙问：主任，在北京吃炸酱面呢，还是在上海吃汤圆、在泰山看日出呢？嘿，他竟然对自己置若罔闻，一直免开尊口。我靠，你，主任，知道你快洞房花烛夜了，也不能这么重色轻友啊！看看去，你跟谁热聊呢，嘿，还真在QQ，查看IP区域，北京！只要在北京，你呀，刘主任，没地儿跑，一准在你那个办公室；而且末班车来之前，你会，一直呆在那儿，除非去厕所的空儿。

他跟大伙交代一声，直接就奔了火车站，卖了趟动车，立马回了北京，然后乘四号线地铁一阵风似的，就回到了事务所。

天已大黑了，已经过了下班时间。事务所里只有寥寥的几个人。他按了指纹密码开门进去，直奔刘主任的办公室，的确，他就端端正正坐在那里忙乎呢。

刘允虎有点不耐烦，这个小鸡巴小子，真犟！你才干了几天审计，你知道全中国这类的事儿有多少吗？堆起来比珠穆朗玛峰都高，甭说你无权管，就是给你天大的权力，你管得过来吗？当然，他并不否认万祎对真善美的追求，维护社会正义的使命感以及遵守注册会计师准则的自觉性。只是，自己的手头，活也堆得跟香山一样高了；他的确没工夫跟他瞎咧咧。特别是眼前这份资料，必须在明天上班前一个小时交到董事长手里；上午九点，他将陪同董事长准时到达高铁股份公司，当面向其决策层做征地拆迁审计的阶段性工作汇报。

“什么狗屁报告，比我手上的报告还十万火急呀？”

“对了，就是比你手上的报告更急，万万火急！”

“嘿，还来劲儿了！”刘允虎也是个喜欢针尖对麦芒的主儿，啪地一拍桌子，还真撂下手头的活，冲着万祎吼道：“少啰嗦，赶紧着，说！”

见刘主任一本正经对待自己的事了，万祎倒是有了轻重缓急，不那么冲了。他过去拿起主任的茶杯，转身出去添满水，也顺便给自己接了一纸杯纯净水。回来放下杯子，往主任对面的椅子上一坐，喝口水，润润嗓子，准备在主任面前对晓虹区那些违法乱纪的严重问题狠狠口诛笔伐一番，也点燃起他心中那一团愤怒的烈火。

可是，话到了嘴边，他又不知从何说起，一堆问题，怎么个沿波讨源，言之有理，又能主次分明，简明扼要？

刘主任也喝了几口水，轻松一下，然后平静地说：“没屁放的话，就赶紧给我滚回去。你的专题报告看了，没不当回事，再等等，啊……”

“不行！不能等了，再等，春节都快到了！”

“嘿，你小子也太狠了吧！就是把那些贪官污吏给绳之以法，你以为这个春节他们拿不到红包啦？做梦吧，你！那些狗屁法律程序绕来绕去，一年半载，写出几页判决书就够神速的啦——你以为都跟咱们CPA干活不要命不分昼夜，你见《注册会计师法》给咱们规定了多少天出审计报告了吗？人家大法官身子多金贵啊，不管是刑法民法，还是行政法，那些程序法把时间掐得就跟神舟飞船发射一样准，倒计时，分秒不差！人家是周末节日休息‘一秒都不能少’啊！——去吧、去吧，下来再说。”

“不，现在就说！”万祎今天还死犟上了。

“说，说，我服了你啦，行不行！”刘主任无奈，就当换换脑子吧。他双手猛一拍桌子，这要是搁在往常，万祎他们几个年纪轻轻的项目经理及其属下，都会吓得心颤腿软。可是，今天他愣就是有股无所畏惧的凛然。

万祎想起来自己是有备而来的啊，赶紧手忙脚乱地从电脑包里拽出来笔记本，心想，就照着上面的一条一条的讲吧，别扯淡什么章法辞藻啦，充分发挥自己的摇唇鼓舌之功吧，能当面把他说动了心，再指望他到董事长面前去摇旗呐喊吧。

“主任，你信不信，一家企业平白无辜就能放弃自己的几个亿资产，弃若敝屣？”

“信，也不信。你要搞清楚它为什么放弃，弃之合理，就信；弃之不合理，就不信。”

呵，主任就是主任，这思维就是与众不同！他不会轻易就给你肯定的回答，逆向思维，不但磨练自己的怀疑最大限度接近真相，也锻炼与之交流的员工的逻辑分析能力。

“环宇集团，是晓虹区最大的国有房地产企业，据其网站消息，就要成为该区第一家上市的房地产企业……”

“你考虑了没有，它是不是在剥离不良资产？”

“我的主任哟，目前房产市值跟火箭似的往天窜呢，它的房产可能是

‘不良资产’吗？如果是，那么它作为房地产企业，还有优良资产可言吗？它靠什么上市，塔吊挖掘机推土机，拆的，还是建的设备？你不觉得，如果企业市场竞争力不强，这种固定资产越多，不就是一文不值的废铁越多嘛；流动比率低，不像房产，没增值潜力，何谈优良？”

“嗯，言之有理！”刘主任点点头，他赞赏万祎肯动脑筋，不是想当然，“接着说！”

“这家环宇集团没有选择最利于它利益的‘房屋调换’，全部由承租人选择了‘货币补偿’，仅统计那个地铁站的拆迁，账上就失去了三个亿的房产资产；还有更令人气愤的，它连法定应该拿的7000多万补偿，竟然分文不取，大方的很啊——主任，你不觉得这种慷国家之慨的行为，已是一种犯罪行为吗？”

“你的依据是什么，具体到条款……”

“刑法第397条，玩忽职守罪，就是致使公共财产、国家和人民利益遭受重大损失。《立案标准》规定，造成公共财产或者法人财产直接经济损失30万元以上。还有，私分国有资产罪，刑法第396条……”

“如此严重的国有资产流失，如果真的是有预谋的人为操作，犯罪，不砍脑袋也得倒下一大片噢！看来，这环宇集团真的有病，还病得不轻噢！这个问题打住，说下一个——”

“下一个——嗯，还是说跟这环宇集团相关的，那个27户集中办理租赁凭证的事儿吧。”

“晓虹区的政策你们吃透没有？我关注了沿线的几个主要城市，都有这么个莫名其妙的政策，就是公房拆迁，一旦选择了货币补偿，就把80%，甚至95%的补偿给原来的承租户。这样倒好，无房户不费吹灰之力，一眨眼就成了有房户，这叫什么‘勤劳致富’？简直就是一种掠夺，奖懒罚勤！”刘主任说着用力一挥手，表示他对这个政策的不满。也的确，他为结婚买房费死劲儿了，多少年没日没夜的劳累，一套并不宽敞的五六环之外的房子，就已经把他的积蓄一扫而光。

“这个政策各地大同小异。晓虹区是80%,非居的也是这个比例。我们分析了,那27户都赶在拆迁公告前一年,前后不差两三个月,你说哪有那么寸的?——这分明是内鬼在兴风作浪!只可怜了那些被骗走,或者被赶走的老承租户了。”

“如果是真的,这27户就是土匪无疑!”

“我们判断,也可能有的是虚构的,他们一直不提供‘拆迁计划’。我怀疑是怕我们核对拆迁总面积——但在这方面做手脚不难,摸底的时候多报面积,打点到位,都是心照不宣的事儿,没谁费力不讨好去真拿着皮尺丈量核对……”

“我直接给它定性了,诈骗罪!万祎,你给我说下,照你那个本子上记的,触犯了刑法第几条,有什么说法?”

“哦,诈骗罪,刑法第266条。数额特别巨大的,处10年以上有期徒刑或者无期徒刑,并处罚金或者没收财产。按照最高法院的司法解释,20万以上就是特别巨大。20万,相对这27户拿到的拆迁补偿3500多万,简直就是天上地下啊!”

刘允虎不禁叹了口气,端起茶杯想喝水,没了。他举起来晃一晃,万祎就又去给他接了一杯。这时他好像心事重重的,岔开话题问:“万祎,就那个混进高铁的地铁站,10个亿,砍掉晓虹区高铁拆迁补偿的50%,都绰绰有余了吧。算了,咱们还是别操心怎么去追究法律责任的事,先履行好与高铁公司签的合同,先做正事吧。啊!”

“刘主任,你这是什么意思?是不是就只管砍了那些违法乱纪的补偿款,把握住审计风险;其他的,事不关己高高挂起,熟视无睹啦?”

“万祎,你想没想过,一旦答应你,把违法的事捅到执法机关。那么,对咱们事务所今后的业务拓展,乃至对整个CPA行业的诚信,它的影响太大,又不确定!万祎,我们不能感情用事,不能冒险!不但对自己负责,更要为咱们的事务所负责,对行业负责!CPA虽被说成‘经济警察’,但实际上,我们很多时候连‘保安’都不如,保安手里还拎着根警棍呢……”

"刘经理，我也觉得影响很大，才没擅自做主。但我个人觉得，这个影响是可以确定的，只要我们把这件事跟咱们所的执业理念、发展战略联系起来考虑。"

"噢？你说说看。"

"你想呀，主任，要是这件事报告了，揪出了违法者，就为各地政府今后的拆迁节省成本提供了可能，他们肯定欢迎我们去审计，就这个大蛋糕，肯定就能养肥咱们部门！"

"你考虑了没有，因为我们超越了合同确定的审计目的，狗拿耗子多管闲事，让未来的客户心存畏惧敬而远之，不但业务难以开拓，现在手里攥着的，不也抓不牢靠了嘛？"

万祎心想，主任这可能在逆向思维，他做事有把困难尽量想得全面些严酷些的习惯。另一方面，又何尝不是在掂量自己是不是南箕北斗呢？他激奋起来，去接了杯水，就当是一杯冲酒，一口干了，站着那儿，挺直了腰板慷慨陈词："主任，像咱们这么规模，品牌响亮的事务所，还会吃残羹冷炙吗？干的就是要紧的要水平的大业务。咱怎么入围？——当然首要的是业务能力，还有你能不能坚守职业准则——而我们提供的极具震撼力的附加审计产品，必然为我们赢得声誉！当然，我不否认，短时期内，也许会让一些客户心里不踏实，七上八下，怕你揪出不想让你揪住的问题，给他捅到上级部门去，会有踌躇。但长远看，我们 CPA 的生命力，归根结蒂，就在于她的审计准则能不能切实落实，她的道德水准能不能提高。咱们能落实，也能提高，那咱们信达国际就一定会永葆青春蓬勃发展！"

"你说的不是没道理。特别是当下，各行各业职业道德江河日下，我们如果……还真有那么点首当其冲，卓尔不群！"

"对呀，主任！"万祎一听有戏，兴奋了，靠近了桌子，"不过，我当时也想到了咱所里可能的顾虑，所以就提出以我个人名义提交报告，只我一个人签字……"

"瞎扯淡！只签你万祎一个人名，人家就以为你跟信达国际没关系啦，就以为提交报告的事儿仅仅属于个人行为啦？幼稚！”

见主任脸色有点变，万祎急了，赶紧一把抓起工作手册翻了翻，引经据典：“主任，你看，我国‘审计法实施条例’第六条规定‘任何单位和个人对依法应当接受审计机关审计监督的单位违反国家规定的财政收支、财务收支行为，有权向审计机关举报。’”

“但是我们CPA职业道德基本准则的第十五条也写得很清楚，‘注册会计师对有关业务形成结论或提出建议时，应当以充分、适当的证据为依据，不得以其职业身份对未审计或其他未鉴证事项发表意见。’——万祎，你的依据‘充分’吗？”

“可是，主任呢，我们没有权力做延伸审计，我不敢保证依据‘充分’，但是，我没有形成‘结论’，或正式提出‘建议’，也就是提供一个线索吧——而且保证是经过我们认真负责的‘审计’的。绝不是‘未审计’事项！还有，主任，你千万甭跟我闪烁其词啊，我受不了——对了，你不是断章取义吧，那紧接着的第十七条怎么规定的？明确指出‘注册会计师对审计过程中发现的违反会计准则及国家其他相关技术规范的事项，应当按照独立审计准则的要求进行适当处理。’这都是违法乱纪了，比‘违反会计准则’严重得多，难道不应该‘适当处理’？”

其实，刘允虎能近取譬，喜欢万祎这样扪虱而谈。只是手头活太紧，他想打发万祎赶紧滚蛋，抓紧干活。可是又不能就这么给他一个定心丸，万一最后梦幻泡影呢？自己岂不没了回旋余地——谁知道董事长最终怎么权衡利弊，多谋善断呢。而万祎一意孤行的执著和勇气，他打心眼里喜欢；能与这样有胆有识的同事抒发一下胸臆，何乐不为呢。于是又咬咬牙，跟这小子再畅谈会儿吧。他故意逗：“呵呵，你小子也来‘莫须有’呀，说我断章取义！你往下看，第二十条‘注册会计师应当对执行业务过程中知悉的商业秘密保密’……”

万祎当真了，大叫：“主任老兄哟，这都火烧眉毛了，您还在棉花堆里抽烟，寻的着火呢！这，这他妈犯罪的勾当，也算‘商业秘密’——让你听听《宪法》怎么说的，第四十一条第一款规定‘中华人民共和国公民对于任何国家机关和国家工作人员，有提出批评和建议的权利；对于任何国家机关和国家工作人员的违法失职行为，有向有关国家机关提出申诉、控告或者检举的权利……’主任，你不觉得，我们 CPA 在拆迁审计当中，发现的如此严重的违法乱纪，都不去‘控告或者检举’，难道这不是对‘诚实’、‘诚信’、‘真诚’的极大亵渎吗！也许你会说，这些是老百姓的事，CPA 势单力孤爱莫能助，可是，这些违法的事儿，如此明目张胆肆无忌惮，我们 CPA 是通过审计，老百姓又通过什么从何了解呢？我们要是也主动放弃宪法赋予的监督权，装聋作哑，作缩头乌龟，我们社会的正义、公平何在！”

听万祎这么讲，还搬出了《宪法》来压他，他没有丝毫的反感。倒是若有所思，借机抒发一些胸臆，他似乎在漫谈，却又神会心契。他说：“你说到了《宪法》，我倒是想起总理去年初与网友在线交流的事。说到民主监督，总理说他曾经引述过建国前毛泽东主席和黄炎培先生说过的一段话解决‘其兴也勃，其亡也忽’的周期律问题，最重要的是民主，只有民主才不会出现人亡政息，他当时跟网友谈的是公款吃喝、公车私用、公费出国，其实也关系到整个反腐败。”

“是啊，发扬民主，就要落实《宪法》赋予的监督权，就要让每一个公民主动的而不是被动的，自觉的而不是盲目的，特别是对于那些关乎国家兴亡大事，绝不能听之任之袖手旁观。而我们 CPA 有法律赋予的一些审计权限，这应该成为 CPA 行使监督权利得天独厚的条件。”万祎感慨道。

刘允虎继续阐述自己的理解：“但是，就在这里，的的确确有很多人断章取义了，他们有意或无意回避毛主席强调的民主的形式或者说方法，只提‘民主’二字。其实，根据黄炎培《延安归来》所述，毛主席的完整表述是这样的：‘我们已经找到新路，我们能跳出这周期律。这条新路，就是民主。只有让人民来监督政府，政府才不敢松懈，只有人人起来负责，才不会人亡政息。’而现在，奢谈民主的比夏天的苍蝇蚊子都多，却避而不谈‘让人民来监督政府’和‘人人起来负责’的根本……”

万祎忽然在心底油然而生敬仰。自己的这位领导，刘允虎主任，作为一个 CPA，一个每天跟阿拉伯数字打交道的财会审计专业领域的精英，居然对如此深奥的社会科学理论，有着深刻而独到的见解，经邦论道。他真的没有想到——嗯，那个李局长的位置给他才对。心里想着，舌头不僵，接着话茬就说："是啊，我的报告，不就是在用行动来落实'人人起来负责'嘛！主任，你说，对不？"

"呵呵，你呀，万祎！我们家乡有句话说，铁锅里的泥鳅滑不到哪儿去——究竟谁是泥鳅呢，现在，真的不好说！"刘允虎脸上不易察觉地闪过一丝忧郁。

"哦，说起家乡来了。不怕你笑话，小时候，我做过一件蠢事——"万祎坐下来，说："有一回，我考试考砸了，数学才闹了个 58 分。不挨揍会飞呀！我也算急中生智啊，把 58 的'5'描了描改成了'8'，88 分，马马虎虎交差。结果被我爸识破了，但他没骂我，更没打我，却给我讲了个有关晏殊的故事。晏殊，那句'无可奈何花落去，似曾相识燕归来'名句就是他说的，北宋的大诗人，范仲淹、欧阳修都是他提携的。他 14 岁时因才华超众，破例参加皇帝监考的殿试。宣读了考题，他却放下笔，跪在皇帝面前。皇上问'考题艰深乎，不会写？'晏殊答'非也。十天前，小童写了篇文章，恰与今日考题相同'。皇帝不解，看看左右，君臣都纳闷：哪个考生不希望押对了题啊！晏殊背诵那篇文章，文采斐然。皇上非常高兴，小小年纪，写得一手锦绣文章，已属难得，又这么忠厚诚实，更加可贵。就没允许晏殊'另出考题'的要求，直接赐为进士，之后在朝廷做过集贤殿学士、宰相、兵部尚书的要职。——从那以后，我发誓一定要做一个诚信正直的人，绝不说谎。"

"嘿，你小子不会是迷恋晏殊的高官厚禄吧？哈哈哈，来文诌诌的，我也记得莎士比亚一句话呢——对己能真，对人就能去伪，就像黑夜接着白天，影子随着身形。"

"是啊，所以对于这些违法乱纪'不真'的王八蛋，必须严惩不贷，绝不能姑息养奸。这也才是落实民主的根本所在,即所谓‘人人起来负责’!”

刘允虎话锋一转,问:“万祎,你说,咱们高铁征地拆迁审计砍掉这么多,可是补偿款,该给老百姓的基本也到位了,该掖进贪官污吏兜里的也差不多到账了。最后这部分补偿资金进不了高铁股份,你说他们会怎么办?”

“那还用问吗! 贪官污吏的照着刑法条款没收财产,追回呀!”

“老百姓的呢? 我关心这点呢——”

“哦,老百姓的,蒙的骗的,也不是小数目呢——照拆迁补偿条例的‘罚则’,不但要退回,还得处罚呢。可是,现在哪儿都风声鹤唳强调维稳,哪个县长区长市长的头头吃撑了,敢捅这个马蜂窝啊? 拿了的也就拿了吧——主任,你说呢?”

“我想也是。不过,这对今后的征地拆迁很不利,前有车后有辙,拆东家,给了100万补偿;拆西家的时候,只给80万,你拆得了? 这征地拆迁工作就没法搞了,恶性事件更将层出不穷。到最后,好话说尽没咒念了啊,我估摸着,只能开足马力印钞票,增发货币,物价跟着飞涨,把成本压力分摊转嫁给每一个中国老百姓。对那些没吃到拆迁好处的,太不公平!这,真他妈的,缺了八辈子德了! ——我靠,我家也没拆过呢!”

三十七

万祎才没闲情逸致管你刘主任家拆过没拆过,物价涨不涨呢。现在他关心的唯有那份“人人起来负责”的专题报告,到底能不能报上去!

现在,他迈着轻盈的步履走在街上。虽然刘主任最终并没有给他一个明确的答复，但从他的语气和表情上，已经可以感觉到了胜券在握。夜色如此阴暗，即使路灯在努力彪圆眼睛。可是，在万祎的眼里，呵呵，明天，自己，或者准确地讲，在维护国家和最广大民众利益的高峰上，那一轮照耀着他们CPA闪亮价值的朝阳，已经喷薄而出，火红火红。

“万祎，这都九点半了，你小子要是不想逼我明天早晨从楼上跳下去，赶紧给我滚蛋！”刘允虎瞥一眼电脑右下角的时间，忍无可忍了，阴沉着脸吼道。

“好好，我走！主任，你还没吃呢吧，一起吃去吧。我请你，老鸭粉丝汤！”

“你去吧，我一会再说——今天晚上，我得搞个通宵了，让你搅合的，脑袋都乱了！”

这家贵州老鸭汤，就在不远处的一条街巷里。第一次来品尝这一地方美味小吃，还是刘主任带着来的。

10块钱一大海碗，别说是北京，就是全世界，恐怕也难找这么物美价廉的餐饭了。不过，拿起筷子挑一挑，很明显，鸭珍干比前一次又少了几片，物价，这就开涨了。

不过，鲜美的老鸭粉丝汤还保持着原汁原味，飘在汤碗里的翠绿翠绿的葱花，几个金灿灿的油豆腐，增添了老鸭粉丝汤的色香味，万祎没有因为意念中的“涨价”倒了胃口，吃得满头冒汗。他抬眼瞥一眼餐馆墙壁上鎏金的老鸭汤大红招牌。一派天花乱坠的吹嘘吧，真的有那么神奇？他想着，默默念几句，歇口气儿，落落额头的汗——

……懂得养生的人都喜欢喝上一碗热气腾腾的老鸭汤。关于老鸭汤的营养在《本草纲目》中有详细的记载。鸭肉的营养丰富，祖国的医学家认为鸭肉味甘微盛，性偏凉，入脾、胃、肺以及肾脏。具有滋五脏之阴、清虚劳之热、补血行水、养胃生津、止咳息惊等，即有清热解毒、解阴降火、止血痢和滋补之功效……

兴许能赶上零点以前的列车吧，他本不想在北京过夜。但心里挂念着高菲菲，对呀，为什么不跟她联系一下，而且内心中那股难以名状的情愫也在怂恿着他。对，给她打个电话吧，也许彼此之间，依然深埋在心底的那颗爱的种子在这个接近春节的夜晚，瞬间绽苞吐绿，一个快乐的奇迹宛若节日夜空上的璀璨礼花，就会轰然开放。

“菲菲，忙啥呢？我在北京呢。”

“啊，去北京干什么，你们不是还在晓虹区审计拆迁呢吗？”

“哦，找我们主任当面说点事——出来一起，喝杯咖啡吧，有空吗？”

“万祎呀，我正、正犹豫着呢……”

“犹豫，犹豫什么？喝杯咖啡也需要犹豫？那么吃顿全聚德烤鸭呢，是不是需要决胜千里运筹帷幄呀！”

“扯哪儿了呀！有件事，我正犹豫呢，要不要跟你说——我在家呢。”

“回家了呀，你！什么事啊？什么事不能痛快跟我说，犹豫啥呀！”

“嗨，反正你人在北京呢——回来再说吧。”

“那，我今晚一定赶回去，咱们见面说吧。”

只买到普快的车票，也没有了合适的车次，虽然有点心急火燎，但也得耐心地在候车室等待检票；然后忍耐着车厢里的摇晃。也许跟刘主任争执时候脑子过于紧张和兴奋，现在疲倦不堪，一拨接一拨的瞌睡虫不断飞袭而来。他就倚在靠背上眯一会儿。

迷迷糊糊的，万祎身不由己飘逸在一万年以前的那个世纪里，那是自己曾经看过的一部科幻大片《史前一万年》里的情景，一切，雪山、洪灾、利齿兽……似乎就在一万年以后的现在，就在自己的眼前，漂浮流动。哦，那个迪雷，多么诚实多么勇敢啊！“雅格哈的人不能用谎言赢得‘白矛’”！于是，他勇敢地承认了自己并没有杀死曼纳克“四脚魔”，即使失去深爱的艾弗拉特，也必须恪守诚信！后来，他又勇敢地挽救了自己的种族和心爱的艾弗拉特，越过圣山，赢得了包括最勇敢的候达族人的鼎力帮助……

哦,此刻,自己是不是就是在经历一次人生的诚实与爱情的跋涉,那座雪山,究竟有多高?……我,一定,是一个画大圈的人,不但维护家人,也一定要维护更多的人的利益,比如,眼前的拆迁审计——我,注定要承担伟大的使命,支持我的人,会越来越多……艾弗拉特,你,不要走,等等我……

他睡着了。要不是被刘允虎的电话叫醒,他也许会坐过了站。

"万祎,谢谢你的面包火腿肠,不然,脑筋连轴转不上油,肯定歇菜!——都是因为你小子捣乱,我他妈刚弄清!"

"哦,那、那你赶紧休息休息吧!"

万祎睡眼惺忪,看下时间。哦,都快清晨五点啦!哎哟,刘主任,这一夜,他顶多睡两个小时的囫囵觉了。

几小时之前,他从贵州老鸭汤餐馆出来,转眼一想,刘主任这个工作狂,这时候还不吃饭,肯定就捱过去了。总这么着,弄垮了身体啊!他便在永辉超市给他卖了一些面包、卤蛋、酸奶和火腿肠。当他蹑手蹑脚返回办公室,刘允虎连眼皮都没抬。他也没吭声,把食品袋往茶杯旁轻轻一撂,一转身跟做贼似的匆匆离开。他怕惊扰了刘允虎的思路,惹得他暴跳如雷。

没有料到,刘主任还特意打过来电话感谢他。与此同时,还有一件他意料不到的事正在等着他,那是他的"艾弗拉特"高菲菲实实在在给了他一次啼笑皆非,却又有点雪虐风饕的爱情跋涉。

三十八

"原来是这么回事,怪不得你要犹豫呢!哈哈……"了解到事情的来龙去脉,万祎苦笑。

"你,万祎,你是不是在嘲笑我,我是不是很蠢,掉进钱眼不可救药了?!"

"哦,不、不!"万祎察觉到高菲菲眼里流露出的一丝哀痛与绝望,急忙收住口绷紧脸。

给苏慕喆打个电话交代一下工作,万祎没再跟高菲菲联系直奔她位于鹏府花园的新家。但他吃了个闭门羹,忙不迭拨通电话,才知道他们一家人早就搬进医院住了。

有言道,士别三日,当刮目相看。然而,三载也许太漫长了,当万祎再看到躺在病榻上的高菲菲父亲高山宇的时候,不禁心生悲戚,绝非刮目,而是泪湿双眼。过去那个顶天立地的汉子,已经无影无踪。

当他帮着高菲菲把那个其貌不扬却趾高气扬的中年男人撵出去后,听着高山宇呼呼地喘气,实在难受,就一把拽住高菲菲来到医院的院落里,在被紫藤粗壮的藤蔓遮挡着阳光播洒斑斑驳驳光影的小径上,漫无目的地散步。

一阵沉默之后,他再也憋不住了,站住,伸手抱住高菲菲的臂膀,彼此,双眸逼视。他分明是在心底里发出吼声,即使自己在竭力压低嗓音。

为什么,这究竟是为什么?! 那个,丑陋的男人是谁,他,为什么如此飞扬跋扈有恃无恐;你们,你们家,做了什么见不得人的勾当,被人家攥住了把柄!?

在神通广大的丁立靖——他们老哥几个尊称他为"小丁总"的运作之下。那人民币,对于他高山宇来说,简直就是天上掉馅饼,噼里啪啦,给砸得有点晕眩;胆大包天,竟然跟人家小丁总闹起别扭来,还不被人家照死里收拾?这话儿还得从头说起——

丁立靖企图以子虚乌有的"咖啡馆"蒙混拆迁补偿的伎俩并不如他自己想象的那么一帆风顺。那天,开了一个兴师动众的协调会,他本以为就可以瞒天过海，就等着金秋时节收获人民币了。可是，这个世界再怎么乌七八糟，毕竟是个邪不压正的世界。居委会主任任智立过了一夜，纳过闷来了，但他不敢直接去找拆迁公司的总经理丁立飒，于是去找了副总经理庄翔，主动交出了丁立靖硬塞给他的十万元“封口费”，一五一十交代了事情原委。

“小丁啊，年纪轻轻，怎么做出这样的事情?”庄翔立即叫来丁立靖，希望通过内部解决掉，不要捅出去让他们这个津奇拆迁公司成为众矢之的。他好言好语地劝说：“年轻人，以后的路长着呢，万一栽进钱眼上，万劫不复，这人的一生，就毁了，毁了！我呢，不跟你哥讲，但是，自己必须赶紧去把屁股擦干净!”

庄翔是丁立飒的老搭档，为人忠厚老实，工作勤勤恳恳。然而他在这件事上对丁立靖无原则的庇护，却恰恰将丁立靖推向了悬崖。因为早已被金光灿灿的财富镇压得喘不过来的人，已经无法辨别好与坏、美与丑。他，不过徒具人的形骸，已无人的思维与判断。眼望着前方不远处的金山，他的视网膜过滤了一切色彩，惟有金色才能纳入瞳孔，展现一星光亮。由此，他似乎只能一条道走到黑了。更让庄翔这个老好人做梦也想不到的是，他的善意劝解反而使丁立靖气急败坏。此时，利令智昏的丁立靖，他那缺少光彩的眼球在干涩的眼眶了转了几圈之后，竟下毒计让这个在平日里碍手碍脚的庄副总经理差点遭受了不白之冤。

“高大哥，你，你不能在协议上签字!”

“咋啦？小丁，丁经理，你。你这是唱哪出戏嘛？——不是你，一开始，心急火燎地让我们赶紧签了字，带着麻袋去装成捆的补偿金嘛?”

“听我的，没错，咱不签了!”

“哦，丁老弟，小丁总，听你的，咱不签……”

即使水中的月亮，也得拼命捞一捞啊！眼睁睁看着“咖啡馆”的金凤凰插翅飞去，他丁立靖绝不甘心。于是他鼓动高山宇他们一帮子老哥儿们拒绝签字，硬是不搬；逼迫着拆迁公司向法院申请强制拆迁。这样一来，随着哭爹喊娘的叫喊，分管这片拆迁工作的庄翔副总经理，就必然被上面“另眼看待”——要是再整出一条半条的人命来，想到这，丁立靖自己也不禁浑身抖了一下，他庄总，说不定就要有牢狱之灾了。

还是悠着点儿吧。他不傻，事情，不到万不得已，还是不要做得太绝，否则物极必反。

“放心，高大哥，沉住气，就是强拆，也少不了咱们一分钱！”

虽然他丁经理给撂下了踏实的话，可是真把住房保障和房屋管理局送达的“房屋拆迁裁决书”捏在自己的手里，他感觉这两张本来轻飘飘的纸，却重如磐石。他的心里不住地打着小鼓，浑身，也禁不住瑟瑟发抖。

……裁决如下：被申请人高山宇(含房屋使用人)，自收到本裁决书之日起十五日内迁出渠府路东街33号……如不服本裁决，可在接到本裁决书之日起六十日内向市住房保障和房屋管理局或晓虹区人民政府申请复议。或可在接到本裁决书之日起3个月内向晓虹区人民法院起诉。在复议、诉讼期间，不停止拆迁的执行。在裁决书规定期限内不搬迁，本局可向晓虹区人民政府或晓虹区人民法院申请强制执行。

“丁老弟，丁经理，小丁总——这两张，两张纸，就是你们上头的那个局发给的什么‘裁决书’，不会、不会把咱的补偿全给打了水漂吧？——要不，就照着裁决书上说的，咱们就搬了吧！”

“你瞧瞧，这么和谐又和平的年头，他们能把你绑了、杀了？怎么，你们，怎么就这么胆小怕事呢，没让你去炸鬼子岗楼吧。”

丁立靖算是心服口服了，放下电话，在心里头告诫着，这些个穷鬼，一旦危及自己的利益，照样会退缩、动摇，也会投降当“汉奸”；说不定啊，甚至会反咬一口，诬告我丁立靖就是那个幕后黑手！——得留点神儿，跟他们。

最终，高山宇这条汉子没有让他彻底失望，毕竟是做过二三十年工人老大哥又干过车间领导的淬过火的上好的钢坯料。而高山宇面对强拆时候异乎寻常的英勇举动，歪打正着，给了丁立靖一臂之力，让他“咖啡馆”之梦枯木逢春。那天，居委会主任任智立和拆迁公司副总经理庄翔，陪同法院法警、公安民警等等，浩浩荡荡，在呛鼻的拆迁机械柴油尾气的黑烟缭绕中，跟高山宇扯着嗓子喊话，希望能够劝说他回心转意在拆迁协议上签字，立马搬家；不要把造福百姓的好事演变成了怨声载道的坏事。

“甭跟我来这套！现在是共产党的天下，老子虽然下了岗，但还是工人阶级，领导着你们！”高山宇已经爬上了楼顶，扬起手里的一面国旗，器宇轩昂。

庄副总经理无奈地朝法官王宏卫摇摇头，商量道：“跟他废话没用，动手拆吧？”

“还没到万不得已的时候……”王法官没有轻率应允，抬起头瞧瞧，大声呼喊：“高师傅，我是区法院的王宏卫，希望你能够认真考虑强拆通知书上的意见，接受政府拆迁！”

“王法官啊！久闻大名啊！怎么，您也助纣为虐啦，不替咱老百姓说话啦？”

王宏卫法官在晓虹区的确是个家喻户晓的人物。这主要是因为他能把自己的心贴在老百姓的心上，秉承法律的精髓与权威，切实维护普通民众利益，由此赢得了广大市民的拥护。还是2007年，刚刚主持行政庭工作的王宏卫，就遇到了一起因房屋拆迁而引发的群体性诉讼案件，居住在晓虹区意大利风情区内的98户被拆迁居民集体向法院提起“房屋拆迁许可证”行政诉讼。该案一审败诉后，当事人当即向中级人民法院提起上诉，并指名让王宏卫审理。为了给各方施压，在二审法院受理期间，数十名案件当事人先后十余次聚集到法院门口缠诉闹访，并多次到市高院、市政府、北京上访、闹访。有的当事人还躺在法院门口，有的甚至多次以自杀相威胁。当事人每次来法院闹访情绪都非常激动，扬言“如果法院不公正审理，将采取极端行为维护权利”。针对参与人数多，群众情绪激烈，事态随时可能激化的情况，王宏卫带领全庭同志从维护稳定的大局出发，认真细致地做好当事人的思想工作。当事人每次来访，他都认真接待，仔细倾听当事人的诉求及意见，解答他们对案件的疑虑。在此基础上，她还和其他同志一起多次深入到当事人家中做大量协调沟通工作，希望他们通过协商化解诉讼争议。看到王宏卫和她的同事为自己的事这么跑前跑后、尽心尽责，很多当事人都很感动。从而，为案件的顺利审结打下了坚实基础。与此同时，她还积极与有关部门协调沟通。开庭那天，区委书记、主管副区长等悉数到庭，与拆迁户代表面对面交流。由于运用法律正确，疏导协调及时，很好地消除了矛盾，减少对抗，增加了官与民之间的互信。尽管法院最终驳回了98户居民的上诉，维持了一审裁定，但上诉人对王宏卫等人的尽心尽责的工作态度十分满意，最终没有酿成在受理此案之初当事人曾扬言的“将案件变成事件”的严重事态。

“高师傅，听说您早就想签字了，对吧?”王宏卫法官循循善诱，但绝不诱骗。“您突然改变主意，究竟是为什么呢? 有什么苦衷，下来我们当面好好谈谈——”

“王法官，我知道您是好人——可是、可是……”

“有什么不好在这儿说的? 我们可以单独谈，晓虹区政府，还有它的拆迁办，都是为人民办事的机构，放心好了，我们会为老百姓做主的。”

一阵难熬的沉默。

突然，高山宇一反常态，高举旗帜当空猛力挥舞了几下，狠狠戳在楼顶的装饰瓦，稀里哗啦一阵响动，被击碎的瓦片纷纷滑落，他自己也晃动着身子，慌忙蹲下来，稳住脚跟。

“甭跟我在这儿瞎扯，人心隔肚皮，谁知道你们当官到时候怎么收拾我们平头百姓!”说到这儿，高山宇想起自己在老厂子的二三十年的兢兢业业，却成了下岗职工，多少年来维持家里生计的艰辛困苦，升腾而起的悲愤一时气鼎肺腑，脑子里就听得“嗡”地一声，两眼一黑，双腿一软，身子一下就重重地跌在楼顶,顺着坡顶滑落下去。

就在高山宇跌倒的一瞬间,王宏卫法官与庄副总经理对视一下,眼光中传递着果敢,严峻的表情不带丝毫怯懦,几乎是异口同声地高喊:“救护队,上!”

但是,高山宇滑落的速度没有留给救护队一分一秒的时间,眼看着就要跌落下来,一起因强制拆迁造成的伤亡惨祸转眼间就要酿成。千钧一发时刻,猫在楼顶侧面的丁立靖没有犹豫,窜起来扑了过去,伸手紧紧拉住了高山宇向上甩出的那只试图拽住天空的大手,两只手紧紧攥在一起,围观强拆的人们屏住呼吸,似乎听到了一声生命的呼喊正在天际之间回荡。高山宇瞪着布满血丝的大眼,狠命盯着这个刚才还在劝自己“见好就收”的丁经理,正因为他的出尔反尔激起了自己的极大逆反心态,做出激烈反应,才迈步到这个死亡的门坎;而这时候他又不顾安危解救自己。此时此刻,互相注视的眼光闪烁着复杂的无以名状的神色。

不过是一眨眼的停顿,“哐当”一声,丁立靖摔趴在楼顶,另一只手掀翻一块瓦片,随即被身材高大的高山宇强拉着一同以更快的速度滑落下去;惊慌之中,两人已经手足无措,狠狠扫一眼蔚蓝的天,听天由命吧,他们都绝望地紧紧闭起眼睛。

三十九

“哈哈哈……”

戛然止住笑声,警惕地朝四外扫视一遍,似乎还不放心,高山宇对紧跟在身边的老伴和女儿叮嘱道:“我先进屋,你们再仔细瞅瞅,有没有人盯梢，啊！”

顶天立地的汉子高天宇之所以这么谨小慎微战战兢兢，是因为就在当天，他们全家经历了一场永生不忘的劫难——

那天幸亏有丁立靖那么看似微乎其微的一拽，就那么延长坠落的几秒钟时间，救护队迅速把气垫铺好了。俩个人打着跟头摔下来，撕破了嗓子叫喊，重重砸在气垫上，虚惊一场，就像孩子玩蹦蹦床似的。

王宏卫法官随同救护车一起赶到医院，全面检查，除了惊吓，毫毛未损。看到王法官关切的目光，再加上丁立靖劝说，他再也没有理由拒绝签字，补偿款没几天就打进银行卡，兑现了，皆大欢喜。可是，今天，他跟老伴吵闹了一番，说老子好几天吃不香睡不踏实了，咱们的那些拆迁补偿款，必须，过过咱们的手，我才放心，也才能确定那些存在银行的那一捆一捆的钞票，的的确确完完全全就是咱们的，咱们家的，可以由着咱们花，给咱们宝贝女儿念研究生买汽车的！于是，一家三口，备齐了身份证户口本，还特意从哪儿捡回来一个编织袋，模仿民工扛着铺盖卷的样子，以防被贼琢磨上。这可不是拿着棒槌缝衣裳当针，他们还真让贼给盯上了。

从那家指定的银行取了钱出来，他们没有乘出租车，更不敢坐公共汽车，一家三口根据事先琢磨好了的路线，脚下生风，不走大道，专门抄近道钻小巷，往新家方向疾步而去。

走着走着，高菲菲感觉有点不对劲，轻轻问一句：“爸，咱这是朝哪边走呢？我记着家在南边，咱这，好像是往北走呢。”

“哦，”高山宇停住脚，仰头看看天，再扫一眼地上的影子，“是啊，莫非走反方向了？”说着，他示意老伴盯紧了自己一晃膀子撂在了地上的编织袋，一只手紧紧攥着，一只手从衣服口袋里摸索了半天，掏出一张地图来，拿在手里抖了一下没抖开，抬眼看一看女儿，见她没反应，不悦地说：“菲菲，赶紧帮着爸看看地图——”

“哎。”菲菲伸手接过地图，展开一看，忍不住“噗嗤”笑起来。

半蹲着身子，抱住编织袋，腿脚直发酸的母亲问道：“小丫头，笑啥？”

"老爸,您、您、什么时候变成军事家了——您瞧呀,妈,我爸把咱晓虹区地理地形研究透了,嘿嘿,怎么,您还把闹日本时候的什么火力点也标出来了……"

"小丫头,赶紧着!"高山宇不满地劈手夺过地图,两道浓眉紧锁着,豹眼彪圆,在自己烂熟于心的地图上扫了几眼,嘟哝着:"坏了,真是走反了,前面那个路口拐错方向了!"

搞清了方向,轻松地舒口气,感觉有点热,他解开衣扣,然后掏出香烟点燃深吸一口,一把拽起来老伴,对她的紧张似乎也有点蔑视。可是,待他四下一观察,他的腿都感觉有点软了。这时他才注意到,他们一家三口走进了一条遭遇了拆迁,满目残垣断壁乱七八糟的小巷,周围没有人的踪影,也听不到一丝城市里头的人声鼎沸。怎么回事?想着想着,他高山宇的头发都感到渐渐竖立了起来。

"快,赶紧往回走!"他猛地把编织袋甩上肩头,对母女俩喊一声,拔腿就走。

"站住!"前面十几米远的地方,闪出来一个人影,定睛一看,一个三十来岁的男人,不慌不忙地朝这边走了几步,然后停住脚步正好挡在了小巷的中间。

高山宇一时给吓懵了,眼前的人影有点模糊,影影绰绰,像是一堵高墙,也像是一座高山。心里的血,一下子就涌上了脑袋顶上,由不得你,就在那里猖狂;往日里的胆气,似乎因为缺血缺氧而窒息,再也支撑不起浑身的骨肉,过去硬朗的身子,就如同一片随风漂浮的雾气,散漫、轻飘、触摸不到他的存在——他下意识地踉跄几步倚靠在一段残壁,眼光凝视着那个人,手,紧紧攥住编织袋。

"妈,妈呀!你怎么啦?"高菲菲好像还镇静些,但看到渐渐瘫软一下跌倒在地的母亲,自己也身不由己一下子扑倒,抱住母亲,声嘶力竭地叫喊。

双方默默僵持了两三分钟,涌上头顶的血液慢慢降下去,高山宇看清楚了前面的那个身板并不魁梧的年轻人，面貌不像凶神恶煞，也不见其他人。他的胆气又如秋晨的雾，随着温度的上升蒸腾的水气，渐渐聚集起来，越来越浓。

"你——"高山宇猛地抬手狠狠指着那人，吼道："你，大白天的，你胆敢打劫？"

"我！"那人浑身一抖，不由自主往后退了两步，踌躇片刻，张狂起来，"你，你他妈少啰嗦！——此路是我开，此树是我栽，要想从此过，留下买路钱！"

"嘛？"高山宇似懂非懂，这，哪来的路，哪来的树，你，你他妈冒充梁山好汉，也没你这么玩儿的！见那人没有凌厉的攻击，似乎自己因此鼓足了勇气，晃一晃宽厚的膀子，就要冲上去。

"慢着，你！"那人经过短暂的慌乱，收拢住心绪，牢牢站立在那里，一字一板地说："我也不为难你们，我们老板拖欠着工资，没法活了！——那个编织袋里的钱，我也不贪多，撂下十万八万的，咱们都痛痛快快地走人——"

"天呢！劫匪，你就不怕老天打雷劈死你啊！"

见老伴坐在地上失神地仰望天空，没死没活地大哭起来，高山宇就想冲过去拼命。刚一拔脚，他突然就凝固在了那里，一动不动了——那人从腰里拨出了一个黑乎乎的家伙，什么？我的妈，闪烁着阴森森光亮的手枪！完了完了！这下，秋后的树叶黄了！高山宇心里瞬间就凝结起来冬天屋檐下吊着的一排冰坨，冰冷而沉重；两眼无神，手脚麻木。

"老高啊，老高，咱这是做了什么孽了，遭了报应！"老伴舞动着双手，喊叫。

"嘛，作孽？"高山宇浑身一颤，低头瞧一眼哭得昏天黑地的老伴，心里禁不住流淌出来一汩汩的水，是的，是水，不是血，苦涩而浑浊。扪心自问，是啊，包裹在编织袋里的这些钱，有多少是靠"作孽"得来的啊？

老伴抹一把泪，冲着高天宇嚷嚷："你说你老高，费了老劲儿折腾这点钱,非要过手摸摸,这倒好,今天别再赔上咱家三口的命——”

“好了,妈,您就别数落我爸了——拆迁的事儿,不都是您俩商量定的吗?又不是我爸自个做的主!”

那个劫匪听见这家人在那里唠叨,但听不清楚说的内容,他有点心急,唯恐他们商量对付自己的伎俩,夜长梦多,不能这么拖延着。于是,他做贼心虚地朝后面瞅一眼,提高了嗓,叫道:

“喂,咱们现在可是好说好商量,我手上的家伙要是动了火,那可不是闹着玩的。”

被老伴一顿数叨,高山宇正感到六神无主后悔莫及呢,此时听见那人威胁,慌忙朝娘俩走几步挡在她们前面,眼里喷射着怒火,咬牙切齿地问道:“你要干什么?”

“少废话,拿出十万块,给我搁在地上,立马放你们走人!”那人认准了这扮演三口之家的是江湖大盗。本来,自己今天吃了豹子胆准备抢劫银行的,正在这家银行里外踩点琢磨怎么出奇制胜呢,这装扮成一家人鬼鬼祟祟小心翼翼的一男两女被他瞄上了。于是,一直跟踪着,目睹着他们作案,按部就班有条不紊,他有点自惭形秽自叹弗如——瞧瞧人家,堂堂正正就拿着伪造的这证那证,愣是不费吹灰之力,也没有留下丝毫蛛丝马迹,那成捆成捆的人民币就硬生生给他们塞进了脏兮兮的编织袋。不成,老子今天不抢银行了,抢了你们,我是不是就可以在道上一鸣惊人?见这三个有点软磨硬抗,他急中生智又使出一招,掏出手机装模作样地要拨打,嘴上心平气和地开导:“利落点啊,不然我这可就拨打 110 报警了,奖励也掉不下十万块——”

不成想,他的这个举动弄巧成拙。高山宇蓦然醒了似的,扭头轻声对女儿说:“快,打 110,快报警!”

当一阵紧一阵的脚步声纷至沓来,尖利的警笛划破天空,吓得魂不附体的劫匪扔掉手里的家伙,扭头企图逃掉的一刻,那个顶天立地的高山宇摇身一变重新回来,并且已经憋足了力气,从心底发出一声怒吼,毫不犹豫地甩掉肩上的编织袋,好似一头猛虎扑了上去。

劫匪被戴上了手铐,垂头丧气失魂落魄。高山宇急忙跑过去寻找那把手枪,当他兴奋地将这件凶器交给警察的时候,忽然感觉这枪还没有家里的菜刀沉实。一位警官接过去,瞧一眼,再掂一下,情不自禁地笑了,又递给一位穿着长制服的警察,有点遗憾地说:“我还打算请老王研究一下弹道,看跟上周银行抢劫案有没有关系呢——操,是他妈玩具!”

“王八蛋!你、你,你他妈就拿这么个玩具差点吓死我!”

高山宇走过劫匪身边,恶狠狠瞪他一眼,嘟哝着。生擒劫匪,他一点都不感到有什么骄傲,只觉得自己灰头土脸没有一丝光彩,想着立即离开这个是非之地,越快越好。

“这位师傅,请你等一下,配合我们作下笔录——”。

“什么笔录?我没空,赶紧回家呢!”高山宇心里憋闷着,没好气地回道,扛起编织袋,伸手拽起老伴,抬脚就要走。

“等等——”这位警官的语气严厉起来。他上下打量打量高山宇,对他产生了怀疑——这个看起来器宇不凡的大汉带着两个女子,贫不学俭地扛着个编织袋,难道是在冒充农民工,你装得也忒不像了吧!瞅瞅,就说你那条价值不菲的皮带,农民工舍得买?可笑!警官分明已经先入为主,把某个嫌疑犯的面孔贴在了高山宇的脸上,于是提高嗓门究问:“编织袋里装的什么?”

一家三口一听警官在追问编织袋,都不约而同地伸手抓紧了编织袋,异口同声地说:“没、没什么?”

“没什么!”警官一挥手,两三个警察冲过来就要抢过编织袋,来个人赃俱获。

高山宇没有了畏惧,即使面对的是真枪实弹的警察,而不是拿着玩具的劫匪。他知道人民警察是不会向老百姓开枪的,更不会向好人开枪,自己是好人,当然不存在被击毙的危险。——哦,但是在他的心底,一闪念,刚才老伴诘问的“作孽”突然浮现——我,我高山宇还是堂堂正正老实巴交的“好人”吗？这么一想，一丝心惊胆战刺痛筋骨，拼死的锐气丧失殆尽。编织袋终于被警察夺了过去，里面包着的簇新的成捆的人民币让警察喜出望外。

“咔嚓”，这手铐，阴差阳错的，也戴在高山宇的手腕上。

“张局，我们逮着四个，随身携带大量现钞，我怀疑与上周的银行抢劫案有联系……”

高山宇一家三口被推推搡搡朝警车走，警官眉飞色舞地向上级报告。

下来经过繁言蔓词啼笑皆非的讯问与调查，把丁立靖都叫过来了，切实证明他们一家三口的清白无辜。那位警官真诚道歉，并派了一辆警车护送他们回家。而在高山宇见没少了一张钞票，顾不得跟人家扯什么皮，千恩万谢之后又扛起编织袋，回家来了。

一迈进位于鹏府花园的新房子，高山宇一个箭步奔向他们夫妻的卧室，猛地一甩臂膀，扛在肩膀头上那个脏兮兮的装化肥的编织袋滚落在床上。稍一愣神，他一下子就扑过去，等不及解开捆绑的绳索，粗壮有力的大手几下子撕碎了编制袋，呼啦高高拽起塞在里面的那床就好像是在建设工地打工民工的被褥，哗啦一阵响动，紧裹在里面一叠又一叠的簇新人民币，在床上堆起了一座小山；顺着不断的抖动，不停地向下滑动，有几叠人民币在床沿翻了一个跟头，噼里啪啦掉在锃光瓦亮的地板上，敲响一阕可以拨动人的灵魂之弦的乐曲。

正要一个猛扑，紧紧搂住床上的人民币金山的高山宇，立即挺立在床边，木偶一般，像被演员拽动的线任意摆弄着，一头冲向了掉在地板的那几叠钱，嘴里叫喊着：“别跑，我的，都是我的，谁也休想抢走……”没等他把话讲完，就一头栽在地上，再也不动弹。

高菲菲欢天喜地走进来，被躺在地上的父亲吓呆了，拼命哭喊着：“爸爸，爸爸呀，你，这是怎么啦？”

“老高，你中什么魔症啦，啊，咱们刚才还欢欢喜喜呢！”老伴儿也六神无主，一个劲给他掐人中。

“哈哈哈……”

高山宇满脸的笑逐颜开没有丝毫的消退，但他嘴歪了，只会笑，不说一句话。

“是中风，啊——中风是一种气血逆乱，产生风火痰淤，导致脑脉痹阻溢脉外，肢体偏侧麻木，言语不甭等病症……”一位戴着眼镜的年轻医生给急切守候在病房的高菲菲耐心解释，但他跟念天书一样，谁也听不明白，“这病，四季都可发病，但以冬春两季最为多见。其病机为积损正衰，劳倦内伤，脾失健运，痰浊内生情志过急。”

“大夫，大夫，我、我爸，不会有事吧？”

“万幸，万幸，可能跟这几天气温骤升有关，人体出汗增多，血液浓缩，血液粘度增加，引起脑血栓形成——你爸，脑血管没有破裂出血，是缺血性中风，放心，请放心！”

“谢谢啦，谢谢您啦，大夫！”

“哦，看你父亲的脸色，有饮酒的嗜好吧，是不是还喜欢搓麻将？——诱发中风的因素很多，如情绪波动、过度疲劳、用力过猛等，家里是不是有什么事让老爷子情绪……”

“这……”高菲菲一时语塞。

家丑不可外扬，真的是不好说呀！

要说“情绪波动”，跟一堆小山一样的人民币，撂在谁眼跟前，没谁不“波动”。只是，老爸哟，您，您怎么就波动得跟那个范进似的中风了呢?!人家范进可是“中举”呀！

不管是中风，还是中举，人呢，最终不都是被一个“钱”字儿拿捏得抽疯嘛！

他高山宇，也算是一条汉子，从楼顶上跌落没摔趴下，眼瞅着日日夜夜望眼欲穿的拆迁补偿款终于搂进了怀里，却乐极生悲，就这么躺下了。

四十

人要是倒霉了，喝口水都塞牙。这不，高山宇还躺在病床上呢，令他气鼎肺腑的闹心事儿接踵而来。

“岳父大人，您，您怎么病成了这样，怎么也、也不给女婿捎个话呀，我好、好早点来，来、来伺候您呢！”

这天一大早，“回阳救逆”的大剂参附汤还没喝呢，这套里外间高级病房闯进来一个四十开外的老乡，见到躺在床上的高山宇扑通跪下来，一把鼻涕一把泪地叫喊。

夫妇俩都惊愣了。这，究竟是猫哭老鼠假慈悲，还是黄鼠狼给鸡拜年没安好心啊？

“喂，你，你认错人了吧？”稍微清醒一些，老伴先开腔。

“您，您是岳母大人吧，小婿给您磕头啦！”那男人也不慌张，好像早就预演过了，一转脸，冲着高山宇老伴磕了三个响头。

正如医生讲的，高山宇万幸，脑血管没有破裂，但遵医嘱必须卧床静养。但他脑子很清醒，现在转得飞快，在心里琢磨，这可能是哪一方神仙来找茬呢？这一段时间，自己压根没去赌场，那究竟会惹出什么事了呢？

一阵噼噼啪啪的响声，打断了高山宇的思绪。那男子从地上跳起来，呼扇着巴掌在裤子上拍打，本来地板上没什么尘灰，反而从他自己的裤子上拍出了很多尘土。一转眼功夫，他那种游手好闲泼皮耍赖的劲儿就毫无遮拦地原形毕露。

“你们瞧瞧，我这儿可是铁证如山，不许赖账哟！”那男子从兜里摸出一个红本子，一甩手扔在高山宇的枕头边上，自己朝窗前的大沙发走过去，一屁股坐下来，掏出香烟打火机。

"嘿，你，你，千万别在病房里头吸烟！"老伴慌忙过去抢过纸烟，高声警告。

"噢，还有这讲究？那，要是在这伺候人，不成蹲监狱了吗？"

"没谁去请你！"老伴心生愤慨，人家病着，你既然来看望，怎么不守医院里的规矩呢！她狠狠瞪了一眼这个丑陋的男人，走到床边，拿起那个红本，翻开一看，惊讶地张大了嘴，过了会儿，也顾不上许多，脱口叫道："老高啊，你个老不死的，咱们的闺女，这，这怎么弄假成真了呢？"

红本子是结婚证，就是丁立靖给帮忙搞到的，原本说就是给拆迁办打个马虎眼，都是地下作坊流水作业的伪造玩意，不会留下任何后遗症。"高大哥，您就放宽心吧，您家里的千斤，嫁给帅哥，谁也挡不住！"

可是，现在这情况，不就给挡住了吗？这个丑陋的男人究竟是谁？

他叫王发田，一个地地道道的无赖，就在拆迁公司的一个工程队打零工，被丁立靖他们看中了，专门用来冒充造假结婚证的男方。本来，高山宇这里的假结婚也好，假怀孕也罢，人家丁立靖都给安排妥当了。可是，不知道他高大哥那天哪根筋缺了，竟然为了新生儿的那笔补偿款跟丁立靖没死没活地掐起来。

"高大哥，这不，补偿款也都到手了——其他老哥儿们呢，我都是直接扣下了，您呢，劳苦功高，我没……"丁立靖似乎少了点往日的飞扬跋扈，他心里明镜儿似的，这些拆迁户穷光蛋们该拿到手的补偿款差不多都到手了，自己呢，作为一种特殊商品的使用价值已经丧失，不能再那么吆三喝五目中无人了；你就是解渴的大碗茶，这些拎着沉甸甸钱袋子的拆迁户，也不搬你了。他们，现在，最次也得喝那瓶装的可口可乐。不过，他精明得很，舍得扔些白花花的银子，打通了居委会和财务，在拨付拆迁户的补偿款时，就把自己的那份截留下来。但是，对高山宇，他在内心总有那么一点隐隐的畏惧，也许，与他奋不顾身地抗拒强拆的仗义镇住了庄总有关，最终圆满了自己咖啡馆的补偿觊觎，他觉得欠这位高大哥一点什么，却又不甘心一笔勾销有言在先的提成。

一开始，高山宇脑子倒也没转悠，人总要信守诺言的，不就是你那点提成吗。咱们算准了，一分不差，给你！以后的日子长着呢，备不住哪天还得在你丁经理眼皮底下低头呢。可是，等细细地一计算，不得了，这成叠成捆的人民币刚刚揣进怀里还没捂热呢，又从自己口袋里掏出来给别人，就像是从自己心头剜肉一样疼啊。

“小丁啊，哎，丁经理，这么着，行不行？”

“您说，高大哥——”

“我的意思是，那些个说定了的，咱就不扯空研光，打马虎眼，怎么说定的就怎么办——就这，新生婴儿的……”

“不合适吧，这？老高！”察觉出来高山宇要耍赖，这有点激怒了丁立靖心里头那条恣肆的狼，它嚎叫着，我的，全部，一丁点儿的肉渣都不能少；我他妈容易嘛，为了你们吃上肉我啃几块剩骨头，老子脑袋都掖在裤腰里啦！

高山宇听着这个丁经理语气里带着不容置喙的硬绑，心里也生出火气，放开喉咙：“丁经理，我那没影的外孙子——那可是我女儿用名誉换来的啊！”

“得啦，老高！”丁立靖双手一叉腰，也提高了嗓音：“什么名誉，你们，为了多拿一分钱补偿，还提什么名誉，不觉得可笑吗——名誉，早就顺着下水道搅合进化粪池了！”

“这，小丁，这话，怎么说得这么难听呢？”

“难听，早干嘛去了——钱没到手的时候，你们的‘名誉’喂狗啦？……”

两人就这么谈崩了。丁立靖一发狠，心里吼叫：好，你老高胆敢跟老子咋，是吧，那好，老子就叫你脱层皮。经过一阵绞尽脑汁的运筹，他找来王发田嘱咐一番，于是就上演了刚才的一幕哭笑不得的戏剧。

“岳父大人，咱也别瞎掰扯，您呢，听好喽，我也不贪，写着咱王发田名儿补偿的那笔钱，十二万吧，趁早物归原主——我拿了立马办了离婚手续滚蛋，绝不给您老添堵，也绝不扰乱您女儿的幸福前程——要不，我这，可是活剥兔子，扯皮，没完没了喽！”

夫妇俩呆若木鸡。瞅见被扔在桌子上微波炉旁边的香烟打火机，王发田再无丝毫拘谨，伸出长长的胳膊抓过来，捏出一根，点着火，狠狠朝靠背一仰，眯缝着一双贼眉鼠眼，有恃无恐地吞云吐雾起来。

四十一

胸膛里塞满了令他窒息的郁闷，万祎赶回自己的审计团队。

怎么啦，万经理，你不是回北京跟刘主任商量要紧事儿去了吗？为什么这么郁郁寡欢，哦，今天早晨你去哪儿啦，是不是……大伙关切地盯住这位离开这个审计团队一昼夜的项目经理，都在心里异口同声地追问道。

他就这么闹着心度过今年的春节，然后又赶回晓虹区尽快结束这边的现场收尾工作。没过几天，令人喜出望外的事情终于驱逐了万祎心中的闷闷不乐，竟让他一个蹦高跳了起来。

“伟大！哦，英明！”他大叫。

“万经理，你没发烧吧？”乐欢迟疑了一下，还是赶紧过来，伸手去摸摸万祎的额头，心想，不会是又着了什么魔症吧？

“去，去，小丫头，凑什么热闹——”万祎一抬手挡开乐欢的胳膊，再一摆手，呼唤道：“好啊，咱们伟大的董事长，同意了！”

“同意了什么啊?”苏幕喆嘟哝着走过来,随口吟了两句诗:“折花去,岸上谁家女。太狂颠。”

“哈哈哈,小苏,你说我‘太狂颠’吗?”万祎再也收拢不住自己心中盛开的花朵,手舞足蹈,“那边,柳绵,被风吹上天!——哈哈哈,那些钻在拆迁补偿的钱眼里的蝇营狗苟,就要感觉冬天的‘冻死苍蝇未足奇’了!”

大伙都围拢过来,目不转睛地盯住万祎电脑屏幕,随着万祎摇头晃脑的得意洋洋,反复咏读,那就好似一首最美妙最壮丽的诗歌——那是刘允虎主任通过 RTX 发过来的:

> 万祎,算你小子有福,没白折腾我——那天跟董事长到高铁公司汇报工作,回来路上,我就咱俩的争论跟他讲了,他让把你那份“报告”直接发到他的邮箱——今天终于批了,咱俩签字,所里盖章,正式提交区审计局……

大伙正乐呵着,好事成双啊,李岚打过来电话,说明天是情人节了,让他们派辆商务车,我也叫一辆,咱们出去放放风吧。我请各位一块去参观那座名闻遐迩的德式楼,在哪儿,不远,用不了两小时;然后干吗,大伙聚餐,热闹热闹,一醉方休吧。听着话筒里传出来的李岚天籁一般的悦耳嗓音,万祎和他这个审计团队的几个姑娘小伙情不自禁地欢呼跳跃起来。

“瞧,就这栋楼,为了市政工程腾出块地方,花了一千多万呢。”李岚指着前面的那栋洋气十足的小楼,介绍说,然后紧抿起嘴,紧盯住那座小楼,似乎不忍让那一千多万付之东流。

的确,当时为了市政配套设施拆迁,同时又不破坏文物,当地政府专门聘请专家对它进行了全面检查。虽然已有百年历史,但该楼墙体外立面保存较为完整,只是局部存在墙体老化、石材风化以及石材污渍等情况。后经过严密论证研究,没有对之拆除,而是以平移的方式,将这栋楼房向西移动了200米,由此为今后的岁月保留下来一位历史风云的见证者。这座带有典型日耳曼建筑风格的小楼,建于100年前的1908年的德国租界,设计图纸和建筑材料都来自德国。

远望着它,只见红瓦红墙、高高耸立的钟楼,宛如欧洲城堡一般,给人一种置身异国他乡苟合取容的感受。据说,经过这次平移整修,将使其"修旧如故",原有的老虎窗和烟囱将恢复原貌。这,势必加倍给予新世纪的许多中国人,一种书写悖论,不以为耻反以为荣的强烈视觉冲击。

"你们瞧,'整修日耳曼风格经典、百岁建筑再现德式风情'——"苏幕喆指着一个广告牌子上模糊的字迹念着,然后又若有所思地吟哦:"带得无边春下,等待江山都老,教看鬓方鸦。"

"嗯,差不多,就是乌鸦!"乐欢在一旁应和着:"纯粹是瞎折腾——花了一千多万,能建好几所希望小学!"她记得,汶川地震后,信达国际在甘肃捐资近二百万修建了一所希望小学,其中也有她一份呢。为了记住自己的善举,她还特意从会计视野网站下载了那条消息和《倡议书》全文,有一段时间,她还把那个"爱心使者"的图标贴在了电脑屏幕上。

"'鬓方鸦'是说年轻人头发黑,哪儿来什么'乌鸦'? 瞎掺和!"

万祎转脸看一眼面带怒气的乐欢,用手指戳她一下,笑着说。但在他心里,对如此兴师动众投入巨额资金拯救这么一座"殖民地遗产"很不以为然。在中国的拆迁大工地上,每天每夜又有多少名人故居历史文物被夷为平地,谁想过它们的"平移"。他奶奶的,某些中国人的基因里头洋奴的DNA根深蒂固,即使用手术刀也剔不干净——他们的祖宗八辈儿被洋鬼子蹂躏了多少回,才产生了如此死心塌地的物种变异?!

"看这破楼干吗? 在北京的大街上,哪栋楼不比它漂亮啊!"晋振辉瓮声瓮气地叫喊。

察觉到几位有点闷闷不乐,自己的出游地点选得有些不应景。李岚赶紧补救:"得,也快到吃饭的时候了,咱们就别进去寻宝了,还是找家饭馆一醉方休吧!"

她的倡议立即得到响应，就在不远处寻到一家窗明几净的湘菜馆，他们就朝餐馆走过去，在等十字路口的红绿灯的空当，突然有人闪身跳到了万祎的眼前，叫喊到：

“嘿，你不是那个北京来的，审计高铁拆迁的吗？”

“哦，你，你是那位租赁户，也是因为高铁拆迁的——”万祎的脑子转了几圈，想起来面前这个猥琐的瘦小子曾经来审计组工作的办公室里，反映自家拆迁补偿不合理，还肆无忌惮地咒骂政府和社会。所以自己对他并无好感。

“对啊，我就是那个租赁户——”

“那，怎么，到这儿干吗？你家搬到这里住了？”

“哪儿啊，他妈的不是不给我补偿吗，我给王八蛋政府贴满了狗皮膏药——”说着，瘦小子抬手晃一晃一厚叠粗糙的不干胶印刷品，“瞧吧，惹老子急了，再给他们来个自焚！”

“哟，这，这不是那位尊贵的‘八国联军’后裔嘛，怎么还是个烂香蕉啊！？”李岚已经迈步走向斑马线，听见这边说得热闹，扭身过来，一眼就认出了这个瘦小子，不由分说射出去一枚冷嘲热讽的鸣镝。

“你、你，你什么意思？”瘦小子一时懵了，晃一晃脑袋，打个机灵想起来了，一缩脖子，慌里慌张朝德式楼那边溜走了。

他们一边走，李岚一边给大伙讲在区政府门前跟这个家伙怎么诓言诈语。当他走上餐馆二楼，推门进到一间雅间，嘿，冤家路窄啊，隔窗正望见那座德式楼；再一看，见那个瘦小子正仰望着这座殖民地建筑，一副虔诚的样子，李岚不无感慨地说到：“呵呵，那小子，简直就是一个幽灵……”

“不，是一条疯狗！”晋振辉沉闷地说道。

说说笑笑，万祎和他的团队六个人，李岚带着她的团队的四五个，没几个费神去关注什么“幽灵”或者“疯狗”，挤挤挨挨围坐在这张八人台餐桌。倒是真热闹，他们，要的，也正是这个热闹。

十多个七零八零后的男男女女，闹闹嚷嚷，嘻嘻哈哈，制止不住的青春蓬勃，又都是高铁拆迁审计同一个战壕里的战友，这情分，谁跟谁都不能薄呢，都深厚得很，比起水煮鱼的大油锅，那深度，足可以放进去一条一吨重的白鲢鱼。酒菜一上，嘭嘭嘭，一阵啤酒瓶开启的声响，两下子，十几个小伙子大姑娘吆喝着一杯一杯往肚子里开始灌，较起劲儿来。这就是年轻人的乐趣，不能用保健养生颐养天年的眼光战战兢兢、诚心诚意地劝："年轻人，别义气，甭较劲，这么喝，伤身体！"扯淡，他们才不屑一顾，谁又在大声喊：服务员，燕京，再来一箱……

脸红了，脑胀了，话多了，眼神恍惚了，气氛也更加热烈了。

雅间的门，不早不晚地被轻轻推开了，进来的不是服务员，一个腼腆的小姑娘，娉娉婷婷，颜如皎月，显然是个九零后。见她抱着一大把红艳艳的玫瑰花，坐在首位的李岚注意到了，眼光停在小姑娘脸上，似乎有点不明白。房间里吵吵闹闹的嘈杂也渐渐安静下来，人们都扭头盯住了玫瑰。

"大哥，大姐，今天是情人节呀！"小姑娘开口了，银铃般的嗓子，"买把玫瑰花吧，送给你们心爱的人！"

大伙有些愕然，左瞧瞧右瞧瞧，再扫视一遍，绞尽脑汁想象着哪位是自己的"心爱的人"——突然，哄堂大笑起来，哈哈哈……

"谁，谁是我'心爱的人'啊？"晋振辉借着酒劲儿瞥一眼乐欢，正要鼓足勇气表达点什么，远在欧洲的考古学博士却在眼前如恐龙般一闪身——哦，电影院里看京剧，没戏。于是他喊上这么一句，也就闷头搭脑不念语了。

杜中秋斜睨着苏慕喆，心里的小鼓嘭嘭直敲，但就是鼓不起来勇气。

万祎佯装镇定，酒精的力量掩饰着脸上的灼热。他感到有一股穿刺肌肤的眼神在逼视着自己。他不敢凭借直觉，寻觅方向，蓦地一甩眼，与之凝眸对视——在这浪漫的节日里，倘若没有高菲菲的牵挂，我会不会……他脑子里翻滚着情海波涛。

"小姑娘，请等等……"

见没有一个帅哥有意买花，女孩尴尬地涨红了脸，正要转身遗憾地离开。孟寐求嚯地站起来，走到女孩面前，没有讨价还价，掏钱买下了全部玫瑰。然后，把花小心翼翼地抱在自己的怀里，扭身，在同事们惊讶的眼光中，坚定地走过去，羞愧地低下头；当他再一次鼓足了勇气，身子朝后挪半步，稍微一鞠躬，面对着有点目瞪口呆的双颊绯红的苏幕喆，结结巴巴地说：

"苏姐，献、献给你，希望你能、你能接受！"

雅间里安静极了。万袆感觉嗓子眼有点痒，突然顶上来一股啤酒的二氧化碳，他慌忙抓起茶杯咕咚咚灌几口压了下去，就在他搁下茶杯，发出轻轻的声响时候，苏幕喆似乎被提醒，不再踌躇，没有矜持，一侧身，笑容可掬地从座位上站起来，张开手臂接过玫瑰花，一种幸福感笼罩在她姿态优美的身体周围，就仿佛一朵鲜艳的春花绽开，人们分明听到了花蕾绽放时刻接连不断的哔哩哔哩的声响。

噢噢！大家也兴奋地呼喊起来，噼里啪啦的掌声也随之响起。这鼓舞了两个心仪的男女，他们再靠近一步，轻轻地拥抱在一起，欢呼和掌声更加热烈地响起来。

经过短暂的迟疑，万袆也融入到欢呼的队伍，由衷地为俩人祝福。虽然，内心的遗憾萤火仍没有熄灭。是的，她苏幕喆，本应该嫁给一个通晓唐诗宋词的诗人或作家，一个注册会计师，文学修养的匮乏，不可避免淡漠了彼此心灵上的沟通，那一座本可以通向诗画一般美丽的心灵鹊桥，也许，难以伴随着玫瑰花的芬芳弥漫，搭建在那启明晨光的旖旎里。不过，小孟，人好，对小苏殷勤着呢，也乖巧，幸福与美满的生活，触手可及吧！

其实，俩人今天的拥抱，并不是第一次。还是去年夏天在镇江做审计试点时，那天他俩去检查一个部分搬迁的公墓档案，稀里糊涂被拉到了设在殡仪馆的临时办公地点。开始，他们一点没察觉，等到中午吃完了盒饭，出来溜达溜达，苏幕喆好奇，隔着一个窗户垫起脚尖往里瞧，一会儿，她惊叫着奔向孟寐求，一头扎在他怀里，哭闹着，浑身哆嗦。

等问清了匆匆赶来的工作人员，才知道那是停尸间。孟寐求顿时周身也感到不自在，头发都奓立起来。但他看到紧紧抱住自己的苏幕喆恐惧的样子，一种护花使者的慷慨激昂猛然担在肩头。他在心里叫喊：你，孟寐求，一定要顶天立地，像个堂堂男子汉！

也许就是这次拥抱，就好像是在黑夜里一道闪电的惊恐当中，坠落了一枚爱情的种子，埋在彼此的心坎。恰巧在今年情人节，这枚种子，似乎飘荡在这么一大把玫瑰花滥觞的热爱氤氲里，禁不住诱惑，坚硬的壳蓦然迸裂，呼吸芬芳，开始萌芽。

四十二

心急火燎地赶到海湾大酒店，慢慢腾腾的电梯将他送达 16 层，找到 1608 客房。

站在房门前，万祎才镇定一下，平息一下急喘的呼吸，脑子里又翻滚起来刚才的情景，自己是怎么从气氛热烈欢呼四起的湘菜馆里冲出来，跑到马路中间蛮横无理地截住一辆载有客人的出租车，叫喊着，就跟一头闯出铁笼的狼。

“万祎，快来，救我！”

一路上，高菲菲带着哭腔，撕心裂肺的叫喊，在他的耳边霹雳般震响。

按了门铃，门打开了。高菲菲，菲菲，她就站在面前。你怎么啦，脸颊上隐约可见的血印，两眼红肿，披头散发——菲菲，快告诉我，发生了什么事！

俩个人拥抱在一起，久久的，就在门旁。万祎见到心爱的人安然无羞，悲喜交加，但不知道说些什么可以安慰她，事情的缘由他还一无所知。

高菲菲很坚强，没有当着自己爱恋的男孩再啼哭抹泪，只是静静地感受这个自己喜欢的男人身体的温热和心跳，还有，那一股浓烈的酒气，似乎也在强大她的体魄与勇气。

“万祎，你来了！”

高菲菲抬起依靠在万祎肩膀上的头，抬手拢一拢头发，强颜欢笑地对着面前的这个日思夜想的英俊小伙，说一句有气无力的话，终于打破了沉默。

“怎么啦，这里，究竟发生了什么？！”

万祎的手被高菲菲紧紧攥着，两人慢慢朝里边走过去。

他们在客厅的沙发上坐下来。这是一个豪华套房，卧室半掩着门，透出一丝暧昧的昏黄灯影。虽然解除了人身危险的担忧，但是，还有一种凶多吉少的意念立即又攫住了万祎乱糟糟的心。

嗨！高菲菲叹息一声，似乎一言难尽，又好像不知从何说起。

万祎凝视着她的眼神，发觉有一丝迷乱的神色在飘忽，他的心不禁紧缩了一下，迫不及待地追问：“快告诉我，发生了什么？！说呀，菲菲！”

“怎么跟你说呢……”高菲菲欲言又止，反问一句，又像是在问自己。

无奈地扭头盯住大屏幕电视，那里还在放映电视剧，但声音调得很低。他又把目光收回来瞥一眼茶几，看见一个白色方形塑料瓶，他怔住了。

“VIAGRA，万艾可——”他盯着金色包装纸上红色字体，默念着，片刻，他失声大叫：“啊，这是，伟哥！”他一把抓起瓶子，拧开盖，倒出里面装着的浅蓝色的药片，药片上面“VGR100”字样清晰可见。他的心在颤抖，气涌如山。在上大学的时候，男生宿舍里胡吹穷侃，他就听说过。这 VIAGRA，是美国辉瑞公司研制开发的一种口服治疗勃起功能障碍的药物，用于治疗勃起功能障碍以及早泄。

“谁，究竟是谁，在这个阴森恐怖的房间里……”他不敢再往下想，蓦地站起来，稍稍迟疑，冲向了卧房，见没有一丝人影，却看到床上乱糟糟的；他咧咧嘴，狠命转身，快步走回来，目不转睛盯着高菲菲；然后慢慢坐下，眼睛眯缝起来，透露出一丝凶狠，突然伸出双手紧紧抓住高菲菲的臂膀，用力摇晃着，像一头狮子咆哮："菲菲，到底发生了什么？"

"我……"高菲菲一个激灵，软绵绵的身子突然挺直了腰板，但还是欲言又止。

高菲菲难以启齿的样子，刺激了万祎的神经，怒火胸烧削弱了他的理智，他大叫："高菲菲，你……"他终于没有让"不要脸"脱口而出，但下意识的动作，他已经举起手来……

"万祎，难道你也要打我？好，你打吧，比王宝鑫还狠还歹毒，打呀，你！"见万祎气势汹汹，居然呼扇着巴掌朝自己狠力抡过来，高菲菲反而有一种大义凛然。

"谁，王宝鑫！"万祎的巴掌悬在半空，凝固在那里。

雨燕飞走以后，王宝鑫有过一段萎靡不振，但他毕竟是有事业心的，总算从一场刻骨铭心轰轰烈烈的爱情沼泽里拔出了腿脚，又带着一股凌厉的奋发力量带着自己的团队向前奔去。一次偶然的机会，他从网络上结识了一个网名叫瑞雪的女孩，一视频，那女孩的容貌与雨燕非常相似，这又勾起了他的万般思念。渐渐的，俩人萌生了感情，似乎就在不远的地方，又一个天仙般美丽的雨燕正在含情脉脉地等待着他，王宝鑫就是这么想的，而且坚信不疑。

今天，是他们相识以来的第一个情人节，瑞雪终于答应跟他见一面，还娇滴滴地许诺，如果彼此感觉好，为了报答王总在她母亲住院治疗期间给予的慷慨资助，她愿意陪王总一夜。王宝鑫听后，血液猛地窜上了脑壳，他再也抑制不住被压抑了的激情。然而，由于前段时间自暴自弃，纵欲无度，损伤了他的身体，如此突如其来的激昂，反而使他内心迫不及待的欲望难以激发。他不得不借助于药力。

然而,他按照瑞雪小姐的叮嘱来晓虹区海湾大酒店开房等待,可是约定的时间已经过去很久了,瑞雪却还是音信皆无。他稍稍醒悟过来,拨打瑞雪的电话,却已关机;再上网,一切,有关瑞雪的一切,已经无影无踪——又一个雨燕,又一次人间蒸发!

“肏你们八辈祖宗!我,我要杀了你们这些骚货!”

就如一头困在铁笼的狼,王宝鑫凶狠地嚎叫着。

但是,即使你把这栋高耸入云的酒店吼塌,雨燕也好,瑞雪也好,她们,是不会损伤毫发的。他明白这个道理,也累了,就不再吼叫,安静地躺卧在沙发上苦思冥想。就在这时刻,内心的那个欲望的狼倏地窜了出来,不仅仅在心里,而且在整个身体,每一个毛孔里,都在沉闷地低吟,使他无法安静。他浑身颤抖,感觉有种异乎寻常的寒冷,正如西伯利亚的寒流向自己吹来。

“喂……”

“先生,需要服务吗?我们保证……”

几次,他抓起客房里的座机给保健中心打电话,但一听到对方充满了妖媚气息的话语,眼睛里晃一晃浓妆艳抹的“工作者”,他又慌忙撂下了话筒。“不行,就算一种交易,没骗人,但她们跟瑞雪、雨燕有多大区别——不要脸的骚货!”

突然一个闪念,他回想起那个夜晚和清晨,就是雨燕不辞而别的那天,有一位纯洁无暇的女孩,曾经陪伴过自己,多么美好啊——高菲菲,他想起了她,而她,此时正请假在晓虹区的家里看护生病的父亲。难以抑制的强烈的生理欲望怂恿着他……

“王总,你要干什么——不要!”

即使他做了手脚,但拼死抗拒的高菲菲没有给他一丝眉花眼笑的空想。

他不忍心,也不敢,就这么玷污了她。她,纯洁得就像是置于真空当中只能隔着玻璃欣赏的一朵喜马拉雅山峰的雪莲。他仰面倒在大床上,长叹一声，一股莫名其妙的羞恼急袭而来，他一个打挺，没有犹豫，抬手恶狠狠地扇了高菲菲一个嘴巴。听见啪地声响，他惊醒了，惊愣了；再见到高菲菲惊恐万状瞪大眼睛的神态，特别是脸上渐渐浮现的指印，他心里颤抖着，追悔莫及。他真的有心跪下来，请求高菲菲的原谅，但是一块心气高傲的石头却始终顶在他腿部腘窝，使他不得曲膝。

僵持了不知道多久，无计可施的王宝鑫愧疚得无地自容，惊慌失措地逃出客房。

“喂，李威，在吧，过来一下。有何贵干？少废话，赶紧着——有要紧事！”

万祎估摸着王宝鑫还得回来，因为他注意到，这位王总把自己的那只昂贵的手提包丢在了客房。心情虽然平静了许多，但有那么一股义愤填膺硬生生堵在心口，咽不下去也吐不出来。不行，不能就这样不了了之，必须教训教训这个伤天害理的王八蛋。毕竟有着 CPA 的严谨和审慎，万祎很清醒，虽然不是色厉内荏的人，但自己打架斗殴的本领早就不在巅峰状态的事实，他是清楚的。“就我一个，能揍扁了那小子吗？”于是，他想着找个帮手，就想起了在区政府所属一个事业单位工作的铁哥儿们李威，他，有一双铁拳。到时候，少啰嗦，迎面猛击一拳，定准让那个王八蛋满脸开花。

没办法让万祎改变气愤填膺的复仇计划，高菲菲只得躲进卧室，静待那个既令她心花怒放，也让她胆战心惊的时刻。

夜深了，房门外传来一阵窸窸窣窣的声响，几次，分明听到门卡贴近门锁时的铃声，门却没有被推开。

“万祎，你这是玩什么游戏？那小子是鬼还是僵尸啊！”李威凑到万祎耳根轻轻地揶揄。

“甭扯淡，一会儿给他一顿拳脚伺候，狠点——就当是个死鬼！”

门，终于被小心翼翼地推开了。一个人影闪了进来，咔吧，按动开关，客厅里灯火通明。

见有两人正迎着他虎视眈眈地站着，王宝鑫愣了一下，但没有显出胆怯。

对视了几秒钟，见两个人迈步逼过来；他有点慌张，赶紧一抬手做出和平的架势，有点语无伦次："两位兄弟，有什么话，要多少，赔偿，啊，多少？咱们、咱们好说、好说——"

李威彪圆了眼睛，量准了距离，紧接着一个箭步冲了过去，举拳重重地打在眼前这个无耻流氓的面门，只听一声嚎叫，王宝鑫向后一仰倒退几步撞在门上，差点跌倒。一瞬间的晕眩，他发狠地晃荡着脑袋，然后停下来，迷迷糊糊盯紧了前面两三步之遥刚才给自己一个迅猛打击的高个子，他脚跟踩死地毯，呲牙咧嘴，一声咆哮，饿虎扑食一样冲向李威。两个人势均力敌，拼死扭打在一处。

眼看着两人挥舞拳头，眼花缭乱，只听见噼里啪啦皮肉骨头的撞击，万祎在一旁看着干着急，帮不上手；心想，这小子，虎背熊腰的，要是我一个人跟他单挑，还真不是对手。他寻找下手的机会，围着翻滚在地毯上的两人，看得真细——这小子不是孬种。

也就两三分钟，两个人都有点精疲力竭。王宝鑫还真有点蛮力，就在对方一松劲的空档，宽厚的膀子猛力一拧，居然把李威压在胯下。现在，他脑子里一片空白，神经中枢传递的唯一信息，就是将对手置于死地。他低头往四下里踅摸，一眼看见掉在地上的一个实木衣架。他迅即紧紧攥在手里，将尖角对准着李威的胸膛，发出野兽般沉闷地怒吼，使出全身的力气就要戳下去。

在这千钧一发时刻，刚才看到满脸流血的李威，早已烧旺了胸中怒火的万祎，已经不顾一切，顺手操起电脑桌前的椅子，高高地举过了头顶。似乎意识到了灭顶之灾的来临，王宝鑫略一迟疑，抬头看见一道黑影泰山压顶般砸下来，躲闪不及了，他下意识地叫一声："不……"

没等他话音出口，椅子，这把价值不菲的红木椅子，就已经劈头盖脸地砸了下去。

四十三

拧干了毛巾，万祎给高菲菲轻轻擦拭脸颊，红指印已经消褪，俊俏的脸庞略带忧愁，让万祎看在眼里，就感觉心里滴血的疼痛。

“那个王八蛋，还打你哪儿啦？”突然间，万祎似乎忘记了什么，从床沿蹦起来，上上下下端详着心爱的人。“啊，胳膊，腿脚，哪儿还疼？”

“噗嗤”，高菲菲被捏的发痒，也被万祎孩子气的样子逗的，笑出了声。

“还笑呢，自找没趣，你说你，是脑袋掉粪坑里呛着了还是大脑进水啊，傻不愣登往人家挖好的陷阱里跳。”

“万祎，你——求求你了，别这么数叨我，好不好？”

“好——”万祎摇一摇脑袋，把毛巾朝脸盆里一扔，痴情地端详着高菲菲。

他们先去了趟医院，确实李威只有点皮外伤，鼻子出点血，没事儿。哥儿俩紧紧拥抱，互道保重告别。

没去那家心情压抑的医院，高菲菲让万祎送她回家了。此时，她躺卧在床上，眼睛直勾勾看着眼前这位为自己报了仇的英俊男孩，他，是一个真正男子汉，敢于为了自己心爱的女人舍生忘死！

今天她感觉十分异样，心里，不，整个身体里，总有那么一个鬼鬼祟祟的东西在闪来闪去。热，她感觉口干舌燥，就想撕开衣服，让清爽的夜风吹一吹燥热的身体，跟平日的自己判若两人，她真的有心就当着眼前这个心爱的男孩，脱光衣服，赤身裸体，给他看，给他……究竟是怎么回事？她搞不清。自从几个小时以前嚼了一颗王宝鑫递给她的口香糖之后，那种羞于启齿的向往，一直像一盏灯塔，诱惑着她，令她情不自禁往前奔跑，不远处，月色照耀着一片闪亮着银色波澜的欲望之海，一种来自天宇极具磁性的声音在呼唤——不要犹豫，来吧，跳进来吧，你将融于自然，生命将给与你无穷无尽的快乐……

电话铃声突然响起来，在夜深人静的时候，令人惊悚。

"祎哥，万经理，是你吗？"杜中秋急切的声音。

"啊！"万祎这才发现有许多个未接电话和未读短信，刚刚发生的有点惊心动魄的经历，使他忘却了一切。"杜工，抱歉！"

"啊，真是你啊，祎哥，没事吧——快急死我们啦！"

"没事，没事！你们，赶紧休息吧——我晚点回去……"

放下电话，他凝视着半躺在床上，托着下巴，斜睨着自己的高菲菲，仿佛就要把自己的魂儿勾进她温软的怀抱里，紧贴弹跳的乳房，坠进快乐深渊。今晚，她，如此美艳性感。一阵接一阵的激情冲动席卷而来，他在心里手忙脚乱地捡起道德的碎石烂瓦镇压着，围堵着。

咯咯咯，她笑起来，声音极具诱惑，吸引着你身不由己向她靠近。她随着呼吸不断起伏的丰满胸脯，勾着自己的眼神，一个趔趄，就要跌落在上面。"哈，你们同事叫你什么？'伟哥'，哈哈……"急中生智的一闪念，她攥住这么一个以守为攻的借口。

"哦，伟哥？呵呵，老秀才念半边吧——平常，还真没注意，听习惯了。"

开始，万祎还有点拘谨，装模作样的坐怀不乱，但看到高菲菲眼神里透露的跃跃欲试，以及她微微晃动的优美体态传达出来的燕语莺声，他，再也抑制不住，挪身上床，扑在高菲菲的身上，抱住她，深情地亲吻……

不久，俩人呼吸急促，高菲菲发出轻微的呻吟，时而的忘乎所以的叫唤，就是在给万祎下达挺进的命令。俩人，透过朦胧的眼光，缭乱的，夺目的，雪白、健壮、柔美、刚强……解开每一粒纽扣，拉开最后一根拉链……

哦，茶几上的那瓶 VIAGRA，还有，那辆红色宝马轿车——请不要谴责我的不道德，我要，就这样亲身检验，立竿见影，检验心爱的你，纯洁，绝对的纯洁，不曾发生，我不想发生的一切；是的，没有一丝一毫的污浊，你，菲菲，从来没有与其他的其他的其他……

呵，柔软而滑腻，生命的源泉，抚摸，高高耸起的乳峰。快，不要，温驯的羊，给我，疯狂，狼，一匹野性的狼——给我，更多更强烈更急骤的快乐，让我晕眩，让我飞翔……

激情的波涛汹涌澎湃，就要淹没热爱的彼此，心，在急跳，身体，火热燃烧；爱你，我爱你，奉献给你，全部的灵与肉，全部的，二十多年的青涩与成熟……理智的堤坝，道德的狰狞，剑一般横空挥舞，闪亮耀眼，咔嚓，巍峨大山一样横亘在彼此之间，亚当夏娃遮体的最后一片树叶，不再飘零……

“不，不行！”

只感觉风力一转，云朵倏地消散，高菲菲从飘荡的天空中跌落，猛然惊醒。

四十四

算他王宝鑫命大福大，幸亏那把红木椅子是假冒伪劣，否则坚硬如石且韧性如钢的红木，“哐当”一下子，砸在他脑壳上，非得脑浆迸裂，一命呜呼。

当时，万祎拽起高菲菲跟着李威战战兢兢绕过晕厥倒地的王宝鑫，疾步走向房门，心，都要窜出嗓子眼了。我的妈，这小子，可不要就这么不声不响玩完了，不管赔上咱们仨谁的命，也他妈不划算噢。瞅着医生给李威看外伤敷药的空隙，万祎溜出去给医院挂了120，心怦怦跳着，躲到一旁看着救护车鸣叫着尖利的笛声把王宝鑫拉到医院，再蹑手蹑脚到急救室一瞧。谢天谢地，没死，喘气儿匀实着呢！

活着的王宝鑫似乎是在度日如年，还不如死了痛快。

母亲又住进了医院，高血压、糖尿病、心脏间歇……那么多叫不上来的古怪毛病，这些，都是跟老爸怄气气出来的。瞧，原来，老娘的身子骨多硬朗啊。不行，这俗话说得好，解铃还须系铃人，得劝和二老重归于好，老娘才能恢复健康，老爸也老有依靠。要让那个妖精似的郁钰伺候你，端屎端尿，您呢，爹哟，您就白日做大梦吧！

心里想着，就径直朝老爸金屋藏娇的地儿奔过去。碰巧，老爸没在，正好发挥自己的三寸不烂之舌，能言快语，劝劝这个不懂人情世故毁廉蔑耻的小娘儿们。

一副目中无人的自命不凡，在这套装修华丽的大房子里，里里外外，转了一圈。不错，倒是个悠闲享乐的地方，老爸没这能耐，肯定是你郁钰小姐不辞辛苦的杰作。王宝鑫装腔作势，狠狠点点头，不知道是赞叹，还是惭愧，总之，他没看出什么可以用以讥讽或者指桑骂槐的破绽。

一屁股坐在这套意大利真皮沙发上，王宝鑫用眼角溜了一下，估摸着这套沙发得十几万吧。掏出香烟，摸出打火机正要点燃，郁钰毫不客气地过来两个手指迅速夹住，一甩手，就给扔进茶几旁边的垃圾桶里。

“不许吸烟！你爸因为心脏不好，让我硬逼着戒了烟，这屋里，不能有一丁点儿的尼古丁的气味！”

“哦，这……”王宝鑫被突如其来的动作吓了一跳，想放肆，却又必须顾着面子，人家提你老爸了。于是，两眼朝上翻一翻，忍气吞声吧。

本不想献什么殷勤，郁钰就默默坐着。过了会儿，见这个做儿子的也没动静，为缓和气氛，她还是起身去沏了一壶上好的普洱茶，端过来考究的茶具，给这个老王的小子斟满一盏。郁钰的这个举动，令王宝鑫颇有些感动,但“谢谢”两个字到了嘴边,他还是咽了回去。他瞥眼看着她,心里不禁叫嚷:老爸哟,您呢,眼力怎么也这么厉害啊,跟钉子一样,铆上了一个绝代佳人。瞧这位郁钰,这份端庄秀丽,不输自己的那个会飞的雨燕呢。

“嗯,这……”王宝鑫抓挠着头皮,没找到一个觉得比较恰当的称呼,木头木脑地说道:“我妈,又病了。”

“你妈病了——你妈是谁呀?”

“我妈就是我妈,就是这套房子房主的夫人、妻子、老婆……”

“你闹清楚了再说话,不要凭空捏造。告诉你,这套房子的房主有两个,一个叫郁钰,一个叫王新国,不管哪个,你妈都不是夫人、妻子、老婆!”

“我闹清楚,还是你闹清楚?”王宝鑫再上下打量这个不知天高地厚的小女人,蔑视地一撩眼,提高了嗓门:“即使我家为了多分宅基地分成了两个户口本,哪个里头,也没个姓郁名钰的外来人啊!”

“哈哈,说我是外来人!依我看,在这儿,你才是个外来人吧。”

嘿,这一上来,就弥漫着火药味。但他忍着,没忘了自己的使命,这种女人见钱眼开,也许,开个高价,能打动她,回心转意。

“咱们不扯‘外来人’了。你看,多少,你肯跟我爸断了关系?”

“什么,断了关系,怎么断?——我不明白你的意思!”

“就是,就是……”王宝鑫搜肠刮肚也没找到一个听起来顺当,又让人心里舒坦的词儿,于是就直截了当:“这么说吧,别死摽着我爸,让我爸回到我妈身边去,好不好?你说吧,给多少钱,你才肯?”

哈哈哈,郁钰笑起来,有点歇斯底里。她那姣好的容颜,褪尽了妩媚和温柔的光彩,剩下的,都是穷凶极恶。

“断了关系,你以为是菜市场卖菜买菜啊,那么简单,说断就断?”说着,郁钰显露出来了张狂,再也不去刻意粉饰什么淑女贤内助。抓起茶壶给自己倒了一杯,端起来一扬脖子喝了,再倒一杯。此时,她顿了一下,脑子在转,眨动睫毛瞪了一眼,然后慢慢给王宝鑫也续上了一杯,一个女人的八面玲珑即刻活灵活现。“再说了,断,也不是我一个人说了算的。你得征求你老爸去——哈哈哈,问问他,受得了吗?”她故意把“受得了吗”拉长,尖尖的嗓音,仿佛就要在王宝鑫的耳膜上刻出一行歪七扭八的铭文。

此时此刻,他王宝鑫切切实实亲眼亲耳感受了一次什么叫“轻蔑”。反观自己,那也确实没错啊!他心里骂,男人呢,你们,一旦离开女人就他妈阳痿不是人,变成猪变成狗了吗?

恼羞成怒,王宝鑫撂下了狠话:“非要闹得不可开交,最后,我家的财产,没你一分钱!你呀,好好合计吧。”

郁钰淡淡一笑,语带几分嘲讽,“只要是你爸的,都有我一份——这不需要你操心,有闲工夫,还是多孝敬你妈去吧。”

“怎么都有你一份,我爸的?——你们,非法同居……”

“土鳖!”郁钰心里骂一句,不屑正眼瞧他,感觉刚才还趾高气扬的土老帽有点收敛了,不禁得意起来。“甭跟我解释什么‘非法同居’名词,你只要知道你爸你妈已经离婚,这个法律事实就够了。其他的,还是那句话,用不着你操心,有闲空,孝敬你妈去!”

王宝鑫哪里知道,郁钰在大学学的就是法律,你跟人家掰扯法律名词,不就是自投罗网吗,哪儿有你香饽饽吃啊!只见郁钰又一撇嘴,心想,你要是提出“重婚罪”把你老爸送上被告席,还有那么点“法治观念”,可是,你敢吗?

不甘心就这么短兵相接大败而归,王宝鑫抛出自以为是的杀手锏:“我爸的财产,都是在他俩离婚前就有的,跟离婚后没关系。”

“这个,你也是瞎操心!”郁钰不慌不忙,引经据典:“老王跟你妈离婚后,我们已经履行了婚姻手续,我跟你爸是名正言顺的合法夫妻——这在《婚姻法》第17条说得明白;他们离婚后的,至少那笔拆迁补偿……”

“什么!”王宝鑫一听那笔拆迁补偿也有这个风骚女人一份,那跟剜自己的心头肉似的,气晕了,一下子从沙发上蹦起来,指着郁钰咬牙切齿:“你,你不要欺人太甚,现在,我妈,就因为你,落了一身病;你现在又要逼迫我家闹得妻离子散，你，你，小心，我叫黑道的朋友灭了你！”

郁钰可不是省油的灯，在男人堆里滚来滚去，无数次被骗，也无数次骗人，要是撒起泼来，浑身的威猛凌厉。个把男人，还真的不是她的对手，只有落荒而逃的份儿。可是，他王宝鑫就是一根筋的主儿，今天，企图一定闹个丁一确二的明白。

哈哈哈，郁钰歇斯底里地大笑起来，“什么‘黑道的朋友’，灭了谁？我？你还知道自己几斤几两不？——老娘做压寨夫人的时候，你小子还在玩尿泥吧？”

被这么一奚落，王宝鑫真的被激怒了，就像一头西班牙斗牛，眼里，这个郁钰就是一块红布，哞哞叫着，就要一头冲撞过去。但是，他毕竟不是不谙世事的毛头小子了，一直提醒自己，冷静冷静再冷静。

这阵子，也够她郁钰窝火的。本来，他老王央求自己跟那个一言九鼎的什么局的局长演一出“美人计”，演着演着却演出了肌肤之情，正要耍个缺德不违法的计谋甩了这个土鳖老王八呢。谁成想，这个什么局长东窗事发，被双规了。自己也跟着天天提心吊胆，这老不正经的家伙，吃喝嫖赌，你有什么嗜好不行呢，你他妈偏偏乐意把床上的事儿拍成片子，找乐吧，这下可好，找死了。你他妈别把老娘也给招惹进去。

心里堵着火，正找不着泄呢，今儿来了这么一个缺心少肺的家伙。嘿，怎么着，你他妈的还想动真格的？看见王宝鑫溜眼看着茶几上的水果刀，她脑袋一热，弯腰抓起来，递过去；猛一甩头，胸前的几缕乌黑长发飘然而起，画出一幅狐虎之威的魔女行侠图。

“怎么着，是你冒充一回黑老大，还是让老娘重温一回压寨夫人？”

四十五

“乌拉，乌拉！”

前几天，杜中秋、晋振辉那俩哥儿们下载了俄罗斯穿越片《古墓迷途》，看得有点着魔。这时凑在一起盯着电脑屏幕交头接耳，突然跳起来，手舞足蹈。

“你们，怎么，又从古战场挖出来一枚勇士奖章？”苏幕喆受到他们情绪影响，沉寂了许多天了，这时也跃跃欲试地站了起来，嘴里不忘吟上两句诗：“我来吊古，上危楼，赢得闲愁千斛。”

万祎推门进来。一大早他被拆迁办的余主任叫到旁边一间办公室，嘀咕了半天了。送走了他，正要往回走，接到刘允虎主任的电话，一边通着话，一边就笑逐颜开了。这时，他有意接着苏幕喆的话茬：“什么‘上危楼’，咱们迈步走上了一条康庄大道了呢！哈哈哈！”他再看一眼两个喜形于色的工程师，知道他们已经接收了刘主任的 PDF 邮件。

啪啪，晋振辉熊掌一样的大手拍在桌子上震响。屋子里安静下来，人们都瞄着他趋之若鹜，他很得意，拧一拧脖子，拿腔拿调地喊道：“现在我宣布——哎，杜兄，你在大国企呆过，那些个大领导咋讲话？”

大伙乐了。乐欢叫着，“得了吧，你，还大领导呢——需要不需要我到旁边的批发市场，给你买一大袋气球啊——吹吧，保证你吹一个爆一个！”

“嘿，小丫头，咱这可不是吹牛逼，货真价实——这可是国家审计署特派办的《高铁建设项目征地拆迁审计报告》，虽然还是‘征求意见稿’，但也是春雷滚滚啦——你们听着！”

杜中秋抢上话，一本正经地念道——

义和区财政局局长李志鹄弄虚作假骗取拆迁补偿问题——李志鹄作为高铁建设义和区被拆迁户，向义和区市政设施管理处提供了两本土地使用证，并就此签订了拆迁补偿协议和安置协议，取得安置房6套，建筑面积合计515.86平方米，总价款206.68万元。经鉴定，李某提供的第二个土地使用证为假证，其中："义和区人民政府土地登记专用章"和"义和区土地管理局"两个印章均为伪造。李某通过伪造土地证方式骗取安置房面积265.96平方米，补偿款106.38万元……拆迁过程中，负责拆迁工作的义和区市政设施管理处以及具体负责拆迁签订补偿协议的义和区建设局、街道办事处相关人员对存在明显涂改痕迹和造假迹象的土地使用证未进行认真审核；义和区国土资源局为其出具虚假证明材料。此问题拟移送当地人民政府处理。

"乌拉，乌拉！"

"先别太兴奋，还有一针吗啡没打呢！"晋振辉一横膀子把杜中秋顶一边去，点击鼠标，继续念道："开发商利用不存在的预售许可证销售商品房问题——德福地房地产公司开发的咏馨苑小区建设用地实际为义和区政府批准提供给幸福居委会用于解决其居民拆迁安置房的，幸福居委会未严格按批准用途使用，而是以与德福地公司签订联合建设协议书方式开发该项目，取得转让收入3000万元后由其自行向社会公开出售。咏馨苑小区33.033亩建设用地中有18.39亩至今仍未办理用地审批手续，德福地房地产公司的商品房买卖合同中的预售许可证号实际也不存在。"

晋振辉戛然而止，屋子里静悄悄，大伙的眼睛瞪得彪圆，还在目不转睛看着他。他扫视一下，沉默了片刻，猛地甩起双手，高呼："乌拉，乌拉！"

大伙随后也群情激奋，一阵欢呼："乌拉，乌拉！"

他们，万祎和他的审计团队，自南城区、义和区，一路奋战到晓虹区，多少个日日夜夜，也算是经历了许多艰辛和困苦的团队，六个，的确只有六个，两个姑娘和四个小伙，就在这宛如胜利的礼炮声中，他们，都情不自禁地欢腾雀跃起来。

好啊！如果把这比作东风，那么就更大更猛烈地吹起来吧，我们，都在向往着，纪委、审计等国家执法机关迅猛出击，雷霆万钧之势，彻底整治征地拆迁过程中出现的贪腐乱象。

在万祎眼前，不禁浮现出自己曾经跟着客户部的袁经理前往区审计局时的情景——

“如果钱真的被老百姓拿了，问题倒也不大。我听说，搞拆迁那些人明目张胆跟拆迁户做交易，比如那个大病补助，有的户就得分出几个给负责拆迁的，不然过不了关。”

区审计局的刘科长 40 来岁，中等个头，说话不急不缓，但言之有物，有的放矢。

“是啊，万经理他们呢，现在也审出点问题了……”袁经理容貌俏丽快人快语，不绕圈子，她的职责就是开拓业务市场。“您看，刘科长，以前，中介机构审计过了，审计局还要审一次，浪费人力物力，这次呢，我们准备接受区审计局的委托，按照局里的年度审计规划要求，有针对性地关注有关事项，在给城建局出具审计报告同时，也给咱们局出具专题报告。”

“这个，局领导研究过了，认为可行。你们就放手干吧。不过……”

袁经理机灵一下，欠一欠身子，问：“怎么，有什么特殊要求，尽管提出来。我们信达国际，业务胜任能力在业界还是有口皆碑的。”

“倒不是不放心你们的专业能力——是这样，这次有关地铁站拆迁审计呢，城建局是主要委托人，你们还是首先满足他们的审计要求；我们这里呢，不要把动静搞得太大，你们在实施审计当中，注意分寸。”

“这……”袁经理扭头盯住万祎，似乎在问，怎么样，你们能做到吗？

“没问题，刘科长，请您放心！”万祎心里其实并没有底数，你们审计局

"动静"的大小有标准吗？在具体实施审计程序中，我们怎么把握？想着，他又补充一句："我们严格按照注册会计师准则实施必要程序，有些问题，因为没办法延伸实施审计程序，我们也只能提供线索……"

"好，线索也重要，我们就可以顺藤摸瓜——看到信达国际年轻有为的CPA，我们对你们抱有很大期望！"刘科长面带微笑朝万祎有力地点点头。

哦，正是他给予的力量和信任，自己才鼓足了勇气，闯到刘允虎主任跟前去慷慨陈词，最终促使那份直戳违法乱纪脊梁骨的报告得以上报。

"如果钱真的被老百姓拿了，对照政策，给的多了点，倒也不是什么大不了的问题。"

起身离开时，刘科长轻裘缓带的又这么重复了一句，令万祎颇为感动，就好像有那么一股暖意在心头汩汩流动。嗯，他是个能跟老百姓心贴心的好干部。他可以肯定。

四十六

王区长主持的这次拆迁专题会议，区委区政府极其重视，城建、市政、交通、审计、纪检等部门的主要干部都参加了会议。刚一散会，丁立靖就被大哥叫了去。这幢三层楼高的彩钢板临时建筑就要拆除了，津奇拆迁公司就要移师又一个拆迁工地，为了这座日新月异的城市跨越式发展扫清道路，马不停蹄地去"拆"去"迁"。里面的设施还很齐备，保证在这里，冬暖夏凉。然而，不论是丁立飒总经理，还是这个被尊称为"小丁总"的丁立靖，从脊梁骨不停地往外冒着寒气，在这安静得可以听到心跳的房间里，他们隐约察觉到了寒风嗖嗖。

作为晓虹区一言九鼎的拆迁大佬，他丁立飒也的的确确感觉到了这种寒冷，正在逼近自己越来越发福的身子骨。俗话说，人要是倒霉了喝口水都塞牙，也就在昨天，那个曾在区政府门前宣扬八国联军拆迁如何如何人道的瘦小子，居然气势汹汹的闯到了他丁总的办公室里来，身边还趾高气扬地站着个自称是哪个事务所的律师，义正言辞地索要他们那栋老宅子没有按照货币补偿的证据资料，他们要过目。

"反了，这他妈的反了！"当时丁立飒在心里暗暗发狠地叫嚣。

对于瘦小子来说，说他急中生智也好，说他狗急跳墙也好，总之，这个游手好闲的浪子终不肯以自己劳动的双手创造美好生活致使穷困潦倒，又在赌债接连不断追讨的万般无奈之中，他灵机一动，想起了当时搬家时听人讲的那么一句话："这栋房子不是房管所出租的嘛，你们干吗走啊？要拆迁，也得管你们；不然的话，得把补偿款的大头给你们，你们可以去买安置房。"他不觉浑身一抖，大头！补偿款的大头给我！他在心里立即就有那么一匹活捉的狼，穷凶极恶地嚎叫着。

毕竟是牌桌老手，虽然手气牌运不济，但脑瓜子好使，急来抱佛脚，他又仔仔细细把拆迁办发给各户的那本《拆除政策汇编》从头到尾读了几遍，又琢磨了几个晚上，他终于悟到了其中的门道，胸有成竹地喃喃自语：哼哼，既然你们这么恶毒，那也别怪我翻脸不认人！

之后，他奔走在环宇集团、区拆迁办等部门之间，提出自己的正当诉求。然而，他看到的和听到的都是耷拉着的黑脸、被神经病的嘲笑和直截了当的警告，没有谁认真过过脑子挺身而出维护你一个平头老百姓的异想天开的利益。最后他企图借助网络民意的力量，写了一份晓虹区拆迁当中草菅人命软硬兼施逼迫他们租赁户搬迁的材料，贴在网上。但不久就被删除了，好在被几个网站转载，一时难以剔除干净，竟然有人给他打电话询问情况，并阴阳怪气地说道：如果跟我们合作，根据我们的技术指导，演一出自焚苦肉计，你的控诉材料就可以在海外网站大肆宣传，到时候，国际人权组织就可以为你仗义执言帮你伸冤维权！

当这海外的——类似于自己时常挂在嘴头的“八国联军”——突如其来的，真真切切站在了自己跟前的时候，瘦小子还是禁不住两腿抽搐起来……

丁立靖听说了，咬牙切齿，后悔那天没把瘦小子剁了喂狗！今天，跟大哥，虽然又是不欢而散，但这次丁立靖再不敢给大哥甩门一走了之。他硬着头皮听完了训斥，还有谆谆教诲，垂头丧气地回来了。自从上次遭遇两位 CPA 美女，他还没有像今天这样深深地从心底感受到一种末日般的威胁，一种近在咫尺的威胁，一种触手可及的威胁。是的，就是威胁，他宁愿承认这是威胁，而不是危险。他还在畅想，畅想用金灿灿的金钱建造的无与伦比的美好未来。

但是，不可否认的是，他的大脑已经有些紊乱。回到家，他就翻箱倒柜，他记得上学的时候，自己读过一本书，略萨的《世界末日之战》。其实自己很喜欢文学，也有些文艺天赋。学生时代读过不少名著，要是不被那所学校摧残，也许，自己可以实现一个美好梦想，做一个自由自在的、激情洋溢的诗人，或者口若悬河的小说家。

略萨，据说 2010 年度诺贝尔文学奖的桂冠，被他摘得了。哦，我找到你了，马里奥·巴尔加斯·略萨！在一个箱子底，他终于翻到了那本黄色封皮的 600 多页的小说。不错，世界末日之战，好吧，即然是末日，我们就同归于尽一起完蛋！

胡乱地翻找着，他希望能从中找到一段给予自己生命力量的文字，封面上，那个向揭竿而起的民众大声呼吁的老人，是不是一个救世主，你，在发出一篇充满绝望或者必胜的宣言吗？

书很厚，却找不到一句自己希望的文字。扉页，他随意一翻，却立即被印刷在上面的《献词》惊呆了——

谨将此书献给

另一个世界的欧克里德斯·达·库尼亚

以及仍在这个世界的内里达·皮农

这个世界,还有“另一个世界”?! 不然,诺贝尔文学奖得主略萨,他能胡诌吗?丁立靖在脑子里翻来覆去提出这个疑问,又翻来覆去做出肯定的回答。

乖巧的小岳似乎能够读懂丁立靖的心思。自从那次因为两位不速之客的CPA美女,惹恼了他,她愈加小心翼翼,服伺得更加尽心尽力。今晚,他特意从旁边的酒店叫了几道丁立靖爱吃的菜肴,红酒已经斟满,红艳艳的,看着就有一醉方休的豪情。桌子中间,被一帕粉红色丝巾盖住的一只硕大的圆盒子,给人神秘而温馨的感觉。这里的一切,似乎都在小岳的布置下,沉浸在一种喜气洋洋的氛围当中。

仿佛看见快乐鸟在心头倏地一闪,小岳掐算好了时间,邀请丁立靖晚餐。卷曲在沙发上,抱着《世界末日之战》苦思冥想的丁立靖,用力抻了抻懒腰,似乎做出了一个如释重负的决定,感觉一身的轻松自在,浮生若寄。他愉快地牵住小岳的手,来到餐桌旁。

“小岳,怎么,今天搞得这么丰盛?”

“立靖,你坐下,闭上眼睛——”

一阵悠扬的乐曲荡漾在房间,这是一首传遍全球的《Happy birthday to you》——

“睁开眼睛,立靖,你看!”小岳欢喜的声音,美妙悦耳,甚至超过音乐。

桌子中间的粉色丝巾撩开了,一盒做工精致的生日蛋糕已经插上了蜡烛,点燃了,火苗微微摇动,夺目而温暖。

“谢谢你,小岳!”丁立靖异常平静,没有因此喜形于色,但他面带笑容端详小岳,眼神流露的感激,亦如一溪春水淙淙。

“许个愿吧,立靖!”

"哦,许什么愿?……"

"随你哦,只要你喜欢……"

"那,那就许——"丁立靖站起来,弯下腰准备鼓起一口气吹灭燃烧正旺的蜡烛,"我就许——小岳幸福美满,嫁个好人家!"

"你说什么呢?——再说了,许愿说出来,就不灵了!"

不灵?丁立靖浑身禁不住打了一个冷战,慌忙对准了蜡烛,不管三七二十一,憋足一口气猛吹过去,那劲头,似乎就要把太阳吹灭,让宇宙笼罩黑暗……

记不清多少次与这位美若天仙的女孩相拥入梦。第一次带小岳回来,他不知是为了讨回30万的成本,还是被美丽吸附了全部魂魄,身不由己,每一块筋骨与每一克可以燃烧的脂肪蛋白质,都被自然的欲望驱赶着驰骋疯狂。那一夜,伴随着她凄惨的叫喊,熊熊大火窜出身体上每一个毛孔,冲天而起,就要把两人燃为灰烬。第二天醒来,他抱住百依百顺的她,又一番缠绵,见她脸色闪现痛苦,才发现床单上醒目的斑斑血痕,自己的心,不禁一揪,惊诧地盯住她,好一会,他才懵然问道:"你,你还是处女!"

认识小岳的时间并不久。那天他到一家歌厅潇洒,跟老板混熟了,知道他是搞拆迁的,大哥坐在总经理的宝座上,说不准这间歌厅或者自己的那间摇摇欲坠的蜗居,或者沾亲带故的哪一家,就要面临拆迁的喜从天降或大难临头呢。这年头,谁躲得过拆迁的魔咒,你就必须给自己做七八回脑CT,验证你,是不是真正的人类!

老板殷勤接待,安排好包间,还派来几个妖冶的女人给他提供全方位服务,却被他摆摆手给轰走了。不是有什么心理的或者生理的障碍,是他惦记着一件事。前几次来,老板跟他说过这么一档子事,说有个大三的女学生,姿色没得挑,绝对漂亮,什么沉鱼落雁闭花羞月,也不过如此。人家家里遭了难,母亲病入膏肓,她是单亲家庭,母亲是家里的顶梁柱啊!救命!就要实施手术换肝脏,可是三十几万的巨款,哪儿去凑齐?下面还有个弟弟上学呢!这不,来这里坐台卖笑,你不出台让人包养,哪能一下子挣到那么一大笔现钱呢？看着这么如花似玉的女孩子愁煞，再狼心狗肺物欲横流，也会残存几个怜悯之心的。老板伙计们就瞅着空给客人们念叨念叨，那些大款大吏有的将信将疑丢下千八百的，紧着凑。他丁立靖听说了，不知道他心里到底是怎么想的，也许跟他那阵子拆迁顺当日进斗金相关吧，过一把挥金如土的瘾，一下子就往女孩的账户里打进去30万，也没提任何条件，给了就给了。当时女孩也没吭声，过来给他鞠了个躬转身回家救母。他看起来也不急，一如既往喜欢来这里唱几首歌，但不像过去，再也不要其他女孩陪酒陪唱了。那些靓妹，本来挺水灵的，嗓子也好，却非要把自己打扮成妖精。

他，在期待；就跟把脉那一大帮拆迁户一样，心里搭得沉实，信心十足。

也就是这天，那个女孩突然之间出现站在他跟前，就像是明快而斑斓的朝霞，靓丽的耀眼，令你禁不住眯起眼睛。那天晚上，女孩就跟他回来了，然后一直住在这里，她说，只要丁立靖喜欢，她就一直伺候他，直到他厌弃她或明媒正娶为止。这是一段多么充满了重情义、重然诺，却又是多么令人心情沉重的时代绝唱啊！

今夜，抱着她，丁立靖忽然感觉有一种异样的情愫自心里滚动。刚才的晚餐，好像被神设计好的，每一个步骤都那么恰到好处，她，小岳，难道就是天上的神仙。但是，她又为什么面对几十万元的手术费却束手无策。不管怎样，小岳，我感激你，请你不要再说感激我。几个月以来，你给予我的已不仅仅是生理上的满足和男人占有欲的满足，你我，已经有了某种心灵的沟通。是的，可以肯定，我们有了心灵上的沟通。否则，真的无法解释今夜的晚餐，吹灭的红艳艳的蜡烛，特别是诚心诚意为你作的许愿。真的、真的无法解释！

这个生日，我早已忘记，实际上，我也无法记忆，它应该是我的"零岁"的生日，自己，不久，就要在"另一个世界"再生。

"小岳，"丁立靖觉得应该跟她说几句贴心的话。

眨巴着大眼睛，在温暖的灯光照耀下，粉嫩的肌肤犹如五月仙桃，她用纤纤手指拨弄着丁立靖鬓角，突然，她大喊一声：“呀，立靖，你、你有白头发了！”

“是吗？”丁立靖先是一愣，但马上哈哈大笑起来，“好啊，说明我老了，就应该到‘另一个世界’去了！”

“你瞎说什么呀！什么‘另一个世界’，怪吓人的。”

“哦。”丁立靖把小岳搂得再紧点，感觉到她柔软的乳房挤在自己的胸前，他探头在她耳边悄悄说：“小岳，我给你存了一笔钱……”

“什么呀，嘎嘎嘎……”小岳感觉痒痒的，忍不住，笑着将耳朵躲开嘴巴，丁立靖稍一松手，她一骨碌坐起来，低着头，含情脉脉注视着眼前这个挽救了自己母亲的恩人。

艺术品，真的就是一件美轮美奂的艺术品！丁立靖每次这样端详小岳，都会发出这样的赞叹。有的时候，他一个翻滚压住她，迫不及待地与她欢爱，被她优美如玉的胴体一晃眼，甚至都会犹豫，唯恐自己快乐得忘乎所以，过猛的动作，会不慎碰碎宋代的青花瓷，或者撞掉维纳斯的胳膊。

“小岳，”丁立靖的语气变得十分郑重，这是以往不曾有过的。“也许，我会去‘另一个世界’，很久不回来——如果那样，你就取了那笔钱，继续念你的书，考研，留学……”

“哦。”小岳显然被他的一本正经惊愕了，认真地点点头。却又遮掩不住的俏皮，俯身抱住丁立靖的头，撒娇地问：“那你什么时候回来呢，你会想我吗？”

猛然在屋顶上划过一抹悲壮色彩，就那么一闪亮，倏地消逝了。

丁立靖一把抱住小岳，深情地亲吻，彼此的肌肤语言传递的热爱，已经不能以肉欲和某种龌龊的交易来诠释。人类本质善良的基因在每一个几千年繁衍而生的个体上，都会，熠熠生辉。

“假如，我回不来了，或者说，死了，小岳，你……”

“胡说，打你嘴！”

"我说'假如'嘛,小岳!"

"立靖,我给你留后,你就放心地去吧——"

四十七

"万祎,咱们,咱们是不是去、去探望一下王总、王宝鑫啊?"高菲菲惴惴不安地问道。

"看他,那个流氓!"万祎眼睛瞪得跟灯笼似的,茕惑不解。

那天,王宝鑫并没有接过郁钰递过来的水果刀,而是转身朝门口走,第六感觉告诉他,这里凶多吉少,尽快离开。然而,已经将多年的心酸和屈辱埋葬在心底的郁钰,此刻却再也忍受不住,索性撩开了玩时愒日的面纱,将自己置身在穷崖绝谷,欲与先前的自己来一次毅然决然的告别。她竟然孤注一掷举刀向王宝鑫刺去。

被逼无奈,王宝鑫夺刀在手,再也忍无可忍的他,凶神恶煞,摁倒了郁钰,拿刀对准她的胸膛攮了下去……

听说王宝鑫可能被判处死刑。万祎最终答应陪高菲菲去探望。心里也在劝慰自己,就看那小子的虎背熊腰的壮实劲儿,要是真想图谋不轨,伤害高菲菲,她是在劫难逃的。可见他是个良心未泯的人;况且,高菲菲说得对,要不是他聘用了她,也许彼此会在这人海茫茫中失去一切缘分,再也没有机会邂逅相逢,留给余生不尽的遗憾。还有一个极其重要的,他一直没有告诉高菲菲——他警惕着一切可能拉近她与她的这位王总距离的情状。一次,他在网络浏览,查看信达国际捐助甘肃希望小学的信息,无意当中在相关链接资料里发现了王宝鑫的名字,他以北京远景盛达软件科技有限公司副总经理身份向汶川地震灾区捐款100万元。

目光呆滞的王宝鑫被带到接见室，隔着玻璃，他一眼就看到了高菲菲，双眸上嗖一声放出了光芒，几乎就要将隔断自己与这个世界的厚玻璃熔化。

“菲菲、高菲菲，你、你怎么来了——我对不起你呀！”

“别说没用的话了。你有什么需要我们帮助的吗？”

“就要挨枪子儿的人了，还需要什么帮助？”

“别这么消沉！告诉你，郁钰没死……”

“我知道，她那爆乳，掺和了好多硅胶，厚实，救了她一命。”

“那你胡扯什么‘挨枪子儿’？”

“张律师给我辩护，他跟我说凶多吉少，让我有心理准备——我犯的罪，最高量刑有死刑。”

“为什么，量刑里有死刑就得死啊？”高菲菲激动得站起来，瞧一眼旁边的法警警惕地盯着自己，又坐下，劝道：“振作点，王总，你还有自己的事业呢！咱们开发的MIS软件，市场走俏呢！”

王宝鑫脸上不易察觉地微微一颤，他变得沉稳了许多，更有城府了，不会轻易对人和盘托出自己的心里话。其实他心里明白，老爸不能绝了王家的香火，他在四下里托门子保他呢。听说那个郁钰挨了几刀也清醒了，她倒不是个绝情寡意的浪货，实话实说告诉警察，是她拿刀想着杀老王的那小子，那小子是被她逼得走投无路，是正当防卫。嗨，这事闹的，千头万绪，比他妈蚕茧里的千丝万缕乱套得多，谁也甭想捋清了。

他示意站在一旁冷冷瞧着自己的万祎过来。高菲菲把话筒耳机递给他。

“兄弟，我对不住高菲菲，你小子有种！”

“说点别的吧，王宝鑫——”

“手够黑，就想着一家伙砸死我，是吧？就凭这——能为自己的女人舍命，高菲菲跟你，我放心！”王宝鑫说出这句话，也不知道自己因此显出了镇定自若，还是从万祎面无表情的脸上多少找回了点失魂落魄。

“你还是好好改造吧——我跟高菲菲，我们好不好，跟你没什么关系。”

“嘿，兄弟，我不是威胁你，你要是对高菲菲不好，等我出去，非灭了你！”

“得了，海湾大酒店，还给你王宝鑫存着那瓶‘小蓝片’呢。”

“损我，你、你他妈等着，我出去先劁了你！”

看俩人怒目横眉的样子，高菲菲夺过话筒，怨怒道：“你们男人啊，跟公鸡似的，到一块就掐，有意思吗？”

四十八

天热起来了。

虽然万祎极不情愿跟着高菲菲来看望王宝鑫的母亲，但高菲菲说她准备把一直停在公司租用车位的那辆红色宝马车卖掉，用来王宝鑫母亲养病安度晚年。这他一百个乐意，这么着，就彻底铲除了自己心里的那个挥之不去的阴影。

法律无情。王宝鑫因犯有故意杀人罪，被判处10年有期徒刑。他们又去探望过，劝他安心接受改造，争取减刑，早日出来，还要在商海里搏击，还要鲲鹏展翅，王宝鑫感激地答应了他们。而他老爸王新国在黯然之中，转让了全部股份，悄悄掖着早就预备好的护照，携郁钰移民加拿大。王宝鑫的大姐，早先因为家财分配的问题，跟爹妈闹翻了，对家里的事情再也不管不顾。

“我最不放心的，就是我妈——求求你们，高菲菲，替我照顾一下啊！”

忘不了上次来监狱探望，王宝鑫再也不能心高气傲地无法曲膝，竟然给他们跪下来，央求照顾他老娘，高菲菲抹眼泪了。万祎抢过话筒，喊道：“王宝鑫，你他妈给我站起来！你娘，你就放心吧……”

王宝鑫的母亲韩菊金还住在医院里。由于得知儿子因为杀那个该千刀万剐的狐狸精郁钰，被下了大牢，精神上受到重大打击，几次寻死，被医护人员及时发现阻止。现在，在特护下，病情逐渐平稳。高菲菲跟王家亲属商量，待病情好转就让她搬进敬老院，那里，一大帮子同龄的妇女老太太，或许能她心情开朗起来。见他们有的显出为难神色，她赶紧说，钱不是问题，王宝鑫在公司的股份每年都有一笔分红呢。

隔着窗户往病房里看，病人坐在床沿正低头愣着神，衣衫不整。护士解释说：病人还是有些精神失常的表现。你们瞧，她反穿着衣服，在医学上被称作精神分裂症的“象征性思维”，也就是强烈表示她自己“表里如一，心地坦白”的意思。

万祎听着，哭笑不得地摇摇脑袋。他猜测，病人是在追悔当时为了多分宅基地和拆迁补偿所做的诸多与“表里如一，心地坦白”正相反的事实，进而造成了原来好端端的一个家分崩离析的悲惨境况吧。再想一想自己还将多久面临那么一种窘迫，他不愿往下思考——那个死皮赖脸的男人，在高山宇的病榻前还要耗多久？

心里禁不住涌起凄凉的感觉，高菲菲就要转身走开。护士叫住她；“同志，请留步，你看，病人在看你，眼神有点异样。”

“哦，是吗？”高菲菲收回脚步，凑近了窗户，仔细瞧着。

王宝鑫母亲站起来了，快步走到了窗前，直勾勾地盯着高菲菲。嘴唇翕和着，过了会儿，终于说话了：“你，闺女，就是跟宝鑫一块的吧——你家，也拆迁了，对吧？”

“对呀！”高菲菲兴奋地隔着窗户喊道。

“哦，我还以为是雨燕呢，宝鑫说她给我生孙子去了，怎么还没生出来呀!”王宝鑫母亲一闪念的清醒,又回到了混沌的失常状态。她爬上床,抱起枕头,喃喃自语:“我生宝鑫那会儿,也就是半个钟头吧——宝贝孙子,我的……”

就要结束晓虹区的现场工作。万祎心里有一股无以名状的感慨。回来的路上,他问高菲菲:“你说,这所谓颠扑不灭的真理——‘人为财死,鸟为食亡’,究竟是不是真理呢?”

“那还用问嘛?真理,肯定是。但是,我们学的哲学课本上,不是也讲了相对真理和绝对真理了吗?”

“你的意思,这是相对真理,迈出一步,就是谬误。”

“对啊。你瞧,王宝鑫家里,就因为多迈了几步,落得这么个下场。你说,多悲惨呀!”

“也是——甭光盯着人家脑袋上的虱子,自己身上也成群结队了吧?哈哈!”

高菲菲明白万祎的意思,但她不想直接对抗他的锋芒,她绕了个圈子,故作神秘地说:“哎,告诉你一个天大的秘密消息,昨天我老爸才悄悄告诉我的——嘿,你干吗,不屑一顾是吧——我老爸又没老年痴呆,脑子灵着呢,还有一帮老哥儿们维护着呢。”

“你说嘛,什么秘密,还是‘天大’的?”

“丁立靖,就是给你们甩门的,那小子啊,自杀啦……”

“啊,就这么死啦!”万祎并没有因为这个涉嫌诸多拆迁违法违规胆大妄为的犯罪嫌疑人的死亡,心生快意,因为他的死会给相关执法部门延伸审计程序,揪出更大的拆迁蠹虫造成诸多困难。

“没死,抢救过来了。”

“噢,”万祎这下才放下心,放眼望远,看到天空中几片淡淡的云彩。他似乎感到了一丝快慰,他们 CPA 的确在以实实在在的成绩回报着社会。

“不过，跟他同居的那个女孩，没抢救过来，死了——都有身孕了，太惨了！”

“啊！”万祎失声叫出来，心里一阵难以抑制的悲哀席卷着他的五脏六腑。他听小苏乐欢她们说起过那个女孩，不但漂亮，也很要强，还要考CPA呢。

四十九

不知道为什么，今天，自己居然跟苏慕喆坐在下榻酒店二楼的咖啡厅，开心地聊起来了。万祎感觉有点蹊跷，糊里糊涂，本来，自己是不应该再跟小苏有这种在浪漫环境下的单独相处。这不仅仅以自己与高菲菲所确定的恋爱关系已经牢不可破的状况来要求，即便在自己的这个团队，情人节那天孟寐求的玫瑰，两人热情的拥抱，已经向团队发出了爱情的宣言。

究竟是谁在作祟，怂恿着自己的，推动着自己，去，去——其实，他知道任何事情不会再改变，但人心的微妙活动至少还没有被科学完全诠释，也许就是那么一部分尚未对人类敞开的奥秘，在作用着他。谈笑之间，他猛地一闪念，哦，也许，就是高菲菲那天夜晚的有点不通情理的决然拒绝，令自己多少有点懊恼吧。由此滋生出逆反心理的异常，如春蚕，悄无声息地吞噬忠贞不渝的桑叶。

两人说说笑笑，待苏慕喆端起咖啡杯，将半杯咖啡一饮而尽，又要了一杯。她喜鹊一般的嗓音戛然而止，直愣愣地盯住万祎，似乎在鼓足勇气。万祎一时也不知所措，尴尬地捧起咖啡杯又放下，又捧起再放下，眼神躲闪着苏慕喆刺穿瞳孔的目光。

呵呵,苏慕喆不自然地干笑两声,驱散禁锢在周围的坚硬空气。她摸出一张纸来,皱皱巴巴,放在台布上用手掌又小心翼翼地平展了平展。然后,轻轻念起来,声音微微颤抖——

翠鹅湖,棠叶院。流水桥听,多少春秋辩。又是寒风黄尘卷。金甲菊开,朵朵千千瓣。

蹙烟眉,曾我见。问渡西子,梦绕潇湘馆。霏雨连天心思乱。雪撵荒秋,满目春花绽。

"万祎,"苏慕喆挑起眼帘,含情脉脉,但目光依然锐利。她问:"'蹙烟眉,曾我见。问渡西子,梦绕潇湘馆。'是什么意思啊?"

"哦,这——"万祎一时语塞。

这首《苏幕遮》词是他万祎写的。就是那天,他跟苏慕喆在泰营乡的大宅基地里头的那座小桥边上,谈笑风生,谈了周邦彦的那首《苏幕遮》词,以及由此证实苏慕喆的杭州籍贯,就在当夜,万祎写了这首词,草稿就写在自己的工作日记簿上,还没有修改好。的确,这是一首情诗,是写给苏慕喆的。之后,因为高菲菲的重新回到身边,他就窒息了诗中表达的那种情意。而当情人节那天,苏慕喆接受了孟寐求的玫瑰,确立两人的恋爱关系后,他莫名其妙地感到有那么一种惘然若失,胸中的郁闷堆积在心口,硬生生堵着让你喘气不匀实。有天晚上,他突然从日记簿上撕下了这首词,在手里揉成团丢在了桌子上。

不料,心细的晋振辉恐怕丢了有用的资料,打开一看,一眼盯住了词牌"苏幕遮"三个字,默念一遍,没闹懂什么意思,就觉得应该跟苏慕喆有关联,没多想,就塞给了她。

聪明绝顶,且对诗词颇有造诣的苏慕喆读了这首《苏幕遮》,心领神会,心中暗喜万祎也曾对自己心存爱意,这是她梦寐以求却难以启齿的。

前几天，从他们几个窃窃私语中，以及万祎有些忧郁的眼神里，她读出了高菲菲可能遭遇的不测。她知道，女孩子由于自身过分的单纯所惨遭的戕害，对于一个深爱她的男人来说，犹如晴天霹雳，必将难以忍受。几天来，在内心，她做了无数次的斗争，但最终她还是鼓足了勇气，她不想自动弃权奔向一生幸福的竞赛起跑，哪怕那一声清脆的发令枪久久听不到声响。

现在，坐在咖啡厅里，端详着万祎，这个在自己心目中无论是相貌还是业务能力，都堪称出类拔萃的项目经理。她想，小孟人很好，不是不能接受。但是，情人节那天，自己，内心深处的那个鬼魅，发出沉闷的吼叫，自己就那么身不由己，接受了玫瑰，还在众目睽睽之下跟小孟拥抱了——这，多半就是给你看的，万祎，你可知道，我真的、真的喜欢你！今天，我丢弃掉女孩子的清高和矜持，邀请你万祎先生来喝一杯咖啡，我要绷起每一块肌肉，不仅仅是脚上和腿上的，而是全身的，去孤注一掷，起跑、狂奔、冲刺——万祎，与我一起默默祈祷吧：刘翔，你，不能再摔倒！

"怎么了，万祎，有什么为难吗？"她的语气仍咄咄逼人，但分明可以感觉到其中也夹杂着央求，而在万祎耳朵里，似乎还有那么一丝嘲讽。

经过刚开始的不知所措，沉住了气，万祎喝几口咖啡，情绪活跃起来。没什么可怕的！我在心里叮嘱自己，你苏慕喆小丫头能把我怎么样？对你，确实动过心思，这也没什么丢人现眼的，跟你说说当时的想法，也许可以帮助我冲决心中的块垒，让那一溪爱情的春水更顺畅更清澈，淙淙流淌，清凉而甘甜。

"《红楼梦》，哦，《红楼梦》，看过吧——"万祎又喝了一大口咖啡，狠狠咽下去，驱散尴尬与慌乱。"第三回，'贾雨村夤缘复旧职 林黛玉抛父进京都'，林黛玉刚到贾府……"

"呵呵，我知道了，贾宝玉把人家林妹妹看得——两弯似蹙非蹙绢烟眉，一双似喜非喜含情目。态生两靥之愁，娇袭一身之病。泪光点点，娇喘微微……呵呵，是不是？"

“呵呵，是啊，宝玉还说——这个妹妹我曾见过的。”

“贾母笑道：‘可又是胡说，你又何曾见过她？’”

“宝玉笑道：虽然未曾见过她，然我看着面善，心里就算是旧相识，今日只作远别重逢……”

“哈哈，‘蹙烟眉，曾我见’，原来是这么个意思——谁呀，你说的是……”

“你呀，苏慕喆小姐！”

“啊，我？哈哈，怎么会是我呢！——我可没有‘一身之病’、‘泪光点点’、‘娇喘’……呵呵！——那，你，万祎先生，难道就是贾宝玉？”

“问渡西子——不就是说咱们俩那天在那座小桥旁，我依据周邦彦的《苏幕遮》猜你是杭州人嘛。”

“那，‘梦绕潇湘馆’呢，怎么讲——梦绕，跟鬼魂似的，多吓人啊！呵呵。”

“这，这个——”

万祎暗暗钦佩，这个苏慕喆真够《苏幕遮》的，文学修养深厚，论相貌论才学，还是当前从事的审计工作的业务素质，她都是腾蛟起凤的女孩。但是，自己却在这个关节点上退缩了，倒不是所谓的道德力量强大得令他产生了鸡蛋碰石头的错觉，而是根深蒂固在心底的，就在与高菲菲第一次见面，充当江湖郎中的那一刻，那一团渐渐扩散的缘分的细胞，已然在彼此爱之生命的空间里快速裂变生殖，并且在阳光下熠熠生辉。此刻，在遭受外界的无形的压迫和威胁时，更是急剧膨胀起来。

而在苏慕喆，当然不单单这首《苏幕遮》给予她神魂泰山磐石般的镇压，万祎他，对文学的感悟与驾驭，对话那个自命不凡的杭州姑娘，当之无愧的知音知己，放弃他，无异于对自己生命的弃如弁髦，那简直就是罪恶！今天，在这温馨的沉醉在乐曲中的咖啡厅，万祎，和他的《苏幕遮》，毫无疑问更加坚定了她的方向，即使是一次冒险的攀登，她苏慕喆也愿意付出一次命悬一线的跋涉。

“高菲菲，她——”

“什么，高菲菲，菲菲她怎么了？”

“我问你呢，万祎——”苏慕喆感觉自己的脸在发烧，神情恍惚，说话语无伦次：“你，哦，不，她高菲菲，她，是不是出了点什么事？”

“出了点什么事！哦，你是说——”

苏慕喆手忙脚乱地从身上又摸索出来一张纸，轻轻放在台布上，赧然垂眉，小心翼翼地将纸推向万祎。

嚯，又一首《苏幕遮》！万祎展开来，几行工整隽秀的钢笔字映入眼帘，显然，这是小苏精心抄写的一首词——

满天星，红叶剪。池浅鹅飞，追鹿沁芳畔。霉色藕丝须快断。思睡昏昏，梦归潇湘馆。

好皮囊，草莽汉。共你鸳帐，煮泪香茶宴。莫葬桃花心两颤。铁轨通天，满载痴心愿。

再一次由衷地钦佩，陆海潘江，她小苏的这首，取自《红楼梦》第二十六回“蜂腰桥设言传心事潇湘馆春困发幽情”意境的《苏幕遮》，比自己的那首要上乘许多。

然而，当他将心情纠结在“霉色藕丝”，再咬文嚼字地一琢磨，联系刚才提起的“高菲菲出事”，心里不由得滋生出一股火气来，越来越旺盛，仿佛就要从脑袋顶上燃起熊熊大火。

他强压着，不愿伤害了苏慕喆，虽然在这个问题上她急功近利枉费心机，没有一星半点的光明正大。但他还是不愿意，不愿意寻觅那一处每个人都隐藏着的人性弱点，去挖掘那么一隅龌龊的角落，将其暴露在光天化日之下。不过，他也无法给她一个好脸色，使得她可以自欺欺人地继续心揣一个海市蜃楼的美好梦想。

万祎站了起来，没有正视苏慕喆，只是用眼角瞥了瞥。

苏慕喆也跟着站起来，她从万祎敛尽笑容的脸上似乎感觉到了那么一股怒气的灼热；她屏住呼吸，紧张得浑身微微颤抖。

稍稍弯下腰，万祎将那首写着《苏幕遮》词的纸推回到苏慕喆一边，然后绷直腰板，眼光在她俏丽的脸上冷冷地一扫，一字一板地说："高菲菲，她没事；她就是出了什么事，我也不会离开她！"说罢，他不等回话转身走出咖啡厅。

万念俱灰的苏慕喆愣痴痴地站立在那儿，脑袋里，一瞬间空白一片，比大雪之后的北方原野还要空旷而虚无。不知站了多久，服务生收拾咖啡具的声响，惊醒了她。她蓦地甩脸冲着入口处万祎无影无踪的背影，尖叫一声"万祎"！羞愧得无地自容的她，双手捂住脸，昏天黑地之中眼前一闪电视剧里那个出家了的陈晓旭扮演的泪光点点的林黛玉，再也忍不住，失声痛哭起来。

五十

六个人，一个也不少。万祎和他的审计团队又挤在一辆商务车里，朝北京开拔。

本来，他是想乘火车回去的，但是看见那么一堆大大小小装满工作底稿的箱子，有点发愁。余边疆主任热情地要派车送，他的用意是带上点土特产给审计组，虽然，那么多问题，都说是木头上敲钉，定了；边边角角的，难道就没一丁点商量的活动气儿？他不信。可是，如果直接送吧，肯定拒绝。这样不声不响地搁在车上，等到了北京，你还好意思让我拉回来？万祎没往这方面多想，也就没有虚情假意地推辞。

还是那么六个人，坐的位置也没变，只是这辆车宽敞些，大伙坐着没那么挤。相对那次从义和区奔晓虹区，万祎舒服多了，不必搂着三个电脑包冒充高菲菲了，经过这次拆迁审计，晓虹区不再是他们爱情的“滑铁卢”，而是拿破仑东山再起的厄尔巴岛，放眼望去，一片碧海蓝天，好美！

苏慕喆把电脑包扔给了孟寐求，乐欢也就不好意思把自己的电脑包硬塞给祎哥了。但是，大姑娘抱着个黑乎乎的电脑包，抵着腹部实在不舒服，让人看着也有点提前上岗抱孩子的意味，所以她有意回头瞅了一眼，也没说什么。晋振辉机灵，主动把电脑包要过去，并极其诚恳地解释，说自己的肉太暄了，压压实着点有利于健康和健美。

车里，最异样的，莫过于气氛！沉闷，没有了过去那样毫无顾忌的说说笑笑。

多少天听不到苏慕喆吟咏辛弃疾的词了？万祎他心里很清楚。那天愤然离开咖啡馆，过后一想，他也感觉有些懊悔，何必那么激烈呢。她小苏虽然耍一点小聪明，但追求自己的幸福目标，东墙窥宋，无可厚非。你万祎，有什么了不起！

一直找不到合适的机会向她道歉，好在晓虹区的现场工作就要结束了，不然，彼此每天低头不见抬头见，还真有几分尴尬。

“师傅，能不能在沧县那儿拐一下，去趟崔尔庄？”

万祎有点郁郁寡欢，拿着手机查看地图，发现走的这条道路过纪晓岚的故居崔尔庄。于是思忖着过去溜达一圈，散散心，解解闷的，好让团队的兄弟姐妹们愉悦起来。

“去崔尔庄干吗呀，祎哥？不会是又一个汲水店等着咱们吧！”乐欢叫着。

万祎扭回头，看到几位满脸的疑惑，脑子里不禁浮现那天丁立靖瞎扯的情景，忍不住笑起来。后面几个丈二和尚，更摸不着门了。

“哈哈哈，还记得嘛，那天、那天，丁立靖跟咱们瞎扯——乾隆问纪晓岚‘佛为何对朕笑？’纪晓岚答‘此乃佛见佛笑。’——咱们，到这个铁齿铜牙的纪晓岚的故居瞧瞧。”

短暂的沉默。大伙渐渐醒过闷来，还是苏慕喆聪明绝顶，一扫脸上的阴霾，微笑着，但语气里带着点嘲讽：“是喽，那个‘佛得笑’，也该牙牙学语，会叫‘爹’了吧？”

晋振辉猛地一拍前面的靠背，吓得乐欢一个机灵，跳起来，脑袋撞到了车篷，咧着嘴，抬手给了晋振辉一巴掌，他不理会，举着双手叫着：

“哈哈！这，得去瞧瞧，敢情咱还有个侄子流落海外——哦，都会满地跑了吧？哈哈哈——”

“嘿嘿，嘿嘿……”乐欢捂着脑瓜子笑得前仰后合，都喘不过气儿来了，“我担心呢，担心‘佛得笑’在非洲那赤道赤道，忒热，晒得黑不溜秋的，在咱这儿又报不上户口，那，那不真成了‘黑孩子’啦！”

“小丫头，你懂什么！”杜中秋一撇嘴，正儿八经的样子，“报啥户口，咱侄子是货真价实的华侨，好不好！长大了，孝顺的话，给咱万经理寄回来几叠外币，那，可就是不掺假的外资企业，所得税减免，没的说！——哈哈哈！”

看着自己的团队因此活跃起来，万祎倒也不觉得有什么被人取笑的难堪。他们就这么起着哄，欢欢喜喜步入一代宗师纪晓岚的故居景区。

春息已经很浓了，园子里游人不多，亭榭楼阁都是后人添置的，倒也没有多少风致。杨柳树梢之上，微微显露淡淡青色，并带有刚刚出窝雏雀一嘴的嫩黄，望眼过去，你就会禁不住怀有一种品茗闻香的沁心惬意之感。沉浸其中，神思便会扶摇而起，飘舞在空中，飞翔。温和的风，撩起细细长长的垂柳的枝条，朦朦胧胧点点滴滴的绿芽，萌发的前夕，仿佛就可以让人目睹了一幅葱葱郁郁的仲夏图画。

来到了一座小亭前，亭子当中，一个圆桌，围着一圈圆凳，纪晓岚雕像坐在其中的一个圆凳上，手里端着长烟杆，眯缝着睿智的眼睛，在沉思着；书童站立一旁，沏茶倒水。在温暖的阳光照耀下，这一幅自得其乐的图景，恰恰揭示了陶渊明的“采菊东篱下，悠然见南山”文人情怀的真谛。

见他们几个忙不迭地围着纪晓岚合影拍照，好奇地摩挲烟杆和茶壶，万祎瞅准机会，凑近苏慕喆，诚恳地说："小苏，那天、那天在咖啡馆，我态度不好、不好，我道歉！"

苏慕喆似乎没有听见，自言自语，又像是跟他说话："纪晓岚的《阅微草堂笔记》可是清代文言小说的代表作之一。知道吗，鲁迅给了很高的评价，称赞说：'隽思妙语，时足解颐'，嗯，什么'叙述复雍容淡雅，天趣盎然'，还有呢，记不太清了……"

装傻充愣，你！万祎在心里责问，嘴里又在念叨："小苏，听着，我给你道歉呢！那天、那天在咖啡馆，我态度不好——"

"噗嗤"，苏慕喆斜睨着万祎，看他那么恭恭敬敬，觉得有点好笑。她猛一转身，抬手指着小亭，"万经理，咱俩就在这里，作首词，怎么样？"

挑战！赤裸裸的挑战！小苏，苏慕喆，小丫头，难道你忘了我在义和区舍生忘死为你挡枪了，能喝死人的烈酒都没有退缩半步，岂能怕你操觚染翰的挑战？！

"好啊！这词，咱，怎么作？"

"这么着，简单点，就作首'好时光'——我来上半阙，你来下半阕。"

"好，请苏小姐先来——"

一眨眼，苏慕喆抖擞精神，就像是换了一个人，只觉得一股女侠的锋芒毕露的疾风扑面而来。她走向小亭，拍了拍红色圆柱，又凝神看了看纪晓岚雕像，蓦地回眸一笑，双手一抱拳，器宇轩昂，"各位，我苏慕喆献丑了——"说着，开始围着亭子慢慢踱着，不断打着手势，嘴里吟咏道：

日上穹苍亭小，谁一阅、大风歌。吹过万山回入海，狼毫耸巍峨。

激情似乎刚刚从苏慕喆胸廓里喷涌，当她拉长了"巍峨"两字，戛然而止，意犹未尽地摇一摇头，微笑着朝万祎优雅地一伸手，意思说"请吧，该你了"。

大伙噼里啪啦鼓掌，几个小伙子叫着“祎哥，加油！”“万经理，加油！”俨然一场对诗大赛正在剑拔弩张你追我赶——

万祎被热烈的气氛感染，刚才听着苏慕喆上阕词句，又一次被其过人的才华所折服，但是，自己也在内心激励着，一定，不能被她比下去！

他走到小亭朝阳的一边，稍稍观察，缓步走进小亭，绕到后边，捧着纪晓岚的烟杆深吸了一口，他假模假式的表演逗得大伙哄笑起来。然后，他一手扶着书童的肩膀，一手伏案，吟咏道：

戏答佛笑我，到九死、渡千河。账里催苏醒，易水送荆轲。

“嗯，”苏慕喆把上下阕一起吟咏了一遍，发觉万祎也把自己的姓氏嵌了进去，暗自欢喜，连连点头称赞：“不错，不错！来，祎哥，万经理，咱俩，在这儿合个影好吗？”

他俩坐在亭中的圆凳上，摆着姿势与纪晓岚以及他的书童合影。杜中秋弓着腰前后左右挪着步子对着镜头；晋振辉挥舞着他那双熊掌般的大手，喊着：“看这，看这。”乐欢叫着：“快、快说‘茄子’‘茄子’——”然后她扭头冲着孟寐求神秘地挤咕一下眼睛，绷着脸说：“瞧，他俩多有夫妻相！孟夫子，我劝你赶紧恶补唐诗宋词，你看过《人间四月天》吧——以后要是遇上个徐志摩，非把我苏姐拐跑不可！”

孟寐求似懂非懂，看见他俩合了影，喜笑颜开，起身走出了小亭。他急忙跑上前，拽住苏慕喆央求道：“苏姐，咱俩，也合一张吧！”

五十一

班师回朝没几天，接二连三的喜事，既让万祎欣喜若狂，又让他心怀忐忑，还有那么一点烦恼。

离开晓虹区第一天回事务所上班，第一眼看见的就是伫立在门前一株足有两三米高枝叶茂密的盆景树。行政部的赵主任恰在门口碰见他，扯着大嗓门跟他嚷嚷："万祎，你说你们一帮子八零后，嘴上没毛办事不牢，咱们CPA就是'受贿'也不能这么没水平呀——这么堵着门口，咱们信达国际甭叫会计师事务所了，改行叫植物园吧！这叫什么事儿啊！"

"谁呀，是谁送来的啊？有病啊——"他被训斥得跟个没头苍蝇似乎，心里窝火。究问前台文员，到底是谁送的，为什么算到我头上呢？前台的那个女孩手忙脚乱，从一堆文件快递信封里找，终于找到了送树人那个信封，信封上写的人名的确是自己。拆开一看：

北京信达国际会计师事务所高铁拆迁审计的兄弟们：

我们是义和区的种植专业户，当时我们冒昧去你们住宿的酒店求救，是你们给我们指出了一条光明大道，我们找到了审计署特派办的同志，反映了我们的情况。现在，问题解决了，征地拆迁补偿款都给我们了，我们特别感谢你们的帮助，今天送一棵我们亲手栽培的盆景，略表心意，千万千万请收下！

原来是他们！他的心算撂下了，没冤枉，这盆景在这儿碍事，自己的确是始作俑者。刚好晋振辉走过来，他一拍他肩膀，得意洋洋，"还记得御龙大酒店，那天早晨，咱们去晓虹区那天——他们包的那块地，种植花木——获得补偿啦，咱们给指的道对头！"

"当然记得，好像还是我建议的，哈哈哈！"晋振辉兴奋地咧开了嘴。

这时，他们团队的几个，杜中秋、乐欢、孟寐求也陆续到了，见万祎站在一棵弯弯曲曲的树下乘凉呢，有点滑稽，就停下来观景。赵主任又过来，见这几个朝气蓬勃的年轻人没把他的话当回事，气鼓鼓地警告："喂，你们，再不搬走，这写字楼的物业公司可要罚款了。"

"赵主任，您扛回家做实木家具吧，要不，劈了柴禾，冬天烧炕吧。"

万祎知道赵主任在延庆区买了一套房子，平常喜欢夸耀自己的果断和远见。可是他们小字辈不认同，觉得那地方都快进到河北省界内了，紧挨着荒山野岭的，那不就是山沟沟嘛。所以，他有意逗他一句。

"得啦，你们甭折我寿了——这盆紫榆藤拿到市场上，逮个大款，说不定能卖十几万！——做家具，劈柴禾，亏你想得出来，就糟尽吧！"

闹明白了怎么回事，乐欢银铃般的嗓子响起来："刘主任不就要新婚大喜了吗，咱们为什么不借花献佛，给搬家公司打个电话，把树送他家去呢——就当咱们的份子钱，嘿，你们瞧，不就成了泰营乡，咱又来了个'两全其美'！"

她的建议得到大伙赞同。杜中秋已经从手机上找了一家搬家公司，拨通了电话，一个劲儿地喊："喂，喂……"

受到大家热烈情绪的鼓舞，万祎也给刘主任打个电话通报一下，恐怕他家里万一没人，人家搬家公司不着急呀。

"啊，主任，你怎么又跑到南京去啦，这喜酒都没让弟兄们尝上一口呢，你就跟嫂子度蜜月去了，这，这就迫不及待造人啦？"

"万祎啊，你小子耍贫嘴，我哪儿有闲空度蜜月，这不是来沟通吗——什么，盆景，两三米高，拉倒吧，我家那房子，开发商说的是两米七，装修后一量只剩下两米五了。你还是饶了我吧，现在这建筑质量，别给天花板捅出个窟窿，楼上的变猿人了……”

乐欢凑近话筒尖声喊道：“刘主任，甭让盆景往上顶呀，从窗户杵个窟窿朝天上猛劲儿长呀——备不准哪天，我嫂子心血来潮让你给她摘月亮呢。你俩呢，就可以顺着树杆往上爬呀爬，多浪漫啊！”

“嘿，乐欢那小丫头片子吧——你，把我当猴呢！……”

大伙嘻嘻哈哈走进办公区。万祎突然想起什么，四下张望，扭头问小孟：“怎么没见小苏啊，还没来？”

“你不知道啊，万经理？”小孟停住脚，一本正经地说；“她要辞职了！”

“什么？我怎么不知道！——你们，你们几个是不是故意瞒着我？”

看团队的头儿有点急，小孟赶紧解释说：“辞职报告还在我这儿呢，这不，刚回来，还没来得及替她交给刘主任呢。”

“我这个外勤主管不同意，刘主任就是签了字，她也甭想走！”

悻悻然坐在工作台前发愣，万祎嘴里嘟囔着：“何必呢，小苏，别走！——咱们的团队不要散！”

没等静下心来整理一下乱七八糟的桌面，前台的女孩就给万祎打过来电话，万经理你赶快过来吧，这儿有人指名道姓要你过来接受锦旗。什么，锦旗？——不会又是一面泰营乡的“两全其美”吧。

万祎向乐欢招下手，让孟寐求去工程造价咨询部叫杜中秋、晋振辉那哥儿俩。

嘁哩咣当咚咚锵锵，一阵紧似一阵的敲锣打鼓的吵吵闹闹。万祎心想这又是那个白酒或商城促销请来乡村锣鼓队做广告呢，居然锣鼓喧天得闹腾到首都北京城的三环里头来了。可是走过前面的那间员工休闲室，他过去扒着窗子朝写字楼下面一瞧，发现一班锣鼓队正站在一辆卡车上猛敲狠捶呢，而卡车就停在这栋雄伟的大厦门口。这是干吗呢，他想。

拐过过廊，一眼就看见一位师傅手里齐胸举着一面锦旗，在前台射灯的映照下，那旗子分外鲜艳光亮。

“李铭，李师傅，怎么，您来……”乐欢一下子就认出来了。

“啊，李师傅，这大老远的，您怎么……”万祎紧赶几步过去，双手紧紧握住李铭微微颤抖的手。

“呵，万经理，我们老哥几个合计着，怎么着也得说到做到啊——算我们前世烧了高香，遇见你们几位贵人——咱家被拆的房子给补偿了，没少给！”

“是啊，是啊，真的不知道咋感激你们呢，没你们指道，那会儿啊，还真没咒念了！”

紧跟在后面的几个老哥，这时也忘了拘谨簇拥着朝前凑，站到李铭身旁，没有了衔悲茹恨的愁容，满脸的感激，直愣愣盯着万祎和几个小伙姑娘的脸，眼眶里分明闪烁着喜悦的泪花。

“‘咏馨枯槁年轻人妙手回春，义和膏肓会计师治病救人。’——好！”杜中秋侧着脑袋朗朗念着锦旗上的联句，点头称赞写得好。

“要是让苏姐看见了，是不是又要说‘两全其美’了啊！”

乐欢感叹了一句，万祎和他团队的哥们，一个个都心血沸腾起来。

这趟G字头高速列车缓缓驶出北京南站，渐渐加速，车厢前端的电子牌上显示，速度已经到达每小时300公里。

“哎，万祎，你听说没有，咱们中国的高速铁路试车的时候，创造了每小时480多公里的世界火车最快纪录！”高菲菲兴奋地问。

“那还用问吗？——就是在枣庄到蚌埠间的先导段联调联试和综合试验中，‘和谐号’380A新一代高速动车最高时速达到486.1公里——咱们中国高铁再次刷新世界铁路运营试验最高速度。就是在徐州到蚌埠段跑出来的咱们马上就要经过的。”

“你们审计拆迁的那条高铁，会不会更牛，飞一样快！”

“我相信它会的，在不久的将来！”

俩个相亲相爱的男女依偎着，他的一只手与她的一只手紧紧扣在一起，侧身眺望车窗一闪而过的城市、村庄以及一马平川的华北平原。

他们结伴去上海。万祎的外婆过九十岁寿辰，很想见见外孙万祎和他的未婚妻，小的时候外婆带过他，所以特别疼爱他。万祎也很想念外婆呢，就请了假带着高菲菲乘坐刚刚运营的这条举世瞩目的京沪高铁奔赴上海。

“请问，你们的座位是在这儿吗？”

“是啊！怎么啦？”

“奇怪了，我们的座位也是这儿，你看，我们的票——”

“没错，我们的座位就是这儿，你去找列车长吧。”

车厢后面有人为了座位在争吵，听着声音有点耳熟。万祎好奇地扭头看过去。嘿，这不是苏慕喆和孟寐求他俩嘛！万祎站起来，跟他们打招呼。

“小苏、小孟，你俩，这是干什么去啊？”

“嘿，祎哥，你干吗去啊，怎么也在这趟高铁上？——我跟苏姐回趟杭州，入库验收呢！嘿嘿！”小孟兴冲冲地嚷道。

“哦，怎么也不吭声气儿呢，咱们团队哥几个也好给你俩饯行啊。”

“胡说什么呀，你！”苏慕喆拽一把孟寐求，挑一眼万祎，不冷不热地说：“噢，只许万经理您在晓虹区时候夜不归宿，现在呢，一声不吭带着老婆潇洒，不许我俩闪婚呢！”

呵呵，万祎被她的胡搅给逗乐了，但见他们拉起行李箱要走，忙问：“你们不是这儿的座位嘛，干嘛要走啊？”

“嗨，后面那个车厢的哥儿几个，非要坐在一块，跟我们换了票，可是——”小孟歉意地解释道。

“那再看一下票啊，是不是车厢闹混了。”说着，万祎就要凑过去。

“甭劳您大驾！不管是票还是其他什么的，既然定好了的，还是别换了！”

苏慕喆的话在万祎耳朵里回荡，似乎有那么点一语双关，他怔怔地瞅着他俩转身离去，消失在一节一节的车厢里。

列车在疾驰，万祎心里有一丝惆怅，他想摆脱这样的情绪，便拿着茶杯去接开水。高菲菲并没在意他们同事间的对话，自顾自地用手机浏览网页，显然她被一条新闻惊讶了，抬头看见手捧茶杯的万祎，感觉他是如此高大，自己有点望尘莫及。她轻声地努力不带出异样的嗓音，说："万祎，告诉你一个好消息啊，你别太激动。"

"呵呵，什么消息，还要预先劝我'别太激动'——你以为我跟你老爸似的……"万祎坐下来，但没把话说完。

"去你的，不许再埋汰我老爸！"高菲菲抬手拧住万祎一只耳朵，半带警告半带央求。

"好好，"万祎吹一吹茶杯口上飘浮的茶叶，递到高菲菲嘴边，"来，润润嗓子，赶紧告诉我吧。"

高菲菲甜甜地抿了一小口，把手机塞到万祎手里，"你自己看吧，不许'范进中举'哦！"

《国有资产遭重大流失，环宇集团慷慨奉送拆迁补偿7000余万》

这条新闻的标题就如清晨喷放光芒的日出，照亮了万祎的眼睛，他浑身不禁一抖，挺直腰板，又迅速佝偻着身子，捧着手机，指尖在屏幕上轻柔滑动：

本报独家获悉，因在城市房屋拆迁补偿中严重违法乱纪，环宇集团多名高级管理人员相继落马。环宇集团是由晓虹区30余家国有房产企（事）业单位战略重组，建立起来的房地产集团企业。经过多年发展，环宇集团已经成为集土地储备、旧区改造、房地产开发、物业管理等多重职能为一体的区管重点国有企业。集团董事长芮乃钦曾接受本报记者采访时表示，目前集团正在积极筹备，争取在2011年底成为晓虹区首家上市的国企。同时，集团正围绕旧区改造、老公房达标补贴以及房产开发等重点项目，走一条社会责任与市场效益双赢的发展道路。

但是，日前晓虹区法院的一纸刑事判决，却向外界披露出环宇集团慷国家和人民之慨，“奉送”7000余万拆迁补偿款的惊天内幕。集团全资子公司环宇置业发展有限公司（下称“环宇置业”）原总经理王景平、副总经理王师吉、副总经理刘贸……区轻工控股（集团）公司资产经营部副经理张霞等，因触犯中华人民共和国刑法妨害对公司、企业的管理秩序罪、贪污贿赂罪，受到法律的审判。本案还涉及到晓虹区多名国家机关工作人员渎职犯罪问题，案件正进一步审理当中……

见万祎双眼直愣愣盯着手机屏幕，一言不发。高菲菲还真有点担忧他学了“范进”，但自己还真没胆量学凶神似的胡屠户一个嘴巴抽过去。忽然她灵机一动，想着用另一则喜讯转移他目前的注意力。

“万祎，还有让你更高兴的事儿呢——那个丁立靖的……”

“什么，你说什么，丁立靖又自杀啦，死啦?!”高菲菲的策略立竿见影，万祎一听到“丁立靖”三个字立即再一次验证了伊万·巴甫洛夫条件反射理论——他蓦地醒过来，扭头目不转睛地看着高菲菲。

“不是!”高菲菲故意拉长声调，吸引他思绪转身脱离牛角尖，“是丁立靖的大哥，那个拆迁公司的总经理，丁立飒，被抓起来了。”

“谁，你说谁?”万祎似乎一时间听力锐减，耳朵里嗡嗡作响，但耳膜上的神经元素已经将声音中的含义迅速传到了他的大脑。

他站起来了，缓缓的，没有一点冲动，似乎一切对于他来说，都恰到好处，就跟地球围着太阳公转一样，没有丝毫的新奇与异样。一切都显得理所当然、那么安然无恙、各得其所。

“丁立飒之后，会是谁?”他这么一个追问，擒奸擿伏，却只在脑际一闪念，便消失得无影无踪，再也寻找不到。

车窗外的风景，似乎都有一种亲切感，树木都在齐刷刷地为他弯腰行礼，就像是一排排列队整齐接受他检阅的仪仗队。

“是不是去、去找小苏、小孟他俩，亲口告诉他们——告诉他们这个喜讯?”这个念头在他脑海里就像是暴风雨里的一道闪电，倏地一亮，很快就熄灭了。

微微晃动的车厢，不断与他心海的波涛产生共鸣，撬动着他思绪的巉岩，滚落、轰鸣。他突然想，应该给他们注册会计师的前面加个形容词前缀，那会是哪个词语有此殊荣呢？这个形容词，不但要贴切，有气魄，有文采，还得与 CPA 的实际贡献相一致，就像一座雄伟的建筑，耸立在那里，永远也不被“拆”掉——那么，究竟用哪个词呢?

“伟大!”

他似乎经过了深思熟虑恰如其分，却又像不假思索口角春风，并且声音十分洪亮，连他自己都惊诧：为什么，自己的嗓音会如此响亮？——整个车厢都传遍了，回荡着：伟大、伟大、伟大……

乘客，以及正在走过来的列车长都注意到了他，都默默地向他瞥过眼神来。他没有感到脱口而出的这个词儿有什么不妥当，也没有判断它是否确凿不移，思绪随着飞驰向前的车厢，在天空曼舞着，像是漫天飘舞的雪花，也像是天穹上闪烁的星星。

置于心中，像座永恒的建筑，永不拆除。

窗外的景物在他的眼眸上闪现着色彩与光亮。

他继续想着，那个，书写在 CPA 前面的形容词。

二〇一一年秋、二〇一二年春

于保定、北京、锡林郭勒、哈尔滨初稿

二〇一二年五月于杭州第一次修订

二〇一二年十一月至十二月第二次修订